GOLDMANN

Buch

München 1972. Am Vorabend der Olympischen Spiele versucht eine Gruppe von wirtschaftlich höchst einflußreichen Leuten einen Menschen zugrunde zu richten, und das scheint ihr zunächst auch zu gelingen. Dieser Mann, ein begabter Architekt und Geschäftsführer einer großen Baufirma, will aus Familie und Stellung ausbrechen – er weigert sich, weiter mitzuspielen. Er hat, unter Druck und auch überlistet, dem Unternehmen seines Schwiegervaters Millionengewinne ermöglicht, indem er das Vertrauen seines einzigen Freundes, eines Beamten in der Baubehörde, mißbrauchte. Ein gewaltiger Skandal bahnt sich an.

Der Welt der korrupten Großverdiener droht die Störung ihrer Kreise, und dagegen wehrt man sich mit allen Mitteln, besonders den unerlaubten. Bezahlte Helfershelfer sind zu jeder krummen Tour bereit. Sexuelle Leidenschaften mischen sich mit kalt kalkulierten Geschäftsinteressen, im Dschungel übler Machenschaften wird eine Luxusprostituierte ermordet – deuten nicht alle Umstände der Tat auf den Architekten als den Schuldigen? Doch Kriminalkommissar Keller steht je länger je mehr vor einem Rätsel. Seine Ermittlungen haben ihn allerdings schon bald in höchste Gesellschaftskreise geführt, dorthin, wo es um Geld und Macht geht.

Autor

Hans Hellmut Kirst wurde am 5. Dezember 1914 in Osterode in Ostpreußen geboren. Seine Vorfahren waren Bauern, Beamte und Handwerker. Im zweiten Weltkrieg nahm er an den Feldzügen in Polen, Frankreich und Rußland teil. Später versuchte er sich in vielen Berufen, war landwirtschaftlicher Angestellter, Straßenarbeiter, Gärtner, Dramaturg und Kritiker. Sein erstes Buch veröffentlichte er 1950, jetzt sind es 35 mit einer Weltauflage von 14 Millionen Exemplaren in 30 Sprachen.

Eine Übersicht über die als Goldmann-Taschenbücher erschienenen Werke von Hans Hellmut Kirst finden Sie am Schluß dieses Bandes.

Hans Hellmut
KIRST

Verdammt zum Erfolg

Roman

GOLDMANN VERLAG

Ungekürzte Ausgabe

Der Goldmann Verlag
ist ein Unternehmen der Verlagsgruppe Bertelsmann

Made in Germany · Sonderausgabe · 3/89

Umschlagentwurf: Design Team München
Umschlagfoto: Manus / Bildagentur Mauritius, Mittenwald
Satz: IBV Satz- und Datentechnik GmbH, Berlin
Druck: Elsnerdruck, Berlin
Verlagsnummer: 66779
MV · Herstellung: Sebastian Strohmaier/AS
ISBN 3-442-06779-0

Ohne Damengunst war damals in München gar nicht fortzukommen. In ihren Händen waren die Preise, die dem Verdienste ausgeteilt wurden.

Christian Friedrich Daniel Schubart

Stadt der Bergluft und des südlichen Himmels, Pfeiler und Brücke zwischen Deutschland und Italien, Stadt der Bierkeller und weihrauchgefüllter Kirchen, Stadt der Gegensätze, wie ein lebendiges Herz sie vereinigt, farbiges, festliches, ländliches, bier- und schönheitsseliges München! Mögest du immer die Heimat derer bleiben, die keinen Zweck inniger verfolgen als leben und erleben.

Ricarda Huch

Hier versteht man es, sich öffentlich auf den Straßen zu unterhalten.

W. I. Lenin

Der Boden ist hart, eiszeitlicher Schotter, und wenn München mit ihm werden und wachsen konnte, dann nicht dank, sondern trotz ihm.

Alexander von Reitzenstein

Es gibt nur eine Stadt in Deutschland, der Hitler versprach, sie großzumachen – und die es trotzdem geworden ist.

»Der Spiegel«
über »Deutschlands heimliche Hauptstadt«

Gewalt ist kein Spielzeug. In einer Zeit, in der Mordandrohungen in Mode gekommen sind, in der die einen »Brandt an die Wand« rufen und »Tod den Verrätern« und andere unter rücksichtslosem Schußwaffengebrauch Gefangene befreien und Bombenanschläge auf Polizeireviere verüben, schon gar nicht.

Hans-Jochen Vogel

Dies ist ein Roman. Seine Handlung und seine Personen sind erfunden. Eventuelle Ähnlichkeiten oder scheinbare Übereinstimmungen mit tatsächlichen Vorgängen sind nicht beabsichtigt. Das gilt auch für die Darstellung der offiziellen Persönlichkeiten der hier als Hintergrund dienenden Stadt – es handelt sich bei ihnen lediglich um romanhafte Symbolgestalten, keinesfalls um rekonstruierte Realitäten.

Ich habe dieses Buch geschrieben auch in Gedanken an Anton, den Neufundländer, meinen ersten Hund – und Muckel, den Pudel, meinen letzten Hund.
Sie haben mir Augenblicke reinster Freude geschenkt.

Die vermeintliche Wahrheit
ist wie eine unermüdlich pendelnde Schaukel –
entscheidend wohl,
in welchem Augenblick man sie besteigt.

Die versuchte Zerstörung eines Menschen, mit Namen Harald Fein, begann an einem Abend im Spätsommer – sie schien, in nur wenigen Wochen, gelungen zu sein; was sich jedoch als lebensgefährlicher Irrtum entpuppen sollte.

Dieser Vorgang blieb – in seinen Zusammenhängen – der sogenannten Öffentlichkeit weithin unbekannt. Lediglich etliche, sehr verschiedenartige, einander kraß zu widersprechen scheinende Annahmen, Spekulationen und Mutmaßungen tauchten auf – und verschwanden alsbald wieder. Denn das Gedächtnis zahlreicher Mitmenschen ist beklagenswert kurz – worauf sich nicht wenige verlassen.

Daß aber über diesen Fall Aufzeichnungen eines Kriminalbeamten, der Keller hieß, existierten, war nicht bekannt. Und was sich daraus ergeben sollte, war wohl von niemand vorauszusehen gewesen:

denn dieser Kriminalkommissar Keller wagte den Versuch, Gerechtigkeit zu erzwingen. Und das mit Methoden von frappierender Konsequenz und nicht ungefährlicher Verwegenheit.

I

Sie hatte einen Hintern wie ein Pferd. Wie ein Pferd von Rasse, versteht sich: fellglatt, prall gerundet, von tänzelnder Beweglichkeit. Dabei von strengem, anziehendem, betörendem Geruch – wie zu vermuten war.

Mithin eine Art Edelstute, mit der jedes erdenkliche Rennen gewonnen werden konnte – falls man sie besaß! Was zumindest zeitweise durchaus möglich zu sein schien. Wohl hatte sie ihren Preis – aber welchen auch immer: wenn er, Harald Fein, wollte, konnte er ihn bezahlen. Vorläufig noch.

Zunächst jedoch schien es, als gönne er sich lediglich, versonnen prüfend, diesen verlockenden Anblick lässiger Weiblichkeit – doch das nun schon zum dritten Mal. Innerhalb von zwei Wochen. Oder war es bereits das vierte Mal? In drei Wochen?

Wie immer kam sie aus einer Bar an der Straßenecke. Sie schlenderte langsam, dabei wie in ständiger Bereitschaft, auf das Appartementhaus zu. Einen ihrer Besucher erwartend – vermutlich sogar mehrere; nacheinander. Soviel stand fest. Doch wen diesmal wieder? Harald Fein kannte bereits einige von ihnen. Und einen in Besonderheit.

Es war ein Abend, wie ihn nur Spätsommertage in München zu erzeugen vermögen: erfüllt von flirrenden Blautönen, die sich in Dunkelheit verloren – alles dabei in klarkonturiger Deutlichkeit erscheinen lassend: scharf umrissene Häuser; Menschen wie scherenschnittartige Silhouetten; die Straßen bleigrau hineingepinselt.

Der Verkehr um diese Zeit war mäßig – lediglich einige Autos, wenige Menschen, kaum ein Hund mehr. Es war die Zeit des Abendessens und der Tagesschau – und die meisten wollten beides zugleich genießen und verdauen, was zu unerkannten Magenstörungen führte, in einer Zeit, die voller kurioser Krankheiten war.

Harald Fein, der in seinem am Straßenrand geparkten Wagen saß, wirkte wachsam und amüsiert zugleich – er lächelte vor sich hin. Dabei beobachtend, was um ihn geschah. Seine Geduld schien grenzenlos.

Harald Fein, einige Tage später, bei einer kriminalpolizeilichen Befragung – einem »Ersuchen um Auskunft«:

»Ich hielt dort, in der Nähe eines Appartementhauses – in der V-Straße – bei meiner alltäglichen Fahrt vom Büro nach Hause. Rein zufällig! Wohl weil dort gerade ein Parkplatz frei war.

Ich war ermüdet – von der stereotypen Routine in der Firma, für die ich arbeite. Ich fühlte mich nicht wohl. Weiter nichts. Ich schaltete den Motor meines Wagens ab und das Radio ein. Um Nachrichten zu hören.«

Kriminalbeamter: »Die V-Straße, in der sich dieses Appartementhaus befindet, liegt aber nicht auf Ihrem direkten Heimweg.«

Fein: »Ich glaube, ich mußte damals eine Umleitung benutzen. Oder eine Ausweichmöglichkeit aus dem sich stauenden Verkehr zur Stoßzeit suchen – ich weiß das nicht mehr so genau.«

Paul Plattner – Alleininhaber der angesehenen, leistungsfähigen und einflußreichen Großbaufirma Plattner Hoch-Tief – durchblätterte, erst nach der offiziellen Büroschlußzeit eingetroffen, mit steigendem Unwillen den vor ihm liegenden Tagesbericht. Sein sonst so gemütlich wirkendes Hausvatergesicht zeigte schnell ansteigenden Ärger.

»Das«, rief er aus, »ist eine Sauerei! Die Baustelle 14 ist seit Tagen ohne ausreichendes Material!«

Vor ihm stand – in gebotener respektvoller Entfernung – Wamsler, der Bürobote. Ein bemüht und erprobt vertrauenswürdiger Mann. Er schien, mit seinem Chef, bereitwillig zu leiden – was der als »Sauerei« empfand, war gewiß auch eine.

»Herr Fein zu mir!« rief der aus.

»Ihr Herr Schwiegersohn«, begann Wamsler vorsichtig, »ist bereits...«

»Er ist – in meinem Betrieb – nicht mein Schwiegersohn«, korrigierte Paul Plattner entschieden. »Herr Fein ist hier als Geschäftsführer eingesetzt – merken Sie sich endlich diesen feinen, aber gewichtigen Unterschied!«

»Jawohl!« versicherte Wamsler ergeben.

»Worauf warten Sie denn noch! Der Geschäftsführer soll sich herbemühen!«

»Er hat aber bereits die Firma verlassen – wie üblich bei Büroschluß. Ist nach Hause gefahren, hat er gesagt.«

»Dann rufen Sie ihn dort an! Er hat hier unverzüglich zu erscheinen – sagen Sie ihm das; deutlich.«

Harald Fein lehnte sich in die Polster seines Wagens zurück. Es war ein Mercedes 280 SL – ein Luxusgefährt der oberen Mittelklasse, das er sich nach der stets verbindlichen Ansicht seines Schwiegervaters aus Prestigegründen zu leisten hatte: schließlich wäre er wer.

Das war vor Monaten behauptet worden und wie in Vergessenheit geraten – als wäre er nun nicht mehr wer! So was ging schnell – in dieser Gesellschaft, in dieser Geschäftswelt. Jetzt jedenfalls saß Harald Fein hier, streckte die Beine von sich und schien lediglich diesem fleischigen, dahintänzelnden, sich vorwärtsdrängenden Wesen nachzusehen.

Hinter ihm – auf den Polstern seines Wagens – hockte, aufmerksam und geduldig zugleich: ein märchenhaft anmutendes Wesen, Zwerg und Fabeltier in einer Person; ein Hund, der Anton hieß. Ohne die Gepflegtheit eines Pudels, ohne die dekorative Verwilderung eines Hirtenhundes. Etwas wie ein Neufundländer in Miniaturausgabe. Eine völlig unbestimmbare, hinreißend vieldeutige Mischung – ungemein phantasieanregend. Dieser Hund, Anton mit Namen, blinzelte vor sich hin – nicht völlig hoffnungslos.

Harald Fein schien Antons Gegenwart als wohltuend selbstverständlich zu empfinden – denn dieser Hund war, glaubte er erkannt zu haben, das einzige Wesen auf dieser Welt, das nichts von ihm forderte. Und Anton beließ ihn bei dieser Annahme – er störte ihn nie. Schon gar nicht hierbei.

»Wo ist Vater?« wollte Helga Fein wissen – von ihrer Mutter, die sie betrübt ansah. »Ich muß ihn dringend sprechen.«

»Er ist nicht hier«, sagte Hilde Fein, die Mutter, die an ihrem Toilettentisch saß – der Blautöne ihrer Augenlider wegen. Sie hatte Mühe, die ersehnte farbliche Harmonie zu erreichen, was sie nervös zu machen drohte. »Was willst du von ihm?«

»Ich habe ein Problem«, bekannte die Tochter, die im Türrahmen stehengeblieben war – ihre Mutter musternd, dabei bemüht, ihren Widerwillen vor soviel angestrengter Dekoration zu verbergen. »Was hast du denn heute wieder vor? Das Übliche? Große Gesellschaftstour? Oder mehr was Intimes – kleine Party für fünf Dutzend?«

»Um was für ein Problem handelt es sich?« wollte die Mutter wissen.

»Um eins, das du nicht verstehst! Das kann nur Vater!«

»Nur er?« Hilde Fein, die Mutter, blickte auf – sah in den Spiegel vor sich hinein – sah in ihm: sich – dahinter diese Tochter. Hier sorgfältige Gepflegtheit – dort, in ihren Augen, sorglose Verwilderung. »Du verkennst ihn, Helga!«

»Ich habe nur danach gefragt, wo ich ihn erreichen kann – nicht um deine Ansicht über ihn. Die ist mir bekannt.«

»Mein Kind«, sagte die Mutter, »können wir nicht wenigstens versuchen …«

»Nein«, sagte Helga – ohne jede Härte, fast heiter. »Für mich ist Vater nicht das, was er für dich ist.«

»Herr Fein – der Geschäftsführer«, berichtete Wamsler seinem Chef Plattner, »hat unsere Firma zur üblichen Zeit verlassen, unmittelbar nach Dienstschluß – aber zu Hause eingetroffen ist er noch nicht.«

Paul Plattner, hinter seinem Schreibtisch, runzelte die massige Stirn. »Haben Sie eine Ahnung, wo er sich aufhalten könnte? Sagen Sie das offen – wenn Sie es wissen.«

»Was weiß man denn schon wirklich«, meinte Wamsler vorsichtig.

»Was vermuten Sie?« forderte Paul Plattner.

»Nun – wohl irgendein Weib. Möglicherweise.«

»Welches?«

»Weiß ich nicht – noch nicht.«

»Können Sie das herausfinden, Wamsler? Geben Sie sich Mühe! Es könnte sich lohnen. Mehr brauche ich dazu wohl nicht zu sagen. Und nun lassen Sie Jonass kommen. Treiben Sie den auf, wo er sich auch aufhalten mag – was heißt hier schon Bürostunden!«

Aus den kriminalpolizeilichen Ermittlungen – ersten – Appartementhaus V-Straße 33 betreffend:

»An sich dort das Übliche: Mieter der mittleren bis oberen Mittelklasse. Unten zwei Ärzte – einer für Hals-Nasen-Ohren, der andere für Hautkrankheiten. Dann höhere Angestellte: drei Wirtschaftsfachleute, ein Versicherungsagent, zwei Bankprokuristen. Dazu ein Professor in Pension; die Witwe eines frühverstorbenen impressionistischen Malers; ein Dichterehepaar, das zum Tukankreis gehört.

Und dann eben: diese Person im sechsten obersten Stockwerk. Angabe über Beruf: Mannequin. Größen: 95 Brustumfang, 63 Taille, 95 Hüften. Sie wäre in einigen Tagen dreißig Jahre alt geworden.«

Das Stutenweib – von Harald Fein vor drei, vier Wochen erstmals erblickt – begann ihn mehr und mehr zu beschäftigen. Und das nicht nur, weil sie ihm wie eine vielversprechende Verlockung heimlich ersehnter, erhoffter Hingabemöglichkeit erscheinen wollte.

Seine Phantasie, auch in dieser Hinsicht, war lebhaft – zahlreiche Enttäuschungen, qualvolle Unerfülltheit, doch ein sich immer wieder vordrängendes Verlangen: dieses prächtig primitive Weibsbild schien Erlösung, zumindest Linderung, zu versprechen. Doch eben: nicht nur ihm!

Inzwischen hatte er soviel herausgefunden: sie pflegte sich – mit einer gewissen Regelmäßigkeit, als habe auch sie ihre festgelegten Arbeitszeiten – gegen zwanzig Uhr in einer Bar an der Straßenecke aufzuhalten: dem »El Dorado«.

Dort speiste sie – wie pausierend zwischen zwei Schichten: Eier, drei, auf Schinkenspeck; dazu ein Glas Sekt. Also sich stärkend – für ihre weiteren Besucher.

Anton, der Hund, lag mit offenen Augen wie sprungbereit mit dem Kopf über der Lehne des rechten Vordersitzes – es war, als gedenke er seine Wachsamkeit zu demonstrieren; obgleich er, leider, im Augenblick nicht sonderlich beachtet wurde. Er starrte in Richtung der Eingangstür des Appartementhauses, hinter der, das Flurlicht meidend, ein Mensch stand. Nur dazustehen schien. Lange.

Harald Fein aber schaltete das Radio auf volle Lautstärke, um sich über das Zeitgeschehen und die Kommentare zu informieren und – wenn irgend möglich – zu amüsieren.

Der Nachrichtensprecher verkündete:

»Der Präsident« – vermutlich jener der USA – »ist zutiefst besorgt...«

»Der Präsident« – diesmal vermutlich ein anderer, einer von Arabien oder Zentralafrika – »bekundet seine Entschlossenheit für das Recht, die Ehre und die Freiheit seines Volkes...«

»Der Präsident« – und nun schon wieder ein anderer, dieser jedoch aus bundesdeutschen, spezifisch münchnerischen, nämlich vorolympischen Bereichen – »weist mit Nachdruck darauf hin, daß die Mehrausgaben von zunächst achtundvierzig Millionen keinesfalls eine Fehlkalkulation darstellen, sondern vielmehr...

...keinesfalls zu erwarten gewesen... zeitbedingte Konjunktur... ganz zwangsläufig...«

»Das ist eine Welt!« sagte Harald Fein auflachend und stellte das Radio ab. »Schamlos verlogen – und übervoll von Idioten, die nicht nur bereitwillig alles glauben, was ihr infantiles Herz erfreut, die auch bereit sind, sich dafür totschlagen zu lassen! Sie zahlen sogar noch dafür.«

Er ertappte sich in letzter Zeit immer wieder dabei, daß er laut vor sich hinredete – jedoch nur, wenn er sicher sein konnte, seinen Anton bei sich zu haben. Anton wurde zu seinem Zuhörer, wobei es schien, als richte er lauschend die Ohren auf. Anton schien alles zu verstehen.

»Geld und Gier«, sagte Harald Fein zu Anton, dabei zum sechsten Stockwerk hochblinzelnd. Dort schimmerte nun das Licht gedämpft, rötlich getönt, sich sanft in die Dunkelheit verlierend. »Gier nach Geld – und Geld für Begierden. Ein Strudel, dem sich kaum jemand entziehen kann – was auch kaum jemand will. Aber ich will es! Endlich bin ich dazu bereit. Das verstehst du?«

Der Hund hatte sich inzwischen wieder auf die hintere Sitzbank gelegt; und hier nickte er nun heftig mit seinem Struwwelpeterkopf. Das jedoch nur, um seine Vorderpfoten zu belecken. Dann hielt er wieder Ausschau nach dem Mann im Schatten der Haustür.

Paul Plattner musterte den vor ihm stehenden Joachim Jonass – den derzeitigen zweiten Geschäftsführer seiner Großbaufirma – nicht ohne Wohlwollen. »Sie sehen ja geradezu attraktiv aus, mein Lieber!«

»Im Interesse unseres Unternehmens«, versicherte Joachim Jonass fast feierlich. Er stand im rostbraunen Samtsmoking vor seinem Chef – das Haus Cardin, Paris, belieferte ihn. »Ich bin gebeten worden, Ihre Frau Tochter zu begleiten. Zu einer internen Veranstaltung – der London Pub feiert sein dreijähriges Bestehen.«

»Was gewiß«, meinte Paul Plattner nachsichtig, »eine bemerkenswerte Sache ist. Aber das ist – aus meiner Sicht – unsere Baustelle 14 auch. Und dort klappt nichts! Was dort vor sich geht, kann ich nur als glatte Geschäftsschädigung bezeichnen.«

»Die aber mir, Herr Plattner, nicht anzulasten ist.«

»Wem dann – etwa Fein?«

»Mir jedenfalls nicht, es ist nicht mein Ressort. So was wäre mir auch nicht passiert – wenn ich mir diese Bemerkung erlauben darf. Ich tue, was ich kann.«

»Auch im Bereich meiner Tochter?«

»In allen Ihren Bereichen, Herr Plattner!«

»Na schön – dann werden Sie sich also jetzt auch noch um die Baustelle 14 kümmern. Alles andere kann warten – in einem solchen Fall sogar meine Tochter.«

»Ich habe«, sagte Hilde Fein, in ihrer Villa in München-Harlaching, einladend zu ihrer Freundin Melanie Weber, »einen Martini vorbereitet. Extra dry! So was liebst du – nicht wahr?«

»Nicht nur das«, sagte Melanie Weber, sich in ihren Sessel zurücklehnend. »Ich liebe einfach alles, was in unsere Welt hineinpaßt. Alles, was uns bestätigt. Schade dabei um Harald – hast du den wirklich bereits abgeschrieben? Völlig?«

»Der gehört doch im Grunde gar nicht zu uns«, stellte Hilde Fein sachlich fest. »Ich denke, darüber sind wir uns einig.«

»Endgültig?«

»Etwa nicht, Melanie? Oder sollte der dich neuerdings wieder interessieren?«

»Immerhin, Hilde, meine Liebe, frage ich mich immer wieder einmal, warum du ihn eigentlich geheiratet hast?«

»Das war vor fast zwanzig Jahren! Mein Gott, Melanie – was ist inzwischen alles geschehen!«

»Was denn – wirklich?«

»Müssen wir darüber reden?« Hilde trank hastig ihren Martini. »Wir haben das doch bisher nicht getan – belassen wir es dabei. Es genügt doch wohl, daß es uns beide gibt – und alles, was zu uns gehört. Uns allein gehört.«

»Wie wahr, Hilde – Lämmchen, mein Liebes!« Melanie Weber ergriff zärtlich die Hand ihrer Freundin. »Kein Mann ist es wert, daß wir uns intensiver mit ihm beschäftigen – auch nicht Harald. Und Jonass auch nicht – nicht wahr? Oder?«

Der Mann, der im Schatten der Flurbeleuchtung des Appartementhauses V-Straße 33 stand, war groß und hager. Er hatte ein bleiches Gesicht – und das schien in der Dunkelheit fahl zu leuchten. Keine Einzelheit darin war zu erkennen.

Er stand da und starrte hinaus. Stundenlang. Wenn jemand auf das Haus zukam, wich er zurück – betrat der das Haus, verschwand dieser Mann kellerwärts. Völlig lautlos – wie auf Gummisohlen.

War er wieder allein, begab er sich erneut in Türnähe – betrachtete, wie in sich versunken, seine Uhr. Sekundenlang.

Dann schrieb er, hastig, einiges auf einen Notizblock – nur zwei, drei Worte; oder Zahlen. Einen Namen. Vielleicht auch nur ein Kennwort.

Dann schluckte ihn wieder der schwarze Schatten.

Sein Name: Penatsch.

Unbezweifelbar stand fest: die V-Straße, in welcher sich jenes Appartementhaus Nr. 33 befand, lag keinesfalls auf dem direkten Heimweg des Harald Fein.

Weiter: weder eine unvermeidliche Abzweigung noch ein halbwegs notwendiger Umweg ließen sich erkennen. Denn: sein Haus – genauer wohl: das seiner Frau, eine Villa – lag in Richtung Grünwald. Sein Büro – oder, um wieder genauer zu sein: das der Baufirma Plattner, also seines Schwiegervaters – befand sich am Marienplatz; direkt dem Rathaus gegenüber: acht Räume im dritten Stock.

Dieses München aber: erklärte Weltstadt mit Herz – die nachweisbar teuerste Stadt der teuren Bundesrepublik – »Deutschlands heimliche Hauptstadt« – die »Stadt, wo der Balkan beginnt« – die Stadt der Brauereien, Bierzelte und Oktoberfeste – die Stadt, die sich Schwabing leistete, das Wienerwald-Imperium, Hofgartencafékabalen, Studentenkrawalle und die Kammerspiele; plus Werkraumtheater.

Alles in allem: eine denkbar urbane Stadt. Raum genug – auch für Superkapitalisten und Gesellschaftskriminelle; für Unterleibsdarbietungen, die sich Filmkunst nannten, und Hirnvernebelungen jener Spielart: der schöne Konsul, der dicke Luxuskaschemmen-Alex, die sanfte Iris und der seidige Abi... In dieser Stadt wurde ein gewisser James, auch »Sir James« genannt, für einen Weltmann gehalten. Es war zugleich die Stadt, in der Sigi Sommer seine humorig-galligen Betrachtungen schrieb, wo Ernst Maria Langs ätzende, bestürzend treffende Zeichnungen entstanden; wo Erich Kästner leise, aber beharrlich mahnte; Heinz Rühmann wissend vor sich hinlächelte; Therese Giehse immer grimmiger zu blicken schien, und Hanne Wieder dunkel und kräftig aufzulachen pflegte.

Es war auch eine Stadt, in der Teile der Jugend – geringe Teile – dennoch erfreulich lautstark rebellierten. Ohne erkennbare Ausdauer, wenn auch stets freudig. Um sich dann – so schien es – gänzlich anderen Freuden hinzugeben: dem betäubenden Budengeschwätz und dem süßen Duft der kranken Welt. Haschisch.

Die Polizei beschlagnahmte allein in dieser Stadt und deren nächster Umgebung in nur einem Jahr an die fünf Zentner Rauschgift. »Ein wohl nur geringer Prozentsatz der Ware, die hier auf dem Markt ist«, erklärte der Spezialist der Kriminalpolizei. Selbst Schulkinder begannen zu haschen – und das sogar schon in den fast noch dörflichen Randorten. Zumindest das Laster hatte sie bereits eingemeindet.

Daß dieser Hexenkessel weder überschäumte noch gar explodierte, schien vor allem einem einzigen Mann zu verdanken: dem Oberbürgermeister dieser Stadt. Jedoch: die hier nachgezeichnete Affäre brachte selbst ihn in erhebliche Schwierigkeiten. Wobei durchaus anzunehmen ist, daß seine politischen und sonstigen Gegner genau das im gelegentlichen Gebet erfleht hatten. Kirchen waren in dieser Stadt reichlich vorhanden.

Ein Kriminalbeamter, mit Namen Feldmann, etliche Tage später, bei einer der ersten offiziellen Vernehmungen:

»Herr Fein – welche Zeit benötigen Sie, um von Ihrer Wohnung ins Büro zu fahren – beziehungsweise umgekehrt?«

Harald Fein: »Etwa eine Viertelstunde. Aber nur bei normalen Verkehrsbedingungen. In sogenannten Stoßzeiten jedoch – und vielleicht sollte man diese als normal bezeichnen – eine halbe Stunde und mehr.«

Kriminalbeamter: »Sie beginnen Ihre Bürozeit – nach übereinstimmenden Aussagen – gegen neun Uhr vormittags. Wann machen Sie Schluß?«

Harald Fein: »Wie sich das gerade so ergibt. Offiziell täglich gegen siebzehn Uhr. Doch es kann leicht wesentlich später werden. Durchaus möglich, daß ich manchmal erst gegen Mitternacht heimkomme.«

Kriminalbeamter: »Auch dann, wenn Sie Ihr Büro bereits vor achtzehn Uhr verlassen haben?«

Harald Fein: »Warum nicht auch dann? Schließlich kann ich mit meiner Zeit machen, was ich will? Oder nicht?«

Kriminalbeamter: »Durchaus – im allgemeinen schon. Es kommt darauf an!«

Harald Fein: »Worauf denn, bitte?«

Kriminalbeamter: »Nun – etwa darauf, wofür Sie diese Zeit benutzen.«

Aus den Aufzeichnungen des Kriminalbeamten Keller; erste Notiz zu diesem Fall:

»Die Tage, die ich noch zu durchleben habe, scheinen einander in monotoner Übereinstimmung zu gleichen – wie die Leichen, mit denen ich laufend konfrontiert werde. Als Todesermittlungsbeamter.

Leichen in allen vorstellbaren Positionen: ausgestreckte, verkrümmte, hockende, hängende, auf dem Bauch liegende. Leichen in allen erdenklichen Räumlichkeiten: auf einem Bett, neben einem Bett, unter einem Bett; am Fensterkreuz, im Treppenflur, in einer Toilette; im Auto, mitten auf der Straße, treibend in einem Fluß. Leichen mit allen nur vorstellbaren Wunden oder Verstümmelungen: abgetrennte Gliedmaßen, einschließlich Kopf, aufgerissene Bäuche und so weiter und so fort. Nichts wie Alltag bei uns. Routine. So was erledigen wir anhand von exakt konzipierten Formularen. An die eintausendmal und mehr in einem Jahr.

Dennoch: gelegentlich auch einmal ein Vorgang, der diese ermüdenden Praktiken zu durchbrechen scheint. Etwa, als der Kollege Braun lautstark und hoffnungsvoll verkündete: ›Jetzt habe ich endlich einen ganz dicken Fisch an der Angel!‹

Womit er einen gewissen Harald Fein meinte.«

Behauptungen, Erklärungen, Vermutungen – von Wamsler, Angestelltem der Firma Plattner Hoch-Tief. Im vertraulichen Gespräch, einem Kriminalbeamten gegenüber; auf ihn angesetzt:

»An die Vorgänge im Hauptbüro der Firma, beim Marienplatz, am 15. September, erinnere ich mich noch ganz genau. Warum? Nun, meine liebe, gute Frau – die mit ihrem fetten Arsch kaum noch hochkommt und eine Wampe hat wie ein japanischer Ringer – feierte an jenem Tag ihren Geburtstag. Ich hatte es nicht eilig, nach Hause zu kommen.

Zumal ich auch den Alten, den Chef, den Herrn Plattner erwartete. Bei dem habe ich so eine Art Vertrauensstellung – seit vielen Jahren schon. Der weiß, daß er sich auf mich verlassen kann – in jeder Hinsicht, aber wirklich in jeder, was mir so mancher neidet.

An jenem Abend jedenfalls war die Scheiße ganz dick! Plattner erschien erst, von auswärts kommend, nach Büroschluß; und der Stall war leer. Bis auf mich. Das kam von diesem Fein. Sobald der Alte, der Chef, nicht da war, machte sein Schwiegersohn auf die Minute genau Feierabend. Und die übrige Firma nur wenige Minuten danach.

Plattner, sonst die Ruhe in Person, kochte! Er ließ Fein suchen – war nicht aufzutreiben. Dann mußte Jonass antanzen – den beschäftigte er, und wie!

Dann verlangte er die Wagnersberger, die Chefsekretärin, zu sehen – die war in irgendeinem Kino. Und deren Stellvertreterin, in jeder Hinsicht, die schöne Uschi, war auch nicht greifbar. Was hat der Alte getobt!

Dann erkundigte er sich nach seinem Enkelkind, der Helga – für die hatte er eine besondere Schwäche. Aber auch die trieb sich irgendwo herum.

›Das muß sich ändern!‹ rief er und knallte mit der flachen Hand auf die Tischplatte. Und Kräfte hat der – immer noch. Wie ein Bulle! Aber ein feiner Mann – so was hätte man ihm nicht antun dürfen. Woran dieser Fein schuld war.

Aber das war erst der Anfang – das ganz dicke Ende kam bald nach!«

»Er handelt einfach unverantwortlich«, berichtete Hilde Fein, womit sie ihren Mann meinte, nach einem Telefongespräch. Sie war betrübt. »Er treibt sich irgendwo herum – und Jonass muß inzwischen seine Arbeit machen.«

»Dann«, meinte Melanie Weber, sich dehnend, »haben wir endlich wieder einmal Zeit – für uns. Und so was, Hilde, meine Liebe, mein Lämmchen, ist selten geworden. In den letzten Monaten – wenn nicht Jahren!«

Sie saßen – im Salon der Villa Fein, in München-Harlaching – dicht nebeneinander. Sie tranken nunmehr den dritten Martini – extra dry. Ihre gekonnt geschminkten Gesichter begannen bereits ein wenig zu glänzen.

»Wenn Jonass nicht kommen kann, was machen wir dann?« Das schien, im Augenblick, Hildes wichtigstes Problem zu sein.

»Wir könnten, wenn du unbedingt willst, auch ohne ihn zum Jubiläum des London Pub gehen. Aber eben das willst du nicht, wie ich dich kenne – deines Vaters wegen. Bei dem muß alles äußerst seriös sein – jeder Dreck!«

»Er weiß eben, was er will. Und das will ich auch. Ich bin nun mal seine Tochter.«

»Aber auch die Frau von Harald!« Melanie blickte ihre liebste Freundin forschend an. »Geht das mit deinem Mann wirklich nicht zusammen? Immer noch nicht?«

»Immer weniger«, bekannte Hilde. »Und heute weiß ich kaum mehr, wie es überhaupt jemals dazu kommen konnte. Jugendlicher Leichtsinn – vielleicht. Eine allererste sinnlose Leidenschaft – möglicherweise. Er hat mich damals bedrängt; wie ein Naturereignis kam er über mich...«

»Du hast mich – ihn über dir spürend – vergessen!« Ihr Stil bewies Jasmin-Kultur.

»Du bist für längere Zeit verreist gewesen, Melanie – und ich fühlte mich einsam. Das nutzte er aus. Es begann in irgendeinem Café beim Feilitzschplatz – wir tranken, ziemlich ordinäre Getränke. Er regte mich systematisch auf, schleppte mich dann auf seine Bude – und so passierte es. Ich bekam ein Kind.«

Angaben des Gesellschaftsreporters der »Morgenzeitung«, abgekürzt »MZ« – sich benennend »Argus«. Mit Vornamen Udo. Udo Argus über Hilde Fein:

»Eine Dame unserer allerersten Gesellschaft. Ihr Schneider: das Haus Letrange in Paris. Ihr Friseur, ebenfalls dortselbst: Robert. Zusätzliche Bekleidung aus London, Carnaby Street, von John McJohn. Gelegentlich auch von Bessie Becker, München.

Bei jeder neuesten Attraktion unserer Weltstadt mit Herz zugegen! So etwa bei der Premiere der Atlantic-Bar, wo sich garantiert echte Haifische hinter Bleiglas tummelten; so auch in den römischen Thermen, deren Fußbodensteine, aus Süditalien importiert, mit echtem, eingeflogenem Tiberwasser benetzt worden waren und in deren Toiletten golddurchwirktes Papier abspulbar ist; so auch in Alexis' Luxus-Inn, wo echt schottischer Whisky nur mit echt schottischem Wasser ausgeschenkt wird; wie übrigens auch bei Sir James.

Wie gesagt: eine Dame von Welt! Jedoch in letzter Zeit nur höchst selten von ihrem Gatten begleitet – aber fast immer von Melanie Weber; dazu neuerdings auch von Joachim Jonass, dem internen Mitarbeiter ihres Mannes. Kurz und gut: eine Frau, die nicht zu übersehen war. Selbst Sybille, nicht nur Kolumnistin des ›Stern‹, auch zu den vielhofierten Zeitungsgewaltigen dieser Stadt gehörend, soll ihr vielsagend zugelächelt haben. Das bei einer mehr seriösen Veranstaltung: bei einer Feier anläßlich der Erringung des deutschen Fußballpokals durch eine Münchner Mannschaft.

Jedoch – wie angedeutet: ein Hauch von Melancholie um sie, neuerdings.«

Ein Mann schwankte über die nächtliche V-Straße – eine kleine, gebückte Gestalt, in einen weiten Umhang gehüllt. Er kam kurz vor dem Mercedes, in dem Harald Fein saß, zum Stehen. Schwankend. Schien dann tiefsinnig in den Rinnstein zu starren.

Ein plätscherndes Geräusch kam auf.

»Das muß doch nicht unbedingt sein«, rief Harald Fein durch das geöffnete Wagenfenster. »Können Sie denn nicht woanders hinpinkeln – Sie Ferkel.«

»Selbst eine Sau!« rief der Mann, sich hastig zurückziehend. »Sie wollen mir wohl dabei zusehen – was? So einer sind Sie also!«

Anton bellte wütend auf. So was tat er, hinter dem Rücken seines Herrn, gerne. Dann vor allem bekundete er freudig Mut – er war schließlich alles andere als ein dummer Hund. Daß er tatsächlich ein kleines, überaus mutiges Geschöpf war, wußte er selbst noch nicht – doch es sollte sich bald herausstellen.

»Von mir aus«, versicherte Fein auflachend, »können Sie sich erleichtern, wann, wo und wie immer Sie dazu ein Bedürfnis empfinden – jedoch nicht unbedingt gegen meinen Wagen, wenn ich bitten darf.«

Aus einem späteren Informationsgespräch – zur Vorbereitung weiterer Vernehmungen – diesmal geführt zwischen Kriminalkommissar Braun und einem gewissen Franz Baumholder:

Kriminalkommissar Braun: »Also, Franz, dann schieß mal los – aber nicht so einfach ins Blaue hinein. Du weißt, bei mir kannst du mit faulen Ausreden nicht landen – wir kennen uns.«

Baumholder: »Was wollen Sie denn so hören, Herr Kommissar?«

Kriminalkommissar Braun: »Du bist, in den späten Abendstunden des 15. September, in der V-Straße aufgegriffen worden – von einer Polizeistreife. Was hast du dort gemacht? Hattest du etwa wieder einmal die Absicht, dich in einer Wagentür zu irren – diesmal bei einem Mercedes?«

Baumholder: »Da habe ich mich aber ganz schwer gewandelt, Herr Kommissar! Klauen ist bei mir nicht drin. Ich mache jetzt sozusagen in Protest – was ja wohl erlaubt ist, steht im Grundgesetz. Einige bezahlen sogar dafür – für Plakattragen und so. Gesinnung macht sich eben bezahlt! So mal gegen – mal für! Wo doch jeder ein Recht auf Meinungsäußerung... Letzten Samstag jedenfalls Spruchband: Denkt an Vietnam! Quer durch die Innenstadt. Am Abend dann: Besucht die Femina!«

Kriminalkommissar Braun: »Kein Geschwätz, Baumholder! Ich will wissen: was war neulich mit diesem Mercedes?«

Franz Baumholder: »Nun ja – den habe ich angepinkelt – was auch so eine Art Protest war. Das heißt: direkt angepinkelt habe ich den gar nicht mal – nur so vor ihn hin! Um den Kerl, der dort drin saß, zu provozieren. Das war nämlich ein Spanner!«

Kriminalkommissar Braun: »Ein was?«

Franz Baumholder: »Na, Sie wissen schon: eine Art Sittensau! Einer, der im Dunkeln herumlauert. Auch mal auf Menschen, die pinkeln – meist auf Liebespaare, die sich abknutschen. So was erregt diese Schweinekerle!«

Kriminalkommissar Braun: »Darüber, Baumholder, wollen wir uns ein wenig eingehender unterhalten.«

Aus den Aufzeichnungen des Kriminalbeamten Keller, weiter zu diesem Fall:

»Ich sitze mit dem Kollegen Braun im gleichen Raum – und dort sitzen noch fünf andere. Das jedoch nicht etwa wegen der möglichen engen Zusammenarbeit; allein aus Platzmangel. Jeder einsitzende Strafgefangene verfügt über mehr Raum als ein eingesetzter Kriminalbeamter.

Wir alle gehören zur Abteilung Kapitalverbrechen; volkstümlich genannt: Mordkommission. Allein in unserem Präsidium, zwischen Stachus und Marienplatz gelegen, können jederzeit deren acht organisiert werden. Eine davon leitet Braun. Ich allerdings gehöre zu keiner – seit einigen Jahren nicht mehr. Ich bin – wie gesagt – als Todesermittlungsbeamter eingesetzt.

Was praktisch heißt: ich habe, mit einem bis zwei Hilfsbeamten, stets dort aufzukreuzen, wo ein Toter aufgefunden wird: angeschwemmte Leichen, durch Gas Vergiftete, bei einer Prügelei Erschlagene und was der alltäglichen Scheußlichkeiten mehr sind. Auf die Dauer ist so was ermüdend und langweilig.

Denn ›Todesermittlung‹ bedeutet eine Art von Begutachtung. Wir besichtigen alle Leichen, bei denen der Verdacht bestehen könnte, daß sie nicht auf ›normale‹ Weise produziert worden sind – also durch Krankheiten oder Ärzte. Wir stellen dann fest: Unfall, Selbstmord, Normaltod – oder eben: möglicher Totschlag, wenn nicht Mord. Im letzteren Falle übernimmt diesen Vorgang eine unserer Kommissionen – welche, bestimmt der zuständige Kriminalrat; oder der Organisationsplan. Während wir zur nächsten Leiche wandern.

Von diesem quälenden Stumpfsinn lasse ich mich immer wieder gerne ablenken. In Besonderheit durch meinen Kollegen Braun. Der ist von höchst betriebsamem Wesen und ungebremst erlebnisfreudig. Er meint: das, womit er sich gerade beschäftigt, muß es in sich haben! Eben, weil er sich damit beschäftigt.

Recht Bemerkenswertes kann sich daraus ergeben. Denn Braun ist ein effektvoller Schwarz-weiß-Maler. So auch im Fall dieses Harald Fein.«

Auskünfte von Kriminalrat Dürrenmaier – gegenüber einem Journalisten von der Zeitung »München am Mittag«, abgekürzt »MAM«, von diesem im Stenogramm festgehalten:

»Unsere Beamten sind Schwerarbeiter – überfordert und unterbezahlt. Sie arbeiten zumeist an einem halben Dutzend Fällen zugleich. Man sollte sich daher nicht wundern, wenn hier und dort mal Pannen passieren – die sind jedoch verhältnismäßig selten.

Was aber nun, um Ihr offenbar spezielles Interesse zu befriedigen, unseren Kriminalkommissar Keller anbelangt – dieser von uns allen hochgeschätzte Kollege, ein Fachmann von ungewöhnlichen Graden, ist viele Jahre lang Leiter von Sonder- und Mordkommissionen gewesen. Und das außerordentlich erfolgreich.

Er ist immer noch unser bester Mann – zumindest einer der besten! Wir verfügen über eine Anzahl ausgezeichneter Beamter. Die müssen mit möglichst großer Wirkung eingesetzt werden. Und Herr Keller hat sich als einzigartiger Todesermittlungsbeamter spezialisiert. Ihm entgeht auf diesem Gebiet nichts! An diesbezüglichen Spezialkenntnissen übertrifft er zahlreiche Gerichtsmediziner.

Natürlich ist mir bekannt, daß gelegentlich angenommen wird: der Kollege Keller habe bei etlichen seiner Nachforschungen, als er noch Leiter einer Mordkommission gewesen ist, sozusagen über das Ziel hinausgeschossen – das etwa, als er einen Minister dieses Landes verdächtigte, an kriminellen Handlungen beteiligt gewesen zu sein. Was ja einmal vorkommen kann; doch es müssen dann ganz und gar unerschütterliche Beweismittel dafür vorliegen, nicht wahr? Dann ist so was sein gutes Recht.

Und ich versichere: Keller ist keinesfalls abgeschoben oder gar ausgeschaltet worden! Er wurde lediglich seinen besonderen Kenntnissen entsprechend eingesetzt. Und irgend jemand mußte dann, ganz zwangsläufig, sein Nachfolger als Leiter seiner Mordkommission werden. In diesem Fall: Kriminalkommissar Braun.«

Harald Fein, in seinem Mercedes sitzend, rauchte nunmehr bereits die dreiundfünfzigste Zigarette dieses Tages. Nur vierzig davon gestand er sich zu – und auch das war weit mehr, als ihm sein Arzt erlaubt hatte.

Sein Arzt, der auch der Arzt seiner Frau war! Durchaus möglich, daß der verordnete, was Hilde, seine Frau, für richtig hielt: bewußte Abstinenz in jeder Hinsicht – wenig rauchen, fettarm essen, keinen Tropfen Alkohol!

Ein Arzt mithin, der erkannt hatte, was von ihm erwartet wurde. Er betreute nicht nur Harald Fein, dessen Frau und ihre Kinder, sondern auch den Schwiegervater, Herrn Plattner. Und von dem wurde er honoriert; vermutlich recht großzügig.

Er erschien prompt, wenn ein Kind hustete, Hilde sich unwohl fühlte und über Kopfschmerzen klagte, Plattner Hormonspritzen begehrte, Harald im Alkoholrausch in einer Ecke lag. Keine Familienfeier ohne ihn!

Und eines Tages kam, sah und sagte er: »Herr Fein – Sie sind gefährdet!« – Mein Gott – wem sagte er das!

Auskünfte des Ingenieurs Rosenegger, Alfred, über die Firma Plattner, über Harald Fein und über sonstige Einzelheiten, im Hinblick auf die Baustelle 14:

»Die damalige, mit der Nummer 14 routinemäßig bezeichnete Baustelle lag etwas außerhalb von München – eine neue Isarbrücke von besonders formschöner Konstruktion. Harald Fein hatte sie entworfen.

Ich war als Leiter dieser Baustelle eingeteilt. Wie immer bei solchen Objekten lag die technische Überwachung, die Einsetzung von Personal, die Anlieferung von Material im Zentralbüro der Firma – doch dort offenbar, in diesem Fall, bei sich überschneidenden Zuständigkeitsbereichen. Fein war verantwortlich, doch Jonass zumeist zuständig.

Komplikationen waren so gut wie unvermeidbar. Doch diesmal gingen sie weit über jedes Normalmaß hinaus. Das mir – von Jonass – zugeteilte Personal war zumindest zweitklassig; etliche Raufbolde und Seriensäufer darunter. Und das für unsere Baustelle zuständige Materiallager West der Firma Plattner lieferte nicht schnell, nicht exakt genug.

Möglicherweise dafür verantwortlich zu machen: Pollock, der Pförtner dieses Materiallagers, der zugleich weisungsberechtigt war; bei ihm gingen alle Anforderungen ein – er gab sie weiter. Die für uns ganz offensichtlich mit erheblichen Verzögerungen. Wobei ich wußte, daß dieser Pollock von Jonass ausgesucht und eingesetzt worden war – oder doch von dem Jonass unterstehenden Büro.

Nicht direkt gegen Fein – nicht klar erkennbar. Aber im Endeffekt schien sich das so zu ergeben. Und ich bin sicher: Fein ahnte davon nichts. Der bastelte an seinen Entwürfen herum – und die waren großartig. Finde ich.

Doch in der Firma schien auf den etwas wie ein Kesseltreiben eingesetzt zu haben – das war, bis hin zur Baustelle 14, zu merken. Manche nannten das Zentralbüro: Tummelplatz für Hyänen! Fein war darin mehr eine Art Lamm – oder eben ein Schafsbock.«

...sagte Hilde Fein, 38, zu ihrer Freundin Melanie Weber, gleichfalls 38, immer noch im vertraulichen Gespräch:

»...hat er mich systematisch ausgenutzt. Diese Erkenntnis mußte sich mir wie zwangsläufig aufdrängen. Entsprechende Folgerungen daraus zu ziehen, war doch wohl unvermeidlich. Das Maß ist übervoll – und wenn einer das weiß, dann bist du es, Melanie.«

...sagte Melanie Weber zu Hilde Fein: »...ich bedaure euch sehr – alle beide! Dabei haben wir doch – zumindest zeitweise – alle drei recht gut miteinander harmoniert. Doch wenn du mich – wie ich wohl vermuten muß – vor eine Entscheidung stellen willst, so bedaure ich diese, werde ihr jedoch nicht ausweichen. Weil ich dich liebe – immer noch, mein Lämmchen.«

Hilde Fein: »Es hat jedoch eine Zeit gegeben, Melanie, in der Harald schwankte, zwischen dir und mir!«

Melanie Weber: »Er hat sich dann für dich entschieden – du hast dir von ihm ein Kind machen lassen. Und damit war das Rennen gelaufen – bis zu dieser Situation!«

Behauptungen über Melanie Weber – versucht von Ferdy Brockmann, Inhaber des Modesalons »Sie«, Passage beim Odeonsplatz:

»Und ob ich die gute Melanie – pardon: Frau Weber – kenne! Seit mehr als zwanzig Jahren. Sie ist damals bei mir Modell und Mannequin gewesen – mit einer betörend schlanken, fast knabenhaften Figur. Sie bevorzugte die von mir persönlich für sie entworfenen Kleider. Sportlich-saloppe für den Tag; fließende, einfarbige, höchst dezent-raffinierte, für den Abend.

Stets betont zurückhaltend – genauer wohl: sie hatte sich immer unter Kontrolle –, zumindest in der Öffentlichkeit. Kam aus guter, aber keinesfalls reicher Münchner Familie – ihr Vater war, wenn ich mich richtig erinnere, Universitätsprofessor gewesen oder so etwas Ähnliches. Sie wollte nichts wie leben – aber eben: möglichst gut. Sie heiratete dann, sehr schnell, erst knapp über zwanzig, einen Mann, der weit mehr als dreißig Jahre älter war. Aber was für einen Mann!

Es war einer der beiden Brüder Weber – Bankier der eine, Kunsthändler und Großaktionär der andere. Letzterer wurde ihr Mann. Der zeugte mit ihr einen Knaben. Bald darauf befiel ihn eine schwere Krankheit. Zucker, hochgradig – wurde vermutet. Er ließ sich nur noch höchst selten in der Öffentlichkeit sehen.

Doch die gute Melanie – pardon: Madame Weber – repräsentiert für ihn. Und das – ich versichere es Ihnen – äußerst gekonnt!«

Harald Fein starrte immer noch zu den sanftrot glühenden Fenstern im sechsten Stock des Appartementhauses V-Straße 33 hinauf. Was, schien er sich zu fragen, tat sie dort jetzt?

Diese Person, dachte Harald Fein, mit ihrem stutenhaften Gang, mußte anders sein als die Frauen, die er bisher kennengelernt hatte. Vermutlich: heißblütig und feuchtwarm, drängend und hingebungsvoll, sich weit öffnend, aufstöhnend...

Anton gab knurrende Geräusche von sich.

»Sie parken hier falsch«, sagte sodann, dicht neben Harald Fein, eine helle, betont starke Stimme. Es war die Stimme eines Polizisten mit einem gummiglatten, vollmondrunden, fast konturenlosen Gesicht. Ein Luftballonmensch. Er sagte weiter: »Kann ich mal Ihren Führerschein sehen – dazu die Fahrzeugpapiere.«

»Ich parke nicht«, sagte Harald Fein, »ich halte hier lediglich – vorübergehend.«

»Sie! Sie sind doch nicht etwa scharf darauf, sich irgendwelche Schwierigkeiten einzuhandeln?« wollte der Polizist, ehrlich erstaunt, wissen. »Die können Sie haben – wenn Sie unbedingt wollen.«

Harald Fein wies, durchaus höflich, auf die zahlreichen Wagen, die vor dem seinen standen, am Rand der Fahrbahn, auf dem Parkplatz vor dem Appartementhaus V-Straße 33: zwei Volkswagen, ein Ford, drei Opel, zwei weitere Mercedes, diese jedoch nur mittlere Klasse – sowie ein Jaguar, silbergrau oder stahlblau. »Und was ist damit?«

»Immer eins nach dem anderen! Überlassen Sie das gefälligst mir. Zunächst einmal sind Sie dran. Ihre Papiere!«

Eintragungen des Polizeiwachtmeisters Penzold, Gustav, in sein stets mitgeführtes Notizbuch:

»Fein, Harald, geboren am 15. März 1925 in Heiligenblut bei Rosenheim. Wohnhaft: München-Harlaching.

Einsicht Führerschein; Nummer, Ausstellungsdatum, ausstellende Behörde. Dito: Fahrzeugschein.

Angebracht erscheinende gebührenpflichtige Verwarnung – in Höhe von DM 10,-- an Ort und Stelle erteilt und vom Verwarnten akzeptiert. Betrag gegen Ausfolgung einer Quittung eingezogen.«

Melanie Weber bei ihrem Mann – etwa eine Stunde vor Mitternacht an diesem Tage; sie blickte besorgt.

»Es ist alles so kompliziert, so problematisch geworden! Hilde scheint zum Äußersten entschlossen – ich habe das fast körperlich gespürt. Nichts mehr ist auch nur halbwegs normal bei ihr – nicht in diesem Zustand, in den sie sich hineingesteigert hat. Oder war das Berechnung? Was bezweckt sie damit?«

»Halte dich da heraus«, empfahl ihr Mann. Er lag, auf dem Rücken, in seinem Bett; die Beine ausgestreckt, die Arme eng an den Körper gelegt, den Kopf von dicken Polstern gestützt. Er atmete schwer – er bemühte sich dennoch zu lächeln.

»Ich habe dich, Melanie«, sagte ihr Mann mühsam, doch mit umflutender Zärtlichkeit, »immer nur glücklich sehen wollen – unwichtig eigentlich, warum, wodurch, durch wen. Ich gönne dir alles.«

»Danke«, sagte sie, sich tief über ihn beugend, ihn mit den Lippen berührend.

Seide umhüllte ihn – seidig glänzten die Tapeten in seinem Schlafzimmer, der chinesische Teppich, die Bezüge der Möbel. Durch eine weit geöffnete Doppeltür hindurch war sein Bad zu sehen: Carraramarmor und venezianische Spiegel, die Wasserhähne aus Gold – von der Firma Obermaier geliefert. Nahezu dreiundzwanzig Stunden an jedem seiner Tage verbrachte er in diesen beiden Räumen.

»Es soll überaus stimmungsvoll gewesen sein – dieses Jubiläum des London Pub«, berichtete sie. »James hat eine seiner lustigen Reden gehalten, Marianne den King Clerk interviewt – den mit den besten Hosenanzügen; und Alex hat einen neuen Tanz vorgeführt – den Gazellen Homeway. Das schon am frühen Abend – Udo hat uns das telefonisch mitgeteilt. Hilde war schwer enttäuscht, nicht dabeisein zu dürfen – und ich auch, weil dieser Harald...«

»Melanie«, sagte ihr Mann mit halb geschlossenen Augen, »du kannst mit Hilde machen, was die auch immer mit sich machen läßt – gleichfalls mit Harald, sofern mit dem überhaupt was zu machen ist. Aber achte dabei auf Paul Plattner! Dessen Kreise stören zu wollen, ist ein Luxus, den selbst wir uns, fürchte ich, nicht leisten können.«

Auskünfte von »Argus«, dem Gesellschaftsreporter der »MZ«, über Plattner, Paul:

»Plattner ist ganz große Klasse – in jeder erdenklichen Hinsicht. Gehört zu den führenden Hundert – also zu jenen paar Dutzend Leuten, von denen man sagt, daß sie die Landeshauptstadt, abgesehen vom OB, und das halbe Land wirklich beherrschen: Bankiers, Großbauunternehmer, Import-Export, Öl und Heizöl, Brauereibesitzer, Kaufhäuser und Ladenketten – und ähnliches in diesen Preislagen. Keiner unter dreißig Millionen – mindestens; Privatkapital, versteht sich.

Diesem Plattner, jetzt wohl etwas über sechzig, gehört eins der drei ganz großen Bauunternehmen dieser Stadt – die Plattner Hoch-Tief. Die anderen: Duhr und Söhne; dann: Moll. Plattners Spezialität: Straßen, Brücken, Unterführungen – absolut konkurrenzlos! Gelegentlich auch mal Hochhäuser.

Jedoch an den Ausbauten unterhalb des Stachus, des Karlsplatzes, ist Plattner nicht beteiligt worden – unbekannt, weshalb nicht; vermutlich Bremse aus Richtung Rathaus. Wobei er ja eigentlich noch Glück gehabt hatte – denn die enormen, an die vierzig Millionen heranreichenden Mehrkosten der Stachusunterbauten konnten ihm somit nicht angelastet werden. Und nicht wenige Eingeweihte meinten: bei seiner Beteiligung wären sie überhaupt nicht entstanden – oder doch wesentlich geringer gewesen.

Ein überaus honoriger Mann! In München geboren – Sohn eines Baumeisters. Plattner, bereits in jungen Jahren auf dem ›Bau‹ beschäftigt, hat dort kräftig zugepackt. Übernahm 1945 – da Vater Parteigenosse – den Betrieb. Höchst erfolgreich nutzte er die aufschnellende Konjunktur.

Plattner gehört heute zu unseren angesehensten Bürgern: mit Würde um gediegene Repräsentation bemüht, jede übertriebene Publicity weit von sich weisend – doch so gut wie keine der echt münchnerischen Veranstaltungen ohne ihn: Starkbieranstich, Oktoberfest, Fasching – Ehrenmitglied der Narrhalla, der Armbrustschützen, des Vereins ›Alte Heimat‹. Und so weiter.

Einer der Stellvertreter des OB nannte ihn, anläßlich einer Feier: ›Eine Zierde unserer lieben Stadt! Unseres schönen Landes!‹«

»Wie wär's denn mit uns, mein Kleiner?« fragte eine eingeübt süßsanfte Stimme. »Du gefällst mir!«

»Sie scheinen mich mit dem Wagen zu verwechseln, in dem ich sitze – so was täuscht!« Harald Fein musterte das Mädchen, das ihn angesprochen hatte, nicht ohne Neugier, während Anton leise knurrte.

Eine Regung, die sich schnell wieder legte: denn das Gesicht vor Harald Fein besaß geierhaft scharfe Konturen; tiefe Falten um die Mundwinkel waren selbst bei der hier spärlichen Beleuchtung zu erkennen, und die grellgeschminkten Lippen wirkten sehr ordinär. Ihre sich ihm entgegendrängende Brust erinnerte an vollgesogene Schwämme, wie man sie zum Reinigen von Autokarosserien benutzt.

Dennoch fragte er höflich, auf das Appartementhaus V-Straße 33 hindeutend: »Wohnen Sie auch dort drüben?«

»Kann ich mir nicht leisten«, sagte das Mädchen bedauernd. »Soviel verdiene ich nicht! Dafür bin ich zu gut in meinem Beruf. Zu gründlich. Willst du das mal ausprobieren?«

Harald Fein schüttelte den Kopf – was sie, wie er erkannte, nicht sehen konnte. Höflich erklärte er daher: »Ich will ja nicht sagen, daß mein Bedarf gedeckt wäre – nur möchte ich es mir nicht ganz so einfach machen.«

»Du kannst es auch kompliziert haben«, versprach diese Dame, überaus entgegenkommend. »Du mußt mir nur sagen, wie am liebsten.«

Harald Fein blinzelte in die beginnende, gut erleuchtete Nacht hinein. Der Himmel hatte immer noch nichts von seiner blaudunklen Farbigkeit verloren. Die Luft schien noch klarer, sie war zugleich wesentlich kühler geworden. Es mußte inzwischen zweiundzwanzig Uhr geworden sein.

»Ich bin wirklich sehr entgegenkommend«, hörte er das Mädchen bei seinem Wagen sagen. Ihre Stimme klang werbend, ergeben und besorgt zugleich – sie tat ihm leid. »Du solltest das ausprobieren – was ich verspreche, halte ich auch.«

»Vielleicht später einmal.«

Harald Fein griff in seine linke Rocktasche, zog ein Bündel Geldscheine hervor – sonderte einen davon ab, reichte ihn ihr. Fünfzig Mark. »Nehmen Sie das – als eine Art Vorschuß, wenn Sie so wollen. Ich brauche meine Zeit – bis ich soweit bin. Aber lange kann das wohl kaum noch dauern.«

Aus den Aufzeichnungen des Kriminalbeamten Keller:

»Ruhiger Tag heute – am 15. September –, nur drei Leichen fielen an. Bei zweien davon routinemäßige Todesermittlung. Beim dritten Vorgang – vermutlich Mord, möglich auch Totschlag im Affekt – bin ich lediglich in Ermangelung eines erreichbaren Gerichtsmediziners eingesetzt worden.

Denn das Erkennen und Auswerten von ›Blutspuren‹ gehört zu meinen Spezialitäten. Sie sind mir alle geläufig: tropfende, spritzende, ausströmende, versickernde, verschmutzte Spuren. Dazu die vielfache Farbigkeit des Blutes – das nicht nur leuchtend rot ist; es kann auch grau, grünlich, bläulich schimmern. Je nach Untergrund, Temperatur, Mordwaffe, der Zeitspanne danach, den Gegebenheiten vorher.

Auch das alles: Routine! Da ich gerade greifbar war, wurde ich angefordert, nahm meinen stets bereitstehenden Tatortkoffer und begab mich zur V-Straße 33 – Stockwerk sechs. Um hier zunächst einmal, bei noch durch Handauflegen spürbarer Körperwärme der aufgefundenen Toten, ein neuentwickeltes Leichenthermometer auszuprobieren. Dessen Meßbereich: von 0 bis 50 Grad Celsius. Anzeigegenauigkeit dabei von 0,1 bis 0,5 Grad. Es funktionierte ausgezeichnet.

Doch um chronologisch vorzugehen:

Leiche eins: Knabe in einem Schwimmbassin. Begleitete den Vater, der im Garten einer Villa arbeitete. Besitzer nicht anwesend. Knabe wurde vermißt, gesucht und dann auf dem Grund des verschmutzten Bassins liegend aufgefunden. Wiederbelebungsversuche erfolglos. Polizei unverzüglich verständigt. Zweifelsfrei Unfall.

Leiche zwei: Frau, 41 Jahre, bei ihrer Schwester lebend. Angeblich Tod durch Herzschlag, von einem Arzt bereits bestätigt. Keine äußerlich feststellbare Besonderheit. Beim Anheben des Oberkörpers jedoch: Schleim dringt aus Mund und Nase – gelblich-grün, scharf riechend. Vermutlich Vergiftung. Anzunehmen: Selbstmord.

Leiche drei: Frau, etwa 30, wahrscheinlich Prostituierte der mittleren Luxusklasse. Details – anhand der Spurensicherungskarten im wesentlichen von mir erstellt – beiliegend.«

Melanie Weber – in dieser Nacht – ihrem Tagebuch anvertrauend:

»... hat Hilde, meine liebe Freundin, zu mir gesagt:

›Du ahnst nicht, Melanie, meine Liebe, wie sehr ich gelitten habe! Der Junge kam kurz nach unserer Heirat zur Welt – das Mädchen knapp zwei Jahre später. Danach erstarb alles zwischen uns.

Er verstand mich nicht – gab sich auch keine Mühe, mich zu verstehen. Ging nur noch seinen eigenen Interessen nach. Meine Welt war ihm völlig gleichgültig – und das ließ er mich deutlich erkennen. Er besaß keinerlei Schönheitssinn, kein ästhetisches Gefühl, keine Kultur. Opernpremieren langweilten ihn, Konzerte schläferten ihn ein, Empfänge ‚kotzten' ihn an, wie er sagte. Und er sagte das nicht nur zu mir.

Überall pöbelte er herum – mit unglaublichen Ausdrücken. Er betrank sich – manchmal schon am frühen Nachmittag. Er behandelte angesehene Damen unserer Gesellschaft wie potentielle Nutten. Dann verfiel er sogar eine Zeitlang völlig dem Alkohol.

Dennoch wollte ich ihn nicht aufgeben! Der Kinder wegen nicht – um nicht die Familie zu zerstören. Und nicht zuletzt auch wegen Vater. Der hatte sehr viel in uns investiert – seine Liebe, seine Hoffnung, sogar seine Geschäftsinteressen. Letzteres ergab sich so – weil er mir voll vertraute. Was doch sehr verpflichtend war!‹«

Melanie: »Und wie oft hast du Harald betrogen?«

Hilde: »Wie kannst du so etwas auch nur fragen?«

Melanie: »Weil ich dich zu kennen glaube.«

Hilde: »Ich weiß – du kennst mich gut; wohl besser als jeder andere Mensch. Aber so eine Ehe, mußt du wissen, Melanie, erzeugt Pflichten. Verpflichtungen! Besonders im Bereich meines Vaters...«

Melanie: »Und keine Versuchungen? Ich meine durch Männer? Die sind manchmal schwer vermeidlich – in gewissen Situationen.«

Hilde: »Nun ja – ja! Die eine oder andere Versuchung ergab sich durchaus. Aber ich bin keiner erlegen – ganz abgesehen von meiner Freundschaft zu dir. Was ja eine ganz andere Sache ist.«

Einzelheiten – anhand der »Spurenkarteikarten zum Fall V-Straße 33« –, später unter den Aufzeichnungen des Kriminalbeamten Keller zu finden:

»A. Lage der Leiche: quer über dem Bett – auf dem Rücken – lang ausgestreckt – Füße Richtung Fenster – Arme und Hände, wie abwehrend, in Brusthöhe. Bekleidung: Morgenmantel, schwarz, Seide – geöffnet, teilweise beschädigt: Revers und Ärmel.

B. Verletzungen der Leiche: Schlagstelle am Hinterkopf – erzeugt durch einen einzigen Aufprall gegen linke, äußere Kante der unteren Bettumrandung. Keine Blutspritzer, nur nachträgliches Ausbluten. Eine schwere, doch nicht tödliche Verletzung – Betäubung möglich. Primäre Todesursache: Erwürgen – starke Druckstellen in Gegend der Halsschlagader, weniger starke am Kehlkopf.

C. Spuren an der Leiche und in nächster Nähe der Leiche: Spermaflecke, Schweißabsonderungen, Speichelspuren. Vermutlich hatte der Täter sein Opfer angespuckt – Reste davon waren feststellbar und ließen sich sichern. Dazu Urinspuren – offenbar hatte der Täter bei seinem

Opfer nach der Tat seine kleine Notdurft verrichtet, was an sich keine Seltenheit ist.

Woraus sich eine Fülle von Beweismöglichkeiten ergab – mehrere Labors waren auf Tage hinaus voll beschäftigt. Zahlreiche andere Spuren – für den chemischen und physikalischen Untersuchungsbereich – kamen hinzu. Die Kriminaltechniker arbeiteten an ihrem Tatortbild.

Doch entscheidend waren die Sperma-, Schweiß- und Speichelspuren – falls es gelang, deren Vielzahl übersichtlich zu ordnen, sie auf einen Täter auszurichten und so dessen Identifizierung mit zu ermöglichen. Wobei man wissen muß, daß sich bei sogenannten ›Ausscheidern‹, und das sind die meisten Menschen, anhand von Sperma, Schweiß und Speichel die Blutgruppe exakt bestimmen läßt. Und Urin kann zu einem Beweismittel werden, das beinahe schon an den Fingerabdruck heranreicht.«

Harald Fein zündete sich eine weitere Zigarette an – an der vorhergehenden. Sein Verbrauch an Streichhölzern wurde immer geringer. Immerhin: neuerdings trank er keinen Tropfen Alkohol mehr.

Und das bereits seit achtzehn Monaten. Er wollte nicht, er durfte nicht – er hatte sich damit abgefunden. Doch immer wieder überkam ihn das Verlangen – etwa nach einem doppelten Cognac, bei Gesprächen mit seinem Schwiegervater; oder eben wieder jetzt, während er zum jetzt dunkelrot beleuchteten Schlafzimmer hochstarrte, nach einem Glas Champagner.

Er griff in seine rechte Rocktasche, entnahm ihr eine Schachtel, in der Tabletten waren. Sammelte Speichel in seinem Mund; schluckte zwei davon. Sie waren völlig geschmacklos – doch er schüttelte sich, wie angewidert. Und Anton, der Hund, hinter ihm, schüttelte sich auch.

Der Verkehr in der V-Straße war so gut wie erloschen. Hinter den zahlreichen erhellten Fenstern war Fernsehgeflimmer zu erkennen: die deutsche Konsumwelt – Index plus vier – genoß vermutlich ihren »Big Wim«, den derzeit volkstümlichsten Elefanten ohne Porzellanladen; spießbürgerlich verfettet, nichtssagend herumalbernd, beifallumtost. Selbst Vico machte er vergessen. Sendezeit überzogen – verdauend genossen.

Und immer noch war der Himmel über München verschwenderisch

blau – wenn er jetzt auch zu versinken drohte in fahle Farblosigkeit. Dagegen anschreiend, so schien es, das vollaufgedrehte elektronische Gedröhn in den hundert und mehr Diskotheken: in der Goethestraße, in Schwabing, rund um das Hofbräuhaus.

Harald betrachtete sein Gesicht im Rückspiegel. Was er sah, war eine wie halbiert wirkende Stirn, mit wenigen, doch sehr tiefen Falten, eine davon wie ein Ausrufungszeichen scharf vertikal verlaufend – bis zur Nasenwurzel hin.

Seine graublauen Augen, die wirkten auf traurige Weise belustigt. Die Nase war kraftvoll ausgeprägt; sein Mund, mit harmonisch ausgeschwungener Oberlippe, schien ein stereotypes Lächeln anzudeuten.

Dieses stereotype Lächeln verstärkte sich noch, während er sich betrachtete. Diese scheußlich-erbarmenswerte Visage, fand er, war nicht ganz ohne Komik – was wohl von einer gewissen Hilflosigkeit kam. Eben das erkennen zu müssen, schloß Heiterkeit nicht aus. Er verachtete sich – er paßte nicht in diese Welt! Und es gab Augenblicke, in denen er das bedauerte. Und zugleich bedauerte, das zu bedauern.

Wobei Anton, der Hund, hinter ihm sich einrollte, um sein Geschlechtsteil zu belecken. Er tat das mit einer gewissen Hingebung. Hunde können sich so was leisten.

Harald Fein startete den Motor und fuhr nach Hause.

Aus den ersten Arbeitsnotizen des Kriminalkommissars Braun, anläßlich des Falles V-Straße 33, über Harald Fein:

»Mercedes 280 SL – Aufenthalt in Nähe des Hauses – Dauer etwa zwei bis drei Stunden – Kennzeichen festgestellt – Fahrzeugbesitzer: Fein, Harald –

– erste Auskünfte über Fein, Harald: verheiratet mit Hilde Fein, geborener Plattner – Schwiegervater Firmeninhaber von Plattner Hoch-Tief – zwei Kinder, 18 Junge, 16 Mädchen; gelten als verzogen – Fein in Firma Plattner, leitend tätig – Einkommen etwa monatlich an die Viertausend, offiziell, ohne Spesen – offenbar labiler Typ – war zeitweise Alkoholiker.«

Aussagen über Kriminalkommissar Braun – später von Rechtsanwalt Henri Messer gesammelt. Darunter:

Erstens: Eine gewisse Hermine Kohl – nunmehr Inhaberin eines Stehausschanks beim Elisabethenplatz, »Zum guten Tropfen«:

»Ich kenne diesen Herrn Braun recht gut – bereits von Berlin her, wo er, in Kriegszeiten, bei der ›Sitte‹ tätig war. Damals damit beauftragt, unser Einkommen festzustellen. Denn diese Nazis wollten uns besteuern! Und er fand heraus: nicht wenige von uns, sofern mindestens Mittelklasse, verdienten so an die zweihundert Mark – pro Tag. Er jedoch damals nur annähernd fünfhundert – im Monat. Ich bitte Sie – wenn so was nicht böses Blut schafft!«

Zweitens: Siegfried Wolf, einst Arzt, nunmehr Privatgelehrter; einer der wenigen noch in der Bundesrepublik lebenden Juden:

»Ja – ich habe diesen Braun kennengelernt. Bereits im Jahr 1938. Er erschien, wenn Verhaftungen bevorstanden – fast immer einen Tag vorher. Er warnte uns – indirekt. Eben deshalb existieren noch einige, die das bezeugen können.

Wer diese Warnung nicht beachtete, wurde dann am nächsten Tag verhaftet – zumeist von einem gemischten Kommando: Gestapo und Polizei. Braun gehörte mit zur Kommandoleitung. Er führte dann seine Befehle aus – nichts weiter, nichts anderes. Da bin ich sicher. Und obgleich er wohl genau wußte, welcher Art diese Befehle waren – er befolgte sie mit bestürzender Konsequenz.«

Drittens: Valentin Fischer, ehemaliger Kriminalhauptkommissar, Berlin – Wiesbaden – München, Fachmann für Zehnfinger-, Handflächen- und Einzelfingerabdrücke. Kenner aller dominierenden Systeme – nunmehr pensioniert:

»Wenn ich den Namen Braun höre, muß ich an dessen Tochter, Erika, denken. Brauns Frau verließ ihn im Frühjahr 1945, als ihr Kind fünf Jahre alt war – sie ließ es für ihn zurück. Er hat sich darum gekümmert, soweit ihm das möglich war.

Sie, Erika, wuchs bei ihm und seiner Mutter auf – letztere starb 1957. Als Erika fast zwanzig Jahre alt war, geriet sie in die sogenannten höheren Kreise. Zu denen fühlte sie sich hingezogen.

Erika wurde schwanger – ließ sich auf eine Abtreibung ein. Danach verschwand sie, unbekannt wohin. Sie soll in Hamburg und Rom gesehen worden sein. Und ich hatte manchmal den zwingenden Eindruck: dieser Braun sucht sie – nur sie! Bei allem, was er tut.«

Kriminalpolizeiliche Feststellung – in dem Akt »Weibliche Leiche, V-Straße 33, 15. September« vorzufinden:

»Tod besagter Person zeitlich, mit einiger Sicherheit, bestimmbar: eingetreten etwa gegen 22.00 Uhr. Möglich auch: eine halbe Stunde davor – eine halbe Stunde danach.

Entsprechende Feststellungen durch den hauptamtlichen Todesermittlungsbeamten des Präsidiums – unter Verwendung des neuentwikkelten Leichenthermometers der Firma Gnädli und Co., Zürich, und Berücksichtigung der Leichenflecke, der sich bildenden Totenstarre und der Auswertung der Blutspuren. Das bei normal durchwärmtem Raum – 20 Grad – und geschlossenen Fenstern.

Diese Feststellungen – verfahrensgemäß im KP-Formblatt verzeichnet – wurden vom nachträglich hinzugezogenen rechtsmedizinischen Gutachter voll bestätigt.«

»Wo bist du gewesen?« fragte Hilde Fein nicht ohne Schärfe ihren Mann, als er ihr Haus betrat. »Wo hast du dich aufgehalten – oder sollte ich sagen: herumgetrieben!«

»Nenn das, wie immer du willst«, sagte Harald Fein; wobei er sich in einen Sessel gleiten ließ. Anton sprang unverzüglich auf den nächsten und machte sich dort breit. »Wo sind die Kinder?«

»Nicht hier!« entgegnete Hilde Fein streitbar. »Muß sich dieser Köter hier so breitmachen?«

»Er darf – wenn es ihm gefällt! Ich fragte nach den Kindern.«

»Die sind ganz wie ihr Vater: immer unterwegs! Dein Sohn brütet vermutlich bei fragwürdigen Gesinnungsfreunden revolutionäre Parolen aus. Und deine Tochter, labil wie sie ist, läßt sich von irgendwelchem nicht weniger fragwürdigen Gesindel herumschleppen. Sollte mich nicht wundern, wenn die einmal, mit Rauschgift vollgepumpt, bei uns angeliefert wird.«

»Ach, Hilde«, sagte Harald Fein, sie müde anblinzelnd, »warum immer diese konstruierten Komplikationen! Was ist nur aus uns geworden?«

»Was auch immer!« Sie blickte ihn anklagend an. »Doch nichts davon durch meine Schuld.«

»Bist du tatsächlich davon überzeugt?«

»Absolut! Im Augenblick jedoch interessiert mich nur dies: du hast dein Büro kurz nach siebzehn Uhr verlassen – jetzt ist es mehr als fünf Stunden später.«

»Spionierst du mir etwa nach?« erkundigte sich Harald Fein nachsichtig, nahezu verständnisvoll. »Und wohl nicht erst neuerdings – nehme ich an. Was versprichst du dir davon?«

»Du wolltest zum Abendessen hier sein – ich hatte es für dich vorbereiten lassen. Danach war ich fest verabredet – mit unserer Freundin Melanie. Wir wollten zu einer gesellschaftlichen Veranstaltung. Aber du bist nicht gekommen. Allein deshalb mußten wir alles absagen. Wo bist du gewesen?«

»Melanie?« fragte er. »Geht es der immer noch gut? Läßt sich tatsächlich so ein Leben, wie sie es führt, auf so lange Zeit durchhalten – ohne daß man daran erstickt?«

»Harald«, sagte Hilde, »so kannst du mit mir nicht umspringen! Ich lasse mich nicht von dir behandeln wie ein Stück Eigentum. Ich bin schließlich deine Frau! Immer noch!«

»Und außerdem die Tochter deines Vaters – nicht wahr?«

»Ja!«

»Ein recht inniges Verhältnis, das mich schon immer beschäftigt hat – seitdem ich euch wirklich kennengelernt habe.« Harald Fein fühlte sich erneut in Versuchung geführt – und diesmal erlag er ihr. »Ein höchst merkwürdiger Vorgang, eine jener dunklen menschlichen Möglichkeiten, die ich als grotesk empfinde.«

»Laß das gefälligst aus dem Spiel«, sagte Hilde mit großer Schärfe. »Mische dich nicht in Dinge ein, von denen du nichts verstehst! Du solltest dich lieber um deinen Köter kümmern – der sabbert in meine Kissen!«

»Lenke nicht ab! Du hast mir diverse Details, in gewissen Augenblikken, eingestanden. Du bist in sein Bett hineingekrochen – zumindest jeden Sonntag vormittag. Schon als kleines Kind. Nun gut. Aber auch noch als Halberwachsene. Und dann auch weiterhin – vermutlich. Hier in München – und auch in seiner Villa am Tegernsee. Wie lange eigentlich?«

»Harald«, sagte sie kalt, »fordere mich nicht heraus! Versuche nicht, mir Dinge anzuhängen, die möglicherweise meinen Vater mitbetreffen könnten. Das würde der dir nie verzeihen! Das könnte schlimme Folgen haben. Für dich!«

»Was kann denn schon – ich bitte dich – schlimmer sein, als das, was ist – in unserem Fall?«

»Diesmal«, sagte sie hart, erhob sich und betrachtete ihn verächtlich, »hast du dich zu weit vorgewagt. Das wird dir teuer zu stehen kommen!«

2

Gespräch während einer der täglichen um neun Uhr vormittags stattfindenden Routinebesprechungen im Polizeipräsidium.

Derzernat: Kapitalverbrechen.

Leitung: der derzeitige Chef, Kriminalrat Dürrenmaier.

Kriminalrat Dürrenmaier: »Also mithin – nichts Besonderes?«

Kriminalkommissar Braun (betont bieder): »Nicht daß ich wüßte!«

Kriminalrat Dürrenmaier: »Auch nicht bei diesem Vorgang V-Straße 33?«

Braun: »Auch dort – keine irgendwie erkennbaren Komplikationen!«

Dürrenmaier (offenbar erleichtert, dennoch äußerst mißtrauisch, was schließlich zu seinem Job gehörte): »Wirklich nicht?«

Braun: »Alles läuft dort völlig normal ab! Soweit sich das bisher überblicken läßt.«

Aus den Aufzeichnungen des Kriminalbeamten Keller:

»Das war die in unserem Amt übliche Morgenveranstaltung. Wobei der Kriminalrat stets beharrlich versuchte, sich abzusichern – was gewiß sein gutes Recht war. Vielleicht auch dringend notwendig – zumindest Braun gegenüber.

Denn Brauns Ansichten und Methoden waren Eingeweihten bekannt. Er war entschieden für Zucht und Ordnung – für geregelte Verhältnisse und klare Abgrenzungen. Er war gegen jeden und alles, was seine Ordnungsbegriffe in Frage zu stellen schien.

Er verachtete leichtfertige Ausziehmädchen und skrupellose Großverdiener geradezu leidenschaftlich. Sein Verständnis für Homos und Apos, wie er gern sagte, für ›Sittenaufweicher‹ und ›Unterleibsapostel‹ war äußerst gering. Wenn es nach ihm gegangen wäre, hätte er vermutlich vor allem die ganze von gewissen Zeitungsschwätzern künstlich in der Öffentlichkeit hochgespielte Pseudoprominenz freudig hinter Schloß und Riegel gebracht. Und diese Zeitungsschwätzer dazu – zwecks weiterer interner Berichterstattung.

Auf Brauns Schreibtisch lag – stets griffbereit – ein Ausspruch, den er einmal gehört hatte; er wurde dem scheidenden Präsidenten des BKA, des Bundeskriminalamtes, zugeschrieben. Und der soll, im vertrauten Kreis, gesagt haben:

›Mit unseren etlichen hunderttausend Kriminellen werden wir schon fertig. Was uns jedoch wirklich zu schaffen macht, sind die wohl knapp tausend sogenannten Intellektuellen, die ihre abseitigen Wertmaßstäbe anderen als verbindliche Norm aufzudrängen versuchen.‹

So was gefiel Braun. Mir übrigens auch. Obgleich ich wesentlich andere Schlußfolgerungen daraus zog.

Jedenfalls: diesmal war er am Zug! Immerhin hatte ihm Dürrenmaier, vor- und weitsichtig wie er war, einen Kriminalinspektor namens Feldmann zugeteilt; einen sehr nüchternen Praktiker, ohne jeden verführerischen Ehrgeiz. Ein Mann, der wie ein Aktenordner war – er ließ nur das gelten, was sich exakt registrieren ließ. Er kam aus meiner Schule.«

Kriminalrat: »Das Opfer in der V-Straße 33 war eine Prostituierte?«

Braun: »Jawohl. Ohne als solche registriert zu sein. Vermutlich obere Mittelklasse. Bis untere Oberklasse. Fast schon Luxus. Halb professionell.«

Kriminalrat: »Eine mit ausgedehntem Wirkungskreis? Daraus könnten sich – wenn man nicht geschickt vorgeht – unter Umständen Komplikationen ergeben.«

Braun: »Nichts dergleichen erkennbar.«

Kriminalrat: »Falls so was jedoch erkennbar werden sollte, bin ich unverzüglich zu informieren. Das ist keine Anregung – es ist eine Anordnung! Vermeiden wir es, unter allen Umständen, gewisse menschliche – oder männliche – Entgleisungen der Öffentlichkeit zum Fraß vorzuwerfen.«

Aus den Aufzeichnungen des Kriminalbeamten Keller:

»... horchte ich auf! Denn Braun gab sich zu bieder. Das fiel auch dem Kriminalrat auf, ohne daß er sich anmerken ließ, wieweit er Braun zu durchschauen vermochte. Braun jedenfalls verharmloste, für mich deutlich spürbar, alle anfallenden Details, wohl um nicht voreilig das Interesse seines Vorgesetzten zu erwecken. Bei Gefahr von Komplikationen würde der ihm diesen Fall entziehen und einem anderen Beamten zuteilen.

Genau das schien Braun vermeiden zu wollen. Offenbar witterte er einiges, das verlockend gut in sein Generalkonzept hineinpaßte.

Ein Vorgang, der einiges an internem Vergnügen versprach. Ich wurde recht neugierig darauf.«

Aus den – immer noch ersten – kriminalpolizeilichen Ermittlungen:

»Zahlreiche Fingerspuren waren vorhanden – wie in einem vielbesuchten Appartement nicht anders zu erwarten. Erkannt und gesichert von Kriminalinspektor Feldmann – dieser bevorzugte das ›Magna Brush-System‹, wobei mit vier verschiedenen Pulversorten operiert wurde: Rußpulver, Mangandioxyd, Argentorat, Graphit.

Aber auch alle anderen verwertbaren Systeme wurden von KI Feldmann beherrscht – die Rubnersche Folie; das Rilloplast, auch ›Hamburger Folie‹ genannt; wie auch die von Schneider, Wien, hergestellte klebfähige Schicht in Schwarz, um Fingerabdrücke sicherzustellen.

Wobei sich in diesem Fall herausstellte: von der Tür her, über den Korridor, bis hin zum Bett der Ermordeten im Schlafzimmer, hatte es eine sehr breit angelegte, gezielt spurenvernichtende Wischaktion gegeben.

Wodurch sich zwangsläufig die Erkenntnis aufdrängte: der mögliche Täter mußte entweder eine Person mit einiger krimineller Praxis sein – oder ein Mann mit Phantasie.«

»Sie sollen aufstehen«, sagte zu Harald Fein das Dienstmädchen seiner Frau so munter wie drängend.

»Ich will nicht«, murmelte er dumpf, den Mund in die Kissen gepreßt. Aber dann wuchtete er sich, mühsam, auf die Seite – wobei er ihr seine Hinterfront präsentierte. Er hörte sie auflachen. Was ihn belustigte –

auch wenn dabei Anton, der Hund, unter seinem Bett liegend, unwillig knurrte.

Die Vorhänge in seinem Schlafzimmer wurden weit auseinandergezogen – das grelle Licht der Morgensonne blendete ihn. Er legte die Hände über sein Gesicht. »Muß das sein?« fragte er unwillig.

»Fühlen Sie sich etwa nicht wohl?« Maria Trübner, das Dienstmädchen, betrachtete ihn, vornehmlich sein Hinterteil, nicht ohne Neugier. »Soll ich Sie aufmuntern?«

Harald Fein richtete sich, leicht taumelnd, hoch – es war ihm, als sehe er sie zum erstenmal: ein kuhhaftes Geschöpf; vollfleischig, stallwarm, nach frischer Milch riechend. Sie lächelte ihn an, breit dastehend – auf Beinen mit Schenkeln, die wie glatte Gleitbahnen waren.

»Mich wollen Sie aufmuntern? Sie?«

»Warum nicht ich?« fragte Maria, sich über ihn beugend. »Man muß mir nur dazu Gelegenheit geben. Ich bin nämlich sehr leistungswillig, müssen Sie wissen – Ihre Frau meint das auch.«

...hatte der derzeitige Freund dieser Maria Trübner, ein gewisser Peter Palitschek, zu ihr gesagt:

»...mußt wissen, daß ich dich liebe. Doch die körperliche Liebe, die bei uns ja hundertprozentig hinhaut, ist schließlich nicht alles. Auf die seelischen Zustände, Maria, kommt es dabei an! Auf höhere Harmonie – wozu auch die Finanzen gehören, mein Mädchen. Denn die Kohlen müssen stimmen. Wo ich dir doch ein schönes trautes Heim bieten will!

Wohl bin ich recht tüchtig, wie du weißt – aber leider auch sehr arm! Ich werde nicht entsprechend meinen Leistungen bezahlt – und nicht nur mir allein geht es so in dieser Sauwelt! Die Verhältnisse stimmen einfach nicht – aber dem muß man eben abhelfen! Nachhelfen! Jeder auf seine spezielle Tour – kapiert?

Nein – noch nicht kapiert? Also, Maria, nun stell dich mal nicht noch dämlicher, als du bist! Die Sache liegt doch ganz einfach so: wir haben zuwenig – und andere haben zuviel. Wie etwa diese Feins! So was muß man ausgleichen – findest du das nicht auch? Na also – dann streng dich mal an! Reiß ihn am Riemen! Da ja das Körperliche...«

»Wollen Sie mich unbedingt im Nachthemd besichtigen?« fragte Harald Fein das Dienstmädchen Maria, nun endlich ein wenig munterer geworden.

»Sie sind noch ganz stattlich«, bekundete die Trübner, ihn betrachtend, während Anton die Vorderpfoten weit von sich streckte und das Hinterteil in die Höhe schob.

»Versprechen Sie sich nicht zuviel davon«, sagte Harald Fein belustigt. Er stand auf und griff nach seinem Morgenmantel – sie half ihm hinein. »Sie schrecken wohl vor gar nichts zurück – was?«

»Bei Ihnen nicht.«

»Auch nicht vor meiner Frau?«

»Nicht im Augenblick. Denn die ist weggefahren. Und sie hat lediglich gesagt: ich soll Sie aufwecken! Zur üblichen Zeit. Und Sie dann fragen, was für Wünsche Sie haben. Haben Sie welche?«

»Meine Frau ist weggefahren – sagten Sie?«

»Mit ihrem Wagen – und mit einem Koffer und zwei Pelzen.«

»Wohin?«

»Woher soll ich das wissen – sie hat es mir nicht gesagt. Sie war alles andere als gut gelaunt – sagt Ihnen das was?«

»Lassen Sie Anton in den Garten«, sagte Harald Fein lediglich. »Der muß dringend hinaus.«

...belehrte der Kriminalkommissar Braun den ihm zugeteilten Kriminalinspektor Feldmann:

»Achten Sie bitte stets darauf: wir haben hier kriminelle Vorgänge aufzuklären! Ein eventuelles abschließendes Urteil darüber spricht die Justiz. Ein möglicherweise notwendig werdendes medizinisches Gutachten bleibt Ärzten überlassen. Nichts davon hat uns zu beschäftigen.

Was also praktisch heißt: es steht uns beamteten, schäbig besoldeten Schnüfflern nicht an, eventuelle Unterschiede, etwa zwischen Kriminellen oder Kranken, auch nur in Erwägung zu ziehen. Wir sind Kulis der Gerechtigkeit; wir schalten ausschließlich auf kriminalistische Sachlichkeit.

Wer also in den Bereich unserer Ermittlungen gelangen könnte – und es ist scheißegal, wer das auch sein mag –, der wird prompt bedient!

Jedenfalls: keine Rücksichtnahme auf irgendeine Person – beziehungsweise auf eine sogenannte Persönlichkeit. Denn vor dem Gesetz – nicht wahr – sind alle Menschen gleich! Und vor der Kriminalpolizei sind sie noch gleicher! Also – nichts wie ran an die Kriminellen!«

»Ich verstehe dich«, versicherte Helga, Harald Feins Tochter, mit geradezu verschwörerischen Untertönen, während sie Anton zu sich emporzog und ihn heftig an sich drückte – worauf der sich zu entwinden trachtete. »Ich habe dich schon immer verstanden!«

»Wirklich?« fragte Harald Fein. »Aber, bitte, laß den Hund los! Anton verträgt so viel erdrückende Liebe nur schwer – er ist ein Individualist und wünscht behutsam behandelt zu werden. Aber ich danke dir für deine Verständnisbereitschaft. Womit habe ich soviel Anteilnahme verdient?«

»Du bist so edel!« rief seine Tochter aus – und das ganz offensichtlich überzeugt.

Harald Fein betrachtete Helga, die sich neben ihm an den Frühstückstisch setzte, nicht frei von freudiger Verwunderung. Eine Regung, die neuerdings bei ihm selten war. Um so intensiver genoß er sie – zumal Anton freigelassen worden war; der wälzte sich wonnig auf dem Teppich, auf dem Rücken, alle viere von sich gestreckt.

Helga Fein war sechzehn Jahre alt: ein graziöses Geschöpf auf überlangen Beinen. Ihr jetzt leicht geöffneter Mund ließ prächtige Zähne sehen. Sie war, wenn auch leicht verwildert wirkend, von eindringlich sanfter Schönheit. Doch ungehemmte Freude darüber zu empfinden, versagte sich Harald Fein – denn ihn beherrschte das Gefühl: diese seine Tochter sah aus, wie ihre Mutter ausgesehen haben mußte: als sie sechzehn gewesen war.

»Was, Helga, soll ich sein? Edel? Wie kommst du denn darauf?«

»Du bist viel zu schade für sie!«

»Für wen?«

»Für deine Frau!«

»Erlaube mal! Wenn ich dich richtig verstehe, dann sprichst du von deiner Mutter.«

»Die kein Gefühl für dich hat!«

Auszüge aus dem Tagebuch der Helga Fein:

»...sagte die Mutter nein – und immer wieder nein! Noch in dunkelster Nacht; ich konnte nicht schlafen. Eines Films im Fernsehen wegen, der ein Grab zeigte, das mich magisch anzog. Und sie rief, mit einem unterdrückten Aufschrei: nein!

Oder:

...sieht, während wir beim Fernsehen sitzen, Vater dabei gar nicht auf den Bildschirm – er sieht immer nur sie, die Mutter, an. Und sein Blick ist sehr traurig. Das geht mir ans Herz.«

»Langsam, Helga, nur langsam!« empfahl Harald Fein bedächtig. »Ich bitte dich, mein liebes Kind – niemand ist vollkommen; schon gar nicht in den Augen anderer.

Und ich glaube, daß es kaum eine Familie in dieser Welt geben wird, in der paradiesische Zustände herrschen. Es kommt nur darauf an: wir müssen miteinander leben – was praktisch heißt: aufeinander Rücksicht nehmen.«

»Das aber hat sie niemals getan – nicht dir gegenüber! Du bist zu gut für uns – für sie bestimmt!«

»Mein liebes Kind«, sagte Harald Fein ein wenig gerührt, aber auch nicht unbesorgt. »Versuche diese Welt in nicht allzu vereinfachten Bildern zu sehen. Glaube mir: deine Mutter ist nicht schlecht – und ich bin nicht gut! Alles ist relativ – und so gut wie jede Schuld ist irgendwie teilbar.«

»Vater – wie tolerant du doch bist!«

»Vielleicht aus Schwäche, vielleicht aus Berechnung – wer will das so genau wissen?« Harald Fein lächelte vor sich hin. »Es gibt schließlich keinen Menschen, der für sich allein lebt – auch wenn er sich noch so einsam vorkommen mag.

Denn selbst der Einsamste kann irgend etwas tun – oder unterlassen – und damit irgendeinen anderen Menschen schwer verletzen. Oder eine Schnecke zertreten, einen Vogel verhungern lassen, zum Sterben der Fische beitragen...

Jeder von uns ist wie ein Faden – fest geknüpft in einen riesengroßen Teppich.«

»Warum versteht Mutter dich nicht?«

»Ach, Helga, Mädchen – wer versteht denn schon wen? Aber miteinander leben muß man dennoch!«

Plattner, Paul, Bauunternehmer, über seinen Schwiegersohn Harald Fein – zusammengefaßte Auszüge aus mehreren überlieferten Gesprächen, die zumeist Monologe gewesen sind:

»...habe ich meine Prinzipien, um danach zu handeln. Sie basieren auf Erfahrungen. Fachkenntnisse – sage ich immer – sind selbstverständliche Voraussetzungen, wenn man vorwärtskommen will. Sodann Tüchtigkeit – Einsatzfreude, Zielstrebigkeit, Tatbereitschaft! Gib jedem seine Chance – sage ich immer –, sofern sich das zu lohnen scheint.

Auch bei Harald Fein.

...war ich zunächst besorgt – ich gestehe es offen –, als mir eines gewiß nicht sehr schönen Tages meine Tochter Hilde den Mann präsentierte, mit dem sie sich, wohl ein wenig voreilig, eingelassen hatte. Ich gebe gerne zu: er wirkte nicht unsympathisch, wenn auch nicht sonderlich tatkräftig – auf den ersten Blick.

Aber die von diesen beiden geschaffenen ›vollendeten Tatsachen‹ gaben schließlich den Ausschlag. Denn ich dachte, natürlich, keinen Augenblick daran, ein möglicherweise fehlgezeugtes Kind abtreiben zu lassen – wozu ich Mittel und Möglichkeiten gehabt hätte. Jedoch bei meiner strengreligiösen Überzeugung...

...sagte ich mir: wir werden das Beste daraus zu machen versuchen! Ging es mir doch allein um mein geliebtes Kind.

...erwies es sich – auch dabei –, daß Glück auf die Dauer nur der Tüchtige hat! Nachforschungen, die ich vorsorglich über meinen möglichen Schwiegersohn anstellen ließ, ergaben: Harald Fein hatte eine abgeschlossene Ausbildung als Diplomingenieur und Architekt.

Damals arbeitete er in einem Baubüro, einem drittklassigen, als technischer Zeichner. Und nicht einen Augenblick lang – das versichere ich – habe ich, damals, daran gedacht, daß Harald Fein jemals meine geliebte Tochter nur geschwängert haben könnte, weil sie das einzige Kind eines Baugroßunternehmers...

...So mühte ich mich vielmehr – optimistisch, wie es meine Art ist; optimistisch, doch nicht leichtfertig! –, auch hier das Positive zu sehen! Wozu, nicht zuletzt, der einzige und offenbar sehr gute Freund von Harald Fein zählte, ein gewisser Abendroth, Hermann. Der war bei der Stadtplanung beschäftigt und galt dort, obgleich sehr jung, aber vom Oberbürgermeister persönlich gefördert, als der kommende Mann.

So zögerte ich denn nicht länger, auch Harald Fein seine Chance zu geben – bei meiner geliebten Tochter, in meinem aufstrebenden Geschäft. Nicht ohne Vorbehalt – wie ich gestehen muß.«

Aus einem der ersten Informationsgespräche – in Aktennotizen niedergelegt – zwischen Feldmann und Braun:

Feldmann: »Die kriminaltechnischen Untersuchungen, anhand der Tatbestandsaufnahme, sind angelaufen. Erste Resultate – bei, gemäß Ihrer Anordnung, erbetener Beschleunigung, in einigen Tagen zu erwarten. Inzwischen: Routinebefragungen, Standardfahndungen, Serienvernehmungen. Von mir mit sechs weiteren Beamten durchgeführt – bei vorbildlicher Mitarbeit der uniformierten Polizei des zuständigen Reviers.«

Braun: »Ersparen Sie sich diese amtlichen Lobeshymnen – ein derartiges Verhalten ist selbstverständlich. Zeichnen sich schon irgendwelche halbwegs greifbare Hinweise ab?«

Feldmann: »Keinesfalls klar erkennbare – andeutungsweise jedoch bisher drei:

Erstens, die Tote hatte einen sogenannten Betreuer gehabt, einen gewissen Kordes – dessen derzeitiger Aufenthaltsort ist noch unbekannt; Nachforschungen sind eingeleitet.

Sodann, zweitens, ein Mann namens Stenzenbach, im gleichen Hause wohnend – er wurde routinemäßig vernommen und gefiel sich in lautstarker Entrüstung über ›jene entartete Person im sechsten Stock‹. Worauf seine danebenstehende Frau meinte – ich zitiere: ›Du hast die doch auch besucht – was gar nicht billig gewesen sein muß –, deshalb habe ich noch immer keinen Pelz!‹«

Braun: »Na prächtig! Und was sonst noch?«

Feldmann: »Dann – drittens – dieser Harald Fein, auf den Sie mich aufmerksam gemacht haben. Dessen Anwesenheit zur fraglichen Todeszeit in der Nähe des Tatortes scheint festzustehen – seine Anwesenheit am Tatort selbst jedoch ist nicht nachweisbar. Oder eben: noch nicht.«

Braun: »Dieser Fein scheint zu meiner Kragenweite zu passen: ein Vielverdiener, ein labiler Mensch, ehemaliger Alkoholiker – was heißt da ehemalig? –, also ein prädestinierter Sittenaufweicher – was ist solchen Typen nicht alles zuzutrauen! Ich will nun nicht gleich sagen, Feldmann: konzentrieren Sie sich auf den! Nur vorerst einmal: lassen Sie den nicht aus dem Auge!«

»Ich habe nichts gegen dich – gegen dich persönlich, Vater«, versicherte Heinz Fein, der Sohn, sich an den Frühstückstisch setzend. »Du bist ein bemühter Mensch – das gestehe ich dir zu.«

»Na, wie schön!« sagte Harald, der Vater. »Du übst dich also neuerdings in Nachsicht – sogar mir gegenüber! Das mutet ja geradezu großmütig an!«

Heinz sah seinen Vater nicht an – und Helga, die Schwester, übersah er. Er beschäftigte sich lediglich kurz, aber intensiv, mit Anton, dem Hund, der sich mitten auf dem Ledersofa zusammengerollt hatte. Sein Rücken wurde gekrault, und Anton dehnte sich dankbar.

»Na – du wundersames Untier! Du hast keine Probleme – was? Du bist der einzige weit und breit, der keine andere Wahl hat, als in den Tag hineinzuleben. Und das sei dir gegönnt, du Trollfigur!«

Hierauf betrachtete Heinz unendlich gleichgültig, nahezu mit Verachtung, alles, was auf dem Frühstückstisch vor ihm stand: Rührei mit Schinken, letzterer roh, aus Westfalen; dazu Nürnberger Rostbratwürste, Fleischkonserven aus dem Thüringer Wald, Oliven aus Italien, Käse aus Holland, Gänseleberpastete aus Frankreich.

»Das ist vielleicht ein Anblick!« rief Heinz. »Eine kompakte Ansammlung von feinsten Fressalien! Schon mal was davon gehört, daß weit mehr als die halbe Menschheit hungert? Daß in Indien Hunderttausende unterernährt sind? Daß die Neger in Amerika...«

»Vergiß Biafra nicht«, sagte Harald Fein ohne den geringsten Spott, »und Pakistan und die Palästinenser und Südamerika – und so weiter und so fort.«

»Du weißt das alles – und dennoch fühlst du dich hier wohl!« Heinz blickte sich um: die Einrichtung ringsum war »modern-elegant«, vordere Briennerstraße – Lack, Glas, Chrom; eckig und glatt, halbseidig und dunkelsamt. Leder und Plastik; Wolle von hundert Schafen bedeckte den Boden. »Vermutlich meinst du: Höhle bleibt Höhle – ob nun mit allem Prunk ausgestattet oder im Dreck versinkend.«

»Belästige Vater nicht!« wies ihn Helga streng zurecht. »Denn die Einrichtung dieses Hauses hat Großvater persönlich ausgesucht – und bezahlt. Und für den Haushalt ist Mutter verantwortlich. Und was schließlich das tägliche Frühstück anbelangt, so frißt du selbst davon ganz stattliche Mengen!«

»Weil eben auch ich unterentwickelt bin!«

»Geistig bestimmt!«

»Ich bin nun mal der Sohn meiner lieben Eltern!«

»Heinz«, sagte Harald Fein bedächtig, »du weißt...«

»Ich weiß, ich weiß! Du bist so unendlich großzügig, entwickelst verschwenderisch viel Verständnis, bekundest ausgeprägten Sinn für Toleranz! Die derzeit beliebteste Walze! Und wenn unsere liebe Mutter hier wäre, würde sie jetzt vermutlich tönen: Heinz, mein Sohn, du nimmst keine Rücksicht auf uns, du läßt kein Verantwortungsgefühl erkennen, du bringst uns noch in schlechten Ruf! Ich!«

»Wer denn wohl sonst?« rief Helga empört aus.

»Frage doch mal Vater«, meinte der Sohn, lässig aggressiv, wobei er Anton eine Schinkenscheibe, westfälisch, zuwarf.

...erklärte Kriminalkommissar Braun dem Kriminalinspektor Feldmann:

»...haben wir hier, zunächst einmal, lediglich zu registrieren, was tatsächlich geschehen ist: nämlich ein Mord. Abgekürzt M. Begangen an einem weiblichen Wesen. Mithin F – was feminin heißt. Ferner V 33 – was den Tatort, die V-Straße, plus Hausnummer, bezeichnet. Sodann weiter ein ZHS – Zertrümmerung der hinteren Schädeldecke. Dazu WHK – Würgemale Hals plus Kehlkopf.

Womit die für diesen Fall zu verwendende Kennziffer lautet: MF/V 33/ZHS/WHK.«

Aus den Aufzeichnungen des Kriminalbeamten Keller:

»Es ist gemeinhin bei der Kriminalpolizei und bei der Justiz üblich, jedem Fall einen Namen zu geben – wie etwa Mariotti, Rohrbach, Brühne. Was jedoch zwangsläufig zu gewissen, nicht unbedenklichen

Suggestionen führen muß. Ich glaube, ich bin der erste gewesen, der in unserem Metier ein neutralisierendes Kennzeichensystem einzuführen versucht hat – als ich noch Leiter einer Mordkommission war.

Die Grundansätze dieser Methode hat dann Braun, als mein Nachfolger, übernommen und erweitert; nicht so sehr, wie ich vermute, um heikle namentliche Schwerpunktbildungen zu vermeiden, sondern wohl eher, um besorgte Vorgesetzte, wie Kriminalrat Dürrenmaier, nicht allzu bequem Anteil an seinen Untersuchungen nehmen zu lassen.

Braun wurde nicht zufällig im Amt ›der Fuchs‹ genannt – selbst mir wurde nie ganz klar, auf welche Beute er gerade aus war. Er scheute vor keinem noch so komplizierten Umweg zurück. Nur soviel war bei ihm stets sicher: entgehen lassen würde der sich nichts!«

...weiter, Informationsgespräch, zwischen Kriminalkommissar Braun und Kriminalinspektor Feldmann:

Braun: »Sie lassen sich doch hoffentlich nicht irgendwie davon beeinflussen, daß die Tote lediglich eine Prostituierte gewesen ist?«

Feldmann: »Nein.«

Braun: »Und auch nicht davon, daß es sich bei diesem Harald Fein um ein Mitglied der sogenannten höheren Gesellschaft handelt – diesem Haufen, der auf Marmor kackt! Beeinflußt Sie so was?«

Feldmann: »Nein. Ganz abgesehen davon, daß bisher in dieser Hinsicht keinerlei brauchbare Ermittlungsergebnisse...«

Braun: »Sie sollten schneller arbeiten – und gezielter! Und intensiver nachdenken sollten Sie auch, Feldmann. Da sitzt dieser Pinkel angeblich stundenlang in seinem scheißfeinen Auto – und weiter nichts? Das allein ist doch schon irgendwie pervers, Mann!«

Feldmann: »Er wollte vielleicht nur mal abschalten – auch das ist möglich. Vor sich hindösen! Der konnte sich das eben leisten.«

Braun: »Diese Typen leisten sich noch ganz andere Dinge! Die glauben, sich für ihr Drecksgeld so gut wie alles kaufen zu können – eine angeblich ehrbare Hausfrau, ein verführbares Bürgermädchen, jede Sorte von Nutten! Aber auf die Dauer kann und darf so was nicht gut gehen.«

Feldmann: »Die bisherigen Ermittlungsergebnisse jedoch wie gesagt...«

Braun: ...sind ein allererster Furz! Aber um noch mal auf diesen Fein zurückzukommen: wer bleibt denn, so ohne weiteres, stundenlang in seinem Wagen sitzen? Kann doch sein, daß er zwischendurch auch mal pinkeln mußte – ein Bierchen stemmen – oder eben irgendeine Hure rammeln wollte! Achten Sie bei allen Ihren Nachforschungen auch darauf!«

»Darf ich fragen, mein Junge«, wollte Harald Fein höflich wissen, »was deine Andeutung zu bedeuten hatte – die über den schlechten Ruf!«

»Warum fragst du mich? Erkundige dich bei Mutter danach! Die scheint mir weitaus kompetenter dafür zu sein. Zumindest heute.«

»Die ist aber nicht anwesend.«

»Eben!« rief der Sohn unentwegt streitbar. »Und das sagt doch wohl alles! Denn Mutter hat ihren Koffer gepackt – und allen Schmuck darin verstaut. Und ihren Nerzmantel trug sie über dem Arm! Alles allerschönste Familienharmonie!«

»Wie rücksichtslos du doch bist!« rief Helga ihrem Bruder anklagend zu. »Du solltest dich schämen!«

»Ach was!« rief Heinz lautstark empört. »Ich sehe das, was ist! Und ich sehe dabei Menschen im beklagenswert fortgeschrittenen Alter, Vierzigjährige, alternde Wohlstandsdroschkengäule, zu Zirkuspferden des Kapitalismus geworden, die sich auf den Kopf zu stellen versuchen – nur um zu zeigen, wie mobil sie noch sind!«

»Deiner Ansicht nach also«, ergänzte Harald Fein, nicht ohne leise Belustigung, »sind wir, die knapp über Vierzigjährigen, mithin nichts als elende Hundeseelen, kompakte Schafsböcke oder gierige Ratten – siehst du das so?«

»So ungefähr«, behauptete Heinz. »Womit ich aber, im Hinblick auf die von dir zitierten Hundeseelen, unserem Anton nicht nahetreten will – denn der ist geradezu eine Seele von Mensch!« Worauf er, bedächtig, hinzufügte: »Aber warum ist das alles so – wodurch entsteht dieser Eindruck?«

»Das ist überaus scheußlich, Heinz!« rief ihm die Schwester zu.

»Vor allem«, ergänzte Harald Fein sehr leise, »ist es ehrlich.«

»Und zweifellos berechtigt!« Heinz sagte das ohne den geringsten Triumph und auch ohne jede Trauer – es war, als lese er ein Barometer ab.

»Ach du!« rief Helga betrübt und aggressiv zugleich. »Weißt du, was du in meinen Augen bist?«

»Undankbar!« half ihr Heinz bereitwillig aus.

Helga blickte ihren Vater an – für den Bruder um Verzeihung bittend; liebevoll und unendlich zärtlich. Doch Harald Fein wich ihren Blicken aus.

Auskünfte von einem gewissen Sebastian Berner – in München als Medizinstudent eingeschrieben; seit bereits sechs Jahren:

»Nach wem fragen Sie? Nach einer gewissen Helga? Ach so, die Helga – ja, kenne ich. Ein gehemmtes Geschöpf. Im Grunde zu nichts zu gebrauchen. Kam mir vor wie ein junger Hund, der noch nicht weiß, wohin er pinkeln will – beziehungsweise darf.

Und die hatte – zu allem Überfluß – auch noch einen Bruder! Der nannte uns nicht nur ›erbärmliche Schweine‹, der schlug sich sogar mit uns herum. ›Ich werde dafür sorgen, daß sie nicht unter die Säue gerät!‹

Ort: ein Lokal in Schwabing, wo man freizügig genug ist, der Jugend ihren Joint zu gönnen. Name: ›Goldfinger‹. Dieser Heinz jedenfalls schleppte seine Schwester Helga hinaus – sie entschlossen mit sich ziehend. Was sie sich, geradezu beglückt, gefallen ließ.«

Harald Fein sah zunächst auf Anton, der beruhigend gleichgültig dalag – dann sah er zum Fenster hinaus. Es war ein schöner Tag – wie hier fast immer, wenn der Sommer in den Herbst überging: dann, in der Tat, leuchtete die Stadt! Sie war wie durchflutet von kristallklarer Helligkeit; eine sanfte Sonne täuschte wohltuende Wärme vor, die Pestschwaden der Luft waren nicht sichtbar, und der Himmel schien unendlich hoch und weit zu sein – ein großes Zeltdach der Behaglichkeit. Das Oktoberfest war nahe.

»Feinsinnige Gedanken?« fragte Heinz Fein seinen Vater Harald voller Unruhe. »Die schöne Zuflucht jener, die Gott gerne einen guten Mann sein lassen. Nichts anderes als die sentimental verlogene Beschwichtigungstaktik von wohlgefälligen Rundfunkseelsorgern; eine liebliche Welt, das kleine Glück, der gute Bruder Mensch! Wie mich das alles ankotzt!«

»Sage so was nicht!« rief Helga heftig erregt. »Nicht zu unserem Vater! Er verdient das nicht. Er nicht!«

»Ich kann Heinz verstehen«, sagte Harald Fein. »Heinz scheint sich vorzukommen, als wäre er fortwährenden Forderungen ausgesetzt – etwa von dir, Helga, dann von mir, so gut wie von allen und jedem. Denn er glaubt, ihm werde hier, in diesem Hause, unentwegt eine Art Rechnung präsentiert – etwa für gelieferte Liebe! Oder eben: für in achtzehn Jahren gelieferte Nahrung, Unterkunft und Kleidung. Für Spielzeug, Schulgelder und Arztrechnungen. Somit für alles, was sich möglicherweise in Zahlen ausdrücken ließe!«

»Stimmt!« stellte Heinz fest, unentwegt zum Streit entschlossen, wobei er vermied, seine Schwester anzublicken. »Das hast du ziemlich gut erkannt, mein lieber Vater! Denn dies ist tatsächlich der – für mich – entscheidende Punkt.

Ich habe mich immer wieder gefragt: was stellen wir hier eigentlich dar? Eine Art Versorgungsinstitut, das auf Zahlung und Leistung beruht – oder eben eine Familie, für deren Existenz es keinerlei aufgerechnete Verpflichtungen auf Gegenseitigkeit geben darf! Also?«

»Wir sind Menschen«, sagte Harald Fein einfach und hilflos.

Auszüge aus einem Gespräch – zwischen Journalisten und dem derzeitig maßgeblichen Stadtplaner: Abendroth, Hermann. Geführt anläßlich eines »informierenden Abendessens«; angekündigtes alleiniges Thema dabei: Olympia-Vorbereitungen.

Wobei alsbald der Name Harald Fein fiel – im Zusammenhang mit der Firma Plattner Hoch-Tief. Spezialinteresse dabei: Anfahrtswege Olympiagelände.

Abendroth: »Aber ja – ich kenne Herrn Harald Fein so gut wie von Jugend auf – wir haben gemeinsam studiert.«

Zwischenfrage (von Journalist »Bild« gestellt): »Glauben Sie ihn gründlich zu kennen?«

Abendroth: »Im wesentlichen: ja! Aber ich bitte Sie: wer kennt denn schon wen gründlich?«

Weitere Zwischenfrage: »Soll das heißen, Herr Abendroth, daß Sie Wert darauf legen, sich von diesem Harald Fein zu distanzieren? Was durchaus verständlich wäre – nach all dem, was neuerdings geschehen zu sein scheint.«

Abendroth: »Was hat das damit zu tun, was einstmals gewesen ist?«

Abermalige Zwischenfrage (wieder Journalist »Bild«): »Stimmt es, daß Ihre Jugendfreundschaft andauerte – auch dann noch, als Sie bereits maßgeblich an den Planungen unserer Landeshauptstadt beteiligt waren?«

Abendroth: »Ich nehme nicht an, daß Sie damit anzudeuten versuchen, diese Freundschaft sei in jüngeren Jahren zu einer Art Zweckgemeinschaft geworden! Sind wir uns einig, daß dem nicht so ist? Gut – dann können wir dieses Thema mit aller Aufrichtigkeit behandeln.

Also: Harald Fein war ein ungemein liebenswerter Mensch. Immer heiter, stets entgegenkommend, keineswegs besonders kompliziert. Von starker künstlerischer Begabung – er konnte, bereits in jungen Jahren, Häuser entwerfen wie etwa Wright in Kalifornien oder Ponti im Tessin. Doch unsere einst so gute, herzliche Freundschaft erlosch langsam.

Seit einigen Jahren sehen wir uns nur noch gelegentlich: etwa bei staatlichen oder städtischen Empfängen, anläßlich der Einweihung einer Brücke, die er entworfen hat; bei irgendeiner Feier – wir grüßen uns, reichen uns die Hand, gehen dann jedoch auseinander.

Das ergab sich eben so.«

Diese Firma Plattner am Marienplatz – die Harald Fein täglich aufsuchen mußte, offiziell von neun Uhr bis siebzehn Uhr – irritierte ihn immer wieder.

Dort war, zunächst, alles von funktionsbetonter Zweckmäßigkeit – ohne irgendeine ablenkende Abschweifung. Keine Blumen, keine Ziergegenstände; statt Bildern hingen an den Wänden: Statistiken, Arbeitsprogramme, Baupläne. Soweit drei von sieben Büroräumen der Hauptverwaltung, dazu das Schreibmaschinenzimmer.

Die beiden zentralen Büros des offiziellen Geschäftsführers Fein und des Geschäftsorganisationsmanagers Jonass, direkt Plattner unterstellt, besaßen bereits einen Teppich; neuorientalisch, dreimal vier Meter; dazu je ein Ölgemälde; hier bayerischer See, dort bayerisches Gebirge. Möbel: betont rustikal.

Genau dazwischen lag das Chefsekretariat. Einrichtung: altwienerisch, Klein-Schönbrunn, aber auf eine gewisse Zweckmäßigkeit getrimmt. Und darin die Wagnersberger – gelegentlich »das Herzstück des Hauses« genannt; manchmal auch: »der Unterleib des Unternehmens«. Ihre absolute Verläßlichkeit war firmenbekannt – und darüber hinaus.

Die Wagnersberger – bereits nahezu zwanzig Jahre erfolgreich im Betrieb tätig – war immer noch überaus attraktiv: stets modisch gekleidet: immer gut, manchmal ein wenig zu stark parfümiert; sich ihres Wertes sehr wohl bewußt.

»Was Besonderes?« fragte Harald Fein.

»Wie man es nimmt«, sagte Eva-Maria. »Herr Plattner scheint nicht sonderlich guter Stimmung zu sein.«

»Irgendeine geschäftliche Panne?«

»Möglich, aber nicht unbedingt wahrscheinlich. Denn sonst hätte mich Herr Jonass rechtzeitig darüber orientiert; aufmerksam wie er ist.« Die Wagnersberger produzierte dabei ein liebenswürdiges Chefsekretärinnenlächeln: »Ich nehme also an, daß es sich in erster Linie um irgend etwas Privates handelt – und Sie werden sicherlich wissen, um was?«

»Um was auch immer«, sagte Harald Fein ergeben, wie zu sich. »Dann muß ich wohl – wieder einmal.«

Dr. Barthel, Staatsanwalt – unmittelbar nach diesen Vorgängen Oberstaatsanwalt, bald danach Staatssekretär im Justizministerium seines Landes –, hier über grundsätzliche Erkenntnisse, intern geäußert:

»...habe ich keinesfalls die Absicht, die derzeit bestehenden bundesdeutschen gesellschaftlichen Gegebenheiten oder die der westlichen Welt zu kritisieren oder gar in Frage zu stellen...

...müssen wir uns aber über diverse wesentliche Zusammenhänge Gedanken machen. Denn wir leben in einer Zeit ohne jede geruhsame, beruhigende Mitte. Wir sind von einem Extrem in das andere gefallen: einst Pflicht, Zucht und Ordnung – nun Freiheit, Persönlichkeitsentfaltung, extremer Individualismus.

Dies ist deutlich erkennbar an den kriminellen Tiefpunkten dieser einst so gemütlichen, freundlichen Stadt: konzentrierte Sittenlosigkeit, kompakte Amoralisierung – alle Laster dieser Welt auf so gut wie freiem Markt! Und dazu noch, gar nicht selten, als ›gesellschaftliches Ereignis‹

hochgespielt: Nutten als Gesellschaftsdamen, Zuhälter als Vergnügungsexperten, Sittenstrolche als Playboys.

Scheinbar alltägliche Vorgänge! Gesetzlich nicht zu erfassen; es gibt schließlich das sogenannte Recht auf den eigenen Körper; die Freiheit, sich zu ruinieren; die Persönlichkeitsentfaltung ist garantiert bis zur letzten Perversion! Solange jedoch so was in den dafür prädestinierten Kreisen bleibt, ist es an sich nicht sonderlich gefährlich.

Denn gewöhnlich existieren dort zwar ungeschriebene, aber intern verbindliche Spielregeln. Man kann sie übersehen – und als gegeben hinnehmen. Doch reichlich kompliziert, wenn nicht gar wirklich gefährlich wird es, wenn da einer ausbricht – also sich gegen seine Gesellschaftsschicht stellt. Diese womöglich bewußt herausfordert.

Womit ich bei diesem Harald Fein angelangt bin.«

Harald Fein begab sich zu Paul Plattner in das sogenannte »Allerheiligste« – das Privatbüro des Firmenchefs, Schwiegervaters und Alleinherrschers über ein Dutzend Großbaustellen, fünf- bis siebentausend Arbeiter.

»Da bist du ja endlich!« rief ihm Paul Plattner zu. »Fast um eine Stunde verspätet! Nicht gerade ein Vorbild für unsere Angestellten – und das seit einiger Zeit schon nicht mehr! Bei allem Wohlwollen, Harald, bei allem Verständnis, bei meiner ganzen Großzügigkeit – also so, mein Lieber, geht das wirklich nicht weiter!«

»Da bin ich ganz deiner Meinung«, erklärte Harald Fein.

»Dein eklatantes Versagen auf der Baustelle 14 kostet meine Firma etliche tausend Mark!«

»Was geht mich denn die Baustelle 14 an? Nachdem mir jede Freude daran gründlich verdorben wurde.«

»Harald, mein Junge«, sagte Plattner warnend, »wir sind hier nicht da, um irgend jemand irgendeine Freude zu bereiten – sondern um Geschäfte zu machen. Keinesfalls Verlustgeschäfte! Die Materialanlieferungen haben sich dort verzögert, die Leute saßen untätig herum, und der Zeitplan kann kaum noch eingehalten werden. Was hast du mir dazu zu sagen?«

»Nichts.«

»Deine Leichtfertigkeit ist bodenlos!« rief Plattner empört aus. »Ich verbitte mir jede derartige Antwort – ich verlange eine Erklärung.«

»Nun gut«, meinte Harald Fein unbeeindruckt. »Bei der Baustelle 14 bin ich persönlich lediglich für Konstruktion und Kalkulation verantwortlich zu machen – dann habe ich noch die Anlaufphase überwacht. Der Rest gehört in der Firma zur Abteilung Organisation – Management –, geht mich also nichts mehr an. Das solltest du nachprüfen.«

»Das werde ich tun! Und wenn sich dabei deine Schuld herausstellen sollte, dann werde ich dich haftpflichtig machen.«

»Sonst noch was?«

Paul Plattner – der Wert seines Unternehmens wurde derzeit auf einhundertfünfzig Millionen, mindestens, geschätzt – wirkte zwar klein, doch keinesfalls zierlich. Er hatte irritierend große Hände, die er stets zu verstecken trachtete – er steckte sie in seine Taschen, hielt sie hinter dem Rücken, verbarg sie, wie jetzt, unter der Platte seines Schreibtisches.

Zwei Mitteilungen über Paul Plattner:

Huber, Vorarbeiter, 61, immer noch »auf dem Bau« tätig:

»Den kenne ich nun schon an die vierzig Jahre – und auf den lasse ich nichts kommen! Der hat noch ein Herz für den einfachen Arbeiter. Erschien bei jedem Jubiläum persönlich – und brachte immer was mit. Mal ein paar Flaschen Schnaps; oder ein Kistchen Bier. Stieß dann mit mir persönlich an. Ein Prachtkerl!

Mann, der kann zupacken! Und das tut der auch. Etwa wenn er, sogar in prima Kluft, auf der Baustelle erscheint und dann so einen Zementsack hochwuchtet – ein Zentner – ohne dabei außer Atem zu kommen. Da staunen Sie – was?«

Samtner, Thea, 24, ehemalige stellvertretende Chefsekretärin, drei Monate in der Firma:

»Das war noch ein Mann! Und das – ich bitte Sie – in diesem Alter!

Ich war kaum zwei Wochen in der Firma, als ich das zu spüren bekam. Doch dann heiratete ich sehr schnell.

Und ich bitte Sie, mich nicht mißzuverstehen – natürlich ist vor meiner Ehe nichts irgendwie Ungewöhnliches, nichts Unpassendes passiert. Nur eben, daß ich meinen damaligen Chef schätzen und bewundern gelernt habe – und wie!«

»Harald«, sagte nunmehr Paul Plattner, seine großen Hände hebend, »was tust du mir an! Womit ich diesmal gar nicht die Baustelle 14 meine – das werden wir noch untersuchen. Was mich ungleich mehr beunruhigt, ist deine private Einstellung zu Personen, die mir am Herzen liegen.«

»Was, bitte, meinst du damit?«

»Mein Lieber«, sagte Paul Plattner, »ich könnte nun den Versuch machen, mit dir zu diskutieren – etwa über die Möglichkeiten einer Familie. Unserer Familie! Aber ich weiß, daß das pure Zeitverschwendung wäre. Ich nehme jedoch an, es ist selbst dir aufgefallen, daß ich in dich eine ganze Menge investiert habe, an Vertrauen, an Hoffnung, an bereitwilligem Entgegenkommen! Was schließlich alles seinen Preis hat.«

»Womit du vermutlich sagen willst, daß ich nichts als ein Verlustgeschäft für dich bin.«

Paul Plattner wehrte mit großer Geste ab. Er blickte aus dem Fenster – und dieses Fenster befand sich, in Höhe des Glockenspiels, genau dem Rathaus der Stadt München gegenüber.

Und dieses München – in kaum viel mehr als einem halben Jahrhundert: gottbegnadetes Königtum, jedoch mit Bonhomie – dann biergartenbürgerliche Demokratie – hierauf räterepublikanisch für wenige Tage – sodann kurz novemberaufgeputscht, mit Feldherrnhallenbetrieb – bald Stadt der Bewegung genannt: Bürgerbräu, Osteria, Carlton Teeraum. Dazu Mahnmale am ehemals Königlichen Platz, Haus der sogenannten Deutschen Kunst: Hitlers Wahlheimatstadt. Schließlich dann, mehr heimlich, Hauptstadt der Gegenbewegung. Und dann weiter so!

»Hier«, sagte Paul Plattner versonnen, »ist so gut wie alles denkbar – nichts, was hier nicht möglich wäre! Du, Harald, bist nicht mehr als ein Sandkorn darin – doch in mein Getriebe lasse ich es nicht geraten! Meine Firma, an der ich dich, denkbar großzügig, Anteil nehmen ließ, ist eine der besten, der erfolgreichsten in diesem Land. Doch es hätte die allerbeste, die erfolgreichste sein können – wenn...«

»Wenn ich bedingungslos mitgemacht hätte – und zwar alles, was du von mir verlangt hast! Erwartet – erhofft...«

Recherchen des Kriminalinspektors Feldmann und seiner Gruppe – auf den Fall V-Straße 33 angesetzt: Erste Zwischenergebnisse über möglicherweise Verdächtige:

»A. Kordes – der langjährige Betreuer der Ermordeten. Hat offenbar München, einige Tage zuvor, verlassen. Unbekannt wohin. Kommt vermutlich als Täter nicht in Frage. Fahndung nach ihm – auch über Interpol – ist angelaufen.

B. Stenzenbach – im gleichen Hause wohnend. Von seiner Frau belastet. Hat jedoch den fraglichen Abend, mit Betriebskollegen, in einer Kegelbahn verbracht. In Herrsching am Ammersee. Alibi wird überprüft; scheint zu stimmen.

C. Fein – noch keine weiteren erkennbaren Belastungshinweise. Zugleich: nichts verwertbar Entlastendes.

Ermittlungen werden fortgesetzt.«

»Lassen wir das Harald – zunächst einmal.« Plattner winkte ab. »Hier handelt es sich nicht um Wunschträume, sondern leider um Realitäten. Und die, mein Lieber, besagen ganz einfach: du hast mich fortlaufend enttäuscht; zumindest in letzter Zeit.«

»Das vielleicht sogar gerne«, bemerkte Harald Fein.

»Eben das gedenke ich mir nicht mehr länger bieten zu lassen. Ich bin entschlossen, jetzt nur noch eine Alternative anzuerkennen: entweder du spurst fortan – oder ich boote dich aus! Und das eine wie das andere wird hundertprozentig geschehen – achte darauf! Das bin ich meiner Firma ebenso schuldig wie meiner lieben Tochter, deiner Frau. Dies ist meine letzte Warnung.«

»Und was heißt das im Augenblick praktisch?«

»Du wirst dich bei meiner Tochter, deiner Frau, für dein Verhalten entschuldigen! Und das möglichst überzeugend und wirkungsvoll. Denn ich kann sie nicht leiden sehen! Und durch dich schon gar nicht!«

»Was weiter?«

»Du hast dich fortan, und zwar weitaus intensiver als bisher, deiner Familie zu widmen – und damit auch zugleich unserer Firma. Bitte nun keine Entgleisungen mehr, kein Herumbummeln, keinerlei Abschweifungen! Mithin: endlich wieder restlos geordnete Verhältnisse! Wozu auch deine wirklich guten Freunde gehören – wie etwa dieser Abendroth.«

»Und – wenn nicht? Wenn ich das nicht will? Was dann?«

»Dann«, versicherte Paul Plattner, und zwar lächelnd, »mache ich dich fertig. Und deinen dir liebsten Freund – den einzigen, den du wohl jemals hattest – dazu! Du weißt – das kann ich! Willst du es etwa darauf ankommen lassen?«

»Das hier« – hatte Hermann Abendroth, der Stadtplaner, gesagt, vor mehreren Jahren – »ist der wohl verlockendste und vielversprechendste Auftrag, den ich jemals erhalten habe. Wohl niemals mehr werde ich einen ähnlichen erhalten: Entwürfe für olympische Bauten – plus Zufahrtsstraßen!«

»Ich freue mich für dich« – hatte Harald Fein, der Freund, gesagt. Sie saßen im Arbeitszimmer von Abendroth in dessen Reihenhaus, München-Nymphenburg, beieinander, tranken einen würzigen Pfälzerwein, plauderten, planten und fanden Gefallen an ihrer Phantasie. »Was stellst du dir vor?«

»Eine denkbar großzügige Lösung!« Abendroth griff nach einem bereitliegenden Stadtplan – auf dem umriß er, mit fettigem Stift, die Zone Oberwiesenfeld. »Hier, Harald, das Olympiagelände – für äußerste Konzentration glänzend geeignet.«

»Und die Zufahrtsstraßen dazu?«

»Die sollten nicht minder großzügig geplant sein!« Abendroth setzte erneut seinen dicken Zeichenstift in Bewegung. Er zeichnete, zunächst einen kleineren Kreis. »Hier das Stadtzentrum!« Zwei weitere Kreise kamen hinzu. »Hier der innere und der mittlere Ring.« Nunmehr schien er eine Schneise in seinen Städtewald zu hauen – mit zwei dicken Strichen. »Und dies die große Zufahrtsstraße – es ist die beste, die wirksamste Lösung! Dazu noch die einfachste.«

»Alles Geniale ist einfach«, sagte Harald Fein. »Deine Grundkonzeption überzeugt mich völlig.«

Wobei Harald Fein, was ihm zunächst nicht bewußt war, sich diese Grundkonzeption genau merkte: er konnte sie, mit dem wachen Sinn aller visuell begabten Architekten, in allen Details rekonstruieren. Was dann auch geschehen sollte.

Weiteres Informationsgespräch – zwischen KK Braun und KI Feldmann – über laufende Recherchen:

Feldmann: »Erste Berichte der Kriminaltechnik sind eingetroffen. Vorläufige Ergebnisse: Speichel, Sperma und Urin am Körper der Toten weisen nahezu gleiche Grundmerkmale auf: Blutgruppe A – dabei mehr tendierend zum starken A 1; das schwache A 2 kommt vermutlich nicht in Frage.«

Braun: »Immerhin ein Anhaltspunkt mehr. Was sonst noch?«

Feldmann: »Kordes, der Zuhälter, ist in Zürich gesehen worden – zwei Tage vor dem Mord. Fahndung nach ihm läuft weiter. Das Alibi für Stenzenbach stimmt – er scheidet somit aus. Hinzu kommt dafür ein Mann namens Lenbach, ein Fabrikant – Papier, in erster Linie Toilettenpapier.«

Braun: »Was ist mit dem?«

Feldmann: »Dieser Lenbach gehörte zu den eifrigsten Kunden der Toten, aber auch zu den vermutlich unbequemsten. Er lebt in Offenburg – doch wenn er nach München kam, machte er in der V-Straße Besitzansprüche geltend. Und das reichlich lautstark. So auch an jenem 15. September.«

Braun: »Nehmen Sie diese Sau in die Zange! Und was ist mit Harald Fein?«

Feldmann: »Im Zusammenhang mit ihm wurde jede Einzelheit genauestens überprüft. Dabei Bestätigung durch den Streuner Baumholder, den Polizeibeamten Penzold, eine Prostituierte, die fünfzig Mark, ohne jede Gegenleistung, kassiert hat. Irgendwie verdächtig das alles, zugegeben – doch nichts davon wirklich beweiskräftig.«

Braun: »Dann wird es jetzt wohl Zeit, daß ich mich persönlich einschalte.«

An diesem Tag wurde die Boutique »Paris modern« eröffnet – in einer Passage an der Theatinerstraße. Dabei anwesend – wieder einmal: »Tout Munich«. Details hierüber dem Gesellschaftsbericht des Udo Argus entnommen, erschienen in der »MZ«:

»Günther – als Gastgeber – erschien in einem smokingähnlichen Anzug in Blaßlila; Stoff dazu in Lyon gewebt; Spezialanfertigung. Hetty in elfenbeinweißer Gewandung; altklassisch, Seide. Hannelore, einst

Schlager singend, nunmehr Teller bemalend, dabei Baronin: Hosenkleid, leuchtend grasgrün, hauteng – wirkungsvoller Kontrast zu ihrem gepflegten, herabwallenden Goldhaar.

Anwesend auch Soraya – einst Kaiserin, nun ein ›liebenswert einfaches Mädchen‹, dezent in Schwarz – vermutlich Balmain – und mit leicht heiserer Stimme.«

»Erkältung bei nächtlichem Aufenthalt im Garten ihrer Villa in Rom, Via Appia«, mutmaßte »Argus«.

»Dazu die in München automatisch zur derzeitigen ›Prominenz‹ Zählenden: Uschi, die Süße – diesmal mit Bob, also nicht mit Frank; dazu Marianne, die Milde; Petra, die Flotte; und Anneliese, die sicherste Gemeinplatzbesitzerin der frühabendlichen örtlichen Television. Weiter Robert: ›Wer ist das?‹ – und Guido: ›Wer sagt die Wahrheit?‹ – auch Erich: ›Nichts oder das Doppelte!‹

Cocktails ab vier; Büfett, kalt, gegen fünf – diesmal nicht von Käfer, sondern von Dallmayr. Dazu Kuchen von Kreutzkamm; Süßigkeiten, erlesene: Residenzcafé; Getränke, quantitativ bemerkenswert: Nymphenburg-Sektkellerei.

Modische Vorführungen – ab fünf Uhr fünfzehn. Vorgeführt dabei alles: was eine Frau so braucht! Damit sie sich sehen lassen kann. Kostenpunkt: kaum viel mehr als dreitausend Mark – pro Monat etwa. Wie geschenkt!«

»Argus« hierzu: »Eine gelungene, vielapplaudierte Demonstration modischer Eleganz!«

Dabei eine Szene, die einige Beachtung verdient hätte. Sie wurde jedoch, gemeinhin, als amüsant empfunden und belebte den Abend.

Denn: Joachim Jonass, die Plattner-Tochter plus Melanie Weber begleitend, schüttete dem jüngsten der Duhr-Söhne, Johannes-Eduard, vom schärfsten Konkurrenzunternehmen für Plattner im Lande, den Inhalt eines vollgefüllten Sektglases – Marke: Fürst Ferdinand – ins Gesicht, das reichlich ratlos wirkte. Wobei Jonass bemerkte: »Schäbige Verdächtigungen lassen wir uns nicht gefallen – klar?«

Weiter: Informationsgespräch im Präsidium: KK Braun und KI Feldmann:

Feldmann: »Ich habe mich inzwischen näher mit dem Papierfabrikanten Lenbach aus Offenburg beschäftigt.«

Braun: »Na und?«

Feldmann: »Dieser Lenbach ist ein außerordentlich erfolgreicher Geschäftsmann – er ist der Erfinder der Lenbach-Großrolle. Toilettenpapier. Hat damit Millionen gemacht – und sich sogar einen Rembrandt gekauft; aber einen falschen.«

Braun: »Was für einen solchen Arschauswischer auch völlig genügt! Ihre Aktennotiz über seine Vernehmung bitte!«

Aktennotiz über die Befragung des Fabrikanten Lenbach zum Fall V-Straße 33:

»Herr Lenbach, im Hotel Bayerischer Hof wohnend, gab freimütig Auskunft. Diese besagte: er habe die fragliche Person am Abend des 15. September aufgesucht, gegen 21.00 Uhr – was zu stimmen scheint; denn gegen 22.00 Uhr speiste Lenbach mit einem Geschäftsfreund bei Humplmayr. Er hielt sich dort bis gegen Mitternacht auf.

Auf intensives Befragen erklärte Herr Lenbach: diesmal wäre es zu einem Geschlechtsverkehr mit besagter Person nicht gekommen. Er habe ihr vielmehr – und dies wörtlich: ›eins in die Fresse gehauen!‹ Weil sie einen höheren Preis als das letzte Mal gefordert hätte.«

Hierauf Braun: »Und wer haut diesem Saukerl eins in die Fresse? Oder sollten dessen Preise inzwischen nicht gestiegen sein?«

Feldmann: »Um dreißig bis vierzig Prozent – innerhalb von fünf Jahren.«

Braun: »Haben Sie den so einfach laufen lassen? Das will ich doch nicht hoffen?«

Feldmann: »Ich habe ihn noch mindestens eine halbe Stunde lang befragt; so auch nach seiner Blutgruppe. Die stand auf einem Ausweis, bei seinem Führerschein, verzeichnet: Blutgruppe Null. Lenbach scheidet also damit für uns aus.«

Braun: »Bleibt also – zunächst – niemand sonst als dieser Harald Fein! Und auf den freue ich mich geradezu! Also, Feldmann – morgen früh will ich mich an dessen Anblick ergötzen. Kapiert?«

»Ich habe mich bei dir zu entschuldigen!« sagte Harald Fein zu seiner Frau Hilde, die zu ihm zurückgekehrt war – auf Anweisung von Plattner. »Und wenn ich auch nicht genau weiß, wofür – so würde ich doch gerne wissen: wie könnte mir das am wirksamsten gelingen?«

»Du – mißfällst mir!« rief seine Frau explosiv.

»Kann ich verstehen«, bekannte Harald Fein, den Kopf senkend, nicht ohne Nachsicht. »Auch ich mißfalle mir! Die Haare ergrauen, ich lächle zuviel, und gelegentlich weine ich neuerdings sogar heimlich – ich werde eben alt!«

»Und du hast nichts dazugelernt?«

»Ich lerne täglich zu!« versicherte Harald Fein. »Mit jedem Tag, den ich noch zu leben habe, wächst mein Interesse an der Natur, meine Liebe zu den Tieren, mein Verständnis für Menschen. Selbst für dich!«

»Verschone mich, bitte, mit deiner Hundephilosophie«, sagte sie scharf. »Ich bin nicht Anton!«

»Zugegeben«, sagte er.

»Ich bin mit dir verheiratet!« schrie sie ihn an. »Aber ich kann dich nicht mehr ertragen!«

»Immerhin – du bist zurückgekommen.«

»Weil Vater das von mir verlangt hat! Zum letztenmal – hat er mir versprochen... Bis du wieder einen Fehler machst, nur noch einen – und das wird wohl nicht allzu lange auf sich warten lassen.«

Sie saßen einander im großen Salon der Fein-Villa gegenüber – im Abstand von einigen Metern. Die Kinder, Heinz und Helga, befanden sich nicht im Haus, das Dienstmädchen war einkaufen gegangen, und Anton spielte im Garten. So konnten sie ungehindert deutlich werden und auch ungeniert laut; besonders Hilde.

Wohl pflegte sie sich neuerdings auf »sanfte Madonna« zu trimmen: fließende Gewänder, bevorzugt blau; groß ausgeschminkte Augen, ebenfalls blau; nur ganz leicht gewelltes Haar, mit spanischer Hinterkopfkrone; Haarfarbe seit einiger Zeit weizenblond, dezent leuchtend. Dazu versuchte sie mit zarter, verhaltener, süßsinnlicher Stimme zu sprechen – nicht jedoch jetzt.

»Eine glänzende Fassade«, sagte Harald Fein, sie dabei nicht ansehend, »ist offenbar schon alles, was dein Vater will.«

»Das ist doch wohl das mindeste, was er von dir erwarten kann. Er muß auf seinen Ruf als angesehener und verdienstvoller Bürger achten.«

»Als gut verdienender Bürger – meinst du wohl.«

»Du solltest derartige Anspielungen in Zukunft unterlassen – auch im engsten Kreis. Das gehört mit zu den Bedingungen, die Vater stellt. Er ist äußerst besorgt – seine Geschäfte stagnieren in letzter Zeit nicht nur, sagte er mir, sie gehen zurück. Was er dir zuschreibt! Du schadest seinem Ansehen – wenn du so weitermachst.«

»Was mache ich denn schon? Nichts!«

»Genau das ist es! Du bist ein Hemmschuh! Du bist nicht von Nutzen – niemandem – also schadest du! Und wenn sich das nicht schnell ändert...«

»Ich weiß, was dann kommt«, sagte Harald Fein müde. »Dein lieber Vater hat mir das deutlich genug angedroht.«

»Und er wird es wahrmachen!«

»Er wird es versuchen – sicherlich. Aber du bist schließlich meine Frau – wir haben Kinder. Und unser Sohn etwa könnte einstmals der Nachfolger deines Vaters werden. Robust genug ist er dafür. Dein Vater, da bin ich fast sicher, spekuliert bereits mit ihm.«

»Wie du dich überschätzt!« rief sie ihm zu. »Heinz ist mein Sohn, ich habe ihn geboren – du bist nur sein zufälliger Erzeuger. Und es ist mein Vater, der hier allein maßgeblich ist! Ich bin und bleibe seine Tochter, ich bin nicht auszutauschen – nicht so wie du. Denn für dich ließe sich bequem ein Nachfolger finden – in jeder Hinsicht!«

»In jeder Hinsicht?«

»Schließlich gibt es andere, die zu mir passen, die mich verstehen, die auf mich eingehen – und die auch meinem Vater genehm wären.«

»Auf wen, bitte«, fragte Harald Fein, nahezu belustigt, »willst du damit anspielen? Doch nicht etwa auf Jonass?«

»Und warum nicht auf den?«

»Ich bitte dich, Hilde – den habe ich in die Firma gebracht, er ist mir verpflichtet, er arbeitet für mich. Der ist mein Freund!«

»Was besagt das schon? Doch rein gar nichts – außer der Tatsache, daß du beklagenswert weltfremd bist.«

»Ich habe eine Mitteilung zu machen«, sagte Jonass zu Plattner am späten Abend, in dessen Chefbüro, »die sich leider nicht aufschieben läßt.«

»Ich höre«, sagte Plattner, hinter seinem Riesenschreibtisch sitzend, auf dem, abgedeckt, ein Aktmagazin lag – neben den Unterlagen über die Baustelle 14.

»Eine unangenehme Geschichte, Herr Plattner – für die ich aber einstehe, auch im Interesse unserer Firma... Kurzum, ich habe dem jüngsten der Duhr-Söhne, diesem arroganten Johannes-Eduard, den Inhalt eines Sektglases in die Visage geschüttet.«

»Warum?«

»Dieser Bengel hat es gewagt – in Anwesenheit angesehener Persönlichkeiten –, abfällige Andeutungen über geschäftliche Transaktionen unserer Firma zu machen. Er entfernte sich dann von dieser Veranstaltung – auf weitere Auseinandersetzungen ließ er sich also nicht ein. Ich hätte ihn sonst ohne weiteres zusammengeschlagen. Doch nun ist anzunehmen, daß Herr Duhr, Senior, auf Sie zukommen wird...«

»Das«, sagte Paul Plattner souverän, »ist bereits geschehen – er hat mich vor wenigen Minuten angerufen.«

»Und?«

»Duhr und ich«, erklärte Plattner, »sind wohl, wenn sich das nicht vermeiden läßt, scharfe Konkurrenten; manchmal aber auch, wenn sich das so ergibt, Partner. Wichtigste Spielregel dabei: Differenzen machen wir immer untereinander aus – wir bringen sie niemals an die Öffentlichkeit! Dagegen hat Duhr Junior verstoßen. Sein Vater hat sich für ihn entschuldigt.«

»Das beruhigt mich!« Jochaim Jonass wirkte sehr erleichtert. »Dann habe ich also richtig – zumindest nicht falsch gehandelt!«

»Sie machen sich!« versicherte Paul Plattner ermunternd. »Machen Sie nur weiter so!«

Weitere Details aus Gesprächen anläßlich des sogenannten »informativen Arbeitsessens«, zwischen Stadtplaner Abendroth und Journalisten.

Abendroth: »Ja – das stimmt, ich kenne auch Herrn Jonass. Der hat vor einigen Jahren etwa vier bis fünf Monate lang für die Stadtverwaltung, in unserer Abteilung, gearbeitet. Ein ganz vorzüglicher Mann, ein begabter Organisator, nicht ohne speziellen Ehrgeiz in fachlicher Hinsicht, soweit ich mich erinnern kann.«

Zwischenfrage: »Aber dann wechselte er in die Privatwirtschaft über. Warum?«

Abendroth: »Vermutlich weil die mehr zahlen kann! Herr Jonass war schließlich kein Beamter. Er ergriff eine günstige Gelegenheit.«

Zwischenfrage: »Haben Sie ihn dazu inspiriert?«

Abendroth: »Wozu, bitte?«

Der Zwischenfrager: »Herr Jonass wechselte zur Baufirma Plattner über. Rein zufällig? Oder könnte es sein, daß Sie daran, irgendwie, beteiligt gewesen waren?«

Abendroth: »Keinesfalls direkt! Mir war lediglich bekannt, daß sich Herr Jonass zu verändern wünschte – und Herr Fein suchte, zur gleichen Zeit, dringend einen tüchtigen, ihn weitgehend entlastenden Mitarbeiter. Ich habe dann beide Herren aufeinander aufmerksam gemacht. Mir schien das ganz selbstverständlich – denn nicht wahr: man sollte niemandem irgendeine Chance versperren.«

Zwischenfrage: »Hatte dieser Herr Jonass an den Vorplanungen für die Olympiabauten, einschließlich Zufahrtsstraßen, direkt mitgewirkt?«

Abendroth: »Nein.«

Zwischenfrage: »Konnte er Einblick nehmen? In Pläne, Unterlagen, Protokolle?«

Abendroth (ein wenig zögernd): »Nein.«

»Willst du mir etwa einreden«, fragte Harald Fein seine Frau, durchaus noch amüsiert, »daß du mit Jonass geschlafen hast?«

»Mit wem auch immer – was, bitte, geht dich das an!«

Harald Fein lehnte sich in seinen dekorativen Funktionssessel zurück und fragte: »Und so was versuchst du mir einzureden?«

»Warum sollte ich denn – ausgerechnet dir gegenüber – irgendwelche Verpflichtungen zu völliger Aufrichtigkeit empfinden! Bist du denn mein Mann gewesen – mit allem, was dazu gehört? Doch wohl schon seit Jahren nicht mehr!«

»Jedoch – was, wenn dein Vater von diesen angeblichen Abschweifungen erfährt?«

»Von wem denn? Von mir nicht! Von Jonass auch nicht. Und falls du so was versuchen solltest, dann werde ich das für eine üble, heimtückische Verleumdung erklären. Und du weißt ja, wem von uns beiden mein Vater glaubt.«

»Na schön – behaupte, was du willst«, sagte Harald Fein bitter. »Dann leben wir also so weiter! Jedoch – wie lange wohl noch?«

Stadtplaner Abendroth, bei seinem unmittelbaren Vorgesetzten, dem Stadtbaudirektor – Aufzeichnung dieses Gespräches durch Aktennotizen. Stattfindend am frühen Vormittag des Tages danach:

Abendroth: »Ich muß gestehen, daß ich über gewisse, sich aufdringlich abzeichnende Entwicklungen nicht unbesorgt bin.«

Stadtbaudirektor: »Unbesorgt darf hier wohl niemand von uns sein – nicht bei den Größenordnungen, mit denen wir es zu tun haben. Manchmal habe ich den bedrückend fatalen Eindruck: fast jede Woche, mit der wir uns dieser Olympiade nähern, kostet uns mehr als eine Million Mark; zusätzlich.«

Abendroth: »Und eben dafür, fürchte ich, wird man versuchen, Schuldige, oder eben Verantwortliche, zu finden. Etwa, wie sich in erster Linie anbietet, mich. Unmittelbar danach, vermutlich, Sie. Hierauf sogar den Oberbürgermeister. Denn hier findet eine Art Treibjagd statt – aber von wem, ich bitte Sie, veranstaltet?«

Dazu »Wirtschaftskommentar« des Bayerischen Rundfunks:

»...scheint der U-Bahn-Ausbau erheblich gefährdet!«

»...droht sich das Straßennetz wesentlich zu verteuern.«

»...haben sich die Kosten des Olympia-Stadions, innerhalb eines Jahres, nahezu verdoppelt, wenn nicht gar verdreifacht.«

»...um dreißig Millionen zunächst – dann um fünfzig Millionen – schließlich um siebzig bis achtzig Millionen. Und so weiter...

...im Endeffekt, vorsichtig geschätzt, um etwa eine Milliarde Mark mehr, als zunächst eingeplant. Jedoch: ›Wer ist dafür verantwortlich?‹«

Weitere Einzelheiten – aus dem internen Gespräch zwischen dem Stadtbaudirektor und seinem wohl wichtigsten Mitarbeiter, Abendroth. Wichtig nicht zuletzt auch, weil Abendroth das uneingeschränkte Vertrauen des OB besaß.

Stadtbaudirektor: »Was, bitte, befürchten Sie wirklich, möglichst genau?«

Abendroth: »Nun – nichts Geringeres als den Versuch, uns eine mögliche Beteiligung an fragwürdigen Spekulationen nachweisen zu wollen. Uns – also der Stadtplanung! Man scheint effektiv bemüht zu sein, direkte Zusammenhänge zu konstruieren – etwa zwischen unseren Planungen und den Manipulationen diverser Bauunternehmer. Vor allem der Firma Plattner.«

Stadtbaudirektor: »Das wäre schlimm. Darüber muß ich sofort den Herrn Oberbürgermeister informieren.«

»Da ist ein Mann – und noch ein Mann«, berichtete Maria Trübner, das Dienstmädchen im Hause Fein, nicht unbeeindruckt. »Sie wünschen Herrn Fein zu sprechen.«

Hilde Fein begab sich an die Haustür ihrer Villa; und dort sah sie vor sich stehen: einen kleinen klobigen Mann mit einem freundlich wirkenden Birnengesicht. Und hinter diesem ein mehr mausartiges graues Wesen: von Kopf bis Fuß ein Vollzugsbeamter.

»Sind Sie Frau Fein?«

Hilde bejahte.

»Und wo, bitte, ist Ihr Mann?«

»Der schläft noch.«

»Wir hätten ihn aber gerne gesprochen!« versicherte der Mann mit dem Birnengesicht. »Erlauben Sie, bitte, mein Name ist Feldmann. Ich bin Inspektor bei der Kriminalpolizei. Dürfen wir hereinkommen?«

»Sind Sie dazu berechtigt?« fragte Hilde Fein vorsichtig.

»Wenn Sie uns das erlauben – dann ja!« Feldmann lächelte – in der Hoffnung, dadurch sympathischer zu wirken. »Sie müssen das aber nicht! Sie können uns auch abweisen. Falls Sie es für richtig halten sollten. Wozu ich Ihnen aber nicht rate!«

»Was wollen Sie denn von meinem Mann?«

»Ihn zu einer Unterredung bitten – in das Polizeipräsidium. Sagen wir: nur so – pro forma! Jeder Zwang liegt uns dabei fern. Wir ersuchen lediglich um Mitarbeit. Wenn auch mit einigem Nachdruck.«

Der Stadtbaudirektor beim Oberbürgermeister, abgekürzt OB.

Dabei zunächst allgemeine, ausführliche Berichterstattung über weitere mögliche Komplikationen, zumeist Kostenerhöhungen bei den Olympiabauten – dann aber auch spezielle Befürchtungen, im Hinblick auf Plattner, Fein, Jonass und Abendroth:

Stadtbaudirektor: »Das, Herr Oberbürgermeister, will mir höchst bedenklich erscheinen! Was, bitte, ist da zu tun? Ihrer Ansicht nach?«

Der OB: »Keinesfalls zurückweichen! Nicht den geringsten Versuch unternehmen, irgend etwas davon vertuschen zu wollen. Nur so kommt man wirklich weiter.«

Stadtbaudirektor: »Erlauben Sie, bitte! Wäre es nicht besser, wenn wir versuchen würden auszuweichen – um einem möglichen Skandal vorzubeugen...«

Der OB: »Nein! Wenn hier unbedingt irgendeiner oder mehrere rot sehen und wilde Stiere spielen wollen, dann werden wir ihnen eben einen Torero besorgen! Wovon ich mir einiges verspreche – auch ich will schließlich gelegentlich mein Vergnügen haben.«

3

Kriminalkommissar Braun empfing den ihm von Kriminalinspektor Feldmann zugeführten Besucher Harald Fein geradezu herzlich.

»Da sind Sie ja endlich!« rief er.

»Und – was soll ich hier?«

»Sagen wir: uns behilflich sein.«

»Wobei denn – bitte?«

»Bei der Aufklärung eines Mordfalles!« Braun lächelte gewinnend. Er bot Fein einen Stuhl an – rückte ihn sogar zurecht.

»Warum«, wollte Harald Fein, völlig unbeeindruckt, wissen, »haben Sie mich heranschleppen lassen?«

»Heranschleppen? Wie kommen Sie darauf? Ich habe Sie hergebeten!«

»Und wenn ich Ihrer Einladung nicht gefolgt wäre – was dann?«

»Hätte ich natürlich nachhelfen können, Herr Fein! Die Polizei ist berechtigt, jeden Staatsbürger zu einer Vernehmung zu holen, oder zu einer Blutentnahme, zur Abnahme von Fingerabdrücken und zur Erstellung von Porträtfotos. Mit Nachdruck, wenn es sein muß. War Ihnen das nicht bekannt?«

»Nein. Ich habe wohl, immer noch, einiges zuzulernen, fürchte ich.«

»Tun Sie das!« empfahl der Kriminalkommissar mit lautstarker Höflichkeit. »Ich werde Ihnen gerne dabei behilflich sein.«

...sagte Hilde Fein, zu Paul Plattner, ihrem Vater:

»Was, ich bitte dich, hat denn das schon wieder zu bedeuten? Er wurde abgeholt, von der Kriminalpolizei! Da muß doch irgend etwas geschehen sein? Irgendeine schmutzige Sache, vermute ich. Das kannst du doch nicht einfach hinnehmen – oder?«

...sagte Paul Plattner, zu Hilde Fein, seiner Tochter:

»Bitte, mein liebes Kind, versuche nicht immer wieder, alles, was passiert, zu dramatisieren. Ich habe dich um äußerste Zurückhaltung gebeten, um loyale Mitarbeit. Also versuche nicht wieder auszubrechen.

Denn was heißt das schon: Kriminalpolizei! Dein Mann kann wegen irgendeines Verkehrsunfalles vernommen werden; oder man benötigt ihn als Sachverständigen; kann auch sein: er wird um Amtshilfe gebeten!«

Hilde Fein: »Aber wenn sich die Sache doch als gefährlich erweisen sollte – was dann?«

Plattner: »Versuche nicht, mich zu drängen! Du bist mir lieb und wert – und du weißt, in welchem Ausmaß. Ich tue für dich vieles und gönne dir so gut wie alles – sogar einen Joachim Jonass.«

Hilde Fein: »Du weißt davon?«

Plattner: »Ich bin über dein Verhältnis mit diesem Jonass informiert – seit einem Jahr schon.«

Hilde Fein: »Ich liebe ihn!«

Plattner: »Wie du das auch nennen willst! Ich weiß: die Natur verlangt nun mal ihr Recht! Aber wir leben – trotz aller Aufweichungserscheinungen – in einer streng katholischen Stadt. Wir alle haben immer wieder unbequeme Rücksichten zu nehmen.«

Hilde Fein: »Aber Jonass, den ich liebe, wäre der wohl denkbar beste Nachfolger – auch für deine Firma. Der ist doch äußerst tüchtig, nicht wahr?«

Plattner: »Es scheint so. Er gibt sich Mühe – riskiert sogar einiges, um mein Wohlwollen zu erringen. Versucht nachzuweisen, daß er über die in unserem Geschäft notwendige Robustheit verfügt. Ich brauche da nur an den Vorgang Baustelle 14 zu denken. Aber er ist derzeit weder dein Mann noch mein Schwiegersohn, auch nicht mein Geschäftsführer. Der heißt nach wie vor: Harald Fein.«

Hilde: »Und – wie lange noch?«

Der Kriminalkommissar Braun, immer noch lächelnd, entnahm einer vor ihm liegenden Mappe ein Foto und schob es Harald Fein zu. »Kennen Sie diese Person? Oder soll ich ›Dame‹ sagen? Was immer Sie wollen!«

Harald Fein nickte, während er das ihm vorgelegte Foto betrachtete. Es stellte ein prallfleischiges Wesen dar, leuchtend superblond, mit vorgewölbten Lippen, Magazin-Sinnlichkeit demonstrierend, die kompakten Brüste der Kamera entgegengereckt.

»Diese Dame«, bestätigte Harald Fein, »kenne ich! Genauer wohl: ich habe sie gesehen – einige Male. Jedoch ohne jemals mit ihr gesprochen zu haben!«

»Diese Person«, sagte Braun, »sieht nunmehr wesentlich anders aus.«

»Wie anders?«

»Wissen Sie das nicht? Und ich dachte, Sie könnten mir diesbezüglich Auskunft geben.«

»Woher denn, bitte?«

»Nun gut – dann registriere ich also«, erklärte Braun, »daß Sie behaupten, über den derzeitigen Zustand dieser Person nicht Bescheid zu wissen.«

»Über welchen Zustand?«

»Nun – ihr Hinterkopf ist zertrümmert worden; ihr Hals weist schwere Würgemale auf – sie ist tot! Sie ist jetzt lediglich ein Erkennungsobjekt in einer Leichenhalle.«

Harald Fein starrte den Kriminalkommissar an. »Das«, sagte er leise, den Kopf senkend, »tut mir leid.«

»Was, bitte, Herr Fein«, fragte Braun, wobei er seinen Besucher ebenso neugierig wie hoffnungsvoll musterte, »tut Ihnen leid? Die Tat – oder das Opfer?«

»Ich verstehe Sie nicht, Herr Kriminalkommissar.«

Worauf eine längere Pause eintrat.

»Glauben Sie etwa«, fragte dann plötzlich Fein, »daß ich irgend etwas mit diesen Vorgängen...«

»Ich glaube gar nichts! Zu glauben habe ich mir abgewöhnt. In jeder Form. Ich versuche lediglich zu erkennen, was ist!«

»Und was ist – Ihrer Ansicht nach?«

»Ich kann in Ihren Augen lesen, Herr Fein! Sie sind unruhig. Sie sehen mich nicht an – Sie weichen mir beständig aus! Sie wollen irgend etwas verbergen – da bin ich sicher! Aber – was?«

Aus den Aufzeichnungen des Kriminalbeamten Keller:

»Sie belauerten sich gegenseitig. Sie schienen eine Art Poker zu spielen. Und beide, wollte mir scheinen, beherrschten davon etliche Tricks – auch dieser Fein. Was mich ehrlich überraschte, und Braun offenbar gleichfalls. Jedenfalls hatte ich das Gefühl: mit diesen beiden würde es noch eine Menge Komplikationen geben.

Ich befand mich, zufällig, bei dieser ersten Begegnung der beiden im gleichen Raum. Dort hockte ich am dritten Schreibtisch – in der äußersten Ecke, bei einem der zwei Fenster. Aussicht auf den mittleren Innenhof: dicht aneinandergedrängte Bereitschaftsfahrzeuge; einige davon nahezu schrottreif. Ich war, offiziell, mit den laufenden Todesermittlungen beschäftigt.

Tagesanfall eins: die Leiche eines Säuglings – drei Wochen alt. Erst gewürgt, dann Schädel zertrümmert – an einem Baum; den Säugling gegen diesen viermal geschlagen – hierauf den Säugling in einen Fluß geworfen. Einwandfreie Todesursache: Ertrinken! Staatsanwaltschaft zuständig.

Tagesanfall zwei: ein aus einem Fenster, dritter Stock, hinausgestürztes Mädchen; dieses 13 Jahre alt, schwanger, im sechsten Monat. Tod mit zu vermutender Nachhilfe der Mutter, deren zweiter Mann als Kindeserzeuger bei seiner Stieftochter in Frage kommt. Überweisung an Mordkommission.

Tagesanfall drei: eine ›stehende Leiche‹, ein äußerst interessanter Extremfall in unserem Bereich. Fast alle Leichen liegen, einige wenige hängen, sehr selten ›steht‹ eine. Diese aber, aufgefunden in einer Vorstadtbaracke, war eingeklemmt zwischen einem Regal und einem Schrank. War verstorben nach übermäßigem Alkoholgenuß, bei festgestellter schwerer Zuckerkrankheit. Leiche freigegeben.

Der Tod, in allen erdenklichen Variationen, ist für mich seit langem Alltag geworden – ich habe lange gebraucht, mich daran zu gewöhnen. Aber mich nun auch noch an die Methoden meines Kollegen Braun zu gewöhnen, das fällt mir erfreulich schwer.

Er könnte diesmal, mit diesem Harald Fein – da war ich fast sicher – noch so manche Überraschung erleben.

Wenn auch dieses ›Ich kann in Ihren Augen lesen‹ lediglich ein ganz brauchbarer Branchentrick war, nichts weiter – so hatte sich doch auch bei mir, der ich ja mit diesem Fall direkt nichts zu tun hatte, der gleiche Berufsinstinkt gemeldet wie bei Braun. Auch ich glaubte: dieser Fein wußte irgend etwas, das er nicht sagen wollte.«

»Sie kennen also diese Person, Herr Fein – zumindest das geben Sie zu.«

»Ich gebe gar nichts zu, ich teile Ihnen lediglich mit, was ich weiß.« Harald Fein blieb unverändert höflich. »Denn ich nehme nicht an, daß Sie mit mir eine Vernehmung veranstalten wollen.«

»Was nehmen Sie denn sonst an?«

»Daß Sie mich um einige Auskünfte ersuchen!«

»Na schön – wie Sie das auch zu bezeichnen belieben!« Braun zog sich einige Schritte zurück, bis in die Ecke des Raumes, wo ein dicht gefülltes Aktenregal stand. Unmittelbar vor ihm jetzt Keller – der im Amt auch »Leichenkeller« genannt wurde. Über seine Tabellen gebeugt. Doch es war, als wäre er gar nicht anwesend.

»Sie haben diese Person also gesehen«, stellte Braun fest, »sogar mehrmals. Aber Sie behaupten, niemals mit ihr gesprochen zu haben. Aber Sie wissen, wo sie wohnt – beziehungsweise: gewohnt hat. Geben Sie das zu?«

»Ich habe nichts zuzugeben, Herr Kriminalkommissar – bitte, achten Sie darauf! Falls Sie irgendwelche Verdächtigungen, im Zusammenhang mit diesem Fall und meiner Person, vorzubringen gedenken, werde ich kein Wort weiter sagen.«

»Sie verkennen mich!« knurrte Braun unwillig. »Und Sie verkennen Ihre Situation – will mir scheinen.«

»Dann trügt dieser Schein, Herr Kriminalkommissar. Ich habe mich lediglich in dieser V-Straße in meinem Wagen aufgehalten – dort rauchte ich etliche Zigaretten und hörte Rundfunksendungen. Ist das irgendwie verdächtig oder gar strafbar?«

»An sich ja nicht«, bestätigte Braun widerwillig und um Konzentration bemüht – dieser Fein irritierte ihn.

»Dann kann ich ja jetzt wohl gehen – zumal ich dringend erwartet werde.«

»Von wem denn?«

»Von meinem Hund – er heißt Anton. Er sitzt in meinem Wagen – und ich lasse ihn nicht gerne allein.«

»Ein Hund?« fragte Braun ungläubig.

»Und was für einer!«

»Ein Hund kann warten!«

»Dieser nicht«, erklärte Harald Fein – worauf er erstmals den in der Fensterecke sitzenden Keller bemerkte: der lächelte ihm, äußerst verständnisvoll, zu. Was Fein, auf Braun konzentriert, für einen Irrtum hielt. »Ich jedenfalls saß in der Nähe des fraglichen Hauses in meinem Wagen – gemeinsam mit Anton, meinem Hund.«

»Wollen Sie den etwa als Zeugen angeben?«

»Es gibt andere – zum Beispiel einen Herumstreuner, auch eine Prostituierte, sogar einen Polizeibeamten.«

»Bekannt!« rief der Kriminalkommissar wie zuschnappend. »Alles bei uns bereits registriert. Aber wie kommen Sie auf die Idee, daß es sich bei diesen drei Personen um Zeugen *für* Sie handelt – und nicht um Zeugen *gegen* Sie?«

»Übernehmen Sie sich nicht!« empfahl Harald Fein, scheinbar immer noch gelassen. »Ich bin kein Objekt, das sich als bequeme Beute anbietet – nicht für Sie. Und auch für niemanden sonst.«

Peter Palitschek, zur Zeit Versicherungsaushilfsagent, zu Maria Trübner, seiner derzeitigen Freundin, Angestellte im Hause Fein:

»Also, Mädchen – nun nichts wie ran an den Speck! Was schmort, soll man nicht anbrennen lassen.

Stellen wir mal fest: Harald Fein hat sich dir unsittlich genähert, diese Sau. Und zwar mehrmals. Sagen wir: bei jeder sich irgendwie bietenden

Gelegenheit – etwa im Korridor, im Bad, in seinem Schlafzimmer, wo du ihm das Frühstück serviert hast. Besonders dann, wenn er mit dir allein im Haus war. Denn vor seiner Frau mimte er auf ganz bieder, hat dich auch mal in deren Gegenwart getadelt – ›dumme Gans‹ gesagt; oder ›Pute‹. Hat er nicht? Na, auch gut!

Also, zunächst hat er dich nur verlangend angeschaut. Dann aber bald nach deiner Hand gegriffen, später an die Brust und zwischen die Beine. War es so?«

Maria Trübner: »Schön wär's ja gewesen!«

Peter Palitschek, unbeirrt: »So ist es gewesen! Und es war alles andere als schön. Kapiert? Du hast Abscheu empfunden, Ekel, er widerte dich an! So was zieht immer – von wegen alter geiler Bock, verfolgte Unschuld, weibliche Ehre und so! Und dann deine schöne Stellung, die liebe Frau Fein, die netten Kinder – denen wolltest du deine schwere Enttäuschung ersparen. Du hast dich gewehrt; und zwar kräftig! Und da hat er dir Geld angeboten.«

Maria Trübner: »Wieviel Geld? Tausend Mark?«

Peter Palitschek: »Bist du nicht wert! Ich meine: nicht solchen Typen wie Fein. Diese Kerle sind für jede Sorte Schweinereien empfänglich – aber sie kennen die gängigen Preise. Sagen wir also: zweihundert Mark! Oder dreihundert Mark – falls dich das beruhigt.

Ein Angebot jedenfalls, das du abgelehnt hast – und zwar äußerst verächtlich! Worauf er prompt erhöhte – zweimal im ganzen bis auf fünfhundert Mark. Doch damit konnte er dich nicht kaufen! Du warst empört und entsetzt – und hast dich mir, deinem Freund, anvertraut.

Den Rest erledige ich dann schon!«

»Mein lieber Junge«, fragte Plattner seinen Schwiegersohn besorgt, »wo sind wir da hineingeraten!«

Er wies Harald Fein einen Platz unmittelbar vor seinem Schreibtisch an – auf einem französischen Sessel, garantiert echt Louis, aus der Zeit eines der vierzehn bis sechzehn registrierten dieses Namens.

Hier hatte Plattner bereits Stadtbeauftragte, Landtags- und Bundestagsabgeordnete, Olympiaplaner, Bauexperten und höhere Ministerialbeamte empfangen, seinen Schwiegersohn bisher noch nie. Denn der war, wie alle Angestellten dieser Firma – einzige Ausnahme davon: die

Wagnersberger, Chefsekretärin –, über die Schwelle zu diesem Zimmer kaum hinausgelangt.

Nun jedoch gab sich Plattner herzlich anteilnehmend. »Solltest du tatsächlich Schwierigkeiten bekommen haben, mein Junge? Mit der Kriminalpolizei?«

»Schwierigkeiten welcher Art?«

Plattner trat hinter Fein und legte eine seiner klobigen, muskulösen Hände wie besitzergreifend auf seinen Arm. Er sagte vertraulich: »Man hat mir berichtet, daß du im Polizeipräsidium verhört worden bist – und zwar eines Mordfalles wegen! Harald – das kann ich nicht glauben!«

»Dann glaube es nicht!« sagte der Schwiegersohn ungetrübt.

»Erlaube mal – du bist schließlich immer noch der Mann meiner Tochter. Nichts, was dich möglicherweise in Schwierigkeiten bringen könnte, darf und kann mich gleichgültig lassen. Also – worum handelt es sich in diesem Fall?«

»Du bestehst darauf?«

»Ich bin ein Mann, der die Wahrheit wissen will – das sollte dir bekannt sein!«

Informationsgespräch zwischen KK Braun und KI Feldmann:

Feldmann: »Darf ich fragen, ob Sie diesen Harald Fein, nach Ihrem Gespräch mit ihm, als entlastet betrachten?«

Braun: »Mann – wo denken Sie hin! Gefällt Ihnen dieser Bursche etwa? Der besitzt doch ganz eindeutig krankhafte Züge; der ist unnormal – ein erklärter Außenseiter!«

Feldmann: »Möglicherweise versucht er, sein eigenes Leben zu leben?«

Braun: »Mann – kommen Sie mir doch nicht noch damit! Halten Sie sich lieber an die vorliegenden Realitäten! So etwa an das Telefonverzeichnis der Ermordeten – was ist denn damit?«

Feldmann: »Es wird von zwei Spezialisten des Erkennungsdienstes überprüft. Die Sache ist schwierig, denn Telefonnummern ändern sich laufend. Hinzu kommt: die Ermordete war alles andere als eine exakt registrierende Person. Viele der von ihr aufgeschriebenen Zahlen sind nicht eindeutig entzifferbar – eine 7 kann eine 1 sein, eine 3 eine 5; und eben umgekehrt.«

Braun: »Aber Sie haben – wenn ich richtig vermute – dabei eine ganz bestimmte Telefonnummer herausgefunden?«

Feldmann: »Allerdings. Diejenige der Firma, bei der Harald Fein beschäftigt ist. Falls die Zahlen richtig entziffert worden sind. Aber auch dann: zu dieser Firma gehören fünf- bis siebentausend Angestellte und Arbeiter. Sollen wir die alle überprüfen?«

Braun: »Feldmann! So eine dumme Frage hätten Sie mir nicht stellen dürfen! Was heißt schon fünf- bis siebentausend! Nur sehr wenige davon können sich eine derartig hochdotierte Prostituierte leisten – kaum mehr als ein, zwei Dutzend. Etwa Direktoren, Ingenieure, Baustellenleiter oder eben: Geschäftsführer! Setzen Sie genau dort Ihre Nachforschungen an!«

»Nun gut – welche Art von Wahrheit du auch meinen solltest.« Harald Fein betrachtete seinen Schwiegervater nicht ohne Nachsicht. »Ich habe mich zu einer bestimmten Tatzeit in der Nähe eines bestimmten Tatortes aufgehalten – ohne irgend etwas mit der Tat zu tun zu haben.«

Plattner starrte seinen Schwiegersohn alarmiert an. »Was für eine Tat?«

»Vermutlich ein Mord, zumindest ein Totschlag – an einer Frau. Ich war zufällig in der Nähe – aber andere auch! Die Adresse ist V-Straße 33. Sechster Stock, rechts. Sagt dir das was?«

»Du – dort!« stieß Plattner hervor. Und nach längerer Pause fragte er, mit warnenden Untertönen: »Solltest du etwa wieder zu trinken angefangen haben, Harald, mein Junge?«

»Diese Frage hättest du dir ersparen können – in diesem Zusammenhang bestimmt. Denn mit meiner möglichen Trunksucht und einer daraus resultierenden Gedächtnis- und Beobachtungsschwäche ist in diesem Fall nicht zu argumentieren. Du weißt auch ganz genau: wenn ich neuerdings wieder trinken würde, hätte dich meine Frau, deine Tochter, rechtzeitig darüber informiert. Die wartet doch nur darauf.«

»Bitte, Harald, sage so etwas nicht! Du verkennst Hilde – und du verkennst mich. Habe ich dir denn nicht wieder bewiesen, daß ich stets für dich da bin?«

»Um mich daran zu erinnern, daß ich für dich da zu sein habe – für deine Firma!«

»Na und? Das ist doch eine gute, eine große Sache, für die sich jeder Einsatz lohnt!«

»Weiß Abendroth tatsächlich, was er will?« hatte Paul Plattner seinen Schwiegersohn vor einigen Jahren, bei einem mitternächtlichen Gespräch in der Fein-Villa, gefragt. »Wird ihn diese Aufgabe – die Olympia-Bauplanung – nicht überfordern?«

»Jeden anderen – ihn nicht!« versicherte Harald Fein.

Paul Plattner schlürfte Mineralwasser, während Harald Champagner trank – bereits die zweite Flasche.

»Das für das Olympiagelände vorgesehene Oberwiesenfeld«, meinte Plattner, »ist ein Idealfall für ein derartiges Projekt – ein in sich geschlossenes Gelände, das fast ausschließlich der Stadt München und dem Land Bayern gehört. Aber wie ist es mit den Zufahrtsstraßen?«

»Eine denkbar großzügige Lösung – nichts anderes kommt in Frage! Das meint Hermann auch.«

»So – meint der das?« Plattner gab sich skeptisch. »Das wäre ja völlig neu. Mitten in diesem Dschungel der unübersichtlichen Zuständigkeiten, der vielfachen Spekulationen, der verwirrenden Besitzverhältnisse – wie will er da, ich bitte dich, durchkommen?«

»Sein Plan«, sagte Harald Fein, sich erneut Champagner eingießend, »ist ebenso genial wie einfach.« Er griff nach der bereitliegenden Stadtkarte, die ihm Plattner zuschob – und nach seinem Zeichenstift. »Kein Umgehungsstraßensystem, kein Ringstraßenausweitungsversuch – sondern eine radikale Direktlösung.«

Fein zeichnete, während er sprach: »Hier die Innenstadt, hier der innere Ring, hier der mittlere, dort, unmittelbar von der Innenstadt ausgehend, die große Zufahrtsstraße. Diese überquert ein Ausstellungsgelände, eine unbebaute Zone, zwei Sportplätze und eine Rentnersiedlung – ›Fuchsschwanz‹ genannt. Mithin – keine irgendwie erkennbaren Komplikationen.«

»Scheint so«, meinte Paul Plattner, unverzüglich den Stadtplan mit den Einzeichnungen an sich ziehend. »Damit müßte sich einiges machen lassen! Ich bin dir sehr zu Dank verpflichtet, mein lieber Schwiegersohn.«

»Du mißverstehst mich!«

»Wie immer du das auch zu bezeichnen beliebst – du hast dich erstmals wirklich um meine Firma verdient gemacht. Und das werde ich dir so leicht nicht vergessen.«

»In deinem großkapitalistischen Sumpf«, erklärte nunmehr Harald Fein seinem Schwiegervater gegenüber, »kann ich nicht mehr atmen!«

»Ich bitte dich – verschone mich mit solchem klassenkämpferischen Unsinn! Überlasse so was deinem Sohn – der ist noch jung genug, sich derartige Dummheiten leisten zu können.

Du aber hast schließlich nahezu zwanzig Jahre mitgemacht – und in einem bestimmten, wichtigen Augenblick hast du sogar glänzend gearbeitet; das will ich dir gerne bestätigen. Dann aber hast du, ganz plötzlich, erheblich nachgelassen, was bis an die Grenzen der Geschäftsschädigung reichte.

Und jetzt scheinst du sogar bereit, mich bloßstellen zu wollen. Warum denn, Harald? Aus purer Rachsucht? Das kann doch nicht sein! Denn eins mußt du wissen, Harald – falls du etwa versuchen solltest, einen Skandal zu verursachen, dann spielst du mit deiner Existenz.«

»Was ist die wert? Nichts! Also habe ich auch nichts zu verlieren.«

Paul Plattner erhob sich, er schien erregt zu sein. Sein Gesicht hatte sich gefährlich gerötet; es war, als suche er an einer Sessellehne Halt. Sein Atem ging schwer. Und er sagte nahezu keuchend:

»Du kannst mich verachten und deine Frau dazu – dich selbst auch! So was liegt vermutlich in deiner Art. Aber du solltest erkennen, daß du in meinen Augen aufs kläglichste versagt hast – bis auf eins: du hast einen Sohn gezeugt, unsern Heinz! Und den habe ich als meinen Nachfolger vorgesehen.

Er wird, da bin ich sicher, bei seiner erkennbaren Energie ein guter Nachfolger werden – sobald er sich seine revolutionären Rindviehhörner abgestoßen hat, was erfahrungsgemäß niemals lange dauert. Willst du deinem Sohn die Zukunft verbauen, endgültig?«

»Ist das«, fragte Harald Fein, »der Preis dafür, daß ich fortan alles hinzunehmen habe – was auch geschehen sollte? Ist dies der Preis?«

»Du wirst den Wechsel deines Lebens einlösen müssen«, sagte Paul Plattner. »Falls du deinen Sohn wirklich liebst – und das tust du doch, da du sicher bist, sein Vater zu sein. Bist du dessen sicher?«

Aus den Aufzeichnungen des Kriminalbeamten Keller:

»Dieser Harald Fein begann mich zu interessieren – dann sogar zu beschäftigen. Um ihn war eine seltsam dunkle Heiterkeit. Er schien über nahezu alles zu lächeln, ohne sich darüber zu amüsieren. Er besaß einen eigenartig traurigen Blick. Nur, wenn er von seinem Hund sprach, der Anton hieß, leuchteten seine Augen auf. Was mich ungemein neugierig machte – auf diesen Anton.«

»Spreche ich mit Herrn Fein?« erkundigte sich der Mann, der Harald im Hauptbüro der Plattner Hoch-Tief, Marienplatz, aufsuchte: ein mittelgroßer, klobig wirkender Mensch mit lauerndem Blick. »Mein Name ist Palitschek.«

»Nehmen Sie Platz«, sagte Harald Fein. »Ich glaube, Ihren Namen schon gehört zu haben – im Zusammenhang mit Fräulein Maria Trübner, die zur Zeit unseren Haushalt betreut. Stimmt das?«

»Leider – ja«, bemerkte Peter Palitschek, »das Fräulein Maria ist mit mir so gut wie verlobt.«

Worauf sich der Hund Anton, wie auf Stichwort, von seinem Schaffell erhob, auf Palitschek zueilte, ihn kurz beroch, sich aber dann schnell wieder, rückwärts, entfernte und heftig zu schütteln begann – vom Kopf, über den Oberkörper, den Hinterkörper, bis zur Schwanzspitze hin. Danach legte er sich wieder auf sein Schaffell.

»Was ist denn das?« fragte Palitschek, leicht verblüfft.

»Mein Hund – lassen Sie sich nicht durch ihn irritieren. Sie sprachen von Fräulein Trübner.«

»Die eine sehr tüchtige Person ist!« versicherte Peter Palitschek.

»Ja, das ist sie«, bestätigte Harald. »Das meint meine Frau auch.«

»Aber doch wohl nicht in jeder Hinsicht. Zumal Maria, was man nicht gleich erkennt, äußerst zartfühlend ist. Sie besitzt feine Ehrbegriffe, hat ein schönes Gemüt und ist alles andere als käuflich! Oder sind Sie anderer Ansicht?«

»Warum sollte ich das sein? Und worauf wollen Sie damit hinaus?«

»Nun, ich bin ein einfacher, solider, anständiger Mensch, und meine Verlobte ist das auch. Wir wollen nichts weiter als ein einfaches, solides, anständiges Leben – aber eins, das sich lohnt. Dabei haben wir natürlich nichts zu verschenken.«

»Sie wollen doch nicht etwa versuchen, mich zu erpressen?« fragte Harald Fein nicht unamüsiert.

Peter Palitschek hob abwehrend beide Hände. »So was habe ich keinesfalls gesagt!«

»Und was, bitte, haben Sie sich gedacht?«

»Nun – etwa dies: daß Sie ein nobler, großzügiger und toleranter Mensch sind – wie ich ja auch. Dabei machen wir ja schließlich alle einmal unsere Fehler. Nur eben, daß man eben bereit sein muß, so was zu bereinigen!«

»Wie denn etwa, Ihrer Ansicht nach?«

»Nun, Herr Fein – im Sinne ausgleichender Gerechtigkeit! Sehen Sie das doch mal so: meine Maria ist, wie sich das so ergeben hat, von Ihnen zu diversen Sonderleistungen animiert worden. Was verständlich ist. Doch ist dafür bis jetzt keine entsprechende Sonderhonorierung erfolgt. Eine Art Schmerzensgeld...«

»Da sind Sie aber bei mir, Herr Palitschek, auf dem völlig falschen Dampfer. Denn, das zunächst einmal: ich habe keinerlei Sonderleistungen von Maria verlangt. Zum anderen könnte ich diese, falls gehabt, gar nicht bezahlen. Wissen Sie – ich besitze so gut wie nichts. Ich wohne zwar in einem großen Haus, aber das gehört meiner Frau – beziehungsweise deren Vater. Ich erhalte von der Firma Plattner monatlich circa dreitausend Mark. Womit ich den Unterhalt für meine Familie bezahle – vier Personen plus Anton –, Essen, Bekleidung, Heizung, Telefon, Elektrizität, Müllabfuhr, Schulgeld, Arztrechnungen, Steuern und mein Fahrzeug; Reparaturen, Versicherung, Steuer, Benzin. Und so fort. Was, meinen Sie wohl, bleibt da noch für mich übrig – beziehungsweise für Sie!«

»Aber lebensmüde, Herr Fein, sind Sie wohl dennoch nicht?«

»Genau das, Herr Palitschek, scheine ich – neuerdings – geworden zu sein! Was allerdings auch ein recht erheiterndes Gefühl sein kann! Denn die Erkenntnis, daß ich möglicherweise bald nichts mehr zu verlieren haben könnte, wirkt befreiend. Jedenfalls sind Sie bei mir an der falschen Adresse!«

»Dann«, drohte Peter Palitschek, »werde ich mich wohl an eine andere Adresse wenden müssen!«

»Versuchen Sie das mal«, meinte Harald Fein, fast vergnügt. »Wenden Sie sich ruhig an Herrn Plattner, wenn Sie unbedingt wollen. Bin gespannt darauf, wie weit Sie bei dem damit kommen.«

Das Verbrechen in der V-Straße 33 wurde, mit nur knapp zweitägiger Verspätung, von allen großen Tageszeitungen der Landeshauptstadt registriert.

Die »Allgemeine« – betont seriös, bemüht unparteipolitisch, bewußt auf Internationalität angelegt – veröffentlichte auf Seite 7, links unten, unter der Rubrik: »Der Polizeibericht meldet«:

»...wurde eine weibliche Person tot in ihrer Wohnung aufgefunden. Die Todesursache steht noch nicht einwandfrei fest. Die Ermittlungen der Kriminalpolizei sind im Gange.«

Die »Münchner Nachrichten« – gleichfalls betont seriös, politisch jedoch weit eindeutiger engagiert, auf den guten Bürger in Bayern ausgerichtet – veröffentlichte, im Rahmen der Stadtberichte, Seite 3:

»...wurde eine weibliche Person zweideutigen Berufs, mit schweren Verletzungen, darunter Würgemalen, tot und nur spärlich bekleidet, in ihrem Appartement aufgefunden. Mord scheint festzustehen. Der Täter ist noch unbekannt. Die Kriminalpolizei spricht von intensiven, erfolgversprechenden Ermittlungen und gibt der Hoffnung Ausdruck, daß baldmöglichst greifbare Ergebnisse...«

Die »Morgenzeitung«, abgekürzt »MZ« – daseinsfreudig und freiheitsbewußt, pendelnd zwischen Beat und Bier –, verkündete mit beherrschender Schlagzeile auf der ersten Seite:

»Erschlagen und gewürgt: Leiche im Luxusappartement. Zahlreiche Adressen zahlungskräftiger Kunden aus allerbesten Kreisen wurden vorgefunden. Weitreichende Skandale bahnen sich an.«

Die »MAM«, Abkürzung für »München am Mittag« – betont flott und bemüht volksnah, gleichfalls auf der ersten Seite:

»Grauenvolle Untat an einer Luxusprostituierten.

Geht ein Würger um?

Kriminalpolizei vorerst noch ratlos. Zahlreiche Verdächtige. Steigende Unruhe unter der Bevölkerung, die verlangt, daß endlich Entscheidendes geschieht. ›Leben wir denn hier bereits wie in Chicago?‹ wurde der zuständige Kriminalrat gefragt. Dessen ausführliche Antwort, dazu ein Kommentar und weitere Einzelheiten auf Seite 3 – unter der Überschrift: ›Sind wir ausgeliefert?‹«

Und dann: »Bild« – so eindeutig und so deutlich wie immer. Wachsam. Betont lautstark nach dem dafür möglicherweise Verantwortlichen fragend. Der müsse zur Verantwortung gezogen werden! Wer das auch sein möge!

»Haben Sie das alles gelesen?« wollte Kriminalkommissar Braun von Kriminalinspektor Feldmann wissen. »Und was halten Sie davon?«

»Was soll ich schon davon halten«, sagte Feldmann. »Wir leben schließlich in einem Staat mit garantierter Meinungsfreiheit – was seine Vorteile hat, auch für uns. Immerhin: in keinem der vorliegenden Berichte steht eine direkte Falschmeldung.«

»Aber wirklich exakt ist auch nichts davon!«

»Woher denn wohl auch? Die wissen nicht, was wir wissen – oder zu wissen glauben.« Er blickte hinüber zu Kriminalkommissar Keller, der in seiner Ecke beim Fenster saß und in einem Buch über Hunde blätterte. »Was, bitte, haben Sie denn gegen diese Meldungen?«

»Ich habe«, sagte Kriminalkommissar Braun, »durchaus nichts gegen unsere flotten Jungens von der Presse. Die können für uns, unter Umständen, nützlich sein. Gemeinsam unternommene Fahndungen nach Schwerverbrechern waren nicht selten große Erfolge.«

»Irritiert Sie etwa die Bemerkung: Kriminalpolizei noch ratlos?«

Braun lachte auf. »Aber nein. So was macht mir doch keine kalten Füße! Nein – ich sehe letzten Endes nur Vorteile! Denn während sich bei uns früher drei Zeitungen den Markt geradezu harmonisch untereinander aufteilten – kommt nun, nachdem es diesen einflußreichen, geschickt operierenden Werner Friedmann nicht mehr gibt, bei den derzeitigen fünf Zeitungen ein ganz scharfes Konkurrenzdenken auf.«

»Und wieso ist das für uns ein Vorteil?«

»Das ist doch ganz einfach! Fünf Zeitungen können es sich schließlich nicht leisten, immer nur die gleichen Ansichten zu vertreten. Also wird zumindest immer eine dagegen sein, wogegen auch immer; eine andere aber garantiert dafür – eine dritte mit Sicherheit neutral. Was an sich für uns ein Idealzustand ist! Wir können tun oder lassen, was auch immer – irgend jemand wird uns immer bestätigen!«

Bericht KI Feldmann an KK Braun:

»Bisher registriert und verfolgt – noch ohne abschließendes Ergebnis: an die dreihundert sich anbietende Hinweise. Diese im Bereich des Hauses V-Straße 33 und in der näheren Umgebung.

Dabei auch Restaurants, Läden, ein Friseur, ein Arzt, ein Barbesitzer, der Inhaber einer Apotheke, der einer Delikatessenhandlung, wo auch Champagner geführt wurde – den die Ermordete bevorzugte, offenbar für bestimmte Kunden, Marke Veuve Cliquot Ponsardin. Überall: Ermordete bekannt. Jedoch nur: übliche, nicht verwertbare Angaben.

Ferner: Telefonnummernverzeichnis, bei der Ermordeten vorgefunden. Schwierigkeit: die zahlreichen, nicht genau erkennbaren Ziffern. Doch – unter vielen anderen – als Stammkunden zu vermuten: fünf Abgeordnete – drei Landtag, zwei Bundestag; verschiedenen Parteien angehörend. Ferner: ein Staatssekretär, ein Schauspieler, ein Fernsehstar, zwei Großindustrielle. Dazu, möglicherweise, drei Juristen: ein Rechtsanwalt, ein Staatsanwalt, beide München; sowie ein Bundesrichter, Karlsruhe.«

Bemerkung von KK Braun hierzu: »Na prächtig, Feldmann – ganz prächtig! Damit läßt sich allerhand anfangen. Und dabei zunächst immer noch dieser verdächtige Harald Fein als unser Zielobjekt Nummer eins. Mithin: genau das, was ich erhofft habe!«

Hierzu, einen Tag später, ein juristisch gedachter Kommentar in »MAM«, von »Fokus«:

»... hat niemand ein Recht, auch unsere Polizei nicht, in die Privatsphäre unserer Mitbürger einzudringen ... und davon womöglich Einzelheiten interner Natur an die Öffentlichkeit zu tragen ...

... hat so was mit der Verfolgung eines möglichen kriminellen Vorganges nichts zu tun ... da wir wünschen, daß jedes Verbrechen ebenso energisch wie unnachsichtig ...

... dabei aber etwa voreilig Namen von vielleicht nur indirekt in einen solchen Zusammenhang Geratenen zu nennen – oder gar in falschen Verdacht gekommene Unschuldige ...

... können wir nur warnen!«

Nun war es Feldmann, der von Braun wissen wollte: »Darf ich fragen, was Sie davon halten, Herr Kriminalkommissar?«

»Allerhand«, knurrte Braun erfreut. »Eben das, mein Bester, entspricht meinen Vermutungen – wir sind genau auf dem richtigen Dampfer!«

»Sie meinen – dieser Artikel ist gezielt?«

»Bezahlt oder bestellt oder angeregt! Denn das ist doch klar: da sind Interessengruppen im Spiel, da bestehen Gesinnungsfreundschaften, Parteigenossenschaften, Mitarbeiterverhältnisse... Aber auch Konkurrenzkämpfe – sollte mich gar nicht wundern, wenn wir, vielleicht morgen schon, von der Gegenseite handfeste Schützenhilfe erhalten.«

...sagte Melanie Weber, die Freundin von Hilde Fein, zu ihrer derzeitigen Busenfreundin, die von ihrem Ehemann mit ausgesucht und also genehmigt war. Der Name dieser jungen Dame tut nichts zur Sache; sie verdiente sich dadurch ihr Studiengeld, sie wollte Schauspielerin werden. Melanie sagte zu ihr:

»Wie grausam, meine Kleine, mein Lämmchen, doch dieses Leben sein kann – unberechenbar, gnadenlos! Ich brauche da nur an Hilde Fein, meine liebe Freundin, zu denken!

Die hat sich hingebungsvoll bemüht, sich geradezu aufgegeben – und das eines Mannes wegen, der noch dazu ein äußerst haltloser Mensch ist.

Und der ist dann auch noch hinter mir hergewesen! Doch ich habe mich ihm immer verweigert – ich weiß noch, was Treue ist. Vielleicht wurde er deshalb, vorübergehend, ein Alkoholiker. War dann nur noch ein Wrack.

Und es hat Augenblicke gegeben, in denen ich mir sagte: vielleicht hat ihn nur niemand richtig verstanden, ihm in der rechten Weise Freude, Kraft, Halt gegeben? Vielleicht hat er schon immer nur einen Menschen gesucht, der ihn zugleich verstand und liebte?

Und manchmal denke ich: so was wäre eine schöne Aufgabe für eine Frau! Bitte – komm näher, noch näher. Laß dich nicht ablenken. Alles zu seiner Zeit.«

Spätere Erklärungen des Kriminalinspektors Feldmann – nunmehr Kriminaloberinspektor – über die ersten Auswirkungen der im Fall V-Straße aufgegriffenen Spur 38 – namentlich: Penatsch.

»Die Kommission des Kriminalkommissars Braun arbeitete damals an fünf Fällen zugleich. Einer davon drohte zu versanden, ein anderer lief bereits routinemäßig aus; die restlichen drei waren:

1. Fall: ›Hotel Ederer, Sohn‹ – aufgefundene Leiche eines bolivianischen Diplomaten. Vermutlich Mord mit politischen Motiven. Leitung der Routinearbeit dabei: Kriminalinspektor Zangelberner.

2. Fall: ›Pelzhaus Plauscher‹ – ermordetes Ehepaar. Entwendete Waren – Einbruchsdezernat mit eingeschaltet. Täter vermutlich: Sohn der beiden Ermordeten, dieser flüchtig, gemeinsam mit einer Verkäuferin. Routinearbeiten: Leitung Kriminaloberinspektor Brasch II. Brasch I, gleichfalls KOI, im Präsidium, bearbeitete schwere Autounfälle mit Fahrerflucht.

3. Fall: ›V-Straße 33‹ – Mord an einer Prostituierten. Kriminalkommissar Braun selbst sammelte und sichtete das jeweils anfallende Material, gab Anweisungen, bildete Schwerpunkte, verstärkte oder verringerte die einzelnen Unterabteilungen – ein äußerst mühsamer Koordinierungsprozeß. Wir hätten mindestens dreimal soviel Leute haben müssen.

Mein Informationsbericht: ›Penatsch – ein sehr leiser, sehr höflicher Mann. Äußerst zurückhaltend. Vorsichtige Behandlung geboten. Erste Gespräche verliefen nichtssagend. Penatsch – Hausmeister V-Straße 33 – gab jede gewünschte Auskunft durchaus bereitwillig, aber fast völlig unverbindlich. Erkennbar dabei: er besaß ein gutes Gedächtnis, war überaus informiert, kannte zahlreiche Details.

Erst bei einem dritten Gespräch mit ihm – in später Abendstunde – nannte er einen Namen. Er will den Mann, dessen Namen er genannt hatte, mehrmals gesehen haben, in den letzten Wochen – beim Hause V-Straße, aber auch in demselben.‹«

Braun: »Harald Fein!« Diese Vermutung wurde ihm bestätigt. »Dann werde ich mir diesen Penatsch persönlich vornehmen. Sammeln Sie inzwischen alles erreichbare Material über ihn.«

Hilde Fein, anwesend bei der Eröffnung des »Zirkel 2000«, der neuesten Attraktion der Landeshauptstadt – eine Mischung aus Pop- und Sexshop, Beatschuppen und Sohokneipe mit Harlemflair. Preise: ein doppelter Whisky DM 22,-, Vorzugspeis für Premierengäste.

Hilde Fein (an der mit Ebenholz ausgekleideten Bar sitzend, im Gespräch zu ihrem Begleiter Joachim Jonass):

»Ich bin äußerst beunruhigt!«

Joachim Jonass: »Das sieht man dir an. Aber warum denn nur? Weil deine Freundin Melanie nicht hier ist? Oder etwa wagen Harald? Ich bitte dich – da läuft doch alles bestens!«

Die sogenannte allerbeste Gesellschaft Münchens war fast völlig anwesend – wie immer bei solchen Anlässen. Dazu: diverse Oben-ohne-Mädchen, mindestens sechs; ein Exfaschingsprinz, zwei Modeschöpfer, drei auf Business flott umgeschwenkte Jungfilmer mit Begleiterinnen, vier Boutiquenbesitzer, fünf Fernsehleute; außerdem einige Großfirmenjunioren, von Sportbekleidung bis Optik; ferner eine Ansagerin, eine Kabarettistin und ein Kabarettist, sowie ein gestaltender Künstler: Plastiken aus Müll.

Sie alle wurden betrachtet, beobachtet und registriert: von den Gesellschaftskolumnisten der Zeitungen, von »Argus«, von »Hunter«, von »Susanne«. Sie wurden gefilmt und interviewt, von der Abendschau, diesmal mit Lotti, nicht mit Anneliese. Die unvermeidliche Petra war lediglich privat hier.

Joachim Jonass: »Es ist doch alles, wie immer, ungemein unterhaltsam – nicht wahr: Warum amüsierst du dich nicht?«

Hilde Fein: »Ich muß an Vater denken – an das, was ihm jetzt, durch Harald, bevorsteht. Er braucht jede erdenkliche Hilfestellung!«

Joachim Jonass: »Die kann er haben – was mich betrifft. Deinetwegen! Das kannst du ihm sagen.«

»Ich danke Ihnen, Herr Kriminalrat, für Ihr Erscheinen!« Das versicherte der Bauunternehmer Plattner mit ausgesuchter Höflichkeit. »Was darf ich Ihnen anbieten? Champagner – Dom Perignon, 1953 – als Aperitif?«

Kriminalrat Dürrenmaier, verantwortlich für das Dezernat Kapitalverbrechen, lehnte höflich ab. »Vielleicht ein Bier – oder ein Mineralwasser.«

Dürrenmaier fühlte sich in seiner Haut nicht sonderlich wohl. Wie fast immer, seit er hier als leitender Kriminalbeamter eingesetzt war; und jetzt schon gar nicht.

Er war von einem vielgenannten Landtagsabgeordneten – vom Wirtschaftsausschuß, einschließlich Bauplanungen, offenbar einerseits mit Plattner befreundet, andererseits mit dem derzeitigen Ministerpräsidenten – ebenso höflich wie dringlich gebeten worden, sich einer internen Unterredung nicht zu verschließen. »Es könnte – nicht zuletzt im Interesse Ihrer Behörde – möglicherweise von Nutzen sein.«

Dennoch hatte Dürrenmaier gezögert und vorsorglich den Polizeipräsidenten orientiert. Worauf dieser lediglich meinte: »Eine gewisse Kontaktpflege, mit maßgeblichen Bürgern der Stadt, läßt sich niemals ganz vermeiden; sie kann im übrigen unter Umständen auch durchaus ratsam sein. Unter Umständen – wie gesagt.«

Dürrenmaier hatte immer noch gezögert, bis ihn ein Anruf des Stadtplaners Dr. Abendroth erreichte. Und der besaß nun einmal – die Eingeweihten wußten es – das Ohr – wenn auch sozusagen nur ein Ohr – des vielbewunderten, zumindest allseits respektierten Oberbürgermeisters.

Abendroth in einem Telefongespräch mit Dürrenmaier:

»Ich versuche keinesfalls, Herr Kriminalrat, Sie irgendwie beeinflussen zu wollen. Wenn ich dennoch nicht zögere, mich einzuschalten, so nur, um meinem langjährigen Jugendfreund, Herrn Harald Fein, jede erdenkliche Hilfestellung zu geben, die er gewiß verdient. Das heißt: ich bitte Sie lediglich, alle eventuellen Maßnahmen sehr sorgfältig zu überdenken.«

So kam es, daß sie sich im »Schwarzwälder« trafen, einem zwar bereits zum »Wienerwald-Imperium« gehörenden, aber sehr angesehenen, leistungsfähigen und dazu halbwegs preiswerten Speiselokal – zwischen dem Luxushotel »Bayerischer Hof« und der dekorativen Frauenkirche gelegen: der Kriminalrat und der Bauunternehmer lächelten sich verbindlich an.

Um sie herum – in gedämpftem Gespräch: einige der einflußreichen Nichtprominenten dieser Stadt: Fabian von Fabian und Co., Banken; Merker von Standard, Heizölraffinerien; Biermann von Biermann-Großtransporte – sowie Leute von Börse, Immobilien, Ladenketten,

Automobilwerken, den Forschungsabteilungen Siemens und Bölkow...

Hier kannte fast jeder jeden. Doch man begrüßte sich nur selten, blinzelte sich allenfalls zu. Im übrigen wirkte jeder Tisch in diesen Räumen wie eine Insel – oder wie ein verlagertes intimes Büro.

»Ein angenehmes Lokal«, meinte der Kriminalrat bemüht scherzend. »In keiner Kantine wird so gut gekocht.«

Plattner nickte: »Und außerdem sitzt man hier fast so sicher wie in den eigenen vier Wänden – von keinem Skandalreporter gestört. Denn die würden hier auch auf ihre Zeitungsverleger stoßen – und die eignen sich nun mal nicht für ihre Klatschspalten.«

Doch erst beim Rehbraten, also lange nach dem geräucherten Lachs, begannen sie sich aneinander zu gewöhnen, plauderten unbefangener – Plattner über die alarmierend gefährdete Ordnung, Dürrenmaier über mißverstandene Freiheit. Aber erst beim Apfelstrudel, nach Wiener Art, also noch vor dem Kaffee, begann der Bauunternehmer deutlicher zu werden.

»Herr Kriminalrat«, versicherte Plattner, »ich will Sie nicht bedrängen oder beeinflussen und keinesfalls versuchen, Sie zu irgendeiner Indiskretion zu verleiten. Ich bitte Sie lediglich um eine interne Auskunft. Denn falls mich nichts alles täuscht, scheint mein Schwiegersohn, Harald Fein, in eine kriminalpolizeiliche Untersuchung hineingeraten zu sein.«

»Das stimmt, Herr Plattner«, sagte vorsichtig der Kriminalrat. »Das ist kein Amtsgeheimnis. Sie wissen vermutlich, daß meine Beamten Herrn Fein um diverse Auskünfte gebeten haben. Aber selbstverständlich bin ich nicht in der Lage, Ihnen konkrete Auskünfte über laufende Ermittlungen zu geben.«

»Ich bitte Sie, Herr Kriminalrat! Wie käme ich denn dazu, derartiges zu erwarten?«

»Sehr schön, Herr Plattner – Sie glauben gar nicht, wie mich das freut – um nicht zu sagen: erleichtert! Ich kann also wohl annehmen, daß Sie mir einige Anregungen oder Hinweise geben möchten, die Herrn Fein entlasten könnten. Was ich gerne aufgreifen würde! Schließlich, nicht wahr, gehört auch das mit zur Tätigkeit der Kriminalpolizei: Unschuldige zu entlasten!«

»Na prächtig, Herr Kriminalrat!« rief Plattner, wobei er sein Cognacglas hob – er bevorzugte zur Zeit einen sanften Otard. »Doch darauf will ich gar nicht hinaus.«

»Nein?« Kriminalrat Dürrenmaier wirkte ein wenig ratlos, während er seinen Kaffee schlürfte. »Was erwarten Sie dann von mir?«

Plattner blinzelte vor sich hin. »Sehen Sie – ich würde niemals von Ihnen verlangen, irgendwie Partei zu ergreifen, weder für mich noch gegen irgend jemand. Ich will nur wissen, was wirklich los ist. Also, ist er nun belastet oder nicht? Ist er verdächtig – oder nicht? Wird die Kriminalpolizei bei ihm zugreifen müssen – oder nicht? Ich bin lediglich bemüht, mich auf das, was kommen könnte, einzurichten.«

»Nun«, sagte Dürrenmaier zögernd, »erlauben Sie mir, Ihre Fragen so zu beantworten: die Untersuchung in diesem Fall kann keineswegs als abgeschlossen gelten. Eindeutig erkennbare Resultate zeichnen sich noch nicht ab. Was jedoch die von Ihnen benannte Person anbelangt, so kann von ihr gesagt werden: sie scheint nicht völlig unbelastet zu sein, nicht ganz unverdächtig; ein kriminalpolizeilicher Eingriff kann also nicht absolut ausgeschlossen werden.«

»Das genügt wohl!« stellte Plattner schwer aufatmend fest. »Und zwar völlig.«

Aus den Aufzeichnungen des Kriminalbeamten Keller:

»Leichen langweilen auf die Dauer. Die Beschäftigung mit Hunderten im Verlaufe nur eines Jahres verlangt Ablenkung und Ausgleich. Nicht zufällig sind alle Todesermittlungsbeamten nicht nur starke, sondern zumeist auch leidenschaftliche Raucher.

Ich jedoch rauche nicht. Ich trinke auch kaum Alkohol – lediglich manchmal ein Bier; etwa eines in der Woche. Dazu einen doppelten Getreide- oder Obstschnaps. Denn ich verwende, um den Leichengeruch zu vermindern, japanische Nasen- und Mundverbände. Dazu – in extremen Fällen – eine Gasmaske; eine aus dem vorigen Krieg. Diese Beschäftigung zerrt in Besonderheit an den Geruchsnerven.

Mein Vorgänger konnte glücklicherweise frühzeitig pensioniert werden, weil ich da war. Dessen Vorgänger landete vorübergehend in einer Irrenanstalt, wurde dann zum Außendienst versetzt, in waldreicher Gegend.

Ich meinerseits glaube, einen anderen Ausweg gefunden zu haben: ich interessiere mich für noch lebende, oder vielmehr: für gerade noch lebende Menschen. Für jene aufspürbare Spanne Zeit zwischen Leben und Tod. Also auch für diesen Harald Fein.

So legte ich denn, neben meinen Todesermittlungsprotokollen, ein internes Aktenstück an – ›Nur für den Privatgebrauch‹ – über Harald Fein. Es war nicht das erste dieser Art.

Was mich immer mehr magisch anzieht, ist das, was in meinem Metier ›Viktimologie‹ genannt wird – also die neuerdings vielbeachtete, zumindest vielzitierte, aber noch weithin unerforschte Lehre von den dunkelsuggestiven Beziehungen zwischen Täter und Opfer.

Schafe bieten sich Wölfen geradezu an! Der Wehrlose lockt den Gewalttätigen, fordert ihn manchmal heraus. Bekanntlich kann nicht nur der Mörder, sondern auch der Ermordete schuldig oder mitschuldig sein – in gewissen Fällen.

Als so ein Fall wollte mir die Situation dieses Harald Fein erscheinen – als ich noch nicht allzu viel über ihn wußte.«

»Ich habe euch hergebeten«, verkündete Harald Fein seiner versammelten Familie am Frühstückstisch, »weil ich euch zu informieren wünsche.«

»Worüber denn diesmal?« fragte Heinz, der Sohn. »Wir haben doch alles schon durchgekaut!«

Helga, die Tochter, blickte warnend ihren Bruder an; betrübt ihre Mutter. Dem Vater jedoch lächelte sie zärtlich, ermunternd, hoffnungsvoll zu.

»Was ist also nun schon wieder fällig?« wollte Hilde wissen. »Irgendeine neue Peinlichkeit?«

»Scheint so«, bestätigte Harald. »Diesmal hat man versucht, mich zu erpressen – ich soll, wird behauptet, Maria, unsere Hausangestellte, mißbraucht haben. Geschlechtlich!«

»Pfui!« rief Helga, die Tochter, empört. »Wer kann das zu behaupten wagen? Wer kann so gemein sein!«

Hilde fragte lauernd, mit halb geschlossenen Augen: »Stimmt das?«

»Warum soll das denn nicht stimmen!« meinte Heinz und lachte. »Bei unserer Maria scheint so was mit zu ihren Dienstleistungen zu gehören – was ich bestätigen kann.«

Sie starrten ihn an: die Schwester ungläubig; die Mutter erschreckt; der Vater mit leicht verwundertem Lächeln. »Du – und Maria?«

»Warum denn nicht auch ich? Sie bot sich mir an – als Aperitif. Und ich griff zu – weil gerade das Fernsehprogramm so langweilig war. Soweit ich mich erinnere.«

»Und so was«, rief Hilde Fein anklagend, »in meinem Hause!«

»Wo denn sonst«, meinte Heinz heiter. »Es ist das Haus, in dem ich leben muß. Es ist dein Haus, liebe Mutter. Du hast es Vater zur Verfügung gestellt. Und Maria ist von dir engagiert worden – es ist dein Verdienst, wenn die hier ihre Beine breit macht.«

»Schäm dich!« schrie ihn die Schwester an.

»Warum denn? Diese Maria ist ihr Geld nicht wert! Was Vater hoffentlich bestätigen kann. Warum also die ganze Aufregung?«

Aus den Vernehmungsprotokollen der Maria Trübner – einige Tage später:

»...wurde ich verführt. Bei jeder sich bietenden Gelegenheit. Erst durch den Sohn des Hauses...

...brachte ich dem an einem Vormittag, weil er angeblich erkältet war, einen Kräutertee an das Bett. Wobei der mir doch zwischen die Beine griff! Wenn ich dabei stillhielt, dann nur, um den Inhalt der Tasse nicht zu verschütten. Und so wurde ich mißbraucht.

...versuchte das dann auch der Herr Fein. Wobei ich mich weit intensiver wehrte – da ohne Teetasse. Ich schrie auch, was jedoch sinnlos war, da wir uns allein im Hause befanden. Er überwältigte mich und riß mir die Unterwäsche vom Leib. Wofür er mich zu entschädigen versuchte, mit ein paar hundert Mark, was ich jedoch entschieden ablehnte.

Und das war erst der Anfang!«

»Das alles sind schamlos verlogene Behauptungen«, erklärte Harald Fein, »zu Erpressungszwecken!«

»Nichts anderes!« versicherte seine Tochter. »Ich glaube dir jedes Wort.«

»Ich nicht!« erklärte Heinz amüsiert. »So was soll schließlich sogar in den besten Familien vorkommen – warum nicht auch in den schlechten? Unsere Maria hat es faustdick hinter den unzureichend gewaschenen Ohren! Versuchte die doch, mir mein ganzes, an sich schon unzureichendes Taschengeld abzunehmen. Aber als ich, für meine Leistungen, auf Bezahlung drängte, wurde sie sauer.«

»Das«, meinte Harald Fein, »sollte dein lieber Großvater erfahren. Der weiß so was zu schätzen!«

»Keinerlei Ablenkungen!« rief Hilde Fein streng. »Falls tatsächlich diese Person mit dir, Heinz, ein Verhältnis hatte, so bedaure und verabscheue ich das zutiefst! Wenn das aber auch bei meinem Mann zutreffen sollte, was ich leider nicht für ausgeschlossen halten kann, so ist das unerhört und ganz einfach unverzeihlich!«

»Was soll denn das!« hörte sich Harald Fein ausrufen. »Da bin ich nun bemüht, mich meiner Familie mit allen erdenklichen Aufrichtigkeiten mitzuteilen, sie um verständnisvolle Ratschläge zu bitten, dabei eine gemeinsam erarbeitete Lösung erhoffend – und was geschieht? Man traut mir einfach alles zu!«

»Ich nicht, Vater!« rief Helga.

»Du nicht, mein liebes Kind. Dich habe ich nicht damit gemeint.«

»Aber mich!« rief Hilde Fein aus. »Mich in erster Linie! Du klagst an, um dich möglichst nicht verteidigen zu müssen.«

»Und das«, meinte Heinz freundlich, »wohl nicht ganz unberechtigt.«

Im Vorzimmer bellte der allein gelassene Anton auf und schien mit dem Kopf gegen die Türfüllung zu stoßen – was in diesem Augenblick niemand bemerkte.

»Wie dem auch sei«, sagte Harald Fein, »diese Sache ist noch nicht alles, was man mir anzulasten versucht. Man hält mich offenbar noch ganz anderer Abwegigkeiten für fähig. Kurzum: man scheint sogar anzunehmen, daß ich einen Mord begangen haben könnte.«

»Nein, nein!« rief Helga, nun völlig verstört. »Das darf – das kann nicht wahr sein!«

»Tatsächlich?« fragte Heinz aufhorchend. »Allerhand! Ich jedenfalls hätte dir so was nicht zugetraut! Wer ist denn auf diese Idee gekommen? Irgendein Konkurrent?«

»Die Kriminalpolizei.«

»Also auch das noch«, sagte Hilde Fein. »Das ist ganz einfach zu viel! Das muß Vater wissen – unverzüglich!«

Am Tage darauf meldete sich in der »MZ« – angekündigt auf Seite 1, veröffentlicht auf Seite 3 – der journalistische Kriminalist Mathias Engelmacher, von der Liga für Menschenrechte, zu Wort. Unter der Überschrift: »Haben Sie Mut, Herr Polizeipräsident?«

»...haben einst faschistische Machthaber in unserem Land behauptet, daß Recht ist, was dem Volke nützt! Doch Recht ist, was den Menschen schützt, ihm seine Freiheiten bewahrt und garantiert.

Toleranz hat ihre Grenzen, wo die Interessen der Intoleranz beginnen. Es ist zu hoffen, daß unsere Kriminalpolizei das weiß. Sie darf ihren Verpflichtungen nicht ausweichen. Auch dann nicht, wenn es sich um noch so angesehene Mitbürger handeln sollte...

...fragen wir daher den Herrn Polizeipräsidenten: ›Haben Sie Mut? Wenn ja – dann nennen Sie endlich Namen!‹«

»So ziemlich genau das«, meinte Braun, sichtlich ermuntert, »hat uns gerade noch gefehlt. Dann wollen wir also mal!«

»Was, bitte, wollen wir?« fragte Feldmann, auf die zwischen ihnen liegende Zeitung deutend. »Was, meinen Sie, wird von uns verlangt – beziehungsweise erwartet?«

»Daß wir das übliche Gesellschaftsspiel mitmachen!« Braun schaukelte vergnügt in seinem primitiven Holzstuhl, der in allen Fugen ächzte. »Wir haben uns überzeugend dämlich zu geben, um dann weiterhin halbwegs intelligent und möglichst ungestört vorgehen zu können. Wir müssen den Hyänen der sogenannten öffentlichen Meinung irgend etwas – also irgend jemand – zum Fraß vorwerfen, bevor die uns womöglich noch in den Hintern beißen.«

»Wollen Sie denn etwa Harald Fein opfern? Wovor ich mit Nachdruck...«

»Halten Sie mich denn für einen Trottel?« rief Braun geradezu klagend. »Trauen Sie mir zu, daß ich gleich auf Anhieb unseren dicksten Brocken in die Arena schmettere? Nein, mein Lieber: immer mit Bedacht und mit möglichst kleinen Dosierungen. Bringen Sie das der Presse bei!«

»Ich?«

»So was müssen Sie lernen! Empfangen Sie einen dieser Schreibtischschakale nach dem anderen. Gewähren Sie ihnen Einblick in unsere Spurenkartei. Dabei zunächst keine verwertbare Bemerkung über diesen Penatsch – den muß ich mir erst persönlich vornehmen.«

»Und Harald Fein?«

»Ein Name, der von Ihnen nicht genannt wird – nennt ihn einer Ihrer Gesprächspartner, weichen Sie aus, sagen Sie weder ja noch nein, lassen Sie alles offen.«

»Herr Kriminalkommissar«, sagte Feldmann, »ich habe zuletzt im Labor, Spezialität Fingerabdrücke, gearbeitet – kann ich nicht wieder dorthin zurück? Dort habe ich mich wesentlich wohler gefühlt.«

»Jetzt sind Sie hier«, sagte Braun lapidar. »Und hier bleiben Sie! Falls Sie jedoch versagen sollten, ist eine Versetzung zur uniformierten Polizei durchaus möglich. Sie könnten dann auf dem Stachus den Verkehr regeln. Sollten Sie tatsächlich scharf darauf sein?«

»Fehlt dir irgend etwas?« fragte Hilde Fein ihre Tochter, die das Ankleidezimmer ihrer Mutter betreten hatte. »Ich habe mir einen deiner Lippenstifte ausgeborgt – den hellroten, mit den leicht bläulichen Untertönen.«

»Diese Farbe«, sagte Helga, »eignet sich nur für junge Leute.«

Hilde Fein lachte auf, ein wenig gequält. »Willst du damit sagen, daß ich alt bin – in deinen Augen?«

»Darauf kommt es doch nicht an! Vater zum Beispiel ist sogar noch älter als du – aber keiner der jungen Leute, die ich kenne, läßt sich mit ihm vergleichen. Er ist so ganz anders! Gelassener, würdiger – verehrungswürdiger.«

»Bist du gekommen, um mir das zu sagen? Mein liebes Kind – du bist doch eigentlich erwachsen genug. Du solltest endlich versuchen, deine rosa-romantischen Anwandlungen, speziell im Hinblick auf deinen Vater, ein wenig zu zügeln.«

»Ich liebe ihn!« rief Helga.

»Schon gut, schon gut!« sagte Hilde Fein. Sie war verabredet und wollte sich nicht verspäten. »Sonst noch was?«

»Vater würde gewisse Dinge nicht tun!«

»Zum Beispiel?«

»Nun – etwa diese Eröffnung des neuesten Amüsierschuppens, von dem ich gerade in der Zeitung gelesen habe. Vater widert so was an! Und mich auch. Diese lächerliche, oberflächliche, selbstgefällige Bande...«

»Nun hör mal zu, Helga – ob man diese Leute mag oder nicht –, sie gehören nun mal zur Gesellschaft. Sie lassen sich nicht einfach übergehen; müssen also, wenn du so willst, in Kauf genommen werden. Und einer von uns muß das tun – der Familie, der Firma wegen –, in diesem Fall also: ich!«

»Gemeinsam mit diesem Jonass!« rief die Tochter plötzlich ungehemmt. »Diesem gelackten Affen!«

Die Mutter schloß kurz die Augen und ließ ihren Lippenstift sinken. Es war, als vermeide sie es, ihr Bild im großen Toilettenspiegel zu sehen. Kühl abweisend sagte sie: »Man kann zu derartigen Veranstaltungen als Frau nicht allein hingehen – dein Vater begleitet mich nicht; und unsere Freundin, Frau Weber, war anderweitig verpflichtet. Herr Jonass aber gehört mit zur Firma – und er besitzt das Vertrauen deines Großvaters.«

»Mutter«, fragte nun Helga kaum vernehmbar, »willst du uns verlassen?«

»Was sagst du da? Wie kommst du darauf?«

»Also stimmt es.«

»Unsinn, Helga – ich verlasse niemanden! Und schon gar nicht meine Kinder! Mein Gott, versuche doch endlich einmal halbwegs realistisch zu denken. Auch im Hinblick auf deinen geliebten Vater. Hat es nicht auch Tage, Wochen, Monate gegeben, an denen es so aussah, als hätte er uns endgültig verlassen – uns alle und damit auch dich!«

»Da – war er krank!«

»Und – ist er nun geheilt? Wird er jemals wieder völlig gesund werden? Und ich frage dich, mein Kind – hat er dir auch nur halbwegs soviel Liebe entgegengebracht, wie du ihm? Denke endlich einmal darüber nach!«

»Wie quälend das alles ist!« rief Helga, stürzte davon und schlug die Tür hinter sich zu.

»Das«, stellte der Kriminalinspektor Feldmann vor, »ist Herr Penatsch, Hausmeister in der V-Straße 33.«

»Setzen Sie sich«, sagte der Kriminalkommissar und betrachtete den bleichen, hageren Mann mit den sorgenvoll, fast zergrübelt wirkenden Gesichtszügen – der Anblick schien ihn zu irritieren. Dennoch meinte er: »Sie sehen so aus, als könnte man sich einiges von Ihnen erhoffen.«

»Ich bin sehr hilfsbereit«, versicherte Penatsch leise. »Das liegt so in meiner Natur.«

Feldmann ergänzte: »Herr Penatsch ist nicht nur ein sehr hilfsbereiter, sondern auch ein sehr geschickter Mensch. Er erledigt im Haus V-Straße 33 fast alle anfallenden Reparaturen allein. Er betätigt sich dort auch, auf Wunsch, als Babysitter; und in seiner Freizeit bastelt er – zur Zeit die Frauenkirche, aus Streichhölzern. Bisher tausend Arbeitsstunden.«

»Eintausendzweihundertvierundzwanzig«, korrigierte Penatsch sanft.

»Beachtlich«, knurrte Braun. »Sie sind also gründlich, genau und besitzen Ausdauer. Sie haben unseren Beamten einige brauchbare Hinweise gegeben. Darunter befindet sich einer, der sich mit einem gewissen Harald Fein beschäftigt. Woher kennen Sie dessen Namen?«

»Nun«, berichtete Penatsch, »ich habe diesen Herrn in letzter Zeit mehrfach in der Nähe unseres Hauses gesehen; zumeist in seinem Wagen sitzend. Das bei abendlichen Kontrollgängen im Hause und um das Haus herum – wobei manchmal Türen nicht verschlossen sind, sperrige Gegenstände herumstehen können oder Wertsachen verloren worden sind…«

»Der Herr Kriminalkommissar«, schaltete sich Feldmann ein, »interessiert sich zunächst dafür, woher Sie wissen, daß es sich bei besagter Person um Herrn Harald Fein gehandelt hat.«

»Er fiel mir gewissermaßen auf. Dabei kam er mir bekannt vor – ich dachte darüber nach. Und dann wußte ich auch woher! Ich hatte ihn nämlich auf einem Foto gesehen – in der MZ – anläßlich der Einweihung einer Isar-Brücke. Dort stand er unmittelbar neben dem OB – bezeichnet als Harald Fein, Architekt.«

Braun blickte nachdenklich erst Penatsch, dann Feldmann an. Er meinte hierauf gedehnt: »Da haben Sie also, Herr Penatsch, zunächst einen Mann gesehen – vermutlich im Halbdunkel. Worauf Sie sich an ein Foto erinnerten und danach zu erkennen glaubten, daß es sich dabei um einen gewissen Harald Fein gehandelt hat. Ist das nicht ein wenig fragwürdig?«

»Ich«, meinte Penatsch mit leiser Höflichkeit, »maße mir kein diesbezügliches Urteil an.«

Worauf sich wiederum Feldmann, von Braun fordernd angeblickt, einschaltete: »Hierzu ist zu sagen, daß Herr Penatsch – laut seiner Aussage – mindestens zweimal Herrn Fein in vollem Licht erblickt hat. Einmal unmittelbar unter einer Straßenbeleuchtung – und dann im Hause direkt; unter einer Flurlampe. Eine weitere Einzelheit kommt noch hinzu – eine Art besonderes Kennzeichen für diesen Herrn Fein. Sagten Sie nicht so, Herr Penatsch!«

»Aber ja!« bestätigte der – auf seinem bleichen Gesicht begannen sich, in der Nähe der Backenknochen, rötliche Flecke zu bilden. »Da war nämlich dieses Tier, sein Hund – ein aufdringlicher, ungepflegter Köter. Der versuchte sogar, unseren Hauseingang zu verunreinigen – was ich ihm aber verwehrte!«

»Hunde«, meinte Braun unwillig, »sind als Beweismittel kaum brauchbar.«

»Dieses Tier jedoch«, erklärte Penatsch, »ist unter Tausenden herauszuerkennen! Ich habe dieses Vieh nicht nur in der V-Straße gesehen, sondern auch auf dem Foto von der Einweihung der Brücke, dicht bei Fein und dem OB. Wobei dieser scheußliche Hund dahockte, als wäre er der Mittelpunkt. So was muß einem doch auffallen – oder?«

Braun atmete auf. »Das alles wollen wir nun mal möglichst genau schriftlich festlegen. Es ist Ihnen doch recht? Na prima! Dann übernehmen Sie das, Feldmann. Sie wissen ja, worauf es mir dabei ankommt.«

Aus den Aufzeichnungen des Kriminalbeamten Keller:

»Eine wesentliche Voraussetzung für jede kriminalistische Arbeit ist der stets wache Instinkt. Einiges an Phantasie muß dann noch hinzukommen. Und weiter: Mißtrauen! Ganz abgesehen von fachlichen Kenntnissen, Erfahrungen und einer natürlichen Kombinationsgabe.

Und noch eine Haupttugend, die zu den Grundeigenschaften eines Kriminalisten gehört: die nicht sehr häufige Kunst, geduldig abwarten zu können.

Auch ein Kriminalist gerät immer wieder unter mehr oder minder starken Druck – von oben, von außen, auch von unten. Er muß ›Leistungen‹ nachweisen – früher einmal wurden sie im sogenannten Diensttagebuch verzeichnet, nun werden sie durch Tages- und Wochenberichte belegt, die von vorgesetzten Dienststellen registriert, ausgewertet und mit Leistungsziffern versehen werden. Ferner erwartet die Öffentlichkeit überzeugende ›Erfolgsmeldungen‹, speziell von den Mordkommissionen und dem Sittendezernat. Aber das alles gehört zum Alltag des Kriminalisten, der alles andere als ein ständiges Abenteuer ist. Was gar nicht wenige nicht wahrhaben wollen – als fühlten die sich durch einschlägige Filme, Kriminalromane und Polizeiberichte unentwegt angeheizt. Daß auch Braun zu diesen gehörte, will ich damit nicht unbedingt sagen. Seine Fehlerquelle lag wesentlich tiefer – vermute ich. Er besaß offenbar die wohl wichtigste Kardinaltugend der Kriminalisten nicht: die unbeirrbar feste Entschlossenheit zu einer größtmöglichen Objektivität – im Amt. Was wohl niemals ganz gelingt, aber immer erstrebt werden muß.

Braun nahm leidenschaftlichen Anteil, baute seine sehr speziellen Ansichten ein und aus, zementierte unbeirrbar sein Weltbild. Wenn dabei auch viel von ›Ordnung und Sicherheit‹ die Rede war – ungefährlich war so was niemals. Nicht für einen Mann wie Fein in diesem Fall.«

»Du bist ein liebes, aber selten dummes Schaf«, stellte Heinz Fein, im Zimmer seiner Schwester Helga sitzend, fest – wobei er nicht lächelte.

»Und was bist du?« fragte sie streitbar.

»Alles, was du willst«, meinte der Bruder, der auf ihrem Bett Platz genommen hatte. »Nur eins nicht – ich bin kein schwärmerischer Romantiker.«

»Du kannst keine Gefühle mehr entwickeln – genau das ist es!«

»Ich habe gelernt – nicht zuletzt in diesem Hause –, ganz real und sachlich zu sehen, wie es nun mal ist! Und das, Helga, solltest du endlich auch mal versuchen.«

»Du kannst nicht lieben«, sagte Helga ernsthaft.

»Ich«, sagte Heinz, »liebe zumindest zwei Menschen. Mich – und dich!«

»Du bist verrückt«, sagte Helga, kaum vernehmbar – ihn anstarrend. »Ich jedenfalls liebe Vater.«

»Auch das ist verrückt«, meinte der Bruder. »Aber diese Welt ist voll von Verrücktheiten. Jedenfalls aber gedenke ich nicht zu dulden, daß du dich irgendwo – unter welchen Schweinen auch immer – herumtreibst, nur um deine fehlgelagerten Liebesgefühle abzureagieren.«

»Und wenn ich nicht will, Heinz?«

»Du kannst tun oder lassen, was du willst – wie ich ja auch. Aber wenn ich dich noch einmal in einem dieser rauschgiftverseuchten Schwabinger Sauställe antreffen sollte – dann haue ich dich zusammen!«

Text einer vorsorglich vorbereiteten, offiziell genannten Erklärung des Stadtplaners Dr. Abendroth, Hermann:

»Die von uns erarbeiteten Entwicklungspläne sind an sich kein Geheimnis. Verschiedene Planungsvorbereitungen jedoch, welche möglicherweise größere Veränderungen im Stadtgefüge bewirken, sind zunächst stets nur wenigen vertrauenswürdigen Personen zugänglich gewesen. Das nicht zuletzt in dem Bemühen, jede Spekulation, auf Grund von Indiskretion, auszuschließen.

In der gleichen Weise ist auch mit den Planungen für die Zufährtsstraßen zum Olympiagelände verfahren worden. Die Unterlagen waren zunächst einigen wenigen Beamten, Stadträten und dem OB bekannt, bevor sie dann, als so gut wie abgeschlossene Projekte, der Öffentlichkeit vorgelegt werden konnten.

Daher muß jede mögliche Vermutung, daß etwa Außenstehende – zum Beispiel Angehörige von Baufirmen, Maklerbüros, Immobiliengesellschaften – vorzeitig Einblick in diese Unterlagen genommen haben könnten, um dadurch frühzeitig spekulative Aufkäufe tätigen zu können, scharf zurückgewiesen werden!«

Frage eines Journalisten: »Sie lassen keine eventuelle Ausnahme gelten?«

Abendroth: »Keine!«

Der Journalist: »Sie sind, wenn meine Informationen stimmen, befreundet – sind das zumindest gewesen – mit Herrn Harald Fein, der eine Firma repräsentiert, welcher es rechtzeitig gelungen zu sein scheint – noch weit vor der offiziellen Veröffentlichung der Gesamtplanungen –, wertvoll gewordene Grundstücke vergleichsweise preiswert zu kaufen. War das – falls es stimmt – ein Zufall?«

Abendroth: »Spekulative Geländeaufkäufe sind in der Baubranche keine Seltenheit. Mein Amt jedenfalls – also die Stadt – hat nichts damit zu tun!«

München besaß 25 Banken. Davon eine mit 80 Zweigstellen in dieser Stadt. Und dazu weitere 4 mit Zweigstellen in mindestens allen Stadtteilen. Keins der großen, »westlich« genannten, Geldinstitute schien hier zu fehlen.

Ferner: 44 Reisebüros, 33 Fluggesellschaften, 47 Konsulate.

Aber auch: 26 Theater, die allabendlich – mindestens – Vorstellungen gaben; dazu monatlich etwa 50 Konzerte – Philharmoniker, Symphoniker, Rundfunkorchester; Orgel, Klavier, Geige. Sodann: von den Donkosaken bis zum Golden Gate Quartett und Tina Turner. Udo und Adamo nicht zu vergessen.

Schließlich: 28 Museen und Sammlungen. Alte Pinakothek bis Valentin-Gedächtnisstätte. Nur in der letzteren waren mit einiger Wahrscheinlichkeit Münchner anzutreffen. Mit Sicherheit dann noch im Tierpark, wo auch Hunde Zutritt haben. Nicht jedoch in den zahllosen Lokalen, die sich »Bar« oder gleich »Night-Club« nannten – in Bahnhofsnähe, in Schwabing, im immer mehr entvölkerten Stadtzentrum. Dort würde sehr bald – so sagte man – nicht mehr gelebt, nur noch kassiert werden.

Doch die wahren Beherrscher dieser Stadt – unter ihnen auch Plattner – begaben sich kaum jemals in diese lauttönende Öffentlichkeit. Sie vermieden es, von sich reden zu machen. Sie ließen die Banken, die ihnen zum großen Teil gehörten, für sich kassieren.

»Jonass, mein Junge«, verkündete Plattner bedeutungsschwer, »Ihre Stunde könnte gekommen sein.« Er saß zurückgelehnt auf dem Sofa in seinem Büro. »Ich habe Sie hergebeten, weil ich mit Ihnen entscheidende Positionen zu klären wünsche.«

Joachim Jonass verbeugte sich leicht. Er war vierunddreißig Jahre alt, besaß eine sportlich wirkende Figur, kühl blickende Augen und ein energisches Kinn. »Auf mich können Sie sich jederzeit verlassen, Herr Plattner – in jeder Hinsicht.«

»Meine Tochter deutete mir das bereits an. Womit sie jedoch nur bestätigte, was ich bereits vermutet habe.«

»Ich bin Ihr Mann!«

»Das, Herr Jonass, habe ich mir denn auch von Ihnen erhofft – vorausgesetzt, daß Sie wirklich zu allem entschlossen sind.«

»Sagen Sie mir: wozu – und ich werde es sein!«

»Sie scheinen tatsächlich ein Mann nach meinem Herzen zu sein, Jonass! Aber das müssen Sie auch, wenn Sie in meine Familie hineinheiraten, also an meinem Betrieb gewichtigen Anteil nehmen wollen. Dies wiederum ist praktisch nur möglich, wenn Sie auch, eben als Nachfolger Ihres Vorgängers, unbeirrbar dazu entschlossen sind, den in jeder Hinsicht wirksam auszuschalten.«

»Ich bin bereit«, versicherte Joachim Jonass geradezu feierlich.

Bekundungen des Joachim Jonass, geraume Zeit später:

»Die Behauptung, ich wäre jemals der Freund Harald Feins gewesen, ist ganz einfach absurd! Dafür gab es viel zu viele Unterschiede zwischen uns. So etwa bin ich mehr als zehn Jahre jünger als er. Außerdem war ich ein bewußter Praktiker, während er sich für einen künstlerischen Menschen hielt; und das ließ er bei jeder Gelegenheit durchblikken.

Weiterhin ist die Annahme unsinnig: er habe mich ausgewählt, mir eine Chance gegeben, mich in die Firma Plattner und auch in den Kreis seiner Familie hineingebracht. Die Wahrheit war vielmehr: er suchte dringend jemand, der ihn bei seinen Verwaltungs- und Organisationsarbeiten, die er zutiefst haßte, wirksam entlasten konnte. Das erledigte dann ich – für ihn.

Nicht zuletzt durch seine späteren alkoholischen Ausschweifungen verlagerte sich die in der Plattner-Baugesellschaft von ihm erwartete Arbeitsleistung immer mehr auf mich.«

Schreiben des Alleininhabers der Baufirma Plattner Hoch-Tief an dessen derzeitigen ersten Herrn Fein:

»... bedauern wir, Ihnen mitteilen zu müssen, daß wir uns leider veranlaßt sehen, Sie ab sofort von allen Verpflichtungen zu entbinden, mithin also leider dazu gezwungen sind, Ihren Vertrag kurzfristig zu kündigen ...«

Schreiben des Inhabers der Baufirma Plattner Hoch-Tief, gerichtet an die leitenden Angestellten seines Unternehmens – auch als »firmeninternes Rundschreiben« bezeichnet; mit dem Vermerk: »äußerst vertraulich«:

»... bedauern wir, uns zu der Mitteilung gezwungen zu sehen, daß wir den bisherigen ersten Geschäftsführer unserer Firma, Herrn Fein, von allen Verpflichtungen entbinden mußten, wodurch zwangsläufig alle seine Vollmachten erloschen sind. Er scheidet aus unserem Unternehmen aus. An seine Stelle tritt Herr Jonass.«

»Ich werde tun, was ich kann«, sagte Joachim Jonass hoffnungsvoll. »Dabei scheint mir jedoch ein Punkt nicht unbedenklich zu sein. Es handelt sich um Abendroth, den Stadtplaner! Denn ich muß mich fragen: hat Harald Fein tatsächlich vorzeitig Einsicht in dessen Pläne nehmen können?«

»Er hat«, sagte Plattner lässig. »Durch puren Zufall. Worauf ich eingehend informiert wurde. Mit dem doch wohl selbstverständlichen Ergebnis, daß ich von dem geplanten Ausbaugelände alles aufgekauft habe, was irgendwie erreichbar war. Weil ich genau wußte: die Planungen dieses Abendroth, auf den der OB hört, pflegten immer realisiert zu werden. Irritiert Sie dieser Vorgang?«

»An sich, Herr Plattner, nicht im geringsten. Was aber, frage ich mich, wenn Harald Fein sich mit allen Mitteln zu wehren versucht – wenn er also gleichsam Amok läuft?«

»Gegen seinen Freund Abendroth? Niemals!«

»Wenn das so ist, dann werden wir es schaffen.«

»Mühelos, Jonass, mein Junge! Fein ist von mir schon seit geraumer Zeit abgebucht worden – was jedoch erst jetzt ohne sonderliche Verluste realisiert werden kann. Um ganz offen zu sein und in aller gebotenen Vertraulichkeit: in meinen Augen ist der bereits ein toter Mann!«

4

»Herr Fein«, erklärte der Kriminalkommissar Braun, nunmehr ohne sonderliche Freundlichkeit, »ich gebe Ihnen Gelegenheit, Ihre bisherigen Aussagen zu ergänzen.«

»Erlauben Sie mir, Sie auf folgendes aufmerksam zu machen: ich habe bisher keinerlei Aussagen gemacht, die schriftlich festgelegt wurden; ich habe Ihnen lediglich Auskünfte erteilt.«

»Die wir mitstenografiert oder als Gedächtnisprotokoll fixiert haben. Ein polizeiüblicher Vorgang – oder bezweifeln Sie das etwa?«

»Wie sollte ich das! Denn woher kann ich wissen, was bei unserer Polizei üblich ist und was nicht?«

»Vielleicht«, knurrte der Kriminalkommissar auf, »lernen Sie das noch. Je eher, um so besser – für Sie!«

Braun saß in seinem Holzsessel – Feldmann stand unbewegt hinter ihm. In der Ecke beim Fenster, hockte, wie immer unbeachtet, Keller. Er lächelte stereotyp.

»Worauf wollen Sie diesmal hinaus?« erkundigte sich Harald Fein.

»Irrtümer, Herr Fein«, versicherte Braun, »können immer einmal vorkommen. Unser Gedächtnis ist unzuverlässig. Und Fehler macht jeder. Entscheidend ist, ob wir so was erkennen – und bereit sind, es einzugestehen.«

»Sind Sie das?«

Der Kriminalkommissar hatte ein wenig Mühe, sich zu beherrschen; er bemühte sich zu lächeln. »Das, Herr Fein, erwarte ich von Ihnen.«

»Und was habe ich, Ihrer Ansicht nach, einzugestehen?«

»Eine Kleinigkeit! Denn bisher haben Sie behauptet, Ihren in der V-Straße geparkten Wagen am fraglichen Abend, dem 15. September, nicht verlassen zu haben. Es existiert jedoch ein Zeuge, der das Gegenteil behauptet.«

»Dann irrt sich der.«

»Der kann das beschwören.«

»Und Sie glauben ihm?«

»Sehen Sie«, meinte Braun, nun fast wieder gemütlich, »so ist das bei unserem Job: der eine sagt dies, und der andere sagt das – wem soll man glauben?«

»Nun – dem, der glaubwürdiger ist.«

»Das stimmt nicht ganz«, erklärte der Kommissar, »nicht von unserer, also von meiner Sicht aus. Bei uns kommt es in erster Linie auf überzeugende Beweise an.«

Aus den Aufzeichnungen des Kriminalbeamten Keller:

»Der Kollege Braun scheint sich wieder einmal seiner Sache ziemlich sicher zu fühlen.

Ich saß in meiner Ecke und lauschte. Die Stimme dieses Harald Fein klang überraschend heiter, wenn auch keinesfalls fröhlich – der schien alles reichlich komisch zu finden –, nur eben, daß er nicht, oder nicht mehr, oder noch nicht, darüber lachen konnte.

Derartige Betrachtungen konnte ich mir ungestört leisten. Es war ein Tag ohne jede Besonderheit. Die drei Todesermittlungen hatten sich routinemäßig in kurzer Zeit erledigen lassen:

Erstens: die Leiche einer etwa vierzigjährigen Frau – der Tod durch eine Überdosis Schlafmittel herbeigeführt. Vermutlich bereits vor zwei Tagen. Dennoch deutlich meßbare Reste von Körperwärme, da Fenster geschlossen waren, freundliches, warmes Wetter herrschte und die Leiche in einem Federbett lag. Freigabe.

Zweitens: ein etwa vierjähriges Kind, mit zertrümmertem Schädel. Angeblich auf den Tisch geklettert und von dort gegen den Ofen gestürzt. Doch in der Kopfwunde winzige Splitter, vermutlich von einer Bierflasche. Ein Freund der Mutter scheint da am Werk gewesen. Weitergabe an die Mordkommission.

Drittens: die bereits verweste Leiche eines Mannes, aufgefunden im Englischen Garten. Keinerlei Hinweise auf die Person. Fingerabdrücke, trotz Einspritzen von Paraffin, nur noch zum Teil verwertbar. Todesursache nicht einwandfrei festzustellen. Obduktion angefordert.

Nichts war irgendwie ungewöhnlich an diesem Tag – bis auf diese Unterredung zwischen Fein und Braun. Nicht etwa, daß Fein mir sonderlich leid getan hätte. Ich hatte vielmehr den Eindruck: der konnte sich wehren – wenn er wollte!«

»Dann werde ich Ihnen, Herr Fein – da Sie das nicht vermeiden wollen – eine Gegenüberstellung nicht ersparen können.«

»Wie, bitte, sollte ich etwas vermeiden können, von dem ich nichts weiß? Und wem gedenken Sie mich gegenüberzustellen?«

»Jemandem, der Sie nicht nur mehrmals vor dem Haus V-Straße 33 gesehen hat, sondern auch in demselben.«

»Wie Sie wollen«, meinte Harald Fein gelassen. »Dann werden Sie mir also Ihre sogenannte Parade vorführen – die Ausstellung eines möglicherweise Verdächtigen inmitten eines halben Dutzends garantiert Unverdächtiger, zwecks Auswahl, wie?«

»So was ist Fernsehen! Derartiges kommt zwar bei uns gelegentlich mal vor, ist aber keineswegs etwa die Regel. Schon gar nicht dann, wenn – wie hier – ein Zeuge von vornherein den Namen des Betreffenden nennen kann und genau weiß, wie er aussieht.«

»Nun gut, Herr Kriminalkommissar, dann tun Sie also, was Sie für richtig halten – und für vertretbar.«

Braun nickte Feldmann zu. Der begab sich in den Nebenraum, wobei er die Tür weit offen ließ. Alsbald erschien er wieder, gefolgt von Penatsch, der sich artig in Richtung Braun verbeugte. Dann blieb er mit dem Inspektor in Türnähe stehen, betrachtete Fein einige wortlose Sekunden lang und sagte dann höflich: »Diesen Herrn kenne ich – ich weiß seinen Namen – ich möchte meinen, daß er es gewesen ist, den ich im Haus V-Straße 33...«

Und Fein erklärte, völlig unbeeindruckt: »Ich bin sicher, diesen Menschen noch niemals vorher gesehen zu haben.«

»Was nicht das geringste besagt!« erklärte Braun. »Denn sehen und gesehen werden sind zwei verschiedene Dinge.«

»Na schön – aber was, bitte, glaubt dieser Herr bezeugen zu können?«

»Das Protokoll Penatsch«, wies der Kriminalkommissar den Inspektor an. »In den wichtigsten Details.«

Auszüge aus dem – ersten – Protokoll Penatsch:

»...glaube ich sicher zu sein, den Herrn Harald Fein innerhalb von drei oder vier der Tat vorangegangenen Wochen mindestens dreimal in der nächsten Umgebung des von mir als Hausmeister betreuten Anwesens V-Straße 33 oder im Hause selbst gesehen zu haben.

Einmal, wohl das erstemal, als er in seinem Wagen saß, Zigaretten rauchte, Radio hörte und dabei unser Haus beobachtete, den Eingang und die vordere Fensterfront, bis hinauf zu den oberen Stockwerken, möchte ich annehmen. Er fiel mir auf. Auch der Hund, der hinter ihm hockte.

Zum zweitenmal, etwa zehn Tage vor dem Mord, es können auch zwei Wochen gewesen sein, sah ich, wie Herr Fein das Haus V-Straße 33 verließ – und zwar, wie mir schien, in einer gewissen Eile. Auf der Straße angekommen, sah er sich in einer Weise um, die ich als prüfend bezeichnen möchte. Dann erst begab er sich zu seinem Wagen und setzte sich in denselben, wo ihn dieser Hund erwartete.

Zum drittenmal, wohl fast genau eine Woche vor dem Mord, als ich gerade aus dem Keller kam, wo ich eine Reparatur durchgeführt hatte, sah ich Herrn Fein unser Haus betreten. Etwa gegen 22.00 Uhr. Und das in einer Art und Weise, die ich als vorsichtig, wenn nicht gar als heimlich bezeichnen möchte. Was mein Mißtrauen erregte.

Ich ging ihm besorgt nach und sah ihn dann vor der Tür der später Ermordeten stehen. Er schlug gegen diese Tür, mit der Faust; mehrmals; dabei rief er zweimal ihren Vornamen, sehr laut und in drohendem Ton.«

»Das«, sagte Harald Fein, »ist wirklich nichts als haarsträubender Unsinn.«

»Das«, versicherte Penatsch, mit fast feierlicher Höflichkeit, »sind Tatsachen, die ich beschwören würde – falls sich das als notwendig erweisen sollte.«

»Und Sie, Herr Braun«, wollte Fein wissen, »glauben diesen ausgemachten Blödsinn – oder diese höchst seltsame Sinnestäuschung, gelinde gesagt? Nein – das traue ich Ihnen nicht zu!«

»Herr Fein – ich bearbeite und verwerte lediglich das Material, das sich mir anbietet. Und das zwingt mich nunmehr dazu, daß ich mich in diesem Fall speziell mit Ihnen wesentlich eingehender als bisher beschäftigen muß.«

»Heißt das – Sie verdächtigen mich...«

»Das heißt lediglich: ich kann Sie nun leider nicht mehr für völlig unverdächtig halten. Sind Sie jetzt bereit, sich einer offiziellen kriminalpolizeilichen Vernehmung zur Verfügung zu stellen?«

Am gleichen Tag, in den späten Abendstunden, teilte die »Morgenzeitung« ihren Lesern mit:

»Der Mord in der V-Straße kurz vor der Aufklärung. Peinliche Enthüllungen bahnen sich an. Täter in der sogenannten besten Gesellschaft zu vermuten.

Wie wir aus gut informierten Kreisen erfahren...«

Während, wie stets nur wenige Stunden später, »MAM« veröffentlichte:

»V-Straßen-Mord bereitet Kriminalpolizei Schwierigkeiten. Mehrere Verdächtige. Spekulative Sensationsmache gewisser Kreise nicht ausgeschlossen. Wir fordern: Sorgfalt und Sauberkeit – in der sicheren Hoffnung, daß unsere Polizei...

Wie wir aus gut informierten Kreisen erfahren...«

»Bild« versicherte seinen Lesern, wieder einmal, etwa dies: »Wir sind wachsam! Darauf kann man sich verlassen! Uns entgeht nichts!«

Unmittelbar nach der Lektüre der Zeitungen bat Kriminalrat Dürrenmaier Braun zu sich und sagte:

»Ich bitte Sie, mein Lieber – was läuft denn da schief? Woher diese Unruhe, diese Spekulationen, diese nicht ungefährlichen Andeutungen? Sagen Sie mir ja nicht: die Presse reagiert nun mal so! Fragen Sie sich lieber: warum tut sie es? Sollte sich da etwa irgend jemand einen verheerenden Fehler geleistet haben?«

Hierzu der OB zum Polizeipräsidenten seiner Stadt, den er, rein zufällig, bei einer Bezirksversammlung seiner Partei traf:

»Ich erlaube mir, Ihnen den Rat zu geben, das abzustellen; also den Versuch zu unternehmen, möglichst schnell klare Verhältnisse zu schaffen. Das ist immer noch besser, weil übersichtlicher, als jede sich scheinbar anbietende Verzögerungstaktik. Und selbst wenn es dabei zu einem handfesten Skandal kommen sollte! Nur keine schleichenden Verdächtigungen! Die sind wie Gift.«

»Ich kann mir denken, was Sie von mir wollen.«

Paul Plattner betrachtete seinen Besucher mit katerhaftem Blinzeln.

Das war Palitschek, der unverzüglich empfangen worden war. »Sie dürfen sich also jede umständliche Einleitung ersparen.«

»Um so besser«, meinte Palitschek und ließ sich in einem der mit Seide bespannten Sessel im Hauptbüro nieder. »Also – wieviel? Was, werter Herr, ist Ihnen mein verständnisvolles Schweigen wert – und damit zugleich die dann verbürgte Diskretion meiner lieben Braut Maria?«

»Nicht einen Pfennig«, erklärte Plattner.

»Ich höre da wohl nicht richtig?« Peter Palitschek richtete sich alarmiert auf. »Sie wollen es doch nicht darauf ankommen lassen, daß ich Ihren Schwiegersohn sozusagen moralisch in die Pfanne haue?«

»Mein lieber Palitschek«, sagte Paul Plattner lächelnd, »Sie wissen offenbar gar nicht, mit wem Sie es hier zu tun haben.«

»Na – mit wem denn wohl?«

»Mit einem Menschen, der die Aufrichtigkeit liebt und der keine krummen Wege zu gehen bereit ist.«

Palitschek wirkte fassungslos. »Sie – sagen Sie das noch einmal!«

»Diese Angelegenheit sieht doch wohl so aus: Sie wollen für etwas bezahlt werden, was Sie verschweigen – eben das finde ich gar nicht schön.«

»Sie wollen mich wohl für dumm verkaufen – was?«

»Regen Sie sich nicht auf! Hören Sie mir lieber zu – möglichst aufmerksam. Das mit dem Verschweigen entspricht nicht meinen ethischen Prinzipien. Ich bin für die Wahrheit. Sollte das wirklich so schwer zu begreifen sein – für einen Mann Ihres Formates?«

»Langsam, Herr Plattner!« Palitschek starrte seinen Gesprächspartner ungläubig an. »Soll das etwa heißen, daß Sie Wert darauf legen, diesen Harald Fein als Sittensau zu überführen?«

»Bitte, nicht diese Ausdrücke, Palitschek! Ich bin lediglich der Ansicht, daß sich die Wahrheit durchsetzen sollte. Und jeder, der dabei Hilfestellung leistet, sollte belohnt werden – wozu ich bereit bin.«

»Verkauft!« rief Peter Palitschek, der jetzt begriffen hatte, was von ihm erwartet wurde. »Für wieviel? Die Hälfte davon jedoch im voraus – und zwar in bar.«

»Nun gut – sagen wir: zweitausend Mark.«

»Dreitausend!«

»Akzeptiert! Eintausendfünfhundert sofort – den Rest unmittelbar nach überzeugenden Aussagen bei der Kriminalpolizei; zwecks Wahrheitsfindung. Sind wir uns einig?«

Sie waren es.

Gespräch zwischen Hilde Fein und ihrer Freundin Melanie Weber. Geführt im Carlton-Teeraum an der Briennerstraße:

Hilde: »Mein Gott, Melanie – es wird schlimmer und schlimmer.«

Melanie: »Ich habe dich gewarnt, Hilde – schon immer.«

Hilde: »Ach – was waren das für Zeiten, als wir beide – nur wir beide...«

Melanie: »Was willst du damit sagen?«

Hilde: »Kannst du dir das nicht denken – Melanie, Liebes?«

»Ich«, erklärte Kriminalinspektor Feldmann, »habe hier Bedenken.«

Kriminalkommissar Braun lächelte seinem Mitarbeiter zu. »Sie haben Vorbehalte – die habe ich auch. Immer! Besonders wenn ich Sittensäue wittere. Die zu fassen, halte ich für eine unserer schönsten Aufgaben. Nur lasse ich derartige Anwandlungen nicht gerne erkennen. Sie könnten mißverstanden werden.«

»Dieser Penatsch ist doch, als Zeuge gegen Harald Fein, reichlich fragwürdig.«

»Ein Zeuge ist ein Zeuge! Und das kann, nach dem Gesetz, jeder sein, der sich anbietet: ein Schwachsinniger ebenso wie ein Kind! Auslassen dürfen wir niemand.«

»Im Grunde bin ich überzeugt davon, daß Sie Harald Fein für unschuldig halten. Warum treiben Sie ihn aber dann systematisch in die Enge? Was wollen Sie durch ihn herausfinden? An wen gedenken Sie damit heranzukommen?«

»Sieh mal einer an!« rief Braun nicht unerfreut aus. »Sie beginnen, sich auf meine Methoden einzustellen – ein Fortschritt mehr in dieser Sache! Sie haben also erkannt, daß dieser Fein gar kein Zielobjekt ersten Ranges für mich ist – eher eine Art Sprungbrett. Nun brauchen Sie nur noch herauszufinden, wem ich da ins Genick springen will – oder sagen wir: in den Arsch treten.«

Hilde und Melanie tranken englischen Tee, ohne Milch und Zucker, doch verstärkt mit weißem Jamaikarum, Bacardi.

Dieser Teeraum mit seinen dezenten Stoffen und Farbtönen – bevorzugt dunkler Samt – hatte »Kultur«, und »Tradition« besaß er auch: ein gewisser Hitler hatte hier einstmals, mit seinen Monologhörigen, die hinterste Sitzecke bevorzugt.

Nun aber war hier nur noch ehrbare Bürgerlichkeit anzutreffen: Gediegenheit. Weibliche Gäste waren zur Zeit in der Mehrzahl: Gattinnen von Direktoren, Banken ebenso wie Fabriken, von höheren Beamten, von Großkaufleuten, Aktienbesitzern und Verwaltungsräten.

Melanie: »Hättest du dich an mich gehalten, wäre dir vieles erspart geblieben.«

Hilde: »Ich wollte, es wäre alles noch wie damals.«

Melanie: »Heißt das, Hilde – es könnte sein, daß alles wieder so wird – zwischen uns?«

Hilde: »Nichts ersehne ich mehr! Aber da ist immer noch Harald, der mich ganz krank gemacht hat. Und da ist mein Vater, dem ich äußerst verpflichtet bin – du verstehst?«

Melanie: »Ich verstehe – so gut wie alles. Ich soll dir helfen, aus dieser Situation herauszufinden. Und das will ich gerne tun – Lämmchen, mein Liebes. Laß uns nachdenken. Ich nehme noch einen Tee.«

»Also – dann müssen wir wohl mal wieder!« rief Harald Fein, bemüht schwungvoll, seinem Anton zu.

Anton trottete geduldig neben ihm. Er bewältigte bestaunenswert Rolltreppen, hüpfte in jeden Fahrstuhl, schreckte auch vor Flugzeugen nicht zurück. Und er bewegte sich in den Räumen der Firma Plattner Hoch-Tief am Marienplatz genauso selbstverständlich wie im Garten der Fein-Villa.

»Die Tretmühlen dieses Lebens, lieber Anton«, sagte Harald Fein zu ihm, »sind uns vorbestimmt, unvermeidlich; was auch für dich gilt, mein Kerlchen! Oder kannst du dich etwa erleichtern, wo und wann du willst? Du kannst es nicht – und du erwartest es auch nicht! Du hast es gelernt, dich zu beherrschen! Aber ich, Anton, kann das nicht immer.«

Harald Fein schritt durch die Vorräume der Plattner Hoch-Tief. Niemand schien Notiz von ihm zu nehmen. Er lächelte dennoch Anton zu.

Der hielt sich zurück. Er überließ diesmal Harald Fein den Vortritt. Und der durchquerte das Chefsekretariat, in dem die Wagnersberger so intensiv beschäftigt zu sein schien, daß sie seinen Gruß überhörte. Fein lächelte auch darüber. Er begab sich in sein Arbeitszimmer, auf seinen Schreibtisch zu.

Doch hinter dem saß Joachim Jonass, der angenehme Kollege und bewährte Familienfreund – seine Entdeckung!

Anton flüchtete sich in eine Ecke, in der eigens für ihn jederzeit ein Schaffell lag. Jedoch: diesmal fand er es nicht vor! Der Hund blickte seinen Herrn, seinen Freund, vorwurfsvoll an. Doch der sah nur Jonass.

»Fühlst du dich an meinem Platz einigermaßen wohl, Joachim?« fragte Harald Fein.

»Warum denn nicht?« meinte Jonass. »Es sitzt sich ganz gut hier. Du hast immer schon einen ausgeprägten Sinn für Bequemlichkeit besessen – mein Hintern spürt das.«

»Was dir dein Arsch auch suggerieren sollte«, meinte Harald Fein, »aber das, worauf du dich da breitmachst, ist mein Stuhl.«

»Das *war* dein Stuhl«, erklärte Jonass. »Das hier *war* dein Büro – jetzt aber ist es meins. Schriftlich bestätigt.«

Harald Fein starrte Joachim Jonass an, als erblickte er ihn zum erstenmal in seinem Leben wirklich.

»Wenn ich nicht irre«, sagte er schließlich, »bin ich immer noch der erste Geschäftsführer dieser Firma.«

»Du irrst dich – das bist du gewesen«, erklärte ihm Jonass. »Nun bin ich das!«

»Tatsächlich?« fragte Harald Fein. »Bist du ganz sicher?«

Erklärungen hierzu von Eva-Maria Wagnersberger, der Chefsekretärin des Bauunternehmers Plattner, Hoch-Tief:

»Ich verrate wohl kein Geheimnis, wenn ich sage, daß es in unserer Firma stets nur einen einzigen und allein maßgeblichen Chef gegeben hat. Und das ist immer Herr Plattner gewesen.

Er hatte Anfang der fünfziger Jahre Harald Fein nicht ohne Widerstreben in seine Firma und auch in seine Familie aufgenommen. Er gab ihm damals einen sehr günstig erscheinenden Vertrag, in dem auch die Formulierung ›Geschäftsführer‹ stand – allein schon Feins interne Beziehungen zu Abendroth, dem Stadtplaner und vielleicht kommenden Mann, schienen Plattner das wert zu sein.

Der eigentliche Geschäftsführer aber blieb immer Plattner selbst. Ihm entging nichts – er ließ sich nichts entgehen. Seine wichtigsten Anweisungen gab er meist mündlich – unter vier Augen.

Und so großzügig Feins Vertrag wirkte, nicht zuletzt auf diese Weise finanzierte Plattner den Wohlstand seiner Tochter. Außerdem war in diesen Vertrag eine kurzfristige Kündigungsklausel eingebaut – drei Monate! Ohne die geringste Sicherheit für Fein. Was der nicht erkannt hatte. Kann auch sein, daß es ihm gleichgültig war.

Fast der gleiche Vertrag wurde dann auch Jonass vorgelegt. Wovor ich ihn warnte. Doch der meinte: ›Ich bin kein Harald Fein! Der sah das an wie eine endgültige Abmachung, der ist so naiv. Für mich ist das ein erster Anfang, die Erringung einer Position, die ich zielstrebig ausbauen werde. Gemeinsam mit dir.‹«

München leuchtete – wieder einmal. Über der Theresienwiese, wo das »Oktoberfest« stattfand, war der Himmel betörend erhellt. Dort wurde getrunken, gegessen, geschossen, gerauft und geliebt. Dutzendweise – hundertfach.

Tausend Düfte schwebten himmelwärts: Fett und Fäulnis, Süße, heißer Atem und Gestank. Geruch von Braten, von Bier, von Heringen, Schweinswürsten, Hengsten und Damen. All das brodelte betäubend.

Die Zeit des Oktoberfestes war in dieser Stadt die eine große Saison für die Kriminellen aller Spielarten – die andere: die letzten Tage des Faschings. Zeiten der Vollbeschäftigung für Polizei, Unfallärzte und Feuerwehr.

Tendenz der Gewaltverbrechen: schnelle Zunahme. Dabei sich steigernde Brutalität.

Die »Achtung vor dem Leben« schwand dahin. Wohin man auch blickte: Menschen krepierten allerorten und völlig sinnlos – auf Schlachtfeldern der Machtgruppierungen, in den Schlachthöfen des schnellen Fortschritts, auf Straßen, an Baustellen, in Wohnmaschinen.

Der Allgemeinheit drohte das Extreme zum Naheliegenden zu werden. Wer irgendwo irgend jemand »im Weg« war, mußte – auf irgendeine Weise – beseitigt werden. In der Politik wie im Geschäft.

Das Prinzip der derzeitig Erfolgreichen machte bestürzend schnell Schule: angreifen, ausschalten, erledigen! Zerstören, was sich zerstören ließ, damit es zum schnellen Gewinn wurde – für entschlossene Nachfolger.

»Deine Kündigung, Harald«, erklärte Joachim Jonass, »liegt vor, und ich muß sie dir übergeben.«

»Du erwartest doch nun nicht etwa, daß ich dir gratuliere?«

»Ich bedauere diese Vorgänge, Harald...«

»Was bedauerst du? Daß du mir diese Kündigung übermitteln mußt – oder diese Kündigung?«

»Du kannst mir glauben...«

»Ich glaube dir nichts, Joachim – zumindest nichts in diesem Zusammenhang. Aber falls dich das irgendwie beruhigen sollte, kann ich dir versichern: diese Kündigung ist mir willkommen!« Harald Fein griff nach dem ihm zugeschobenen Kündigungsbrief, faltete ihn und steckte ihn in seine Hosentasche. »Denn jetzt endlich fühle ich mich maßlos erleichtert, geradezu befreit; wenn nicht gar: wirklich frei!«

»Aber – wovon denn? Wofür?«

»Für alle schönen Torheiten dieser Welt! Zumindest aber doch für ein halbwegs normales Leben. Endlich keine Verpflichtungen gegenüber so einer Firma mehr; nicht mehr dieser scheußlich verlogenen Gesellschaft gegenüber, die Profit macht wie eine Kuh Fladen! Nichts wie fort – in ein anderes Leben!«

»Ich verstehe dich nicht«, sagte Jonass verwirrt. »Ist das eine Drohung – oder was?«

Aus den Aufzeichnungen des Kriminalbeamten Keller. Erste Recherchen für seine Akte: Nur zum Privatgebrauch. Über Harald Fein, Kindheit und Jugend:

»1925 geboren, 15. März. Erstes Kind. Erst fast zehn Jahre später folgte eine Schwester; diese erkrankte durch einen unglücklichen Sturz gegen einen Ofen; lebenslänglich. Galt als leicht schwachsinnig. Er versuchte immer für sie zu sorgen. Sie starb an Krebs.

Sein Vater: Finanzbeamter, stets bieder – korrekt. Seine Mutter: aus kinderreicher Handwerkerfamilie im Salzburger Land, an die zehn Geschwister; fleißig, selbstlos, gottergeben. Liebte sehr ihren Sohn.

Dieser Sohn – Harald Maximilian Heinz – galt früh als sensibel, phantasievoll, auch sehr eigensinnig. Ein offenbar schwer erziehbares Kind; Schutz suchend, bemüht, sich zu verkriechen, als Schüler dann: merkwürdig vielschichtig, gelegentlich glänzend, doch oft auch von lehrererschreckender fauler Gleichgültigkeit.

Unvergleichlich aber war er im Zeichnen! Ein kommender Picasso, behauptete glatt einer seiner Lehrer. ›Er hatte etwas‹, sagte ein anderer seiner Lehrer, ›vom Genius frühvollendeter Jugend. Dann aber wurde er Geschäftsmann!‹«

»Sicherlich«, sagte Harald Fein zu seiner Frau Hilde, »haben wir vieles falsch gemacht.«

»Vieles? So gut wie alles!« stieß sie hervor. »Und dabei nicht: wir!«

Diesmal hatte sie ihn zu einer Aussprache gebeten, geradezu formell, in den Salon ihres Hauses. Und dort saß sie in dem Sessel, den Paul Plattner bei seinen gelegentlichen Besuchen bevorzugte: unter einem Bismarckporträt, von oder nach Lenbach; des Schwiegervaters Hochzeitsgeschenk, das Fein nicht ansehen konnte, ohne dabei leichte Übelkeit zu empfinden – als Maler, vermutlich. Das, fand er, war einfach zu heroisch!

Auch das gehörte zu München: ein bayerischer »Malerfürst«, der einen preußischen Fürsten vielfach porträtierte und der sich ein Palais verdiente, das nun »Städtische Galerie« geworden war und wo Bilder von Marc, Klee und Kandinsky hingen – auch einige des einst von Lenbach verachteten Leibl. Wahrlich – eine Stadt der unbegrenzten Möglichkeiten.

Allein deren Oberbürgermeister nach dem letzten Krieg – was für ein Dreigestirn von verwirrend verschiedenartiger Leuchtkraft! Scharnagl – Schuttabräumer und Ruinenbeseitiger; Bäcker, Biedermann und freikörperkulturbewußt. Hierauf: Wimmer – Schwerarbeiter und Hausvater; Zimmermann, Bieranzapfer und Kleingartenpfleger. Dann aber dieser Vogel! Alle weit übertreffend – was Stadtplanung, hier schon mehr Stadtumwälzung, betraf. Sonst: ein glänzender Jurist, ein überzeugungsstarker Redner, wie zufällig Sozialdemokrat, ein Mann des Volkes und ein Souverän zugleich.

Diese Stadt – sagte sich Fein – ist zum Bersten gefüllt mit den unwahrscheinlichsten Überraschungen: Morde und Mode, Kirchen und Kaschemmen, Poeten und Päderasten, Sozialismus und Skandale, Fasching und Faschisten. Und mittendrin ein Schicksal wie das seine: absoluter Alltag; etliche tausend Male möglich.

»Hörst du mir nicht zu?« fragte seine Frau scharf. »Ich weiß – das hast du kaum jemals getan. Du hast immer nur an dich gedacht!«

»Das kann vielleicht so gewesen sein«, gab Harald Fein zu. »Aber ich habe ehrlich, wenn auch sicherlich nur recht unvollkommen, versucht, für unsere Familie ein Vater zu sein – so respektiert wie geliebt, anerkannt und verstanden. Ich glaubte, man würde eine gewisse Selbstlosigkeit, wenn ich das so nennen darf, zumindest in diesem Punkt nicht übersehen. Aber da habe ich entschieden zuviel erwartet.«

»Wie undankbar du doch bist!« rief Hilde Fein. »Meinem Vater gegenüber – der alles Erdenkliche für dich getan hat! Mir gegenüber – die ich mich aufgeopfert habe! Und das nicht nur, als du schwer krank warst – ein elender, verkommener Säufer!«

»Hatten wir nicht vereinbart, darüber nicht mehr zu sprechen?«

»Du zwingst mich dazu!«

Auskünfte des Arztes Dr. Wengel, später Rechtsanwalt Messer gegenüber:

»Ich gebe diese Auskünfte nur höchst ungerne, denn ich fürchte, damit nicht den Interessen meines ehemaligen Patienten zu dienen. Da der mich jedoch von meiner Schweigepflicht Ihnen, seinem Anwalt, gegenüber, entbunden hat, darf ich wohl nicht zögern, Sie mit den gewünschten Einzelheiten vertraut zu machen.

Herr Harald Fein gehörte seit 1956 zu meinen Patienten. Das sozusagen automatisch, als Angehöriger der Familie Plattner, deren Hausarzt ich war und noch bin. Lange Jahre gab es keinerlei erwähnenswerte Besonderheiten. Ich warnte ihn, frühzeitig, vor übermäßigem Alkoholgenuß.

Sein Zusammenbruch erfolgte im Jahre 1968 – um genau zu sein: am 21. März; anläßlich eines sonst äußerst harmonischen Frühlingsfestes, das Frau Fein für Freunde des Hauses und der Firma ihres Vaters veranstaltete.

Harald Fein erschien dabei in völlig betrunkenem Zustand; er führte peinlich laute Reden – ich war anwesend – und beleidigte einige Gäste. Dann fiel er lang hin, mitten auf den Teppich, wand sich in Zuckungen. Zusammen mit Herrn Plattner und Herrn Jonass transportierte ich ihn in einen Nebenraum.

Er wurde schließlich in die Privatklinik eines mir befreundeten Kollegen überführt, in der Nähe des Starnberger Sees. Dort blieb er zwei Monate lang – dabei auf Anwesenheit seines Hundes bestehend. Danach wurde er als geheilt entlassen.

Soviel mir bekannt wurde, mied er fortan den Alkohol. Sein Zustand konnte danach nicht mehr als unmittelbar gefährdet bezeichnet werden.«

»Hilde«, sagte Harald Fein, »ich meine: wenn wir wirklich jemals die Chance gehabt haben, ein völlig neues Leben zu beginnen – dann vielleicht jetzt!«

»Dafür ist es zu spät!«

»Es ist niemals zu spät – ein wenig guten Willen vorausgesetzt!«

»Den aber hast du niemals wirklich erkennen lassen! Warum versuchst du dir das jetzt noch einzureden?«

»Weil ich glaube, daß fast zwanzig Jahre einer Ehe nicht spurlos vorübergehen können. Was ist nicht alles in dieser Zeit geschehen! Das schafft doch Bindungen, Hilde.«

»Die aber nicht endgültig sein müssen – nicht nach allem, was du mir zugemutet hast. Ich lasse mich meinem Vater nicht entfremden. Ich dulde nicht mehr, unentwegt gedemütigt zu werden! Damit ist jetzt Schluß! Ich ertrage dich einfach nicht mehr länger!«

»Ist es das, was du mir sagen wolltest?«

»Es war das Letzte, was ich dir zu sagen hatte.«

Auskünfte der Direktorin eines Internates bei Lausanne – über Hilde Plattner, spätere Hilde Fein:

»Ich erinnere mich noch recht gut an Hilde. Sie war mehrere Jahre in unserem Institut. Ihr Vater, ein nobler, großzügiger Mann, durch einen tragischen Unfall sehr früh verwitwet, hatte sie zu uns gebracht. Und sie dann, in den Ferien, aber auch zwischendurch, höchst intensiv betreut, mit großer Zärtlichkeit, was uns alle sehr rührte.

Hilde war aufmerksam und anpassungsfähig, besaß jedoch eine gewisse selbstbewußte Eigenwilligkeit. Wofür ein Ausbruch zeugte: Sie warf einer Mitschülerin, durch die sie sich herausgefordert fühlte, einen Stein an den Kopf. Eine klaffende Wunde war die Folge. Wobei Hilde sich weigerte, das zur Kenntnis zu nehmen. Sie war unerschütterlich überzeugt davon, im Recht zu sein!«

»Mein Gott«, rief Hilde unbeherrscht, »wie hast du mich angewidert!«

Harald Fein erhob sich und schien zu taumeln. Er klammerte sich an die Lehne des Sessels und atmete schwer.

Hilde eilte zu einem Wandschrank, entnahm ihm eine Flasche Cognac und ein Wasserglas. Dieses Glas füllte sie und schob es ihm zu.

Er griff danach.

»Es ist aus!« sagte sie mit hastiger Härte. »Es ist endgültig aus! Ich habe bereits die Scheidung eingereicht. Verlasse also mein Haus – so schnell wie möglich!«

Er hob das vor ihn hingestellte Glas, betrachtete es mit dunklen, traurigen Augen. Dann trank er es aus.

Aktennotiz – Zeichen 204/70 – von Kriminalrat Dürrenmaier; bestimmt für den Polizeipräsidenten:

»... legte mir KK Braun die bisherigen Ergebnisse zum Mordfall V-Straße 33 vor. Daraus mußte ich entnehmen, daß mehrere, recht schwerwiegend erscheinende Hinweise auf einen gewissen Harald Fein existieren. Aufstellung beiliegend. Diese sah KK Braun offenbar als ausreichend für eine Verhaftung an.

Die sorgfältige Überprüfung des Materials ergab jedoch, daß hieran Zweifel bestehen bleiben. Die Beantragung eines Haftbefehls für Harald Fein bei der zuständigen Staatsanwaltschaft wurde daher zunächst abgelehnt.

Ich empfahl KK Braun, seine vermutlichen Beweise tunlichst zu verstärken und zu ergänzen. Ferner wies ich eindringlich darauf hin, daß voreilige Informationen oder auch nur Hinweise für die Öffentlichkeit unbedingt vermieden werden müßten.«

Was verschafft mir diese unerwartete Vaterfreude?« fragte Harald Fein seinen Sohn Heinz. »Warum bist du gekommen?«

»Um Anton zu sehen – wo ist dieses Untier?«

»Der liegt in der Badewanne, aber ohne Wasser. Es ist der einzige halbwegs kühle Platz in diesen überhitzten Räumen.«

Heinz Fein durchquerte das Hotelzimmer seines Vaters und ging ins Bad, um Anton zu begrüßen. Der jaulte freudig auf. Heinz ließ sich Zeit, Antons Haare zu ordnen, die Augen freizulegen, den schönen Schnauzbart zu streicheln.

Erst dann ließ er sich, seinem Vater gegenüber, in einen Sessel fallen.

»Bist du vielleicht gekommen«, meinte Harald Fein, »um meine eventuelle Hilflosigkeit zu genießen?«

»Genau das ist es!« behauptete der Sohn. »Das wollte ich mir natürlich nicht entgehen lassen!«

Heinz hatte seinen Vater im Royal-Hotel aufgesucht. Dieses Royal war obere Mittelklasse – höhere Angestellte von Geschäftspartnern der Firma Plattner wurden in dieser nicht unkomfortablen Wohnfabrik untergebracht. Nun saß hier Harald Fein – und vor ihm stand eine Flasche Cognac, fast bis zur Hälfte geleert.

»Säufst du etwa wieder?« fragte Heinz. »So was solltest du dir nicht leisten. Schon wegen des guten Beispiels. Etwa mir, deinem lieben Sohn, gegenüber.«

Heinz Fein stand auf, ergriff die Cognacflasche und begab sich erneut in das Badezimmer, dort ließ er Anton daran riechen, der sich prompt schüttelte. Worauf Heinz den Inhalt der Flasche in die Toilette goß und kräftig nachspülte. Harald Fein betrachtete seinen Sohn mit steigender Aufmerksamkeit.

»Du bist doch nicht etwa besorgt um mich?«

Worauf Heinz auflachte: »Von mir aus kann sich jeder auf seine Weise umbringen, wenn es ihm Spaß macht – das ist sein gutes Recht. Gehört zu unserer Freiheit. Aber das Schauspiel, das du bietest, möchte ich noch ein wenig genießen. Und wenigstens diesen Wunsch solltest du deinem lieben Sohn erfüllen.«

Aus den Tagebuchaufzeichnungen von Sabine Faber, 17, Oberschülerin; damals mit Heinz Fein eng befreundet:

»Er liebt mich! Und zugleich scheint er mich zu hassen! Wie er wohl alles zugleich liebt und haßt, was ihm nahegeht. Er will sich nicht aufgeben – sich nicht an einen Menschen verlieren.

Er ist zutiefst unglücklich. Das läßt er mich fühlen. Doch zugleich ist es, als erwarte er von mir etwas wie Befreiung, wie Erlösung! Aber wie denn, wovon wohl? Hingabe allein scheint nicht zu genügen.

...rief er aus, sich an mich klammernd: ›Warum lügen alle? Warum belügen sie unentwegt einander – und sogar sich selbst?‹«

Vor nur wenigen Jahren hatte Hilde Fein zu ihrem Mann gesagt: »Mein Vater wünscht, daß sich Heinz auf sein Geschäft vorbereitet. Ganz gleich wie – ob nun im Bereich der Wirtschaftsverwaltung, durch juristisches Studium oder als Architekt und Ingenieur.«

»Wenn Heinz das will«, hatte Harald gesagt, »dann soll es auch geschehen. Aber nur dann.«

»Und falls er das nicht will – was willst du dann tun?«

»Alles, was in meinen Kräften steht, um ihm mein Schicksal zu ersparen!«

»Würdest du dich etwa sogar gegen Vater stellen?«

»Warum nicht – wenn es um meinen Sohn geht?«

»Der auch mein Sohn ist – und damit das Enkelkind meines Vaters!«

»Ich weiß, Heinz, mein Sohn«, sagte Harald Fein, »daß ich nicht gerade das Idealbild eines Vaters bin – nicht in deinen Augen.«

»In meinen Augen bist du das unvermeidliche Produkt deiner Umgebung: der stets nachsichtige Mann einer egoistischen Frau; und der mühsam ergebene Mitarbeiter eines unentwegt fordernden Schwiegervaters; alles des Geldes wegen – für Familie und Firma! Mithin: eine Standardfigur unserer profitgierigen Zeit!«

»Wenn mein Leben tatsächlich auf dich so gewirkt haben sollte, Heinz – nun gut! Aber jetzt ist das vorüber.«

»Das glaube ich dir nicht! Und das wird dir niemand glauben, der dich einigermaßen kennt. Du hast an die zwanzig Jahre lang, nur allzu bereitwillig, aus den Trögen des Spätkapitalismus gefressen – du kannst dich nun gar nicht mehr anders ernähren!«

»Das also«, sagte Harald Fein erschöpft, »ist deine Ansicht? Meine ist im Augenblick nur die: du hast den Rest meiner Cognacflasche in den Ausguß geschüttet – besorge mir eine neue!«

»Zum Teufel damit! Oder auch: im Namen Gottes – nein! Was oder wen du in dieser Hinsicht auch bevorzugen solltest: Mineralwasser ist bedeutend besser für dich!«

»Also bist du tatsächlich besorgt um mich?«

»Ich bin nur hier, weil mich deine – unsere – liebe Familie hergeschickt hat.«

»Will man wissen, wie es mir geht?«

»Du scheinst offenbar wirklich ein unverbesserlicher, unbelehrbarer Traumtänzer zu sein! Du meinst immer noch, daß sich irgend jemand deinetwegen Gedanken macht? Helga, das schöne, liebe Schaf, ist natürlich eine Ausnahme. Aber sonst bist du abgeschrieben, ausgestrichen, als Verlust verbucht!«

»Und um mir das zu sagen, bist du hier? Du verachtest mich – nicht wahr?«

»Viel schlimmer, Vater – ich beginne Mitleid für dich zu empfinden.«

»Erspare dir das!«

»Ich bin auch nicht deshalb hier – sondern aus einem ganz anderen Grund. Ich bin sozusagen als Familienkurier in Marsch gesetzt worden. Denn kurz nachdem du, heute nachmittag, aus Mutters Villa ausgezogen bist, tauchte dein ehrbarer Schwiegervater auf. Äußerst besorgt! Nicht etwa deinetwegen – was ihn allein beunruhigte, war ein fehlender Schlüssel. Der Zweitschlüssel zum Tresor der Firma.«

»Den«, sagte Harald Fein, »habe ich ganz vergessen.«

»Doch um den von dir zu kassieren, bin ich hergeschickt worden! Die gute Mutter wollte nicht, und die liebe Schwester konnte nicht; denn unserer schönen Helga ist erbärmlich schlecht geworden; sie kotzte wie ein Reiher! Also blieb nur ich.«

»Hier«, sagte Harald Fein hastig, »ist der zweite Schlüssel zum Tresor!« Er zog ihn aus seiner Westentasche, warf ihn auf den Tisch. »Sage Herrn Plattner, daß er sich in Zukunft allein seine Finger schmutzig machen soll mit seinen schäbigen Geschäften.«

»Das sieht euch ähnlich – krumme Touren und darüber womöglich noch schöne, dicke Akten im Tresor! Das nenne ich Ordnung!«

Er erhielt keine Antwort, Harald Fein saß auf seinem Bett und wünschte nichts weiter, als in einen unendlich tiefen Schlaf zu fallen.

»Weißt du, wie du mir vorkommst?« sagte Heinz leise. »Wie ein Blinder, der sich ahnungslos über eine vielbefahrene Kreuzung bewegt!«

»Überfahren kann man immer und überall werden, auch mit offenen Augen, wenn irgendeiner die Verkehrsregeln nicht einhält. Unschuldige Opfer gibt es täglich zu Tausenden.«

»Aber schöner wird ihr Anblick dadurch nicht.«

Die »Morgenzeitung« verkündete auf der ersten Seite mit beherrschender Schlagzeile:

»Verdacht verdichtet. V-Straßenmord kurz vor der Aufklärung. Täter in der ›High Society‹ zu vermuten.«

Hierzu Kommentar auf Seite 3, mit dem Titel: »Mut zur Wahrheit!«

»...scheint unsere Kriminalpolizei endlich entschlossen, ohne jede falsche Rücksichtnahme vorzugehen... was selbstverständlich sein sollte, aber leider nicht immer ist... da gewisse einflußreiche Kreise dieser Stadt, deren Verbindungen bis zur Rathausspitze zu reichen scheinen...«

Hierauf, einige Stunden später, »MAM«, gleichfalls auf der ersten Seite, ebenfalls als Schlagzeile verkündend:

»Unverantwortliches Kesseltreiben. Angesehener Mitbürger droht voreilig diffamiert zu werden. Vermuteter Verdacht als mögliches politisch-wirtschaftliches Druckmittel nicht ausgeschlossen.«

Auch hierzu ein Kommentar, gleichfalls auf Seite 3, mit dem Titel: Verpflichtung zur Gerechtigkeit!

»...geht es hier um elementare Grundsätze unseres Rechtsstaates, welche immer noch besagen: bei uns hat jeder für nicht schuldig zu gelten, solange nicht ein gerichtliches Urteil vorliegt... jeder voreilige Versuch, die Namen eventueller Verdächtiger einer voreingenommenen Öffentlichkeit preiszugeben, ist höchst bedenklich...«

Dieser Aktion von »MAM« war ein Telefongespräch vorausgegangen – zwischen Kriminalrat Dürrenmaier und Karlheinz Kahler, derzeit Leiter der Lokalredaktion seiner Zeitung:

Kahler: »Unserer Zeitung scheinen offenbar wichtige Informationen vorenthalten worden zu sein. Was ich, bei unserer bisher so guten Zusammenarbeit, als sehr bedauerlich empfinde.«

Dürrenmaier: »Lieber Herr Kahler – es kann sich hierbei keinesfalls um eine offizielle Information handeln, höchstens um eine bedauerliche Indiskretion. Was aber doch wohl mit fairem Journalismus...«

Kahler: »Wem sagen Sie das, Herr Kriminalrat! Immerhin haben auch wir inzwischen herausgefunden, wen die Morgenzeitung meint, wenn sie von einem vermutlichen Täter spricht – nämlich Herrn Harald Fein. Was, bitte, haben Sie dazu zu sagen?«

Dürrenmaier: »Von einem erkannten Täter, oder auch nur von einem dringend Verdächtigen kann zur Zeit noch gar nicht gesprochen werden. Die Untersuchungen laufen. Zu den zahlreichen Befragten in diesem Fall gehört auch Herr Fein, was jedoch noch nicht das geringste besagt. Dies, Herr Kahler, ist eine offizielle Information, die Sie verwerten können.«

Kahler: »Sehr gerne, Herr Kriminalrat! Wobei ich hoffe, daß Sie mich, falls sich diese Information irgendwie verändern sollte, davon unterrichten.«

Kriminalrat Dürrenmaier zu Kriminalkommissar Braun:

Dürrenmaier: »Da scheint eine unerhörte Indiskretion vorgekommen zu sein! Die Presse weiß offenbar, daß Harald Fein zu Ihren Hauptverdächtigen gehört.«

Braun: »Was ja auch stimmt! Aber von mir weiß sie das nicht. Ich bin doch kein Anfänger! Bei mir raucht dieser Laden erst richtig, wenn ich ausreichend Brennmaterial zur Verfügung habe – aber viel fehlt mir nicht mehr.«

Fernschreiben von Interpol, über Leitstelle, BKA, Gruppe Ausland, an Polizeipräsidium München, dort an Abteilung Sonderkommissionen, zunächst vorliegend bei Kriminalinspektor Feldmann. Absender: Madrid, Innenministerium:

Inhalt:

»Betreffend: Kordes, dort bezeichnet als Maximilian-Johannes. Laut zweitem vorgefundenen Personalausweis auch Karges, Vornamen Erich Ernst. Doch entsprechend dortiger Beschreibung: Haare schwarz, Augen dunkelbraun, Gesicht oval, Zähne vollständig, Narbe Spitze rechter Mittelfinger, Größe 172 Zentimeter, Gewicht 73,5 Kilogramm. Geboren, in beiden Ausweisen übereinstimmend, am 20. April 1933 in Unna, Westfalen.

Fotos und Fingerabdrücke folgen.

Kordes, oder Karges, gibt bei erster Befragung an, sich nicht am 15. September in München aufgehalten zu haben. Weitere Auskünfte wurden von ihm verweigert.

Auslieferung, falls beantragt, vorerst nicht wahrscheinlich, da sich Kordes-Karges zunächst der hiesigen Justiz gegenüber zu verantworten hat.«

Dieses Fernschreiben legte Kriminalinspektor Feldmann auf den Schreibtisch des im gleichen Raum sitzenden Kriminalkommissars Keller.

»Der Zuhälter«, sagte er.

Keller las es durch und nickte. Er nahm seine Lektüre wieder auf – ein Buch über Verhaltensforschung bei Tieren, speziell Hunden. Das ihn sichtlich interessierende Kapitel: Über das Unberechenbare bei Bastarden.

Das Fernschreiben zeichnete Feldmann ab und legte es dann, da Braun nicht anwesend war, in eine Mappe.

Die Firma Plattner Hoch-Tief – Büro des derzeitigen Geschäftsführers Jonass – händigte befragenden Journalisten auf Verlangen folgende vervielfältigte Erklärung aus:

»Herr Plattner, der sich zur Zeit auf einer Auslandsreise befindet, bedauert gewisse geäußerte Verdächtigungen oder fahrlässige Vermutungen ungemein. Er würde es bedauern, wenn in diesem Zusammenhang gerichtliche Schritte unvermeidbar werden sollten.

Zur Information kann verbindlich erklärt werden:

1. Herr Harald Fein gehört der Firma Plattner nicht mehr an.

2. Auch existieren, darüber hinaus, keinerlei familiäre Bindungen mehr zwischen den Herren Plattner und Fein. Eine Scheidungsklage ist von Frau Fein, geborener Plattner, bereits rechtsverbindlich eingereicht worden – aus rein persönlichen Gründen.«

Ein Diskussionsbeitrag im Forum »Neue Welt« – einer Nebengruppe der Jungsozialisten, gemeinhin »Jusos« genannt, Unterbezirk München:

Dort der Genosse Hofer:

»... sollten wir uns endlich über die gegebene Grundsituation klar werden und diese zu analysieren versuchen, um praktische Ansatzpunkte für in dieser Stadt immer dringender werdende Veränderungen zu finden... wobei festzustellen ist:

1. Das hier dominierende kapitalistische, allein auf größtmöglichen Gewinn ausgerichtete Zweckdenken breitet sich immer rücksichtsloser aus.

2. Es wird durch die konservative bayerische Staatsregierung bedenkenlos gefördert, aber auch vom derzeitigen Oberbürgermeister der Landeshauptstadt toleriert, wenn nicht gar unterstützt.

3. Woraus sich eine geradezu systematische Ausnützung, Verführung und Übervorteilung der arbeitenden Klasse und der gleichfalls ausgebeuteten Kleinbürger...

Alles das, Genossen, sind Vorgänge, an denen sich unsere Partei mitschuldig macht... wenn nicht alsbald Entscheidendes geschieht...«

»Darf ich mich zu Ihnen setzen?« fragte der kleine, graugekleidete Mann mit dem munteren Raubvogelgesicht freundlich.

»Das hier«, sagte Harald Fein, »ist ein öffentliches Lokal. Mit einigen noch leeren Tischen.«

»Ich möchte mich aber – wenn Sie gestatten – ein wenig mit Ihnen unterhalten.«

Harald Fein saß in einem Restaurant im Zentrum der Stadt, nahe beim Marienplatz, nicht unweit des Hotel Royal – dort hatte er es nicht mehr ausgehalten: denn das Telefon in seinem Zimmer klingelte nahezu pausenlos. Doch er hatte kein Gespräch angenommen – er war geflüchtet. In die äußerste Ecke dieses gediegenen Bürgerlokals, der Weinstube Schneider, wo es aber auch Bier gab – und wo nun diese lächelnde Gestalt vor ihm stand.

»Sie kenne ich!« sagte Harald Fein. Er betrachtete das graue Männlein vor sich mit steigender Aufmerksamkeit. »Ich bin Ihnen bestimmt schon irgendwo begegnet! Aber wo?«

»Ich werde immer übersehen«, sagte der kleine Mann. »Ein Vorgang, den ich zu schätzen gelernt habe! Denn wer übersehen wird, der kann auch nicht überfordert werden. Doch falls Sie das interessieren sollte, Herr Fein – mein Name ist Keller.«

»Sie kennen mich?«

»Das wage ich nicht zu behaupten – aber zumindest weiß ich, wie Sie heißen.«

»Sie sind Kriminalbeamter – nicht wahr?« Fein erkannte jetzt den immer noch höflich vor ihm stehenden Mann, der seltsamerweise überraschend schnell an Größe zuzunehmen schien; jetzt wirkte er beinahe schon stattlich. »Ich habe Sie im Polizeipräsidium gesehen – Sie saßen dort im Büro des Kriminalkommissars Braun, in einer Ecke, beim Fenster.«

»Stimmt.« Keller lächelte nun nahezu dankbar. »Sie haben mich also bemerkt. Warum?«

»Weil ich mir, bei Ihrem Anblick, dachte: das ist hier wohl der einzige, der sich nicht für mich interessiert – der mir nichts anhängen will.«

»Ein Irrtum, Herr Fein«, korrigierte ihn Keller.

»Also – wollen Sie mir was anhängen?«

»Sie irren sich lediglich in der Annahme, daß Sie mich nicht interessieren.«

»Setzen Sie sich doch endlich!« forderte nun Harald Fein fast ungeduldig.

Keller setzte sich Fein gegenüber. Dann bestellte er sich Rindermark auf Toast, dazu ein Viertel Frankenwein, Kitzinger Mainleite.

Schließlich sagte er: »Herr Fein – ich habe mit Ihrem sogenannten Fall nicht das geringste zu tun!«

»Und warum sind Sie dann hier?«

»Eben deshalb! Und durch einen puren Zufall begünstigt. Ich pflege, nach Dienstschluß, immer noch ein wenig durch die Innenstadt zu schlendern – um meine Freizeit totzuschlagen, Schaufenster zu betrachten, Menschen zu beobachten. Und dabei sah ich auch Sie – aus dem Hotel Royal kommend. Mit Ihrem Hund. Ich folgte Ihnen beiden.«

»Und was versprechen Sie sich davon?«

»Nichts Besonderes. Nehmen Sie an, mich interessiert allein Ihr Hund. Ein herrliches Exemplar!«

»Finden Sie?« fragte Harald Fein sichtlich erfreut.

»Eine Art Fabeltier – wie aus einem Märchen.«

»So etwas Ähnliches sagt mein Sohn auch.«

Worauf Anton, der unter dem Tisch gelegen hatte, hervorkroch, sich auf Keller zubewegte und ihn beschnupperte – die Füße zuerst, dann die Hände. Eine Inspektion, die Anton zu befriedigen schien – er gab freudig knurrende Wohllaute von sich.

»Mein Hund mag Sie«, stellte Harald Fein erstaunt fest.

»Was auf Gegenseitigkeit beruht«, versicherte Keller ernsthaft.

Worauf sich Anton wieder unter dem Tisch niederlegte – sich dort behaglich ausstreckte. Mit seinem Hinterteil lag er nun auf Kellers Schuhen; und seine Schnauze legte er auf die Schuhe von Fein. Offenbar fühlte er sich äußerst wohl.

»Sie müssen wissen«, erklärte Harald Fein, »daß Anton äußerst wählerisch ist – es gibt nur ganz wenige Menschen, die er vorbehaltlos akzeptiert; und Sie gehören offensichtlich dazu! Das freut mich.«

»Kann ich sonst noch was für Sie tun?«

»Als Kriminalbeamter?«

»Sie sagen das gar nicht mißtrauisch – eher schon ein wenig belustigt. Ich habe Ihnen auch im Polizeipräsidium genau zugehört – offenbar können Sie alles, was mit Ihnen geschieht, nur noch komisch finden.«

»Ach, Herr Keller – was wissen Sie schon von mir!«

»So gut wie nichts, Herr Fein.« Keller betrachtete das übergroße Glas mit Cognac, das Harald vor sich stehen hatte. »Denn wer, ich bitte Sie, kann schon wissen, was in einem anderen Menschen wirklich vorgeht! Ich kenne kaum einen, der auch nur annähernd zu ahnen vermag, wozu er selbst fähig ist!«

Aus den Aufzeichnungen des Kriminalbeamten Keller.

Weitere Recherchen über Harald Fein: Jugend, Studium, Berufswahl:

»Er erschien allen, die mit ihm in Berührung kamen, als höchst unausgeglichen. Manchmal blendende Leistungen, dann völliges Versagen! Stunden voller Überschwang – dann Augenblicke tiefster Depression.

Einige unbedeutende Liebschaften; ganz wenige Freundschaften, eigentlich wohl nur eine einzige – mit Hermann Abendroth. Beide dachten und träumten in ihrer Jugend vermutlich Ähnliches, waren jedoch in einem sehr wesentlichen Punkt grundverschieden: Abendroth war voll zielstrebiger Energie, Fein von unberechenbarer schöpferischer Sprunghaftigkeit.

Lange Jahre blieben sie unzertrennlich. Dann muß etwas geschehen sein, das sie auseinanderriß. Weder der eine noch der andere, daraufhin angesprochen, versuchte es zu erklären. Sie schwiegen.

Es gelang diesen beiden fast spielend – 1947 bis 1949 – ihre Diplome als Architekten und Ingenieure zu erwerben. Abendroth bereits damals mit dem Ziel: ›Städte planen – die Zukunft in den Griff bekommen!‹

Dagegen Harald Fein: ›Häuser bauen, die wie Gedichte sind. Den Versuch wagen, Beton in Poesie zu verwandeln! Mithelfen, in einer hochtechnisierten Zeit ein Milieu zu schaffen, das glücklich macht!‹

Er heiratete dann Hilde Plattner.«

»Zugegeben, Herr Fein, ich weiß also so gut wie nichts von Ihnen«, erklärte Keller, »von ein paar Kleinigkeiten abgesehen.«

»Und die wären?«

»Nun, zunächst einmal: Ihr Hund, dieser Anton, spricht für Sie. Tiere sind so gut wie unbestechlich. Außer durch Liebe. Ferner: Sie sind für Geschäfte, ganz gleich welcher Art, offenbar ungeeignet – Sie können nicht rechnen, und Sie sind nicht berechnend. Sonst wäre wohl das alles nicht passiert.«

»Kann sein«, gab Harald Fein leicht widerwillig zu. »Und was weiter?«

»Etwa dies: Sie besitzen im allgemeinen keine sehr starke Abwehrkraft – nicht mal den Willen dazu.«

»Abwehrkraft? Gegen die Kriminalpolizei etwa?«

»Gegen alles, Herr Fein! Sie können – oder wollen – Gefahren nicht erkennen! Ob es sich nun dabei um die Polizei handelt, irgendwelche Verwandte – oder eben den Alkohol.«

Harald Fein nickte. »Was verschiedene Kriminalbeamte mit mir zu veranstalten gedenken, finde ich absurd. Die Reaktionen gewisser Verwandter lassen mich an gewisse Komödien denken. Und was meine Gefährdung durch den Alkohol anbelangt: im Augenblick wehrt sich mein Magen noch dagegen. Doch er wird sich, vermute ich, bald wieder daran gewöhnen.«

Keller griff nach Feins Cognacglas und schüttete dessen Inhalt zu Boden, sorgfältig darauf achtend, daß nicht der geringste Spritzer davon den Hund Anton traf. Dabei rief er Harald zu: »Mann – wehren Sie sich!«

Fein lachte auf. »Wogegen denn? Ich gedenke vielmehr, endlich auf meine Weise zu leben! Ich bin entschlossen, nur noch ich selbst zu sein!«

»Ich«, versicherte Keller fast ernsthaft, »bin hauptsächlich als Hundefreund hier! Nun auch noch ein Menschenfreund sein zu müssen, ist fast eine Überforderung.«

»Nehmen Sie bitte, Herr Keller, auch für Ihre Dienststelle, zur Kenntnis: ich werde dieses Hotel Royal so schnell wie möglich wieder verlassen. Um mir dann – für mich und meinen Hund – eine Wohnung zu mieten. Und dort gedenke ich dann Häuser zu entwerfen, wie ich es immer wollte. Es gibt einige, die es sich schon seit Jahren gewünscht haben, daß ich für sie baue!«

»Sie lassen sich«, sagte Keller fast hart, »immer wieder auf vage Wunschträume ein! Wohl in der Hoffnung: einmal wird einer kommen, der mich versteht, mich schätzt, dem ich vertrauen kann! Welch eine Leichtfertigkeit!«

»Selbst wenn das absolut leichtfertig sein sollte, Herr Keller – so ist es doch schön!«

»Es ist unrealistisch – in dieser unserer Welt! Wenn nicht gar lebensgefährlich! Ich sage nicht, daß Sie sich anpassen sollen – ich sage lediglich: seien Sie vorsichtig! Versuchen Sie, sich abzusichern. Besorgen Sie sich, schnellstens, einen tüchtigen Rechtsanwalt.«

Fein lächelte. »Sie glauben doch nicht an den Sieg der gerechten Sache?«

»Den kann es, selbst jetzt noch, durchaus geben! Aber dem muß man nachhelfen. Sie haben doch gar keine andere Wahl mehr! Entweder: Sie wehren sich – oder Sie werden überrollt! Und das würde ich als sehr bedauerlich empfinden – schon Antons wegen.«

5

»War gar nicht leicht, dich aufzuspüren!« versicherte Joachim Jonass. Er blickte sich um, als gedenke er das Appartement, in dem er stand, zu kaufen. »Ziemlich kostspielige Bude, die du dir ausgesucht hast!«

»Mittelklasse«, sagte Harald Fein gelassen. »Aber eben mit Balkon – Anton legt darauf Wert. Im übrigen kennt das Hotel Royal meine neue Adresse. Es kann also nicht schwer gewesen sein, mich zu finden. Oder glaubst du, ich verstecke mich? Vor wem? Vor dir?«

»Das will ich auch nicht hoffen«, erklärte der Besucher. »Du kennst doch die Verhältnisse in der Firma! Und deshalb wirst du mir doch nicht nachtragen, daß ich gezwungen war, dir die Kündigung zu überreichen.«

»Ach nein – hat man einen Zwang auf dich ausgeübt!« Harald lachte auf und lehnte sich in seinen Sessel zurück, aus dem er nicht aufgestanden war, um Jonass zu begrüßen. »Und darunter hast du gelitten – was? Aber du hast es dir nicht anmerken lassen.«

»Du verkennst mich, Harald!«

»Jetzt nicht mehr. Was aber nicht heißen soll, daß ich dich bereits völlig durchschaue.«

Joachim Jonass war mitten im Raum stehengeblieben – er lächelte werbend. »Ich weiß doch, Harald«, erklärte er, »was ich dir alles verdanke! Du hast mich zur Firma Plattner gebracht, dich für mich eingesetzt, mich zu deinem nächsten Mitarbeiter gemacht! Und ich habe dir, bereitwillig, alles abgenommen, was dich belastet hat – allen Ärger mit dem Personal, jeden Krach auf den Baustellen, den ganzen umständlichen Papierkram! So was verpflichtet doch.«

»Was sind denn das für Töne? Was bezweckst du mit soviel warmem Regen? Glaubst du etwa, mich damit aufweichen zu können?«

»Ich bin lediglich bemüht, dich vor weiteren Dummheiten zu bewahren.«

»Na also! Warum nicht gleich so! Mach ja keine Dummheiten, sagte der Fuchs zur Gans – sei immer schön brav und folge mir! Und damit willst du mir kommen?«

Aktennotiz – »nur für den Dienstgebrauch« – für Kriminalkommissar Braun von Kriminalinspektor Feldmann:

»Keine weiteren Verdachtsmomente Fein gegenüber. Andere sich anbietende Spuren werden weiterverfolgt; weitere Laborberichte beiliegend. Auslieferung Kordes über Interpol erbeten.

Ständige Beobachtung Feins wie befohlen angeordnet. Verantwortlich: die Assistenten Gutmann und Jahrisch. Einlaufende Berichte besagen:

Fein ist aus dem Hotel Royal ausgezogen und in das Marbella-Appartementhaus übergesiedelt. Dritter Stock, links. Zwei Zimmer. Mietpreis monatlich: DM 500,–.

Fein hatte nur zwei Besucher: den Sohn Heinz, zwanzig Minuten; dann Geschäftsführer Jonass, fünfundzwanzig Minuten. Sonst niemand. Fein beschäftigt sich mit Entwürfen für Einzelhäuser.

Fein hat sich – von der Firma Kaut-Bullinger und Co. – Zeichenmaterial liefern lassen. Lieferungen des Marbella-Restaurants, im gleichen Hause, an ihn: belegte Brote, Brathühner, vermutlich für seinen Hund, Mineralwasser, Cognac, Weine; bevorzugt Frankenweine. Kein ankommendes Telefongespräch wird angenommen – kein ausgehendes ist registriert; laut Auskunft Vermittlung Marbellahaus.

Fein verläßt regelmäßig bei Einbruch der Dunkelheit das Appartementhaus, vermutlich um seinen Hund auszuführen. Nach einem ausgedehnten Spaziergang – zwischen Karlsplatz, Odeonsplatz und Marienplatz – Einkehr entweder im Weinhaus Schneider oder im Hofbräuhaus am Platzl. Letzteres vermutlich wieder des Hundes wegen; denn der neue Hofbräuhauswirt duldet Hunde nicht nur, er läßt sie sogar, anhand einer speziellen Speisekarte, bedienen. Auch sie gelten als Gäste.

Feins finanzielle Möglichkeiten scheinen vergleichsweise begrenzt. Sein Bankkonto: etwas über achttausend Mark. Weitere dreitausend, als eine der letzten Gehaltszahlungen der Firma Plattner, dürften noch hinzukommen. Sein Mercedes ist bereits zum Verkauf angeboten; er dürfte vermutlich vier- bis fünftausend Mark erbringen.

Fein verfügt zur Zeit über keinen Anwalt.«

»Harald«, sagte Jonass, »wenn man mal etwas falsch gemacht hat, sollte man nicht zögern, sich zu korrigieren, nicht wahr? Zumal, wenn sich so was stillschweigend erledigen läßt. Wozu wir bereit sind.«

»Also – was? Was, nimmst du an, ließe sich stillschweigend, wozu ihr großzügig bereit seid, erledigen?«

»Versuche nicht, dich ahnungslos zu geben«, meinte Jonass. »Du weißt ganz genau, worauf ich hinauswill!«

»Na, worauf denn, Geschäftsfreund?«

»Auf das rote Aktenstück im Panzerschrank der Firma!«

»Was ist damit?«

»Das fehlt!«

»Tatsächlich?« fragte Harald Fein, zunächst noch staunend und ungläubig; dann aber kam bei ihm, sehr schnell, steigende Heiterkeit auf.

Später: Harald Fein, im Gespräch mit seinem Anwalt, einem gewissen Messer, Henri, der darüber Aufzeichnungen machte:

»Es handelt sich dabei um etwa vierzig Blatt Papier. Sie waren zusammengefaßt in einem Ordner aus rotem Kunststoff.

Diese Unterlagen bestanden aus Ankaufplänen, Vorverträgen, Ergebnissen von Vermessungen, Zahlungsbelegen und Planungsberechnungen. Mithin: die wertvollsten Papiere der Firma. Darunter auch das Objekt ›Fuchsschwanz‹.

Wert der darin verzeichneten, durchgerechneten, mit allen Details vorgeplanten und dann gekauften, zumindest sichergestellten Objekte: an die einhundertundfünfzig Millionen Mark.«

»Und ausgerechnet dieses Aktenstück, Harald, fehlt!« bestätigte Jonass energisch. »Aus einem Panzerschrank, der dir zugänglich gewesen ist – du kanntest dessen Kennzahl, du hast den zweiten Schlüssel besessen!«

»Den vermutlich jetzt du hast – während sich der andere Schlüssel bei Plattner befindet und auch immer befunden hat.«

»Der doch wohl außerhalb jenes Verdachtes steht!«

»Warum denn?« fragte Harald Fein. »Warum sollte ihm dieses rote Aktenstück nicht durchaus willkommen gewesen sein – um mich zu belasten, um dir Schwierigkeiten zu bereiten? Du kommst auch noch dran! Nichts, was dem nicht zuzutrauen wäre!«

»Harald«, rief Jonass geradezu beschwörend aus, »sei doch vernünftig! Ich rate dir dringend, ihm das rote Aktenstück auszuliefern.«

»Selbst wenn ich es hätte – er bekäme es nicht!«

»Er wird dich fertigmachen, Harald! Unterschätze ihn nicht. Hast du denn noch immer nicht genug abbekommen?«

»Noch lange nicht! So was bestätigt mich. Denn es zeigt mir, was ich lange Jahre nicht wahrhaben wollte: die Existenz von Hyänen, mitten unter uns – vor uns, hinter uns, neben uns! Auf der Straße, im Büro, in Geschäften, in Lokalen, im Bett!«

»Du gehst zu weit, Harald – ich warne dich!«

»Was wohl heißt: du drohst mir. Oder Plattner droht mir.«

»Ich bin lediglich hier, um dir weitere Komplikationen zu ersparen. Natürlich hat Plattner mich hergeschickt. Aber es ist das Beste für dich, jetzt das rote Aktenstück auszuhändigen.«

»Warum muß denn ausgerechnet ich das haben?« Harald Fein lehnte sich, die Situation genießend, in den Polstern seines Sessels zurück. »Plattner kann es haben, du kannst es haben – um damit Plattner unter Druck zu setzen und deine Position zu festigen; und zugleich: um mich weiteren Verdächtigungen auszuliefern.«

»Langsam«, sagte Jonass, »beginne ich Plattner zu begreifen – er hat von dir gesagt: Vorsicht geboten; der hält sich nicht an die Spielregeln unter halbwegs zivilisierten Menschen!«

»Für dumm habe ich den niemals gehalten«, meinte Harald Fein.

»Du willst also kassieren!« vermutete Jonass. »Nun gut – wieviel? Was verlangst du für dieses Aktenstück?«

»Nichts – denn ich habe es nicht.«

»Wenn Plattner die Unterlagen hat, wird er mit sich reden lassen. Stell deine Forderungen.«

»Im Augenblick nur diese: verschwinde! Denn du störst mich.«

»Nein!« sagte Kriminalrat Dürrenmaier zu Kriminalkommissar Braun. »Sie haben gewiß gute Arbeit geleistet. Aber Ihre Beweisführung ist, aus meiner Sicht, nicht in jeder Hinsicht überzeugend.«

»Herr Kriminalrat«, antwortete Braun ein wenig mühsam, »soll das heißen, daß wir gewisse Rücksichten zu nehmen haben? Auf bestimmte Personen oder Gruppen? Nicht, daß ich grundsätzlich dagegen wäre – nur müßte ich wissen: auf wen oder auf was beziehen sich Ihre Andeutungen?«

»Ich habe nichts Derartiges angedeutet!« wehrte Dürrenmaier entschieden ab. »ich gedenke nicht, irgend jemand in Schutz zu nehmen. Ich unterstelle niemandem irgend etwas – auch Ihnen nicht. Ich weise lediglich auf einige Tatsachen hin – ich bemühe mich, Sie darauf aufmerksam zu machen. Dafür sollten Sie mir dankbar sein.«

Aus einem – wesentlich späteren – Verteidigungsplädoyer des RA Messer, in einem von mehreren Prozessen gegen Fein, beziehungsweise für Fein:

»...scheint es sich um ein eklatantes Versagen der Kriminalpolizei gehandelt zu haben... voreilige Behauptungen... Erstellung fragwürdiger Beweismittel... sodann die sich aufdrängenden Vermutungen, daß hier der Versuch unternommen wurde, begangene Fehler zu vertuschen... diese dann sogar meinem Mandanten anzulasten... eine Flutwelle von Vorurteilen, welche die Vermutung aufdrängen, daß hier die Kriminalpolizei indirekt, vielleicht auch nur unbewußt, zu einem möglichen Justizirrtum...

»Herr Kriminalrat«, führte KK Braun aus, »immerhin existieren drei Zeugen, deren Aussagen darin übereinstimmen, daß Fein die Ermordete systematisch belauert hat!«

»Was so gut wie nichts beweist! Denn diese drei Zeugen behaupten lediglich, Fein habe sich in Tatortnähe zur möglichen Tatzeit in seinem Fahrzeug aufgehalten – und dieses nicht verlassen!«

»Der Hausverwalter Penatsch sagt das Gegenteil aus.«

»Wer ist denn dieser Mann – haben Sie das überprüft?«

»Habe ich«, versicherte Braun.

Auszüge aus der vom Bundeskriminalamt Wiesbaden zur Verfügung gestellten Akte:

»Penatsch, Peter Paul, 56 Jahre alt, mehrfach vorbestraft: 1953 wegen Beteiligung an einem Diebstahl. 1958 wegen Erpressung. 1959 wegen Hehlerei – Ankauf und Verkauf von gestohlenen Fernsehapparaten. 1960: Fundunterschlagung eines Schmuckstückes. 1963: Beteiligung an einem Einbruch.

Danach: drei Jahre Gefängnis, Entlassung 1966 – ›gute Führung‹ wird bescheinigt. Auch Bereitwilligkeit zur Zusammenarbeit mit den Justizbehörden. Seit 1968 Hausmeister in der V-Straße 33.

Penatsch steht seit 1970 auf der Verdächtigen-Liste des Rauschgiftdezernates. Vermuteter Zwischenhandel mit Cannabis. Bisher jedoch kein einwandfreier Observationsbefund.«

»Und ausgerechnet dieses fragwürdige Subjekt, Herr Braun, halten Sie für geeignet, möglicherweise als Kronzeuge aufzutreten?« Der Kriminalrat schüttelte den Kopf.

»Vorstrafen, ganz gleich welcher Art, berechtigen schließlich niemanden dazu, eine Zeugenaussage anzuzweifeln!«

»Ich weiß, ich weiß – Zeuge kann, nach dem Gesetz, jeder sein. Sogar Mörder. Aber denken wir doch an die Praxis! Einem halbwegs tüchtigen Rechtsanwalt würde es ohne sonderliche Mühe gelingen, Ihren Zeugen und seine Aussage in der Luft zu zerreißen. Und wenn dann noch eine unserer Zeitungen einsteigt – dann könnte das verdammt unangenehm werden!«

Braun saß regungslos da. Sein Gesicht schien erstarrt – doch seine Augen funkelten. Und dieses Funkeln verstärkte sich, als er nun Dürrenmaier lächeln sah.

»Ich kann mir vorstellen«, sagte der, »was Sie jetzt denken, lieber Braun. Vergessen Sie das aber möglichst schnell! Ich stehe auf keiner anderen Seite als auf der unserer Kriminalpolizei. Und eben deshalb muß ich uns vor gefährlichen Voreiligkeiten bewahren.«

»Wenn Sie mir freie Hand lassen würden, also wenn ich diesen Fein, wenigstens vorübergehend, verhaften könnte, dann würde ich garantieren...«

»Nein!« erklärte der Kriminalrat entschieden. »Nach meiner Ansicht reichen die Ermittlungen für eine Verhaftung immer noch nicht aus.«

»Muß ich daraus folgern, Herr Kriminalrat, daß Sie beabsichtigen, diesen Fall einem anderen Beamten zu übertragen?«

»Wünschen Sie das?«

»Nein!«

»Dann wird es auch nicht geschehen. Doch ich kann Ihnen nur raten: versuchen Sie Ihr Material zu komplettieren. So etwa vermisse ich die detaillierte Befragung des Zeugen Penatsch, möglichst an Ort und

Stelle, im Hinblick auf seine angeblichen Begegnungen mit Fein im Hause V-Straße. Wie war Fein bekleidet? Was tat er im einzelnen? Was hat er möglicherweise gesagt? Und so weiter.«

»Ermittlungen dieser Art sind bereits unternommen worden.«

»Dann darf ich Sie bitten, Ihre Unterlagen entsprechend zu ergänzen. Haben Sie alle weiteren Verdächtigungen bereits fallen lassen?«

»Natürlich nicht – jede Spur wird bei mir so lange verfolgt, bis sie endgültig ausläuft. Aber keine Spur ist so heiß wie die des Harald Fein.«

»Ich werde Ihnen, ausnahmsweise, noch drei weitere Beamte zuteilen – speziell für diesen Fall. Was ist mit diesem Kordes, dem Zuhälter?«

»Der kommt als Täter nicht in Frage – er hat München drei Tage vor dem Mord verlassen. Sitzt jetzt in Madrid, in Untersuchungshaft – der scheint dort irgendein Ding gedreht zu haben.«

»Wenn er auch nicht der Täter ist, Braun – das ist ein Informant allererster Ordnung. Ist seine Auslieferung beantragt?«

»Ja.«

Aus den Aufzeichnungen des Kriminalbeamten Keller:

»An diesem Tage beschimpfte Braun Dürrenmaier heftig – doch ganz so, als führe er ein Selbstgespräch, dem Feldmann begierig lauschte.

Dann stürzte sich der Kriminalkommissar übergangslos wieder in seine Arbeit – entwickelte Pläne, gab Anweisungen, entwarf durchaus neuartige Überwachungsmethoden. Ich dachte mir: in der Haut dieses Harald Fein möchte ich nicht stecken!

Ein Gedankengang, an den ich allerdings nicht allzu viel Zeit verschwenden konnte. Denn meine Dienste als Todesermittlungsbeamter wurden ungewöhnlich stark in Anspruch genommen:

Zwei Leichen in einer Kneipe, vermutlich kurz nach Mitternacht zu Tode gebracht: die Wirtin, vollgepumpt mit Rauschgift, und ihr derzeitiger Freund, ein Gastarbeiter, mit einer klaffenden Kopfwunde. Unfall so gut wie ausgeschlossen. Vermutlich: Eifersuchtsdrama. Interessant für die Presse. Ein klarer Fall für die Mordkommission.

Sodann eine Leiche auf der Hauptstraße Süd. Ein Auto fuhr dort, ganz plötzlich, von der rechten Fahrbahn auf die linke – in einen schweren Transporter hinein, wurde von dem plattgewalzt. Vermutlich, wenn auch nicht eindeutig nachzuweisen: eine Art Selbstmord. Besonderer

Hinweis: Selbstmordversuche mittels Kraftfahrzeug sind ziemlich selten und stets höchst fragwürdig – da der tödliche Verlauf sehr unsicher ist. Ein beliebtes Streitobjekt zwischen Verkehrs- und Kriminalpolizei.

Weitere vier Leichen in einer Altbauwohnung. Eine Mutter und drei Kinder – diese zwei, drei und fünf Jahre alt. Zwei davon weiblich, eins männlich. Sie alle vergiftet durch Gas. Der Vater dieser Familie hatte sie vor einem Jahr, mit unbekannter Adresse, verlassen – die Wohnung war seiner Restfamilie gekündigt worden. Hätten sie nicht den Gastod gewählt, wären sie vermutlich verhungert.

Um die Komplikationen dieses Tages zu vervollständigen, bat mich Kriminalrat Dürrenmaier zu sich. Er fragte mich, ohne weitere Umstände, ob ich Lust hätte, wieder eine Mordkommission zu übernehmen – etwa den Fall V-Straße 33. Den, erklärte er, würde er mir gerne anvertrauen.

Ich sagte: nein! Und gleichzeitig bat ich ihn, meine Pensionierung zu beschleunigen. Denn mein Bedarf an kriminellen Vorgängen, erklärte ich dem Kriminalrat, wäre mehr als ausreichend gedeckt. Was er einzusehen vorgab.

Was ich ihm aber dabei nicht sagte, war dies: je älter ich werde, um so mehr Mitgefühl überkommt mich – für gequälte Tiere, für mißbrauchte Menschen! Ich kann nicht mehr nur als Kriminalbeamter reagieren! Und das, gebe ich zu, ist eine nicht ungefährliche Entwicklung.«

»Sie müssen sich irren!« rief der Stadtplaner Hermann Abendroth. »Haben Sie tatsächlich gesagt – Herr Fein wünsche mich zu sprechen?«

Das bestätigte seine Sekretärin. »Herr Fein wartet im Vorraum.«

Abendroth erhob sich, ging in das Vorzimmer: und hier saß Heinz Fein, der Sohn seines ehemaligen Freundes Harald, sein Patenkind, das ihn skeptisch betrachtete.

»Ach – du bist es, Heinz!« rief Abendroth erleichtert. »Schön – dich wieder mal zu sehen!«

»Aber du hast natürlich keine Zeit für mich, bist schwer beschäftigt...«

»Rede keinen Unsinn, Heinz! Komm herein!«

»In einer Viertelstunde«, mahnte die Sekretärin mit gut eingelerntem Eifer, »sind Sie mit drei Stadträten im Kartenraum verabredet. Eine halbe Stunde später findet eine Olympia-Baubesprechung statt. Zwei Stunden danach: Berichterstattung beim OB.«

»Versuchen Sie das in bewährter Weise auszugleichen«, sagte Abendroth zu seiner Sekretärin, während er Heinz Fein mit sich zog, einen Arm um dessen Schultern gelegt. »Ich bin – bis auf weiteres – für niemanden zu sprechen.«

»Womit habe ich denn das verdient?« fragte Heinz Fein. »Warum hast du mich nicht einfach abgewimmelt? Das habe ich erwartet, wenn nicht gar erhofft – denn vielleicht wäre das die beste Lösung. Für uns beide.«

»Setz dich!« sagte Abendroth. »Und versuche nicht, mich zu provozieren – ich habe mir inzwischen eine Art Elefantenhaut zugelegt; das bringt ein Amt wie das meine fast automatisch mit sich. Was aber nicht ausschließt, daß ich mich ehrlich freue, dich endlich wieder einmal zu sehen! Gut siehst du aus!«

»Du bist doch inzwischen nicht auch bei den fleißigen Schaumschlägern gelandet – wie mein lieber Vater, dein guter ehemaliger Freund?«

»Er ist nicht mein ehemaliger Freund. Er ist mein Freund. So was ist ein Dauerzustand – oder es war eine Lüge.«

»War es keine?«

»Heinz – ich will ganz offen zu dir sein. Also: nicht ich habe diese Freundschaft unterbrochen oder gar abgebrochen – sondern dein Vater. Er zog sich zurück. Er vermied jede Begegnung mit mir.«

»Und das, wenn ich nicht irre, unmittelbar nach eurem ganz großen Geschäft; was ist denn dabei schiefgegangen?«

»Wovon redest du, Heinz?«

»Von den Millionengewinnen der Firma Plattner, die dein guter Freund ermöglicht hat, mit deiner Hilfe, nach vorzeitiger Einsichtnahme in deine Entwicklungspläne.«

»Woher willst du das wissen?«

»Ich kann zwei und zwei zusammenzählen. Und ich weiß, was unter der Bezeichnung ›Objekt Fuchsschwanz‹ zu verstehen ist.«

»Ein derartiger Verdacht«, sagte nun Abendroth, um Festigkeit bemüht, »ist einfach absurd!«

»Ihr habt also keine krummen, kapitalträchtigen Sachen miteinander gedreht?«

»Woher hast du das alles?«

»Woher auch immer – die Hauptsache ist doch wohl: es könnte so gewesen sein! Du hast meinem Vater Einblick in entscheidende Dokumente verschafft – und diese Kenntnisse lieferte er weiter, an seinen Schwiegervater. Und der nutzte sie – und zwar gleich derartig rücksichtslos und gewinnentschlossen, daß darüber eure schöne Freundschaft in die Binsen ging!«

»Heinz – sage so was, bitte, zu niemandem anderem sonst. Denn die Folgen wären nicht abzusehen.«

»Was für welche denn noch? Dein Freund, mein Vater, scheint jetzt nichts wie ein Spielball zu sein, den offenbar mehr als nur zwei Parteien treten. Es wird sogar versucht, ihm einen Mord anzuhängen. Und meine Mutter hat die Scheidung eingereicht. Während mein guter Großvater alle Anstalten macht, ihn zu ruinieren.«

»Scheußlich«, sagte Abendroth ehrlich angewidert. »Einfach scheußlich!«

»Und das«, fragte Heinz provozierend, »ist alles, was du dazu zu sagen hast?«

»Was kann ich für ihn tun?«

»Er scheint sich lächelnd seinem angeblichen Schicksal fügen zu wollen. Man muß ihn also, meine ich, dazu zwingen, sich zu verteidigen. Er benötigt dringend einen Rechtsanwalt, der ihm wieder auf die Beine hilft.«

»Dafür«, versprach Abendroth, »werde ich sorgen – zumindest dafür.«

»Wo also genau haben Sie ihn gesehen?« fragte der Kriminalkommissar Braun den Hausverwalter Penatsch.

»Genau dort oben!« versicherte der, im Treppenhaus V-Straße 33. »Dieser Herr Fein hielt sich unmittelbar vor der Tür der dann später Ermordeten auf – etwa zur gleichen Zeit wie jetzt.«

»Also gegen zweiundzwanzig Uhr«, stellte Braun fest. »Und Sie halten Ihre Beobachtungen für einwandfrei – trotz der hier nur mäßigen Korridorbeleuchtung?«

»Ja, das Licht reichte durchaus – zumindest für mich. Ich habe gute Augen.«

»Beschreiben Sie ihn!« forderte Braun, während sich Feldmann im Hintergrund eifrig Notizen machte. »Wie sah er aus? Was hatte er an? Versuchen Sie sich an jedes Detail zu erinnern!«

»Nun – er stand gebückt da. Lauernd! Ob er gerade aus dem Appartement gekommen war und wieder hinein wollte – das kann ich nicht sagen. Jedenfalls schlug er mehrmals gegen die Türfüllung und rief ihren Vornamen – da bin ich ganz sicher. Er war peinlich laut.«

»Trug er einen Hut?«

»Kann sein! Einen grauen, soweit ich mich erinnere.«

»Und was für einen Anzug hatte er an?«

»Das weiß ich nicht mehr ganz genau. Ich möchte meinen, er war mit einem blauen Regenmantel bekleidet – wie ihn jetzt fast jeder trägt.«

Hierzu, während einer späteren Verhandlung mit dem Vertreter der Staatsanwaltschaft, der Verteidiger des Harald Fein – RA Messer:

»Von all den gesammelten Fragwürdigkeiten bei diesen sogenannten Untersuchungen scheint mir diese Zeugenaussage von ganz besonderer Leichtfertigkeit zu sein.

Ganz abgesehen von dem alarmierenden Vorstrafenregister dieses Zeugen – seine Aussagen müssen in mehrfacher Hinsicht angezweifelt werden.

Punkt eins: der hier Verdächtige trug kaum jemals einen Hut. Er besaß zwar drei, die er aber nur bei Regen oder Schnee zu benutzen pflegte. Und keiner davon war grau.

Punkt zwei: nach übereinstimmenden Aussagen hat Herr Fein niemals einen blauben Regenmantel besessen – lediglich einen graubraunen!«

Hierzu Penatsch:

»Ob nun blau oder braun, ich bitte Sie – auf alle Fälle hat es sich dabei um eine dunkle Farbe gehandelt. Und mit Gewißheit kann ich bezeugen, daß ich Herrn Harald Fein gesehen habe.«

Nunmehr Kriminalkommissar Braun:

»Angebliche Farbunterschiede – oder auch Irrtümer in modischen Details – sind so gut wie bedeutungslos. Allein entscheidend ist die Tatsache, daß der Zeuge Penatsch den verdächtigen Fein kennt und ihn wiedererkannt hat. Und daß er bereit ist, seine Aussage zu beeiden.«

Unmittelbar danach, in einem »vertraulich informativen Dienstgespräch«, als Aktennotiz niedergelegt, Kriminalrat Dürrenmaier zu Kriminalkommissar Braun:

»Ich habe Sie, mein lieber Kollege, als ausgezeichneten Kriminaltaktiker schätzen gelernt, wenn auch Ihre Methoden nicht immer das mir notwendig erscheinende Fingerspitzengefühl erkennen ließen. In diesem Fall jedoch, mein Lieber, kann ich mich des Eindrucks nicht erwehren, daß Sie sich auf ein reichlich verwegenes Unternehmen eingelassen haben. Worauf wollen Sie denn eigentlich hinaus?«

Braun: »Sie wissen das vermutlich ganz genau, Herr Kriminalrat – aber Sie wollen es nicht wissen. Ihre Stellung läßt das nicht zu. Was ich verstehe. Überlassen Sie diese ganze Drecksarbeit getrost mir.«

»Wie schön, mein liebes Kind, dich zu sehen!« versicherte Paul Plattner, erhob sich und ging auf sein Enkelkind zu. Er legte den Arm um Helgas Schultern, zog sie mit sich, in die Sesselecke seines Chefbüros. Dort setzte er sich neben sie.

»Wie schön du bist!« bemerkte er. »Genau wie deine liebe Mutter – als sie in deinem Alter war. Aber du siehst traurig aus, mein liebes Kind! Warum denn?«

»Vaters wegen!« erklärte Helga Fein und sah ihn hoffnungsvoll an. »Du verstehst das doch –«

»Und ob ich das verstehe, mein liebes, gutes, schönes Kind!« Paul Plattner ergriff Helgas Hände, die sie ihm willig überließ. »Deine Sorgen sind auch die meinen – das darfst du mir glauben.«

»Ich glaube dir!«

Behauptungen der Frau Besenbinder, ehemals Wirtschafterin im Landhaus Plattner, am Tegernsee:

»... Seine Tochter, die Hilde, hat mehrmals hier übernachtet, zumeist am Wochenende... fand ich dann vor: zerwühlte und auch befleckte Betten, völlig eindeutig... wovor es mich ekelte und worauf ich dann kündigte...«

Behauptungen über Frau Besenbinder – von einer dort vorübergehend Angestellten mit Namen Erika Haar:

»...ist das ein geiles, anmaßendes, besitzgieriges Weibsbild gewesen! Kann ja sein, daß die sich der Plattner bei Gelegenheit vorgenommen hat, was mir ja auch passiert ist. Kann vorkommen – so in der Einsamkeit, zumal sich das auch finanziell lohnte.

Aber diese Besenbinder – ich bitte Sie – stellte mehr und mehr Ansprüche! Störte bei jeder Gelegenheit. Wurde dann von Plattner, wohl gerade noch rechtzeitig, gefeuert. Was ich ihr gönnte!«

»Du wirst Vater helfen – nicht wahr?« fragte Helga Fein vertrauensvoll.

»Ich will das gerne versuchen – deinetwegen. Allein deinetwegen!« Paul Plattner umarmte Helga herzlich. »Aber es wird nicht leicht sein, fürchte ich.«

»Wenn einer ihm helfen kann – dann du!«

»Das könnte sein, mein liebes Kind. Aber das darf nicht überstürzt, muß sorgfältig und einfühlsam vorbereitet werden. Hier, in dieser Büroatmosphäre, läßt sich so was schwer erledigen. Ich schlage vor, du besuchst mich am Wochenende in meinem Landhaus am Tegernsee. Dann können wir ungestört darüber reden.«

Aus den Aufzeichnungen des Kriminalbeamten Keller:

»Wenn ich – nach meinen fast vierzig Dienstjahren bei der Kriminalpolizei – etwas wirklich weiß, dann ist es dies: es gibt einfach nichts, was in menschlichen Bereichen nicht möglich wäre!«

»Hallo, Harald!« rief Melanie Weber schwungvoll. »Wie geht es dir denn?«

»Gut«, versicherte Harald Fein. »Mithin also schlecht – was aber wenigstens dir, nehme ich an, eine kleine Freude bereiten wird.«

»Ach Harald«, sagte sie in klagendem Ton, »auch du verkennst mich!«

Melanie hatte ihn in seinem Appartement im Marbellahaus aufgesucht, worauf der Hund Anton schleunigst geflüchtet war – auf den Balkon hinaus. Doch im Hauptraum hatte sie sich niedergelassen, als gehöre alles ihr.

»Hier fehlt eine Frau!« fuhr Melanie nach kurzem Überblick fort. »Du scheinst dringend eine gemütlichere, eine angenehmere Atmosphäre zu benötigen – und dafür werde ich sorgen.«

»Schickt dich Hilde?«

»Aber nein – warum sollte sie?«

»Schließlich bist du ihre beste Freundin.«

»Aber ich bin doch auch mit dir befreundet!« Melanie Weber blickte ihn mit großen Augen an. »Wie viele schöne Tage haben wir gemeinsam verbracht! Capri, Gardasee, Pontresina – erinnerst du dich noch?«

Aus einem Brief: Fein an Abendroth – geschrieben vor acht Jahren; in einer Zeit, da beide noch miteinander befreundet waren:

»...gibt es Augenblicke, in denen ich diesen Zustand genieße: begleitet von zwei äußerst dekorativen Damen, Hilde dabei betont diskret, Melanie bemüht extravagant, in leuchtenden Farben, knabenhaft schlank...

...ich komme mir oft aber auch vor wie eine leicht komische Figur. Denn Hilde und Melanie reden nur immer miteinander, lächeln sich zu, flüstern aufeinander ein, hinter meinem Rücken. Und wenn sie lachen, weiß ich meistens nicht, worüber.«

»Mein Lieber«, sagte Melanie, »ich bedauere zutiefst eure Trennung! Denn sie bedeutet ja schließlich auch einen gewissen Einschnitt in mein Leben...«

»Geradezu rührend, Melanie.«

»Harald – ich möchte dir doch nur vorbehaltlos behilflich sein.«

»Na, wie schön! Und worauf willst du diesmal mit deiner Vorbehaltlosigkeit hinaus? Etwa auf ein rotes Aktenstück?«

Auskünfte, gegeben vom damaligen Portier – einem unter drei anderen – des Grandhotel Pontresina, mit Namen Francesco Huber:

»Herr Fein war einige Jahre lang bei uns regelmäßig Gast. Gemeinsam mit seiner Gattin. Sie bewohnten jeweils nebeneinanderliegende Einzelzimmer. Ein drittes, ebenfalls danebenliegend, wurde fast regelmäßig für Frau Melanie Weber gebucht – welche mit Herrn und Frau Fein eng befreundet zu sein schien.

Diese drei harmonierten offenbar in sehr schöner Weise. Weiter möchte ich mich dazu nicht äußern.«

»Ein Aktenstück?« rief Melanie. »Bist du verrückt, Harry?« Empörung stand in den schwarzfunkelnden Augen. »Soweit solltest du mich doch kennen, um zu wissen, daß bei mir mit irgendwelchen Papieren nichts zu machen ist.«

»Außer mit Scheckbüchern – vermutlich.«

»Selbst damit nicht! Mein Mann hat mehr, als ich verbrauchen kann, und er bewilligt mir alles!«

»Aber so ein rotes Aktenstück kannst selbst du dir nicht kaufen – wie?«

Melanie schüttelte den Kopf; und mit ihrem schönen Unvermögen, ein Gespräch logisch zu entwickeln, fragte sie ihn: »Hast du wirklich ganz vergessen, was einmal zwischen uns war?«

»Ich bitte dich, Melanie, das ist fast zwanzig Jahre her – das war noch vor meiner Ehe mit Hilde.«

»Habe ich mich seitdem sehr verändert?«

»Nein. Und wenn, dann keinesfalls zu deinem Nachteil. Ist es das, was du hören wolltest?«

»Ja«, sagte sie und lächelte ihn an. »Denn jetzt hat die Zeit nach deiner Ehe mit Hilde begonnen.«

Auskünfte von Maximilian Weber, Großgrundbesitzer und Bankier – über seinen Bruder Konradin Weber, beziehungsweise dessen Frau Melanie; im vertraulichen Gespräch – überliefert von einem dem Rechtsanwalt Dr. Messer befreundeten Kollegen:

»Melanie ist ganz große Klasse – zwar nicht unbedingt mein Geschmack, aber für meinen Bruder genau richtig. Irgendwie muß er ja auch seine Millionen wieder loswerden.

Ein Klasseweib. Mutter Ungarin. Sieht immer noch blendend aus, zeitloser Typ. Spricht vier oder fünf Sprachen. Schenkte meinem Bruder einen Sohn – einen netten Bengel.

Konradin, mein Bruder, ist nur noch ein Wrack. – Zumeist liegt er. Aber sie vernachlässigt ihn nicht, seinen Sohn auch nicht, und seine Repräsentation erst recht nicht. Die Parties, die sie zweimal jährlich für ihn gibt, gelten als gesellschaftliche Ereignisse.

Dafür, nicht wahr, kann man schon kleine Schönheitsfehler in Kauf nehmen – zumal diese fast immer ganz attraktiv waren, wie etwa die jüngere Hilde Fein. Überhaupt: diese Feins. Nette Leute!«

»Er behauptet also, das Aktenstück nicht zu haben?« fragte Plattner. »Er hat das glatt geleugnet?«

»Nicht gerade glatt«, berichtete Jonass; »und auch keinesfalls überzeugend – nicht für mich. Ich bin fast sicher; er genießt es, uns in Schwierigkeiten zu sehen.«

»Das«, sagte Plattner bitter, »sieht ihm ähnlich.«

Aktennotiz des Paul Plattner zu diesem Vorgang:

»... wurde der verabschiedete Geschäftsführer, Herr Fein, gebeten, den ihm anvertrauten zweiten Schlüssel des Panzerschrankes der Firma zu retournieren, was auch geschah. Besagter Schlüssel wurde von meinem Enkel Heinz übernommen, dann Herrn Jonass ausgehändigt, der ihn mir übergab. Bei der am Tag darauf erfolgenden Überprüfung dieses Panzerschrankes wurde das Fehlen eines Aktenstückes, mit roten Dekkeln, festgestellt.«

»Nur er«, sagte Jonass, »kann es gewesen sein!«

»Wer denn sonst?« stimmte Plattner düster zu.

»Was ihn aber nicht davon abhält, uns beide zu verdächtigen!«

»Wieso denn uns beide?«

»Fein ist offenbar der Ansicht: dieses rote Aktenstück, dessen Inhalt ich nicht oder doch nur unvollkommen kenne, wäre von besonderem Wert – für die Firma. Wer es besitzt, meint Fein, kann bestimmen.«

»Besitzen Sie es, Jonass?« fragte Plattner offen.

»Nein! Aber genau das ist es wohl, was Fein zu suggerieren versucht. Er scheint uns gegeneinander ausspielen zu wollen.«

Notiz – zwei – des Paul Plattner, zu diesem Vorgang:

»Dieses Aktenstück weist lediglich auf einige grob angedeutete Planungen hin, im Bereich unserer Firma. Es ist keinesfalls für die Öffentlichkeit bestimmt, enthält aber auch keinerlei Geheimnisse. Doch eine leichtfertige Auswertung dieser Unterlagen könnte möglicherweise zu heiklen Ausweitungen führen. Was unbedingt vermieden werden muß.«

»Stellen wir also fest, Jonass: Sie besitzen dieses rote Aktenstück nicht; ich auch nicht. Mithin also muß es Harald Fein haben! Was haben Sie ihm dafür geboten?«

»Genau das, was Sie angeregt hatten! Etliche weitere Monatsgehälter; über seinen Vertrag hinaus. Eine pauschale Abfindung. Angedeutet: einhunderttausend Mark! Außerdem eine behutsame Behandlung seiner Affären. Also: seine Ehescheidung unter Ausschluß der Öffentlichkeit; dazu jede erdenkliche Hilfestellung bei seiner Kriminalaffäre!«

»Und seine Reaktion darauf?«

»Er hat gelacht.«

Plattner schüttelte den Kopf. »Der ist ja noch weit unberechenbarer, als ich vermutet hatte! Und einem solchen Menschen habe ich jahrelang vertraut!«

»Vielleicht, Herr Plattner, wäre es angebracht, ihn wegen Entwendung von Unterlagen aus Ihrem Panzerschrank anzuzeigen. Die Kriminalpolizei scheint nur darauf zu warten, ihn weiter belasten zu können.«

Aktennotiz – Absatz 3 – des Paul Plattner zu diesem Vorgang:

»Habe in Erwägung gezogen, Anzeige gegen Harald Fein zu erstatten, wegen Diebstahl. Sah dann davon ab, im Hinblick auf die bisherigen verwandtschaftlichen Verhältnisse und weil ich Fein eine Chance geben wollte.«

»Eine derartige Anzeige«, sagte Paul Plattner, »könnte möglicherweise einige unangenehme Folgen haben. Es ist an sich nicht sonderlich wichtig, dieses rote Aktenstück. Aber wir müssen es zurückbekommen, damit kein Mißbrauch mit diesen Unterlagen getrieben werden kann. Schnell und ohne jedes Aufsehen! Sie verstehen?«

Jonass verstand. Er reagierte rasch. »Hat er einen Banksafe?«

»Ja. Bei Merker und Co. – Zentrale, Promenadeplatz. Aber Hilde besitzt ebenfalls Vollmacht darüber.«

»Nun – wenn er nicht noch einen zweiten Banksafe gemietet hat, dann kann dieses rote Aktenstück eigentlich nur in seinem Appartement sein.«

»Na bestens! Sie haben begriffen, worauf es hier ankommt. Also, dann machen Sie sich mal um unsere Firma verdient.«

Aus den Aufzeichnungen des Kriminalbeamten Keller:

»Der Frühherbst ist gewissermaßen die Saison für Wasserleichen – heute gleich zwei; beide Isar. Der Wassertod wird von Frauen bevorzugt. Wohl deshalb, weil er für einen ›schönen‹, nicht entstellenden, und für einen schnellen Tod gehalten wird. Was jedoch ein fürchterlicher Irrtum ist.

Und noch dies: in der Regel kann angenommen werden, daß ein geretteter Selbstmörder mit einiger Sicherheit seinen Versuch wiederholen wird. Nicht aber einer, der versucht hatte, sich zu ertränken – er macht das kaum jemals ein zweites Mal.

Wobei zu bemerken wäre, daß selbstverständlich nicht jede im Wasser gefundene Leiche auf Selbstmord zurückzuführen ist; es kann auch ein Unfall gewesen sein. Oder Mord.

Die Regel für einen Todesermittlungsbeamten dabei ist, sich zunächst an keiner gängigen Regel zu orientieren – die Untersuchungen haben ohne das geringste Voraus-Urteil zu erfolgen. Was manchmal schwerfällt – wie in jenem Augenblick, da ich mit einer Leiche konfrontiert wurde, deren Namen ich kannte – und dazu Menschen, die zu ihr gehörten.«

»Mein Name ist Messer – Henri mit Vornamen«, erklärte Harald Feins neuester Besucher im Marbella-Appartementhaus. »Ich bin Ihr Anwalt!«

»So – sind Sie das?«

Harald Fein lächelte müde. Er hatte am frühen Morgen zu trinken angefangen; aber nur Champagner – Melanie Weber hatte ihm drei Flaschen dagelassen; allererste Qualität natürlich – Maison Blanc. Alle schweren Getränke, wie Whisky und Cognac, hatte sie aus seinem Appartement entfernt.

Und er hörte sich sagen: »Ich bin nicht der Ansicht, Herr Messer, daß ich einen Rechtsanwalt nötig hätte. Also habe ich auch keinen bestellt.«

»Das hat Herr Abendroth für Sie getan«, klärte ihn Henri Messer auf. »Er hat die Anwaltskanzlei Dr. Seidl beauftragt, Ihre Rechtsvertretung zu übernehmen.«

»Aber Sie sind nicht Dr. Seidl.«

»Wozu Sie sich beglückwünschen sollten, Herr Fein«, versicherte Henri Messer ungeniert. Er war mittelgroß, hager und lächelte unentwegt gutgelaunt. Er machte sich im besten Sessel des Appartements breit – die Frage, ob er etwas zu trinken wünsche, bejahte er lebhaft.

Er sagte weiter: »Herr Dr. Seidl, müssen Sie wissen, ist ein hochangesehener Jurist, aber auch ein äußerst bedächtiger Mann. Er ist der Seniorchef einer vielbeschäftigten Firma, der neuerdings auch ich angehöre.«

»Und mit diesem Herrn Seidl hat Herr Abendroth gesprochen?«

»Und ihn beauftragt – also auch seine Kanzlei. Und hier bin ich!«

»Heißt das: Herr Seidl selbst wollte diesen Fall nicht übernehmen – nicht persönlich?«

»Ausgezeichnet kombiniert!« rief Henri Messer anerkennend. »Ich bin sicher, daß wir glänzend miteinander auskommen werden. Wobei Sie mit meiner völligen Aufrichtigkeit rechnen können.«

»Wie sieht die denn aus«, wollte Harald wissen, »etwa im Hinblick auf Dr. Seidl?«

»Der ist, abgesehen von seinen juristischen Tätigkeiten, ein Mann mit ausgezeichneten Verbindungen zur herrschenden Partei – und den beherrschenden Finanz- und Wirtschaftskreisen unseres schönen Landes – und weit darüber hinaus. Zumindest bis nach Bonn. Er hat sich kurz über Ihren Fall informiert – und ihn prompt als heißes Eisen erkannt. Aber zugleich wurde ihm klar, daß er den Auftrag eines Abendroth nicht gut ablehnen konnte. So gab er ihn weiter an seine Mitarbeiter – und ich war zufällig frei. Und um ganz ehrlich zu sein: ich machte mich dafür frei! Denn Ihren Fall wollte ich haben!«

»Und warum, Herr Messer?«

»Weil sich mit dieser Sache eine ganze Menge anfangen läßt – das war für mich schon nach einem ersten Einblick in das Informationsmaterial klar. Sie brauchen sich mir nur anzuvertrauen – den Rest erledige ich dann schon!«

Auszüge aus Polizeiakten – diese einmal vorliegend im LKA, also beim Landeskriminalamt Bayern, sowie auch im Polizeipräsidium München. Darin unter M, übereinstimmend:

»Messer, Heinrich – nennt sich Henri. Vater: Amtsgerichtsrat in Oberbayern. Mutter aus einer fränkischen Beamtenfamilie. Einziges Kind. Geboren 1930.

Guter Schüler. Frühzeitig betont antifaschistisch. Gerät in Schwierigkeiten, wegen sogenannter zersetzender Äußerungen gegen das damalige Staatsoberhaupt. Abitur 1949 mit glänzenden Noten. Jurastudium bis 1954, hierauf Übernahme in den Staatsdienst.

1959–1963 Staatsanwalt in München. Ohne besondere Vorkommnisse. Stand bereits auf der Liste der möglichen Staatssekretäre für das Justizministerium. Brauchte er nur noch seinen politischen Standpunkt einigermaßen verbindlich zu fixieren. Von nun an plötzlich ständige Komplikationen.

Etwa: Messer nimmt an öffentlichen Protestversammlungen teil; beteiligt sich an überparteilich ausgerichteten Diskussionen; wird schließlich in der ›MZ‹ als ›freiheitlicher, fortschrittsbewußter Jurist‹ bezeichnet. Mehrere Ermahnungen durch besorgte Vorgesetzte bleiben fruchtlos.

Des weiteren: deutliche Stellungnahme zum Fanny-Hill-Prozeß, den er einen ›Rückfall ins Mittelalter‹ nennt. Teilnahme an einem unangemeldeten Protestmarsch revoltierender Studenten, wobei er gerade noch einer Verhaftung durch die Polizei entkommt. Publizierte Äußerungen über Rauschgiftsucht, die den bestehenden Abwehrgesetzen kraß widersprechen.

Aufgefordert, sich zu entscheiden, entschließt sich Henri Messer 1969, nicht mehr weiter als Beamter tätig zu sein, und legt sein Amt als Staatsanwalt nieder. Findet auf Grund seiner hervorragenden Kenntnisse Anschluß an die hochangesehene Anwaltskanzlei des Dr. Seidl. Hier zunächst mit der Aufarbeitung abgelagerter Akten beschäftigt.«

»Aber nun, Herr Fein, bietet sich mir endlich ein Fall nach meinem Herzen. Ich stehe Ihnen zur Verfügung.«

»Und wie würde das, in Ihrer Praxis, aussehen?«

»Zunächst einmal müssen alle Angriffe auf Sie wirksam gestoppt werden. Auch im Bereich der Justiz ist Gegenangriff die wirksamste Verteidigung!«

»Und wen gedenken Sie anzugreifen?«

»Jeden, der Sie auch angegriffen hat! Und zwar mit den gleichen Waffen – jedoch größeren Kalibers. Wir werden Breitseiten abfeuern wie ein Schlachtschiff.«

Harald Fein staunte. »Und Sie glauben, sich darüber im klaren zu sein, Herr Messer, gegen wen Sie da antreten?«

»Völlig im klaren, Herr Fein.«

»Sie wissen, wer Kriminalkommissar Braun ist?«

»Weiß ich! Ein Fachmann von einigen Graden – aber eben auch: ein Beamter. Über diesen Schatten kann er nicht springen. Und damit werden wir ihn schaffen.«

»Und Herrn Plattner?«

»Ist mir hochwillkommen! Auf eine Ausbeutertype dieser Größenordnung habe ich schon lange gewartet!«

»Hüten Sie sich davor, den zu unterschätzen! Der ist bisher so gut wie mit jedem fertig geworden – sogar der OB, sagt man, begegnet ihm mit vorsichtigem Respekt – wenn auch widerwillig. Ich kenne mich da aus.«

»Aber Sie kennen mich nicht, Herr Fein! Also – ich schlage zunächst, für den Anfang, folgendes vor: Ihr Vertrag und dessen Kündigung durch die Firma Plattner wird von uns als rechts- und sittenwidrig bezeichnet – wir klagen auf Schadenersatz; sagen wir in Höhe von einigen hunderttausend Mark. Weiter: der Antrag Ihrer Frau auf Scheidung wird mit einer Gegenklage beantwortet – sie allein, erklären wir, habe diese Ehe gefährdet und schließlich zerstört, gegebenenfalls gebrochen. Und dann machen wir uns über die Polizei her – offiziell über diesen Braun; dessen Methoden, verlangen wir, erfordern dringend einen klärenden Prozeß. Können Sie mir folgen?«

»Nicht ganz.«

»Kommt schon noch! Ich erkläre Ihnen, später, von Fall zu Fall, wie da am wirksamsten vorzugehen ist. Lassen Sie mich das nur machen.«

»Aber eben das will ich nicht! Tut mir leid – aber ich kann Sie nicht als Rechtsanwalt akzeptieren. Sie nicht – und auch niemanden sonst.«

»Verstehe«, sagte Henri Messer prompt und ungekränkt. »Zumal ich diese Reaktion erwartet habe. Genauer: sie ist mir angekündigt worden.

Er will, wurde mir gesagt, seine Ruhe haben; er will nicht belästigt oder gar belastet werden! Offenbar denken Sie sich: das alles geht irgendwann einmal vorüber – und dann kann ich endlich leben, wie ich will.«

»Stimmt genau!«

»Aber eben das stimmt nicht, Herr Fein! Denn wir haben es hier mit Wölfen zu tun, die Sie zerfetzen wollen! Was heißt da Ruhe? Die Ruhe des Grabes! Haben Sie das immer noch nicht begriffen?«

»Mit Ihnen möchte ich möglichst nichts zu tun haben. Sie schrecken offenbar vor gar nichts zurück. Gehen Sie bitte!«

»Nun gut – dann gehe ich«, sagte Henri Messer gelassen. »Aber ich komme wieder. Sie werden mich rufen, wenn Sie gar nicht mehr weiterwissen. Und das wird wohl sehr bald sein.«

Aus den Aufzeichnungen des Kriminalbeamten Keller:

»Heute war ein großer Tag für Kriminalkommissar Braun – seiner Ansicht nach.

Er führte laufend Ferngespräche. Etwa mit dem BKA, Wiesbaden, Gruppenchef Ausland, also der bundesdeutschen Zentralstelle für Interpol, wobei ihm bestätigt wurde:

Madrid lehnt Auslieferung des Kordes – des Zuhälters der Ermordeten – ab. Der habe sich zunächst der spanischen Justiz gegenüber zu verantworten; möglicherweise sei er an einer Falschgeldaktion beteiligt. Zeitdauer: unbestimmt.

›Mit dem‹, erklärte Braun, ›werde ich mich unterhalten! Und wenn ich extra seinetwegen nach Madrid fliegen muß!‹

Was dann auch, noch am gleichen Tag, geschah.

Doch diese Reise hätte sich Braun ersparen können – eine Frage an mich hätte genügt, um überflüssige Umständlichkeiten zu vermeiden. Denn ich kannte diesen Kordes: bin ihm mehrmals, noch im Außendienst, begegnet. Der war ein cleverer, ausgekochter Bursche – der sagte alles, was man von ihm hören wollte. Jedoch nichts, was ihn möglicherweise belasten konnte.

Aber damit, fürchte ich – für Fein –, war Braun genau an den richtigen Mann geraten. Er würde diesem Kordes Gelegenheit geben, sich an seinem, Brauns, Spiel zu beteiligen.

An diesem Abend erkundigte ich mich bei Kriminalrat Dürrenmaier erneut nach meiner Pensionierung. Und erhielt die Antwort: die wäre zwar noch nicht ausgesprochen, aber bereits angekündigt. Es könne sich nur noch um Tage handeln.«

An diesem Abend hatte Harald Fein mit Melanie Weber im »Schwarzwälder« gespeist – vorzüglich, wie dort üblich: Krabben – Wildente – Apfelstrudel. Dazu Sekt, Fürst Metternich – danach Mokka, double.

Vorher: Melanie Weber am Telefon: »Bitte, Harald – du mußt kommen! Laß dich von mir einladen! Weißt du, was heute für ein Tag ist? Du weißt es natürlich nicht. Heute, vor genau zwanzig Jahren, bin ich in deiner damaligen Wohnung gewesen – und geblieben.«

Harald wußte das nicht mehr. Er meinte lediglich: er habe immer geglaubt, damals wäre Frühling gewesen – nun aber war es Herbst. Doch es könne gut sein, daß er sich täusche – wie offenbar häufiger in letzter Zeit.

Es war ein vergleichsweise heiterer Abend geworden. Melanie hatte sich von ihrer besten Seite gezeigt: sie strahlte Herzlichkeit aus, plauderte munter und vermied auch nur die Andeutung eines irgendwie heiklen Themas.

Höhepunkt dabei: sie hatte sogar Anton gestreichelt; was der, wie ungläubig, mit nahezu erschreckten Augen, zur Kenntnis nahm, bevor er unter Haralds Stuhl kroch.

»Ich danke dir«, versicherte Harald Fein später, während er sie zu ihrem Wagen begleitete – der Chauffeur mit dem Rolls Royce wartete auf dem Parkplatz bei der Frauenkirche. »Ein harmonischer Abend.«

»Der erste von noch vielen, hoffe ich.« Sie umarmte ihn – im zärtlich-verspielten St.-Moritz-Stil, auch in High-Munich gepflegt: Küßchen – Küßchen – Hände dabei gegenseitig auf die Oberarme gelegt.

Dann stieg sie ein. Nachdenklich blickte der Mann ihr nach, erleichtert der Hund.

Nachrichten über Helga, Tochter des Harald Fein:

Erstens: Hilde Fein, die Mutter:

»Sie ist in jener Nacht nicht nach Hause gekommen. Das stellte ich am nächsten Morgen fest. Ihr Bett war unberührt.

Sie ist in den letzten Tagen völlig verwirrt gewesen. Ich war bemüht, sie zu beruhigen. Doch sie wich mir aus. Auch sie hat er auf dem Gewissen!«

Zweitens: Constance Berghold, eine Freundin:

»Helga hat mich, am Nachmittag zuvor, einem Freitag, gebeten, ihr meinen Wagen zu leihen – für etwa ein bis zwei Tage. Wohin sie damit fahren wollte, habe ich sie nicht gefragt.

Der Wagen stand zwei Tage später, vollgetankt, wieder vor unserem Haus. Die Schlüssel waren, wie verabredet, in den Briefkasten geworfen worden. Laut Tachometer hatte Helga etwa 150 Kilometer zurückgelegt.«

Drittens: Breitwieser, Portier Marbella-Appartementhaus:

»Die Person auf dem mir vorgelegten Foto habe ich gesehen! Fuhr mit einem Sportwagen vor, stellte den ab, hielt sich dann in der Nähe des Einganges auf. Längere Zeit – etwa eine halbe Stunde.

Bis Herr Fein, mit seinem Hund, in Begleitung einer Dame davonfuhr, die ihn mit einem Rolls Royce abgeholt hatte.

Die Person auf dem Foto starrte ihnen nach. Sie stand abseits, im Halbdunkel. Wollte offenbar nicht erkannt werden. Dann fuhr auch sie davon.«

»Anton«, sagte Harald zu seinem Hund, während sie im Fahrstuhl zu seinem Appartement im dritten Stock hinauffuhren, »jetzt wollen wir es uns gemütlich machen.«

Und Harald eilte – von Anton freudig gefolgt – auf sein Appartement zu. Doch dessen Tür stand weit offen. Licht flutete ihm entgegen: alle Beleuchtungskörper waren eingeschaltet.

Und sie beleuchteten grell: aufgerissene Schubläden, ausgeräumte Regale, aufgeschlitzte Kissen, umgestürzte Stühle, offene Schranktüren.

Fein ließ sich in den nächsten Sessel fallen, während Anton erregt Harald anblickte. Der betrachtete, ungläubig, das Chaos um sich. Sekundenlang.

Doch dann schnellte er hoch, eilte zum Eisschrank, entnahm ihm eine der ihm von Melanie zurückgelassenen Champagnerflaschen, öffnete sie und füllte ein großes Wasserglas, bis es überschäumte – und trank es in einem Zug leer.

Anton jaulte, wie besorgt, auf.

Fast genau zum gleichen Zeitpunkt wurde im Polizeipräsidium erneut die Verhaftung des Harald Fein beantragt.

Wenige Stunden danach wurde eine Wasserleiche aufgefunden und identifiziert. Keller, der Ermittlungsbeamte, registrierte den Namen der Toten, ohne ein Wort dazu zu sagen – er wendete sich ab.

Bald darauf stand so gut wie fest: dieser Mann namens Harald Fein würde nun auch noch seinen Hund verlieren. Damit also wohl alles, was er jemals halbwegs besessen hatte.

6

»Jetzt haben wir ihn!« verkündete Kriminalkommissar Braun.

Kriminalrat Dürrenmaier wußte, wovon sein Mitarbeiter sprach: von Harald Fein. »Sind Sie sicher?«

»Absolut!« versicherte Braun. »Die Beweise reichen jetzt vollkommen aus.«

»Hoffentlich«, sagte der Kriminalrat. »Denn schließlich genießt die Kriminalpolizei unserer Stadt einen guten Ruf – den wir uns möglichst bewahren wollen.«

Kriminalstatistik – Zeitraum: ein Jahr.

Vom Polizeipräsidium München:

»Straftaten – 84742. Damit um vier Prozent, gegenüber dem Vorjahr, angestiegen. Bevölkerungszuwachs im gleichen Zeitraum 3,39 Prozent.

Erhebliches Anwachsen der Jugendkriminalität. Zunahme von Brutalverbrechen – etwa Raub mit Todesfolgen. Alarmierende Zunahme bei Rauschgiftdelikten – um 165 Prozent.

Tag für Tag: dreißig bis fünfzig gemeldete Diebstähle, außerdem zehn bis zwölf bekannt gewordene Entwendungen von Kraftfahrzeugen. Täglich drei bis vierzehn Leichen – zumeist Unfall, gelegentlich Selbstmord. Jede Woche mindestens ein Mordfall.«

Mithin: eine vergleichsweise gemütliche, nahezu sichere Stadt. Zumindest waren dort die Überlebenschancen ein wenig größer als in sonstigen Großstädten. Dank dieser Kriminalpolizei, so meinte die Kriminalpolizei, dank deren Präsidenten, dank dem OB.

Morde konnten, in dieser Stadt, nahezu hundertprozentig aufgeklärt werden. Sogar politische Morde. Das Dezernat Dürrenmaier hatte entscheidenden Anteil daran.

»Diese Reise nach Madrid«, berichtete der Kriminalkommissar dem Kriminalrat nahezu schwungvoll, »hat sich gelohnt!«

Die Erlaubnis, ein informatorisches Gespräch mit Kordes zu führen, war mit nur eintägiger Verzögerung erteilt worden.

Braun hatte eine Erklärung zu unterschreiben, daß dieser Kordes weder aus politischen, noch aus rassischen, noch aus religiösen Gründen von den bundesdeutschen Justizbehörden verfolgt werde. Die Dauer des Gespräches wurde auf dreißig Minuten festgesetzt – und das Gespräch von einem Beamten des Innenministeriums überwacht.

»Na – und, Braun?« fragte Dürrenmaier mißtrauisch. »Wie verlief die Unterredung?«

Aus dem anhand von Notizen angefertigten »Protokoll der Befragung Kordes«:

»In den ersten zehn Minuten: Andeutung des Gesprächsgegenstandes und die Versicherung, daß es sich um garantiert vertrauliche Informationen handele. Hierauf Kordes: »Also was wollen Sie von mir wissen – und warum?«

Hierauf, in weiteren zehn Minuten, eine ziemlich offene Darlegung des Tatbestandes. Kordes hierzu: »Das ist ja scheußlich! Das hat die Gute gewiß nicht verdient. Halten Sie mich etwa für den Täter?«

Diese Frage wurde verneint. Kordes wurde bestätigt: er habe sich zum Zeitpunkt der Tat nachweisbar im Ausland aufgehalten.

Kordes: »Sollten Sie etwa versuchen, mich hier herauszuholen – zwecks möglicher Mitarbeit?«

Braun: »Was könnten Sie uns denn bieten?«

Kordes: »Sie suchen Beweismaterial – habe ich recht? Nun gut, so was könnte ich Ihnen liefern. Unter der Bedingung, daß Sie nicht meine Auslieferung verlangen. Akzeptiert? Also – diese Dame hat – übrigens auf Anraten von mir, wegen der Steuer und sonstiger Absicherungen – über die laufenden Einnahmen genau Buch geführt, mit Datum und Namensangabe. Diesbezügliche Unterlagen finden sich im Tresorraum der Deutschen Bank in München.«

»Und Sie haben nun«, wollte Kriminalrat Dürrenmaier wissen, »tatsächlich diese Unterlagen vorgefunden?«

»Jawohl!« Braun konnte seinen Triumph nur mühsam verbergen. »Vorgefunden wurden: zunächst Wertpapiere, BASF, Benz und Bayer, Wert etwa achtzigtausend; dann ein Devisenkonto, in Dollars, von etwas über einhunderttausend Mark. Und schließlich: ein Taschenkalender. Und in dem sind Tag für Tag, mit Stundenangabe, die Besucher dieser Dame verzeichnet. Und dazu deren Honorare – schwankend zwischen hundert und dreihundert Mark.«

»Befindet sich«, fragte der Kriminalrat, »unter den Namen, die Sie aufgefunden haben, auch der dieses Fein?«

»Sogar dreimal! Bei ihm ist jeweils die Summe von zweihundert Mark registriert worden. Und zwar: erst drei Wochen, dann zwölf Tage, schließlich sieben Tage vor der Ermordung des Opfers.«

»Kein Irrtum dabei möglich?«

»Wir besitzen das jetzt schwarz auf weiß! Und damit ist dieser Fein erledigt – ich will sagen: er ist so gut wie überführt. Sein beharrliches Leugnen kann nun wirkungsvoll widerlegt werden. Ich stelle den Antrag, ihn endlich verhaften zu dürfen!«

»Ich werde das nun wohl dem zuständigen Staatsanwalt unterbreiten müssen. Auf Ihren Ratschlag hin, Herr Kollege Braun.«

»Das verantworte ich!«

»Da sind Sie ja wieder«, stellte Harald Fein, beim Anblick des Kriminalbeamten Keller leicht belustigt, fest. »Absicht oder Zufall?«

»Was immer Sie wollen«, sagte Keller. »Was wäre Ihnen denn lieber?«

»Nun – vielleicht sind Sie gar nicht meinetwegen hier?« mutmaßte Harald Fein, mühsam scherzend.

»Kann durchaus sein«, meinte Keller. »Nehmen Sie von mir aus an, daß ich gekommen bin, um Anton zu sehen.«

Anton stand schon bereit und sah, freudig wedelnd, zu Keller hoch. Der kniete nieder, mitten im Lokal, und kraulte den Kopf des Hundes.

Ein Vorgang, den offenbar jeder der Anwesenden für nahezu selbstverständlich hielt – sie befanden sich in einem Lokal beim Viktualienmarkt, mit Namen »Weißblaues Haus«. Es war klein, gemütlich, leicht verwahrlost und fremdenfrei. Blankgescheuertes Holz: Stühle, Tische, Wandbekleidung. Auf dem Fußboden Bastmatten; für die Hunde. Denn die gehörten für Münchner mit zu ihrem Leben. Außer Anton befanden sich noch vier weitere in diesem Raum – und es war, als blinzelten sie sich verständnisvoll zu.

Als Keller sich zu Harald Fein setzte, wurde ihm, ohne daß er erst bestellen mußte, Bier gebracht; dunkles Bier in einem Steinkrug, einem sogenannten Keferloher. Er nickte der Kellnerin, die ihn offenbar kannte, zu und trank dann andächtig.

»Falls Sie wissen wollen, wie es mir geht«, sagte Harald Fein schließlich, »nun – noch lebe ich!«

»Aber wie lange wohl noch – wenn Sie so weitermachen!«

»Was mache ich denn so weiter?« fragte Harald Fein. »Ich warte, bis alles vorüber ist. Bis ich endlich meine Ruhe habe! So was braucht nun mal seine Zeit – und dabei muß man wohl in Kauf nehmen, daß einiges in Trümmer geht.«

»Was denn?« wollte Keller aufmerksam wissen.

»Zum Beispiel meine Möbel.«

»Die sind zertrümmert worden? Wann?«

»Gestern abend! Während ich speiste – in Damenbegleitung. Als ich nach Hause kam, sah mein Appartement aus, als hätte mich Rocker heimgesucht. Aber es waren wohl nur verhinderte Geschäftsfreunde.«

Keller trank, wie äußerst bedächtig, seinen Steinkrug leer – bat dann darum, ihn neu zu füllen. Dazu bestellte er einen doppelten dänischen Korn. Dann wollte er wissen: »Haben Sie Anzeige erstattet?«

»Warum sollte ich – wen interessiert so was?«

»Sie lassen sich Ihre Wohnung demolieren und rufen nicht nach der Polizei? Sie scheinen tatsächlich lebensmüde zu sein!«

»Ach, ich bitte Sie, was kann denn schon die Polizei in einem solchen Falle tun? Doch nur registrieren, was geschehen ist!«

»Sie scheinen tatsächlich eine beständige Herausforderung für kriminelle Zeitgenossen zu sein!«

Kriminalrat Dürrenmaier – interne Äußerungen, Oberkriminalrat Schulz, Präsidialabteilung, gegenüber. Von diesem aufgezeichnet:

»Kollege Dürrenmaier wies mich auf die nichtamtlichen Untersuchungen des Kriminalkommissars Keller hin, die dieser anhand aller erreichbaren Statistiken vorgenommen hatte. Woraus sich zu ergeben schien:

Die Jahre 1968/1969 waren in der Bundesrepublik ein Wendepunkt im kriminalistischen Bereich, den aber so gut wie niemand wahrnehmen wollte. Denn die Folgerungen, die dann daraus hätten gezogen werden müssen, waren zu unbequem.

Es handelte sich dabei um folgendes: die Zahl der Verbrechen stieg unentwegt an; die ihrer Aufklärungen begann jedoch, ab 1968/1969, fast zu stagnieren; sie blieb sich fortan so gut wie gleich.

Was bedeutete: die Wirksamkeit der Kriminalpolizei läßt nach.

Das hatte Keller erkannt – und das konnte ich ihm nicht widerlegen.«

»Darf ich Ihnen einige Fragen stellen?« sagte Keller, Anton streichelnd. »Wo zum Beispiel hielt sich Ihr Hund auf – zu der Zeit, als die Durchsuchung und Demolierung Ihrer Wohnung stattfand?«

»Bei mir – wie immer.«

»Soweit ich informiert bin, verbringen Sie fast den ganzen Tag in Ihrem Appartement – mit zwei Ausnahmen: am Vormittag, gegen neun Uhr, begleiten Sie Anton hinaus, etwa eine Viertelstunde lang; am späten Nachmittag, gegen Einbruch der Dunkelheit, unternehmen Sie dann, mit Anton, einen etwa einstündigen Spaziergang.«

»Stimmt!«

»Diese beiden täglichen Spaziergänge mit Ihrem Hund sind für Sie also die Regel. Und das Abendessen – in Begleitung einer Dame – war eine Ausnahme?«

»Nun ja – wenn Sie das so bezeichnen wollen.«

»Wer war diese Dame?«

»Eine Freundin – seit langen Jahren schon. Melanie Weber. Mit meiner Frau ebenso befreundet wie mit mir.«

»Von wem ging die Einladung zu diesem Abendessen aus – von ihr?«

»Was heißt denn das, Herr Keller? Was wollen Sie damit andeuten?«

»Lassen wir das – zunächst!« Der Kriminalbeamte verließ dieses

Thema. »Was halten Sie für das derzeit Wichtigste, was sich in Ihrem Besitz befindet? Bargeld?«

»Nein.«

»Irgendwelche Dokumente?«

»Auch nicht. Aber wie kommen Sie ausgerechnet darauf?«

»Denken Sie nicht weiter darüber nach«, empfahl Keller. »Ich zähle lediglich einzelne Punkte des kriminaltaktischen Registers auf. Und meine Frage: Was also in Ihrem Besitz halten Sie für wertvoll – außer Anton?«

»Nun – meine neuen Entwürfe für Einzelhäuser. Sehr bewußt in die Landschaft hineinkonzipiert, in der sie dann errichtet werden sollen. Wie das Ponti im Tessin versucht.«

»Und wo befanden sich diese Entwürfe, als Ihr Appartement umgekrempelt wurde?«

»Offen auf dem Tisch.«

»Eine ausgezeichnete, bewährte Methode des Verbergens. Es sei denn – man hat gar nicht danach gesucht. Wonach aber dann? Aber wonach auch immer, Herr Fein – wenn Sie sich nicht endlich einen tüchtigen Anwalt zulegen, sehe ich für Sie schwarz.«

»Einer«, sagte Fein auflachend, »hat sich mir bereits angeboten. Aber der schien die Absicht zu haben, wie ein Panzerwagen gegen die ganze derzeitige Gesellschaft anzurennen. Auf meine Kosten.«

»Wer?«

»Ein gewisser Henri Messer! Kennen Sie den?«

»Und ob ich den kenne.«

»Und? Was halten Sie von ihm?«

»So gut wie nichts – als Kriminalbeamter. Eine ganze Menge – sagen wir: als Mensch. Bitte, versuchen Sie auf diese Unterschiede zu achten.« Keller blinzelte dabei Anton zu, der zufrieden eine Weißwurst kaute. »Zumindest hat es einen Augenblick in meinem Leben gegeben, in dem ich diesen Henri Messer wirklich bewundert habe.«

Aus dem Bericht eines Studenten namens Fleischmann – erst Asta, dann Juso; zwischendurch Apo. Beteiligt an den Unruhen in der Münchner Innenstadt, 1968, welche zwei Tote zur Folge hatten, diese angeblich durch Schuld der Polizei.

»War damals alles ziemlich unübersichtlich. Nach den Aktionen trafen wir uns in einem Schwabinger Lokal, ›Zur kleinen Glocke‹. Plötzlich drang Polizei ein. Mehrere von uns wurden verhaftet – einige, die sich wehrten, wurden zusammengeschlagen und abgeschleppt; darunter auch ich. So gut wie unbehelligt dabei blieb der damalige, an diesen Vorgängen beteiligte, Staatsanwalt Messer. Und mit ihm ein Mann, der in dessen unmittelbarer Nähe saß und wie völlig unbeteiligt sein Bier trank. Ein gewisser Keller, wie sich später herausstellte.

Die Vorgänge in diesem Schwabinger Lokal wurden bald darauf rekonstruiert – von allen erreichbaren Beteiligten in allen Details; von einer progressiven Zeitschrift finanziert. Wobei sich, mit Hilfe von Fotos, folgendes ergab: diverse Polizeibeamte in Zivil, also Polizeispitzel, hatten sich unter uns gemischt. Vermutlich zählte auch jener Mann dazu, der in unmittelbarer Nähe von Staatsanwalt Messer saß – er konnte jedenfalls als Kriminalbeamter identifiziert werden.

Doch der von uns hochgeschätzte und absolut vertrauenswürdige Messer erklärte, und zwar ganz entschieden: dieser Keller habe nicht das geringste mit diesen Verhaftungen zu tun. Der habe sich in diesem Lokal rein zufällig aufgehalten.

Was wir respektieren mußten.«

»Sollten Sie etwa diesen Messer, Herr Keller, für jemanden halten, dem man sich bedingungslos anvertrauen könnte?«

»Rechtsanwalt Messer«, erklärte Keller, »ist ein Mann, der nichts verschenkt. Er ist ein Rechner – aber eben einer mit Phantasie. Er kann kalkulieren.«

»Sie meinen also, Herr Keller – ich sollte ihm tatsächlich vertrauen?«

»Haben Sie denn noch irgendeine andere Wahl? Selbst, wenn er nur der Strohhalm wäre, nach dem Sie greifen müßten ... Aber der, Herr Fein, ist weit mehr als nur das – der könnte eher ein Floß sein. Ob das alle Strömungen aushält, mit denen Sie es zu tun haben, erscheint mir zwar fraglich – aber ich, an Ihrer Stelle, würde es riskieren.«

Kriminalinspektor Feldmann bei Harald Fein – in dessen Appartement im Marbellahaus:

Feldmann: »Ich muß Sie bitten, mich ins Polizeipräsidium zu begleiten. Zu Herrn Kriminalkommissar Braun. Ein Dienstwagen steht vor der Tür.«

Harald Fein: »Ich habe nichts dagegen. Nur ergibt sich dabei für mich ein spezielles Problem – ich kann Anton nicht allein lassen. Also muß ich meinen eigenen Wagen benutzen, in dem fühlt er sich wohl. In dem bleibt er ohne jede Unruhe; sogar stundenlang. Verstehen Sie das?«

Feldmann: »Ich versuche es zu verstehen. Und erkenne wieder mal, daß ich immer noch einiges hinzuzulernen habe. Wie jeder – auch Sie. Denn: Sie müssen nicht einfach mitkommen!«

Harald Fein: »Wenn ich aber womöglich an etwas wie Gerechtigkeit glaube – an sie glauben will?«

Feldmann: »Na schön – dann kommen Sie in Ihrem Wagen mit.«

»Noch immer kein greifbares Ergebnis?« fragte Paul Plattner besorgt den vor ihm stehenden Jonass. »Was soll ich davon halten? Ist das etwa Berechnung?«

»Die von mir angeheuerten Männer«, berichtete Jonass, ebenfalls betrübt, »haben angestrengt gesucht, das Appartement bis in den letzten Winkel...«

»Welche Männer?«

»Äußerst verläßliche Leute! Dabei einer unserer Vorarbeiter, der sich bereits mehrmals für heikle Aufgaben als ungewöhnlich brauchbar...«

»Ich billige derartige Methoden keinesfalls!« erklärte Plattner fast feierlich. »Ich lehne sie ganz entschieden ab. Ist das deutlich genug?«

Das war deutlich genug – Jonass erkannte es sofort. Er allein hatte hier reinen Tisch zu machen. Denn Paul Plattner wünschte sich einen Schwiegersohn, der ihm nicht nur die Tochter abnahm, sondern auch alle Dreckarbeit.

Aus einem Stammtischgespräch eines gewissen Roderich Rogalski, Vorarbeiter bei der Frima Plattner, Spezialist für Stahleinlagen bei Betonbauten:

»Also – auf den Neuen, diesen Jonass, lasse ich nichts kommen! Der hat noch ein Herz für den einfachen Arbeiter.

Neulich war ich doch auf der Baustelle 14 mal eingepennt, nach der sechsten Flasche Bier, mitten in der Arbeit. Mann – was hat da der verantwortliche Ingenieur getobt! Irgend so ein Würstchen. Kam sich ungeheuer wichtig vor. Von wegen: Gefährdung der Sicherheit – und so! Habe ihm dann gesagt, ganz gemütlich: ›Halte gefälligst dein Maul, oder ich schlag' dir's ein!‹

Schickte mich doch dieser Sauhund ins Zentralbüro, zur Geschäftsführung. Und damit, Kumpels, zu unserem Jonass! Und der sagte zu mir: ›Pech gehabt – was?‹ Sagte ich zu ihm: ›Kann ja mal vorkommen!‹ Sagte der zu mir: ›Ist aber schon zum sechstenmal vorgekommen; und dann sind da auch noch ein paar Vorstrafen.‹

Was ja stimmte – aber so was bauscht doch ein aufgeklärter Mann nicht auf. Tat unser Jonass auch nicht! Der lachte und meinte: ›Vergessen wir das!‹ – ›Mann‹, sagte ich, ›Sie sind ja eine Wolke!‹ Sagte er: ›Man muß doch einander entgegenkommen – so was fördert den Gemeinschaftsgeist.‹

›Herr Jonass‹, sagte ich zu ihm, ›ich bin Ihr Mann! Wenn Sie mich mal brauchen, auf Roderich Rogalski können Sie sich verlassen!‹

›Probieren wir das gelegentlich mal aus‹, sagte er.«

»Jonass«, sagte jetzt Paul Plattner wieder hoffnungsvoll, »wo könnte das rote Aktenstück also sein?«

»Nicht in seinem Appartement, das hat sich nun herausgestellt. Aber auch nicht in irgendeinem Safe. Vielmehr ist anzunehmen, daß er dieses Aktenstück mit sich herumschleppt – in einer schwarzen Tasche, die er neuerdings immer bei sich hat. Wie auch seinen verwahrlosten Köter.«

»Und wie, mein Lieber, sollte es Ihrer Ansicht nach jetzt weitergehen?«

»Da gibt es gewiß mehrere Möglichkeiten. So etwa auch die Mithilfe von Frau Melanie Weber.«

Paul Plattner schloß die Augen. »Diese Person«, sagte er dann mit einiger Schärfe, »hat allerhand Unheil angerichtet. So hat sie auch mitgeholfen, mir meine liebe Tochter zu entfremden.«

»Sicherlich nicht bewußt«, meinte Jonass vorsichtig. »Sie kann nur einfach mit Moralbegriffen und ähnlichen Dingen nichts anfangen – womit sich aber in diesem Fall einiges bewerkstelligen ließe. Hilde meint das auch.«

»Nun gut, gut! Ich sehe keinerlei Veranlassung, diese Person zu schonen! Und mir ist jetzt jeder recht, wenn ich nur dieses verfluchte Aktenstück wiederbekomme!«

Harald Fein – im Polizeipräsidium von Feldmann zu Braun geleitet. Sodann – nach nur kurzer Wartezeit – Kriminalrat Dürrenmaier vorgeführt:

»Herr Fein«, erklärte der Kriminalrat, wie immer sachlich und verbindlich, »ich bitte – nehmen Sie Platz.«

Das geschah. Der Kriminalrat saß hinter seinem Schreibtisch – seitwärts davon stand Braun. Und im Hintergrund, in Türnähe, hielt sich Feldmann auf.

»Herr Fein«, erklärte Dürrenmaier, »erlauben Sie mir, Sie darauf aufmerksam zu machen, daß nun, anhand von Unterlagen, die Möglichkeit besteht, Sie als außerordentlich verdächtig, als beschuldigt, zu erklären – wobei eine Verhaftung erfolgen könnte.«

»Gehört nicht dazu«, wollte Harald Fein höflich wissen, »eine staatsanwaltschaftliche Entscheidung – sofern ich richtig informiert bin?«

»Sie sind richtig informiert«, sagte der Kriminalrat, durchaus entgegenkommend. »Aber eine entsprechende Verfügung könnte alsbald vorliegen – denn der zuständige Staatsanwalt, Herr Dr. Barthel, hat sein Erscheinen angekündigt. Er ist in Kürze hier in meinem Büro zu erwarten.«

Dr. Barthel, damals Staatsanwalt, bald danach Oberstaatsanwalt, in einem Gespräch mit vertrauenswürdigen Freunden – von einem dieser Freunde rekonstruiert:

»Im allgemeinen kann sich die Staatsanwaltschaft auf die Arbeit der Kriminalpolizei nahezu neunundneunzigprozentig verlassen. Von dort wird fast stets äußerst verläßlich Material geliefert. Verlangte Festnahmen oder Durchsuchungsverfügungen werden daher so gut wie in jedem Fall bewilligt.

Für mögliche Ausnahmen bekommt man mit der Zeit ein ziemlich sicheres Gefühl. Und so war das auch im Falle dieses Harald Fein – den ich, ganz instinktiv, nicht allein der Kriminalpolizei überlassen wollte. Ich hielt es für ratsam, mich frühzeitig einzuschalten. Wegen eines gewissen Kriminalkommissars Braun.

Dieser sonst wohl vorzügliche Mann stand in diesem Fall vermutlich unter Druck, von mehreren Seiten, zugleich unter einer Art Verfolgungszwang. Er war versessen darauf, einen Täter zu finden; und den glaubte er denn auch gefunden zu haben. Einen ganz bestimmten! Aber dann alsbald auch noch zwei weitere dazu!

Was doch wohl entschieden zuviel war.«

»Es gehört ferner zu meinen Pflichten, Herr Fein«, sagte Kriminalrat Dürrenmaier, »Sie dahingehend zu informieren, daß Sie das Recht haben, jede Stellungnahme zu verweigern, jede Auskunft, jede Vernehmung abzulehnen. Es gibt keine polizeiliche Maßnahme, die Sie dazu zwingen könnte.«

»Darüber«, erklärte Harald Fein, »bin ich bereits belehrt worden – und zwar durch Herrn Kriminalinspektor Feldmann.«

»Wie kommt denn der dazu?« fragte Braun robust.

Dürrenmaier fuhr fort: »Ich möchte Sie, Herr Fein, darauf aufmerksam machen, daß ich es für ratsam halten würde, uns einen Anwalt zu benennen, der Ihre Interessen vertritt. Wenn nicht, Herr Fein, wäre ich gern bereit, einige Rechtsanwälte vorzuschlagen.«

»Ich habe bereits einen Anwalt«, hörte sich Harald Fein sagen, »einen gewissen Henri Messer.«

Diese Erklärung wurde, mit höchst unterschiedlichen Reaktionen, entgegengenommen: Braun schüttelte ungläubig seinen Rettichkopf; Feldmanns Vollmondgesicht lächelte vor sich hin; und Dürrenmaier neigte leicht verwundert sein Haupt.

Der Kriminalrat sagte: »Nun, wenn das so ist – dann wollen wir abwarten, bis Herr Staatsanwalt Barthel erscheint, und Herrn Rechtsanwalt Messer dazubitten.«

... aus einem Gespräch zwischen Hilde Fein und ihrem Sohn Heinz Fein:

Hilde Fein: »Du solltest dich um deine Schwester kümmern – wer weiß, wo die sich herumtreibt!«

Heinz Fein: »Wo auch immer – was soll sie denn hier? Sich deine ewigen Klagen anhören? Auch die stummen! Dazu gehören Nerven – und die habe ich kaum noch, geschweige denn eine Mimose wie Helga.«

Hilde Fein: »Mische dich gefälligst nicht immer in meine Angelegenheiten!«

Der Sohn: »In diesem Fall sind es auch die meinen! Und die von Helga. Ich jedenfalls bin für klare Verhältnisse. Ich kann es nicht mehr ertragen, was du mit Vater machst – das dauert mir einfach zu lange!«

Hilde Fein: »Was erwartest du denn von mir?«

Der Sohn: »Daß du endlich ein Ende machst! Er ist doch bereits ein mehrfach angeschlagenes, sich nur noch mühsam fortschleppendes Tier – gib ihm wenigstens endlich den Gnadenstoß!«

Hilde Fein: »Heinz – ich habe noch niemals vermocht, dich zu durchschauen.«

Der Sohn: Du hast das auch gar nicht versucht! Aber irgendwann einmal – und das kann sehr bald sein – wird es dir gelingen. Aber dann ist es zu spät.«

Weitere Nachrichten über Helga Fein, Tochter des Harald Fein:

Keine.

»Kennen Sie mich noch?« fragte Henri Messer, der Rechtsanwalt. »Oder sollten auch Sie neuerdings auf mangelhaftes Erinnerungsvermögen plädieren?«

»Nicht bei Ihnen«, versicherte der Kriminalbeamte Keller heiter. »So was wie Sie läßt sich nicht so leicht vergessen.«

Rechtsanwalt Messer war – durch einen direkten Anruf von Kriminalrat Dürrenmaier, im Auftrag von Harald Fein – in das Polizeipräsidium gebeten worden. Hier angekommen, hatte man ihn ersucht, noch ein wenig zu warten – was er gar nicht gerne tat. Er erkundigte sich nach dem Dienstzimmer des Kriminalkommissars Braun.

Aber Braun war nicht anwesend – der hielt sich bei Kriminalrat Dürrenmaier auf. Feldmann gleichfalls. Er traf nur Keller, der sich bereitwillig von seinen Todesermittlungen ablenken ließ.

»Was wollen Sie denn hier – Sie Schlitzohr?« erkundigte sich Keller. »Doch nicht etwa kassieren – für einstige wohlwollende Verschwiegenheit?«

Aus den Aufzeichnungen des Kriminalbeamten Keller:

»Damals, 1968, anläßlich der Studentenunruhen, wurden alle verfügbaren Beamten eingesetzt. Und da ich, derzeit Leiter einer Sonderkommission für Zechanschlußraub, gerade keinen größeren Fall zu bearbeiten hatte, war mein Einsatz unvermeidlich. Unser Auftrag lautete: Observation eines Lokals mit Namen ›Zur kleinen Glocke‹ und deren Besucher – unter denen führende Kräfte der Revoltierenden waren.

Es war ein gemütliches Lokal, und ich hielt mich dort gerne auf. Ich kannte fast alle Besucher – manche diskutierten gelegentlich mit mir. Einige hielten mich vermutlich für einen alten Esel, was ich genoß – denn ich liebe Esel!

Am Tag der großen Demonstration – bei der es zwei Tote gab – erfolgten dann verschiedene Verhaftungen. Auch in meinem Lokal – von Beamten, die mich kannten, die aber Weisung hatten, so zu tun, als kennten sie mich nicht. Als sie auch Messer verhaften wollten, schüttelte ich – wie ich glaubte: kaum erkennbar für Außenstehende – den Kopf. Aber Messer hatte es bemerkt.

Etliche Tage danach, als die Rebellen den Schock der gezielten Massenverhaftungen überwunden hatten, wurde empört von Polizeiterror gesprochen. Es wurde versucht, alle Vorgänge zu rekonstruieren – dabei wurde auch von mehreren Kriminalbeamten behauptet, sie hätten sich, als eine Art Spitzel, eingeschlichen.

Mein Name jedoch fiel in diesem Zusammenhang nicht. Messer hatte das verhindert. Mit Nachdruck – wie ich ermitteln konnte.«

»Ich bin lediglich hier, Herr Keller«, versicherte der Rechtsanwalt, »um einem meiner Mandanten juristischen Beistand zu leisten – einem gewissen Harald Fein. Kennen Sie ihn?«

»Nicht sonderlich – ein wenig mehr schon seinen Hund. Ein Prachtexemplar!«

»Finden Sie?«

Keller nickte. »Bei Hunden kenne ich mich aus – bei Menschen weniger. Immerhin reichen diese Kenntnisse aus, um Herrn Fein zu bedauern.«

»Sie sind also über seinen Fall informiert?«

»Machen Sie sich keine voreiligen Hoffnungen«, empfahl Keller auflachend. »Ich bin – und man könnte sagen: seit der Begegnung mit Ihnen – als Leiter von Sonderkommissionen, speziell für komplizierte Mordfälle, kaltgestellt worden. Ich beschäftige mich seitdem lediglich als Todesermittlungsbeamter.«

»Aber Sie sitzen mit Braun im gleichen Raum!«

»Zufällig, Messer – aus Platzmangel!«

»Wo Sie auch gelandet sein mögen, Herr Keller – ich weiß zumindest soviel von Ihnen: Sie sind ein scharfer Beobachter; Sie können verdammt gut hören! Es muß Ihnen also – da Sie hier mit Braun im gleichen Raum sitzen – so gut wie nichts von dem entgangen sein, was Harald Fein betrifft.«

»Auf den«, meinte Keller vorsichtig, »würde ich an Ihrer Stelle nicht allzu große Hoffnungen setzen. Manchmal benimmt der sich wie ein ergebenes Opfertier.«

»Weiß ich«, versicherte Messer. »Aber er weiß nicht, daß er in Wirklichkeit etwas wie ein goldenes Kalb ist – und das will ich nicht abschlachten lassen. Goldene Kälber sind höchst seltene Exemplare, die man erhalten sollte.«

»Mit meiner Hilfe – meinen Sie?«

»Müssen Sie denn immer gleich so deutlich werden?« Messer lachte. »Ich meine lediglich: wenn Sie mir einen Ratschlag geben könnten, eine Anregung, einen Hinweis...«

»Sie spüren offenbar, daß Sie hier an einen ganz dicken Brocken geraten sind – was ich Ihnen von Herzen gönne.« Keller betrachtete Messer mit anhaltendem Lächeln. »Sie werden ihn schlucken müssen – oder daran ersticken.«

»Ist denn seine Situation tatsächlich so hoffnungslos?«

»Nicht unbedingt hoffnungslos – wenn man richtig lesen kann.«

»Was denn?«

»Nun – etwa die Notizen der Ermordeten über ihre ständigen Kunden und laufenden Einnahmen. Ich habe – ganz zufällig, versteht sich – darin Einblick nehmen können. Ein wirklich gefährliches Beweisstück gegen Fein. Auf den ersten Blick.«

»Und auf den zweiten Blick?«

»Ist dort zu erkennen, daß diese Dame die Angewohnheit hatte, Namen abzukürzen. So etwa ist erwiesen, daß einer ihrer besten Kunden ein gewisser Benzinger gewesen ist, Bau-Steine-Erden, Großtransporte – sie verzeichnete ihn jedoch lediglich als Benz. Und hinter dieser Abkürzung stand dann der jeweils eingenommene Betrag.«

»Wie ist das zu verstehen?« wollte Messer mit höchster Aufmerksamkeit wissen.

»Denken Sie darüber nach.«

»Worüber im einzelnen?«

»Über Abkürzungen und deren Verwendungsmöglichkeiten! Ein sehr brauchbares Beispiel – hingeschrieben wurde: Benz; gemeint war Benzinger. Klar?«

»Begriffen. Verbindlichen Dank.«

Abendroth, Stadtplaner, im persönlichen Gespräch mit dem Oberbürgermeister – ihre Frauen waren miteinander befreundet, schon von Kindheit an:

Abendroth: »Ich fürchte – ich habe einen Fehler gemacht. Ich habe Harald Fein einen Anwalt empfohlen.«

Der OB: »Dagegen ist nichts einzuwenden. Wer honoriert diesen Anwalt?«

Abendroth: »Darüber bestehen keinerlei konkrete Vereinbarungen. Doch wenn Fein das nicht kann, werde ich es tun.«

Der OB: »Als Freundschaftsdienst vermutlich. Das hört sich nobel an, und ich glaube es dir auch. Aber wer sonst noch? Hier irgendwelche heiklen Zusammenhänge zu konstruieren, könnte bei einiger mieser Phantasie nicht schwer sein. Und um welchen Rechtsanwalt handelt es sich?«

Abendroth: »Ich habe die Kanzlei Dr. Seidl beauftragt.«

Der OB: »Nicht schlecht. Dr. Seidl gilt als hervorragender Jurist und als betont unparteiisch. Laviert geschickt zwischen allen Machtgruppierungen. Er hat in seine Kanzlei nicht nur den würdigen, altkonservativen Dr. Süßmeier aufgenommen, sondern auch einen so progressiven Mann wie den ehemaligen Staatsanwalt Dr. Messer. Letzteren sicher nicht zuletzt für die entgleisten Kinder reicher Klienten.«

Abendroth: »Und um den handelt es sich hier! Ich weiß nicht, wie es dazu kam – aber ausgerechnet dieser Messer hat die Verteidigung von Harald Fein übernommen.«

Der OB: »Im direkten Auftrag von Dr. Seidl?«

Abendroth: »Wahrscheinlich – aber ich weiß es nicht.«

Der OB: »Du befürchtest eine Art Skandal?«

Abendroth: »Genau das! Ob nun dieser Messer von Seidl wohlberechnet vorgeschickt worden ist oder auf eigene Faust operiert – wenn dabei irgend etwas schiefläuft, könnte sich daraus eine Reihe von Komplikationen und Verdächtigungen entwickeln, etwa in dem Sinne: Abendroth – Fein; Fein – Plattner – Olympiastraßen – Millionengewinne. Ein Gestank, der mit einiger Sicherheit bis in die unmittelbare Nähe des Stadtoberhauptes reichen würde.«

Der OB: »Und deine Folgerung daraus?«

Abendroth: »Ich lege offiziell alle meine Ämter nieder – mit der Erklärung: vom Oberbürgermeister dazu aufgefordert. So bist wenigstens du außer Obligo!«

Der OB: »Will ich aber gar nicht sein! Schon gar nicht in diesem Fall, der wohl irgendwann einmal kommen mußte. Du verkennst das Vergnügen, das ich bei derartigen Auseinandersetzungen empfinde. Also: du spielst zunächst einmal das ›Schweigen im Rathaus‹. Auf diese Weise bringst du mich nicht um meinen Spaß.«

Udo Argus von der »Morgenzeitung« (Honorar fünftausend Mark monatlich, garantiert; plus Spesen, plus Zahlungen für private Zuwendungen, plus Anerkennungshonorare der von ihm Herausgestellten – bei jüngeren Damen angeblich auch in natura zahlbar), Argus also über eine Stehparty im ausgeräumten Hauptsalon des Hauses Weber:

»... kam ich zunächst zwischen Uta und Hanna zu stehen. Während Uta über ihren Herzspezialisten plauderte, versorgte mich Hanna mit Kaviar auf Toast. Wobei Petra, die Unvermeidliche, dekorativ wie immer...

Serviert wurde zunächst: Champagner, Ponsardin; dieser auch auf Wunsch mit Fruchtsaft vermischt. Dazu Whisky; schottischer, amerikanischer, kanadischer. Auch Gin, britischer, mit Tonic. Ferner, sozusagen im voraus: Toast mit Lachs, mit Beef, mit Garnelen. Schließlich dann: gebakener Schinken im Brotlaib.

...fehlte so gut wie niemand. Leichter wäre es wohl, diejenigen aufzuzählen, die nicht erschienen waren. So etwa Gunter – er hatte sich beim Reiten verletzt. So diesmal James – er war mit den Vorbereitungen für ein internationales Autorennen beschäftigt. Ähnlich Marianne – sie wurde von Werbesendungen für Hautcreme, Pelze und Backwaren beansprucht. Auch fehlte diesmal Uschi, mit ihrem derzeitigen ständigen Begleiter – sie bereitet einen neuen Film vor; mit Roy, unter dem vielversprechenden Titel ›Auch Pauker sind nur Menschen‹.«

...sagte, auf dieser Party, Melanie Weber zu ihrer Freundin Hilde Fein, die von Joachim Jonass begleitet wurde:

»Du siehst nicht gut aus, Lämmchen, mein Liebes – fühlst du dich nicht wohl? Was macht dich denn so blaß? Dein Kleid? Nun ja – es ist für dich zu dunkel. Dein Mann? Den kannst du getrost mir überlassen! Deine Helga? Ich bitte dich! Die streunt offenbar herum. Das haben wir doch auch gemacht. Die aber haben dabei noch die Pille! Gönne ihr das Vergnügen – amüsiere dich!«

Weiter Udo Argus:

»...war sonst so gut wie alles anwesend: ein Konsul, Schweiz; ein Europasendeleiter, Amerika; ein Diamantenhändler, Südafrika. Unser Herrenmodeschneider Nummer eins, Herr Wichtl, wie üblich in einem Rolls-Royce vorgefahren, verwickelte mich in ein Gespräch. Sein Tip: Männerhosen bleiben eng, bis hautnah. Was Arndt-Begleiter bestätigen konnte – er trug blauschimmernden Nerz. Hetty hatte sich für Maxi entschieden, blaßgelbe Seide aus Hongkong.

Alfi und Toni sah ich seit der heiklen Affäre mit Angelika zum erstenmal wieder im freundlichen Gespräch. Während Angelika diesmal von Peter begleitet wurde. Christa erzählte mir, daß sie neulich einen ganzen Tag ›ohne was an‹ durch ihr Appartement in Rom gelaufen sei. Bei offenen Fenstern. Karin wurde von Reinhold begleitet, obgleich von diesem geschieden. Auf meine Frage, ob...«

...sagte, immer noch auf dieser Party, Hilde Fein, die von Joachim Jonass begleitet wurde, zu ihrer Freundin Melanie Weber:

»Überanstrenge dich nicht, meine Liebe! Du bekommst sonst Falten um die Mundwinkel, vom vielen Lächeln. Bleib ein wenig bei uns – Joachim will dir sagen, wie dankbar er dir ist, daß du uns helfen willst.«

Auskünfte von Heinrich Bockelmann, Jurastudent, mit Heinz Fein befreundet:

»Freundschaft ist natürlich immer etwas Schönes. Sie kann aber auch ausarten. Diesen Eindruck hatte ich, als mich Heinz Fein durch einen Haufen Lokale der Innenstadt mitschleppte. ›Warum?‹ fragte ich ihn. ›Wegen meiner Schwester‹, sagte er, ›die müssen wir finden!‹

Helga, seine Schwester, war ein netter Kerl – stark gehemmt, zu gefühlsbetont, aber doch sehr liebenswert. So trottete ich dann mit.

Aber wir fanden sie nicht.«

Aus den Aufzeichnungen des Kriminalbeamten Keller: »An diesem Tag gab es drei Todesfälle in meinem Bereich.

Fall eins: Eine fünfundvierzigjährige Frau wurde in ihrem Bett liegend aufgefunden. Ein bereits hinzugezogener Arzt bescheinigte: Tod durch Versagen der Atemtätigkeit. Bei meinen Ermittlungen jedoch fielen mir rote Flecken im Gesicht auf. Einwandfrei Gasvergiftung. Leuchtgas. Unfall so gut wie ausgeschlossen.

Fall zwei: Ein Mann, fünfundzwanzig Jahre, erschien auf einem Polizeirevier und erklärte: er habe mit einem Kleinkalibergewehr seine Frau erschossen – unbeabsichtigt. Also: eine Art Unfall. Meldung an Polizeipräsidium, Untersuchung durch mich. Leiche in unveränderter Lage; sie befand sich, mit geschlossenen Augen, die Hände über den Oberköper gefaltet, im gemeinsamen Ehebett. Sie muß im Schlaf erschossen worden sein.

Fall drei: Eine Wasserleiche, weiblich, offenbar noch sehr jung. Aufgefischt im Nymphenburger Kanal. Erste Feststellung dabei: mindestens zwei Tage alt.

Das Alter von Wasserleichen ist besonders schwer zu bestimmen – körperlicher Zustand, die Temperatur des Wassers und seine organische Zusammensetzung spielen eine Rolle. Allgemein kann gesagt werden: bereits nach etwa drei Stunden bildet sich an den Fingern eine sogenannte ›Waschhaut‹. Nach zwei Tagen treten starke Schwellungen der Handflächen auf; nach etwa fünf Tagen sind die kreideweiß.

Es ist immer schwierig, gleich bei der ersten Untersuchung zu erkennen, ob die Körper noch lebend oder bereits tot ins Wasser kamen. Allein durch eine Obduktion kann nachgewiesen werden, ob die Lunge Wasser enthält, vielleicht auch Sand oder winzige Pflanzenteile. Denn Tote können nicht mehr einatmen.

In diesem Fall schien es sich um Selbstmord zu handeln. Keine Beschädigung der Bekleidung, keine Merkmale, die auf Gewaltanwendung hinwiesen. Außerdem konnte die Leiche sogleich identifiziert werden – sie besaß Ausweispapiere.

Es handelte sich um Helga Fein.«

»Meine Herren«, sagte indessen Kriminalrat Dürrenmaier in seinem Dienstzimmer zu den dort Anwesenden, »wir sind hier zusammengekommen, um gemeinsam den Versuch zu unternehmen, bestimmte Vorkommnisse zu klären.«

Anwesend waren, außer Dürrenmaier: Staatsanwalt Dr. Barthel, die Kriminalbeamten Braun und Feldmann, dazu Harald Fein – dieser assistiert von seinem Rechtsanwalt, Dr. Henri Messer. Sie umsaßen einen runden Tisch, in einer Ecke des Raumes, dicht in der Nähe der Fenster – auf harten, schäbigen Stühlen.

Henri Messer beeilte sich zu erklären: »Mein Mandant, Herr Fein, befindet sich keinesfalls hier, um sich eventuellen Verdächtigungen auszusetzen – sondern lediglich in der Bereitschaft, nach Möglichkeit zur Klärung gewisser Details beizutragen. Er war an den Vorgängen im Hause V-Straße 33 unbeteiligt gewesen. Falls Sie bereit sein sollten, von dieser Tatsache auszugehen, steht Ihnen unsere Mitarbeit zur Verfügung – wenn nicht, können Sie nicht mit uns rechnen.«

»Herr Kollege Messer«, versicherte hierauf der Staatsanwalt Barthel – hager, faltig, dennoch durchaus gemütlich wirkend –, »ich darf doch wohl – mit einer an Sicherheit grenzenden Wahrscheinlichkeit – annehmen, möglichst ausführlich informiert zu werden.«

»Darauf«, bestätigte Messer, »legen wir Wert.«

Nun blinzelte der Staatsanwalt Dr. Barthel in Richtung von Kriminalrat Dürrenmaier – und der wiederum blickte Kriminalkommissar Braun auffordernd an. Und Braun sagte:

»Erstens: die Anwesenheit des Herrn Harald Fein in der V-Straße, unmittelbar vor dem Haus 33, zu verschiedenen Zeitpunkten, auch dem der Tat, steht fest.

Zweitens: der Hausmeister der V-Straße 33, Herr Penatsch, behauptet, Herrn Fein vor der Tür der später Ermordeten gesehen zu haben, und zwar in großer Erregung; annähernd zur Tatzeit.

Drittens: der Name des Herrn Fein ist im Einnahmebuch der Ermordeten mehrfach verzeichnet.«

»Erstens«, erklärte nunmehr Messer, »vermögen die drei von der Polizei aufgetriebenen Zeugen lediglich zu behaupten, daß mein Mandant, Herr Fein, sich in besagter Straße aufgehalten, aber nicht zu bezeugen, daß er seinen Wagen verlassen hat.

Zweitens: die Aussagen des Hausmeisters Penatsch werden von uns weitgehend angezweifelt – anhand des vorliegenden Strafauszuges dieses Herrn.

Drittens schließlich: es wird bestritten, daß Herr Fein jemals zu den Besuchern, also zu den Kunden, jener Dame gehört hat!«

»Aber genau das, Herr Kollege«, meinte der Staatsanwalt Barthel, nahezu betrübt, »scheint sich doch tatsächlich nachweisen zu lassen. Nicht wahr?«

Wobei er zu den Kriminalbeamten hinüberblickte. Feldmann lächelte. Dürrenmaier zeigte sich objektiv-zurückhaltend. Braun entnahm seiner Aktenmappe einen Taschenkalender und legte ihn mitten auf den Tisch.

Sagte dazu: »Hier wurde tagtäglich Buch geführt. Und dabei ist der Name Fein – mehrfach – als Einnahmequelle verzeichnet. Mit recht stattlichen Summen.«

»Aber das ist doch Unsinn!« rief Harald Fein spontan aus.

Messer blickte ihn warnend an; und Fein verstummte.

Messer ergriff, betont lässig, den Kalender und blätterte darin. Er ließ sich Zeit. Die Anwesenden schwiegen geduldig. Henri Messer schlug Blatt nach Blatt um – dann lachte er, wie erleichtert, auf. »Es stimmt tatsächlich«, sagte er, mit nur mühsam gedämpftem Triumph.

»Was – stimmt?« wollte Braun wissen.

Henri Messer lächelte und erklärte: »Einer der fleißigsten Kunden dieser Dame war ein gewisser Benzinger – nicht wahr? Ein weit über unsere Stadt hinaus bekannter Unternehmer, dessen fragwürdige finanzielle Manipulationen, meine ich, durchaus das Interesse der Staatsanwaltschaft verdienen könnten.«

»Durchaus«, stimmte Staatsanwalt Barthel bereitwillig zu. »Aber nicht in diesem Zusammenhang!«

»Und ganz abgesehen davon«, bemerkte Braun fast gönnerhaft, »kommt Benzinger als Täter keinesfalls in Frage – er hat sich zur Zeit der Tat mit seiner Familie an der französischen Riviera aufgehalten, bei Antibes.«

»Wo auch immer«, meinte Messer unbeeindruckt. »Mich interessiert lediglich, daß dieser Herr in dem Einnahmebuch dieser Dame wiederholt auftaucht – aber nicht mit vollem Namen. Nicht als Benzinger. Er wird dort vielmehr, abgekürzt, als Benz registriert.«

»Na – und?« meinte Braun überlegen.

Henri Messer machte eine effektvolle Pause, bevor er erklärte: »Wenn in diesem Beweismaterial der Name Benzinger wiederholt abgekürzt als Benz erscheint – so kann das auch für den Namen Fein zutreffen! Fein kann hier also ebenso bedeuten: Feininger!«

Schweigen hierauf. Der Staatsanwalt sah wie erstarrt vor sich hin. Der Kriminalrat betrachtete seine Beamten forschend – die wichen seinem Blick aus. Messer lächelte Fein zu – und auch der begann, wenn auch mühsam, zu lächeln.

Sodann verlangte Dürrenmaier zu wissen: »Ist das auszuschließen, Herr Braun – mit völliger Sicherheit?«

»Nein«, bekannte der, höchst widerwillig.

Staatsanwalt Dr. Barthel erhob sich schroff. Er verkündete: »Ausstellung eines Haftbefehls abgelehnt!«

Telefongespräch zwischen Staatsanwalt Dr. Barthel und Herrn Feininger:

Feininger: Mitglied des Bundestages, zweiter Vorsitzender im Finanzausschuß, einer der stellvertretenden Fraktionsvorsitzenden seiner Partei, dem Direktorium der Olympia-Baugesellschaft angehörend, Aufsichtsratsmitglied mehrerer Banken, der Deutschen Lufthansa, der Süddeutschen Motorenwerke, der Air-Bus-International.

Nach einleitenden Höflichkeitsfloskeln von beiden Seiten sagte der Staatsanwalt: »Der eigentliche Grund meines Anrufes ist eine Bitte um Information, lieber Freund. Denn während eines dienstlichen Vorganges ist hier der Name Feininger gefallen – lediglich der Name, zunächst noch ohne die geringste Verbindung zu irgendeiner bestimmten Person.«

Feininger: »In welchem Zusammenhang, bitte?«

Staatsanwalt: »Die Antwort hierauf ist ein bißchen peinlich – es handelt sich um die Ermordung einer weiblichen Person mit häufig wechselnden, zahlenden Partnern. In der V-Straße 33.«

Feininger: »Und dabei – ich bitte dich – soll mein Name gefallen sein?«

Staatsanwalt: »Nicht unbedingt! Lediglich der Name Feininger, den es gewiß nicht selten gibt. Ich versuche lediglich vorzubeugen.«

Feininger (hierauf, nach längerem Schweigen, nun mit rauher, jedoch sehr fest klingender Stimme): »Barthel, mein lieber Freund, du kennst meine Situation! Ein Mann in meiner Position hat Feinde. Nicht wenige warten nur darauf, mir irgend etwas anzuhängen. Und das würde ihnen wohl auch gelingen – wenn man sich nicht, glücklicherweise, auf seine Freunde verlassen könnte. Kann ich das – bei dir – in diesem Fall?«

Staatsanwalt: »Selbstverständlich! Ich stelle also, vorsorglich, fest: du hast nichts mit diesen Vorgängen in der V-Straße zu tun!«

Feininger: »Natürlich nicht! Was aber nicht ausschließen muß, daß irgend jemand den Versuch machen könnte, mich dennoch zu belasten. Doch ich bin sicher, daß du dann alles tun würdest, um das zu verhindern. Und dafür danke ich dir!«

Hirzinger – einer der sechs bis acht führenden Jungsozialisten im Bereich des Unterbezirks der SPD München – über den Oberbürgermeister:

»... hat er durchaus unser Vertrauen ... besitzt jedoch nicht mehr uneingeschränkt unsere vorbehaltlose Zustimmung ...

... seine wohl nicht unbedenklichen Manipulationen anläßlich der bevorstehenden Olympiaveranstaltungen ... diese leichtfertige Freigabe von Millionenbeträgen an Geschäftsleute ... im Grunde nichts wie die Förderung, zumindest die Begünstigung gierigen Gewinnstrebens im rein kapitalistischen Sinne ...

... wenn nicht endlich Entscheidendes getan wird ... müssen wir, was wir bedauern, leider annehmen, daß dieses Stadtoberhaupt und seine ihm blind ergebene Administration eklatant versagt haben ... Woraus sich die unvermeidliche Folgerung ergibt: abtreten – oder eine schnelle, überzeugende Entscheidung für die von uns vertretene Sozialgerechtigkeit…«

Aus den Aufzeichnungen des Kriminalbeamten Keller:

»Ich bin als Todesermittlungsbeamter eingesetzt, aber nicht als Todesbote. Doch manchmal nehme ich selbst das noch auf mich. So auch anläßlich des Selbstmordes der Helga Fein.

Das von mir dabei bevorzugte Prinzip: möglichst keine direkte Eröffnung gegenüber den unmittelbar betroffenen Personen! Vielmehr ein behutsamer Umweg, möglichst über nähere Verwandte. In diesem Fall wandte ich mich an Herrn Plattner.

Der ließ mich zunächst ziemlich lange Zeit warten. Als er mich dann endlich empfing, redete er irgend etwas von großer Arbeitsbelastung; er habe nur sehr wenig Zeit; ich möge mich kurz fassen.

Und das tat ich denn auch. Ich sagte: ›Ihr Enkelkind, Helga Fein, ist tot aus dem Schloßkanal geborgen worden – alle Anzeichen deuten auf Selbstmord.‹

Dieser Paul Plattner, den ich hier zum erstenmal sah – und, wie ich spontan wünschte: möglichst auch zum letztenmal –, war ein exemplarischer Typ: selbstsicher, gut genährt, gerissen, fordernd, dabei um kumpanenhafte Gemütlichkeit bemüht – er war, für mich, eine einzige Herausforderung! Aber zunächst tat er lediglich so, als glaube er, sich verhört zu haben.

Und ich sagte abermals: ›Sie ist tot!‹

Er starrte mich nach dieser Eröffnung an, wich zurück, wendete sich ab, verstummte für Sekunden. Atmete schwer. Um dann auszurufen: ›Also auch das noch! Auch dieses Kind hat er nun auf seinem Gewissen!‹

›Wer?‹ fragte ich.

Eine Frage, die ohne konkrete Antwort blieb. Paul Plattner sagte vielmehr: ›Was mutet dieser Mensch mir alles zu! Auch dafür wird er mir büßen müssen!‹

›Welcher Mensch?‹ fragte ich beharrlich.

›Was geht Sie das an?‹ stieß er hervor. ›Was wollen Sie denn hier!‹

›Einige Auskünfte – wenn Sie erlauben.‹

›Ich habe keine zu geben – nicht in diesem Fall! Nicht Ihnen gegenüber – niemandem! Gehen Sie – lassen Sie mich allein mit meinem Schmerz.‹

Er hob die Hand, mich hinausweisend – und diese Hand zitterte.«

»Damit, mein Lieber, haben wir ein erstes, äußerst schwieriges Hindernis genommen!« Henri Messer versicherte das, nach Verlassen des Polizeipräsidiums, unternehmungsfreudig seinem Mandanten Harald Fein.

»Ich bin sehr müde«, sagte Harald Fein. »Außerdem wartet mein Hund auf mich.«

Darauf reagierte der Rechtsanwalt nicht. »Und wir werden auch das Rennen gewinnen«, rief er. »Wir müssen uns lediglich darüber einig werden, welche Taktik die beste ist.«

Er dirigierte – fünf Minuten vom Polizeipräsidum entfernt – Harald Fein in ein Café an der Theatinerstraße hinein, »am Dom« genannt, worauf jedoch nichts in diesen Räumlichkeiten hinwies. Nichts hier als Glas, Chrom und Lack. Hochglänzend steril.

Messer bestellte für sich Mokka, dazu einen doppelten Cognac, weiter eine Flasche Mineralwasser. Fein wünschte Sekt zu trinken – eine halbe Flasche. »Bewilligt!« meinte Messer. »Auf Ihre Kosten!«

»Was mich das auch kosten mag, Herr Rechtsanwalt«, sagte Harald Fein geduldig, »ich bin unter keinen Umständen bereit, irgendwelche schmutzige Familienwäsche vor aller Öffentlichkeit auszubreiten.«

»Was Sie ehrt«, versicherte Henri Messer. »Ein nobler Mensch – und das sollen Sie auch bleiben. Die dabei unvermeidliche Saustallbereinigung überlassen Sie mir! Dafür werde ich schließlich auch bezahlt.«

»Sie sehen offenbar nichts anderes als juristische Probleme – das Menschliche, in diesem Zusammenhang, scheint Sie nicht zu interessieren.«

»Damit, mein Lieber, sind keine Prozesse zu gewinnen! Plattner, zum Beispiel, weiß das. Er hat Sie zu seinem Feind erklärt – und dagegen müssen wir angehen!«

»Aber eben das will ich nicht. Seine Methoden dürfen nicht die meinen sein! Außerdem: wenn eine Ehe scheitert, ist doch wohl niemals ein Teil davon allein verantwortlich.«

»Stimmt«, sagte Messer. »Aber die Justiz sucht lediglich nach Recht oder Unrecht, will alle Fragen möglichst mit ja oder nein beantwortet wissen – verwirrende Zwischentöne stören dabei nur.«

»Herr Messer – diese unglückliche, aber nun fast zwanzigjährige Ehe...«

»Leisten Sie es sich niemals, Herr Fein, im Bereich der Justiz sentimental zu werden!« sagte Messer streng.

»Sie schrecken offenbar vor nichts zurück!«

»In Ihrem Interesse – wenn Sie einigermaßen preiswert davonkommen wollen.«

»Heißt das praktisch: ich habe – so gut wie in jeder Hinsicht – mit hohen Kosten zu rechnen?«

»Ich rechne ganz im Gegenteil damit, daß Sie, mit meiner Hilfe, durch diese Vorgänge ein reicher Mann werden. Zunächst jedenfalls benötige ich fünftausend Mark.«

»Die habe ich – gerade noch.«

»Wir werden damit Maria Trübner, das Dienstmädchen, honorieren. Und damit praktisch deren Freund. Beide werden daraufhin bereitwillig alles bezeugen, was wir für notwendig halten. Wodurch wir einen weiteren Gefahrenpunkt für Sie ausschalten.«

»Das ist widerlich!«

»Das ist üblich«, sagte Henri Messer. »Außerdem habe ich bereits Herrn Jonass vorsorglich entsprechende Andeutungen zukommen lassen...«

»Warum ausgerechnet dem?«

»Weil er sich dafür zwangsläufig anbietet – als Ihr Nachfolger; in jeder Hinsicht.«

»Das, Herr Messer, geht gegen meine Frau! Und das kann und will ich nicht...«

»Herrgott noch mal!« rief der Rechtsanwalt unwillig. »Sentimental, naiv und redlich – Sie sind geradezu prädestiniert zum Sündenbock! Aber davor werde ich Sie bewahren.«

Plattner bei seiner Tochter Hilde. Er wirkte feierlich, besorgt und bedächtig.

Plattner: »Versuche, ruhig und gefaßt zu sein. Ich habe dir eine schlechte Nachricht zu überbringen.«

Hilde: »Ist es wegen Harald? Muß womöglich alles rückgängig gemacht werden? Soll ich etwa wieder seine Frau spielen? Bitte, Vater – tu mir das nicht an!«

Plattner: »Es handelt sich nicht um ihn – nicht direkt. Sondern um Helga.«

Hilde: »Was hat die denn wieder angestellt? Dieses Kind hat er systematisch verdorben. Wenn Helga so gut wie alles zuzutrauen ist – dann ist das allein Haralds Einfluß zu verdanken!«

Plattner: »Du sagst es – und ich stimme dir zu. Schweren Herzens.«

Hilde: »Was ist mit Helga geschehen?«

Plattner: »Sie ist tot. Sie hat sich umgebracht. Und das ist – wie du sagtest – seine Schuld! Gott helfe ihm.«

»Ich warte bereits seit einigen Stunden auf dich«, behauptete Joachim Jonass.

»Was willst du von mir?« erkundigte sich Harald Fein unwillig. Wobei er Anton, der ihn begleitete, zu seinem neuen Lammfell führte.

Joachim Jonass saß im Appartement des Harald Fein, im bequemsten Sessel. Er lächelte – bestrebt, eine freundliche Atmosphäre zu verbreiten.

»Ich verstehe dich, Harald«, versicherte Jonass tönend, »nur zu gut! Du bist müde, willst deine Ruhe haben; um dir endlich deinen Herzenswunsch zu erfüllen: schöpferisch tätig sein zu können! Doch statt dessen verfolgt man dich, macht dir Schwierigkeiten, zertrümmert deine Bude.«

»Woher weißt du das?«

»Ich weiß mehr, als du ahnst! Und eben deshalb tust du mir leid. Jedenfalls bin ich bereit, dir aus deiner Klemme herauszuhelfen.«

»Um welchen Preis denn?« fragte Harald Fein, der mitten im Raum stehengeblieben war.

Joachim Jonass übersah den knurrenden Anton und erklärte: »Wir könnten – wenn du einigermaßen vernünftig bist – zwei heikle Punkte zugleich bereinigen. Du würdest dir dadurch eine Menge Unannehmlichkeiten ersparen.«

»Worauf willst du hinaus?«

»Nun, Harald: du händigst uns das rote Aktenstück aus. Als Gegenleistung dafür garantieren wir dir eine pauschale Abfindung – sagen wir:

das Gehalt eines Jahres; und dazu einen glatten, schnellen Scheidungsprozeß in aller Stille. Beiderseits schuldig; keine finanziellen Verpflichtungen deinerseits; die Kinder beiden Seiten gleichmäßig zugesprochen.«

»Sagtest du: beiderseitige Schuld?«

»Das sagte ich.«

»Was praktisch eine von Hilde eingestandene Schuld, zumindest Mitschuld, bedeutet. Aber das ist doch absurd – bei dieser Frau!«

»Ich«, erklärte Jonass, »würde das auf mich nehmen.« Er schloß kurz seine blaugrauen Augen und fuhr dann fort: »Warum denn nicht? Du selbst hast für einen immer innigeren Familienanschluß gesorgt. Was auf die Dauer nicht ohne Folgen bleiben konnte.«

»Soll das heißen – daß du mit meiner Frau...«

»Das, Harald, könnte ich bezeugen! Natürlich nur, um dir einen heiklen Prozeß zu ersparen. Ich opfere mich also – sozusagen. Vorausgesetzt, daß dadurch, endlich, ein rotes Aktenstück zum Vorschein kommt. Wenn nicht...«

»Was bist du doch für ein elender Saukerl!« stellte Harald Fein in sachlichem Tonfall fest.

»Immerhin besser als ein bodenloser Dummkopf. Und jetzt höre mir gut zu! Ich gebe dir eine Stunde Zeit. Meine Telefonnummer hast du. Wenn du mich bis dahin nicht anrufst, muß ich annehmen, daß du mein Angebot ablehnst. Die sich dann daraus ergebenden Folgen hast du dir selbst zuzuschreiben. Willst du es darauf ankommen lassen?«

Kriminalkommissar Braun und Kriminalinspektor Feldmann – Lagebesprechung im Polizeipräsidium:

Braun: »Die Angelegenheit Fein beginnt jetzt langsam zu brodeln. Der ist soweit.«

Feldmann: »Aber dieser Hinweis von Dr. Messer – die Sache mit den Namen Fein und Feininger?«

Braun: »Ist doch nichts als ein Ablenkungsmanöver! Gekonnt, ohne Zweifel. Hätte ich diesem Burschen gar nicht zugetraut! Aber egal – wir jedenfalls halten uns ausschließlich an Tatsachen. Haben Sie, wie ich anregte, alle Alibivergleiche im Hinblick auf Harald Fein überprüft?«

Feldmann: »Die im Einnahmebuch der Ermordeten verzeichneten angeblichen Fein-Tage sind mit dem Terminkalender Feins im Büro Plattner verglichen worden, ergänzt durch Befragungen. Dabei hat sich kein erkennbarer Widerspruch ergeben – Herr Fein hat sich an jedem der verzeichneten Tage in München aufgehalten; was allerdings noch nichts beweist.«

Braun: »Mein lieber Feldmann – Sie sammeln Material, aber die Schlußfolgerungen ziehe ich! Kapiert? Weiter! Pflegte er Bargeld mit sich herumzutragen?«

Feldmann: »Bis zu tausend Mark. Fünf Scheine zu hundert, zehn zu fünfzig Mark. Eine Angewohnheit.«

Braun: »Glücksspieler, Erpresser und Huren nehmen keine Schecks an – sie bestehen auf Barzahlung. Sie sehen: wir kommen langsam ein paar Schritte weiter. Und nun werden wir uns noch intensiver mit allen Personen beschäftigen, die jemals mit Harald Fein zu tun gehabt haben – Kollegen in der Firma, Geschäftsfreunde, sein Arzt, seine Hausangestellten – mit allen, mit denen er privat verkehrte. Stellen Sie eine möglichst umfassende Liste auf.«

Feldmann: »Ich arbeite bereits daran. Und was ist mit seinen näheren Verwandten?«

Braun: »Die übernehme ich!«

Feldmann: »Welche Verdachtsmomente auch immer auf Herrn Fein zuzutreffen scheinen – sie werden auch noch auf einige andere zutreffen. Oder beabsichtigen Sie, Ihre Untersuchungen nunmehr ausschließlich gegen ihn zu führen?«

Braun: »Versuchen Sie doch nicht immer, mich zu provozieren, Feldmann! Dieser Fein ist wie ein erster Riß in einem Damm! Wenn wir den sprengen wollen, müssen wir genau bei diesem ersten Riß ansetzen!«

»Jeder, dem ich begegne«, stellte Harald Fein fest, »will irgend etwas von mir!« Er blickte Keller, der sich neben ihm niedergelassen hatte, mißtrauisch an. »Nun also auch Sie!«

»Wie geht es Anton?« fragte der Kriminalbeamte überflüssigerweise. Denn der Hund war eilig unter dem Tisch hervorgekrochen, sprang an Keller hoch und setzte sich wedelnd auf seinen Schoß.

»Anton scheint Sie erwartet zu haben«, sagte Harald Fein erfreut.

»Soviel Zuneigung ist bei ihm wirklich höchst selten. Der hat eine Schwäche für Sie!«

»Vielleicht verdiene ich die gar nicht«, meinte Keller, wobei er den Hund streichelte.

Sie saßen in einer Gastwirtschaft, in einer Nebenstraße zwischen dem Hotel »Bayerischer Hof« und der Frauenkirche: gutbürgerliche Gediegenheit, sauberer Boden, blanke Tische, solide Preise. Name dieses Lokals: »Die Lampe«. Weiß-blaue Kacheln an den Wänden – doch nicht aus Bayern, sondern aus Delft.

Zu jeder Tageszeit wurden allerbeste Weißwürste serviert. Für Anton wurden hier regelmäßig drei Stück bestellt.

»Versuchen wir, uns miteinander zu unterhalten«, sagte Keller. »Etwa über Ihre Familie. Falls Sie das nicht irritiert.«

»Familie?« Harald Fein griff nach seinem Glas. »Was ist denn das – eine Familie? Eine finanzielle Zweckgemeinschaft auf Zeit? Falls sich dann solche Bindungen nicht mehr als notwendig erweisen sollten, wird man abgemeldet.«

»Irrtum«, sagte Keller. »Was einmal gewesen ist, hinterläßt Spuren. Eine Frau, an die man gerät, Kinder, die kommen und bleiben ... Leider niemals lange genug.«

»Was wissen Sie von dem Verhältnis eines Vaters zu seinen Kindern? Haben Sie Kinder?«

»Gehabt! Und zwar drei. Sie waren zwei, vier und fünf Jahre alt – zwei Jungen, ein Mädchen – und starben bei einem der letzten Bombenangriffe des vorläufig letzten Weltkrieges. Und mit ihnen meine Frau. Nichts als verkohlte Leichen, eng aneinandergeklammert. Ich identifizierte sie.«

»Verzeihen Sie«, sagte Harald Fein. »Das habe ich nicht wissen können.«

»Ach, lieber Herr Fein – was weiß man denn schon wirklich von den Menschen, mit denen man lebt; oder von denen, die uns täglich begegnen – oder eben: von uns selbst?«

Harald Feins letzter Geburtstag – die Festlichkeit war arrangiert von seiner Frau Hilde, im Restaurant des Hotels »Vier Jahreszeiten«, Maximilianstraße. Anwesend: zwölf Personen – die für Freunde gehaltenen näheren Bekannten des »Geburtstagskindes«. Darunter auch Jonass und Plattner. Mehrere Reden wurden gehalten.

Aus der von Plattner:

»Getragen von Vertrauen... mit aller erdenklichen Herzlichkeit... von großer Harmonie...«

Aus der von Jonass:

»Freundschaft ist alles!«

Umarmungen. Küsse auf beide Wangen. Sie alle schienen sich unendlich zugetan zu sein.

Nach einem knappen Jahr war alles anders.

»Vor allem hätte ich eins gern gewußt«, fragte Keller, den Hund Anton auf dem Schoß: »Haben Sie Ihre Tochter Helga geliebt?«

»Sehr!« sagte Harald Fein. »Und ich bin überzeugt: wenn mir jemand, außer Anton, aufrichtig und vorbehaltlos zugetan ist, dann sie!«

»Wann«, wollte Keller wissen, wie ablenkend mit Anton beschäftigt, »haben Sie das letztemal von Helga gehört?«

»Vor einigen Tagen. Aber warum fragen Sie danach?« Harald Fein wurde von schnell steigender Unruhe befallen. »Was hat das zu bedeuten?«

Routinemäßige Registrierungen, vorgenommen von Freudenfeld, Wilhelm, dem ersten Assistenten des Todesermittlungsbeamten des Präsidiums; betreffend: vorgefundene Leiche, weiblich, im Nymphenburger Kanal:

»Haare hellblond. Augen graubraun. Nase klein, gerade. Lippen normal; gering geschminkt; Farbe: rosa. Kinn oval. Ohren mittelgroß.

Oberkörper: mäßig entwickelt. Brustpartie: nicht sonderlich ausgeprägt. Bauch: flach. Schenkel: straff. Beine: glatt, ohne starke Muskelausbildung. Füße: zierlich; Fußnägel gepflegt.

Bekleidung: Schlüpfer, Nylon, weiß; keinerlei Verschmutzungen oder Befleckungen. Kein BH. Hosenartiger Rock, Cordsamt, braun. Pullover, leichtes Material, von gleicher Farbe wie Hosenrock; vermutlich eingeschrumpft. Lederstiefel – gekennzeichnet: Jourdin, Paris.

Erster Befund: vermutlich Selbstmord. Einige Verletzungen, Nakken, Rücken und Beine – detaillierte Angaben beiliegend –, möglicherweise beim Hineinspringen in den Kanal oder beim Dahintreiben in demselben verursacht. Tod dürfte bereits vor etwa zwei Tagen eingetreten sein.«

»Sie scheinen also«, sagte Keller zu Harald Fein, »soweit ich informiert bin, auf so gut wie alles gefaßt zu sein. Beinahe schon ähnlich wie einst Hiob – wie? Und das auch im Hinblick auf Ihre Tochter Helga.«

»Nein!« rief Harald Fein mit Heftigkeit. »Bitte – nicht das! Nicht auch noch Helga! Sagen Sie, daß es nicht wahr ist!«

»Es ist die Wahrheit, Herr Fein! Der Tod Ihrer Tochter steht, offiziell seit acht Stunden, fest. Ihre Frau ist, durch Ihren Schwiegervater, benachrichtigt worden. Und keiner von denen hat Ihnen das gesagt?«

Harald Fein drückte seine Aktentasche eng an sich. Er schien niemand mehr zu sehen, nichts mehr zu hören. Er stürzte, von Anton in spürbarer Verwirrung gefolgt, ins Freie – und damit in die enge Querstraße zwischen Frauenkirche und Promenadeplatz hinein.

Hier fiel Harald Fein – über ein ausgestrecktes Bein. Er schlug lang hin. Lag wie bewußtlos da – das Gesicht auf dem Straßenpflaster. Ein harter, kantiger Gegenstand traf seinen Nacken.

Blut schoß hervor. Überflutete seinen Hals, quoll aus den Haaren in sein Gesicht, bedeckte seine Augen. Er versank; wie in Bergen aus klebriger Watte.

Er hörte Anton aufjaulen. Darauf erregt knurrendes, japsendes Wimmern. Es schien sich in der Dunkelheit zu verlieren, von ihr erstickt zu werden!

Das letzte, was Harald Fein erkannte, bevor er endgültig zusammenbrach – war dies: seine Aktentasche wurde ihm weggerissen. Sein Hund war nicht mehr bei ihm. Füße traten ihn in Brust und Bauch. Er verlor das Bewußtsein.

7

Aus den Aufzeichnungen des Kriminalbeamten Keller:

»Harald Fein stürzte also davon – völlig verstört. Schwer atmend; die Hände zu Fäusten geballt, vor die Brust gepreßt; und damit seine Aktentasche. Das Gesicht darüber war leer und bleich. Anton, der Hund, umsprang ihn erregt.

Diesem erschreckenden Anblick sann ich nach, mein Weinglas in der Hand – einige Sekunden zu lang, wie sich alsbald herausstellen sollte. Harald Fein und seine Reaktion beunruhigten mich – ich eilte ihm und Anton nach.

Und ich sah, in einer Entfernung von fast hundert Metern, in der engen Gasse zwischen zwei Hauptstraßen, einen Menschen auf der Erde liegen – offensichtlich Harald Fein. Und über ihn gebeugt zwei Männer, die ihn mit Füßen traten, auf ihn einschlugen – völlig lautlos, schien mir. Und ein dritter Mann stand beobachtend – wie begutachtend – dabei.

Ich schrie: ›Stehen bleiben – oder ich schieße!‹ Ohne eine Pistole dabei zu haben. Ich schrie das nur so. ›Hier ist Polizei!‹

Worauf die Gasse sofort leer von Menschen war – bis auf Harald Fein, der verkrümmt am Boden lag. Ich lief auf ihn zu.

Fast zugleich sprang mich Anton an. Er stürzte sich, aus der Dunkelheit kommend, mir entgegen. Er hinkte, knurrte und zitterte. Sein kleiner Körper bebte, als ich niederkniete, um ihn zu umarmen. Er preßte sich an mich. Während ich zugleich auf den Knien Harald Fein entgegenrutschte.

Anton schien zu verstehen, was von ihm erwartet wurde – er löste sich und stand starr. Ich beugte mich über Harald Fein, tastete nach seiner Halsschlagader – er lebte noch. Aber er gab keinen Laut von sich – und sein Mund war weit geöffnet, als ob er lautlos schreie. Ich rollte ihn behutsam auf die linke Seite, damit er nicht an dem Blut, das aus seinem Mund quoll, erstickte.

Dann alarmierte ich das Überfallkommando und forderte einen Krankenwagen an. Harald Fein wurde in die Klinik rechts der Isar eingeliefert. Ich begleitete ihn, gemeinsam mit Anton.«

Am gleichen Abend – und in der Nacht darauf:

Zwei Neueröffnungen von Lokalen – ein Speiserestaurant, international; ein Nightclub, exklusiv. Ferner, in der »Doppelten Eva«, der erste in der Isarmetropole vorgeführte »Totalstriptease« – völlige Entkleidung mit tieferen Einblicken, von vorne und hinten, bei rosa Scheinwerferlicht.

Anwesend dabei »alles«, was hier Namen hatte, ohne Rang: die übliche »Prominenz« – gutgelaunt, zahlungskräftig. Sehen und gesehen werden.

Besonders viel war los bei der Eröffnung des Nightclub »Black Flair«. Stimmungsfördernde Demonstration »in Schwarz« – Alice, ohne Schwester Ellen, in schwarzen heißen Höschen; ebenfalls Monika, auch Rosmarie. Ganz in Black auch Gunter – Hose und Pullover – gerade noch rechtzeitig eingetroffen; er hatte an der Beisetzung seines Onkels Franz teilnehmen müssen.

»Höhepunkt« nach übereinstimmender Ansicht mehrerer Gesellschaftsreporter: Sir James wurde in einer Sänfte von vier Negern mit nackten öligen Oberkörpern hereingetragen. Sanft angestrahlt. Was nahezu allgemeines Entzücken erregte.

»Die Nacht der Nächte!« schrieb Udo Argus.

Während im Polizeipräsidium registriert wurde:

Zwölf Diebstähle, soweit gemeldet; zusätzlich acht Entwendungen von Kraftfahrzeugen; vier Einbrüche, einer mit Todesfolge; achtzehn mittelgroße Verkehrsunfälle mit drei Schwerverletzten; zwei vermutliche Morde und fünf mutmaßliche Selbstmorde. Alle 15 Minuten: Einsatz von Kranken- und Streifenwagen.

»Eine vergleichsweise ruhige Nacht«, sagte der diensttuende Kriminalbeamte im Präsidium.

In der Villa Duhr – Grünwald bei München – wurde ein Hochhausprojekt in unmittelbarer Nähe der Theresienwiese, wo die Oktoberfeste stattfinden, ausgehandelt; Kostenpunkt etwa 120 Millionen. Der OB setzte sich zur gleichen Zeit mit Jungsozialisten auseinander, die ihm zahlreiche Schwierigkeiten bereiteten. Der Ministerpräsident speiste mit seinem Parteivorsitzenden und Finanzexperten im »Nürnberger

Bratwurstglöckl«. Der Kardinal betete – hoffentlich.

Ein Zeitungsverleger beschloß, »schweren Herzens«, wie er verkündete, »auszusteigen«. Er war nahezu siebzig Jahre alt – also nach 1945 gerade noch rechtzeitig »eingestiegen«. Er verlangte dreißig Millionen – und erhielt sie auch. Weitere dreißig Millionen besaß er bereits.

»Zu hungern«, meinte einer seiner zweihundert Zeitungsschreiber mit kargem Honorar, »braucht der nicht.«

Das monatliche Gehalt des OB dieser milliardenschwer gewordenen Olympia-Stadt: etwas über dreitausend Mark – ohne Abzüge.

In dieser Nacht ging in München ein Haus in Flammen auf – Brandstiftung war mit Sicherheit anzunehmen.

Es handelte sich dabei, wohl nicht zufällig, um ein jüdisches – »israelitisch« genanntes – Altersheim. Sieben Insassen – also Juden – kamen dabei um ihr Leben. Wie verspätet. Die offizielle Empörung war allgemein.

Das Ergebnis aller eifrigen Untersuchungen war jedoch: gleich Null. Trotz massivstem Einsatz und hohen Belohnungen. »Dies Verbrechen blieb ungeklärt«, stellte schließlich eine der Zeitungen des um seine Altersversorgung bemühten Verlegers fest.

Harald Fein – von dicken Verbänden um Kopf, Brust und Bauch umhüllt – erwachte mit dumpfen, anhaltenden, fast dröhnenden Schmerzen. Mühsam blinzelte er in das ihm quälend grell erscheinende Tageslicht – das durch grünliche Vorhänge gedämpft war.

Er brauchte Zeit, bis er merkte, wo er sich befand. Sah: ein grauweißes Krankenzimmer – verhängte Fenster, graubraunen Fußbodenbelag. In Türnähe: ein weißgekleidetes Wesen, das ihn forschend und fast streng betrachtete.

»Ich muß telefonieren«, verlangte Harald Fein mit kaum vernehmbarer Stimme – doch ihm war, als hätte er das geschrien.

»Sie müssen nichts weiter als sich ruhig verhalten«, verkündete die Krankenschwester. »Sie sollen möglichst nicht sprechen, sich nicht bewegen, jede Aufregung vermeiden. Sie sind schwer krank!«

»Ich muß telefonieren«, beharrte Harald Fein verbissen.

»Ich werde das für Sie tun – falls Sie unbedingt darauf bestehen. Mir sind zwei Telefonnummern übergeben worden, die ich anrufen soll, wenn Sie wieder zu sich gekommen sind – die eines Herrn Messer und die eines Herrn Keller. Sie sollen bestimmen, welcher von ihnen zuerst zu verständigen ist.«

»Ich verlange, daß mir ein Telefon zur Verfügung gestellt wird!« Nun brüllte Harald Fein auf und versuchte sich aufzurichten.

Die Krankenschwester drückte ihn in die Kissen zurück. Er fühlte nicht den kurzen, stechenden Schmerz der Beruhigungsspritze in seinem rechten Oberarm – fast übergangslos versank er in einen lähmenden, anhaltenden, von grellbunten Lichtskalen durchzuckten Schlaf.

Kriminalinspektor Feldmann, bei Kriminalkommissar Keller:

Feldmann: »Dieser Fein befindet sich jetzt in einem Krankenhaus – er ist zusammengeschlagen worden – heißt es.«

Keller: »Warum fragen Sie mich danach?«

Feldmann: »Weil Sie, zumindest unmittelbar hinterher, dabei gewesen sein sollen – und ich frage danach nicht im Auftrag von Kriminalkommissar Braun. Ich selbst will wissen, warum er zusammengeschlagen worden ist. Wer hat das getan?«

Keller: »Woher, mein Lieber, soll ich das wissen? Denkbar sind mehrere Möglichkeiten. Erstens: er geriet zufällig unter Gangster. Zweitens: die haben ihm routinemäßig aufgelauert. Drittens: sie sind systematisch auf ihn angesetzt worden.«

Feldmann: »Langsam gerate ich immer mehr in Versuchung, für diesen Harald Fein Mitleid zu empfinden.«

Keller: »Gefühle zahlen sich in unserem Metier nicht aus. Wir halten uns an Tatsachen.«

Feldmann: »Aber an welche – in diesem Fall?«

Als Harald Fein nach Stunden wieder erwachte, stand auf dem kleinen Tisch neben seinem Bett ein Telefon. Er betrachtete es ungläubig. Dann stemmte er sich mühsam hoch – sein Körper war bleischwer, doch fast frei von Schmerzen.

Harald Fein nahm, schwer atmend, den Hörer ab – die Vermittlung meldete sich. Er bat um eine Verbindung, nannte die Nummer und wartete einige Sekunden mit geschlossenen Augen.

Eine Stimme meldete sich, die er nicht kannte – hoch, fast schrill, leiernd: »Hier Haus Fein!«

»Ich möchte, bitte, meine Frau sprechen. Ich bin Harald Fein.«

Lange Sekunden vergingen. Dann ertönte wieder diese leiernde Schrillstimme und verkündete: »Frau Fein ist für Sie nicht zu sprechen!« Worauf die Verbindung unterbrochen wurde.

Harald Fein ließ sich rückwärts fallen – den Hörer immer noch in der Hand. Mit geschlossenen Augen lag er total erschöpft in seinem Bett. Dann vernahm er wieder die sachliche Stimme jener Frau, die in der Vermittlung des Krankenhauses Dienst tat.

»Sprechen Sie noch?«

»Bitte, die gleiche Verbindung noch einmal.«

Abermals meldete sich, nach langen Sekunden, das »Haus Fein« – wieder jene ihm unbekannte Person, mit gellend gleichgültiger Stimme. Als Harald Fein erneut forderte, seine Frau zu sprechen, wurde ihm hastig, wie eingelernt, erwidert:

»Die gnädige Frau läßt Ihnen sagen, daß sie von Ihnen nicht belästigt zu werden wünscht! Sie läßt Ihnen ferner mitteilen: ein Antrag auf Änderung unserer Telefonnummer ist bereits gestellt – und die Türschlösser in unserem Hause sind vorsorglich ausgewechselt worden.«

Erneut wurde aufgelegt. Harald Fein wartete darauf, daß sich die Vermittlung wieder meldete. Sein Gesicht war hochrot, als er abermals forderte: »Die gleiche Verbindung – noch einmal!«

Und dann krächzte er, einem Erstickungsanfall nahe: »Hier ist Harald Fein! Halten Sie gefälligst Ihren Mund, wer Sie auch sein mögen – wagen Sie es nicht, wieder den Hörer aufzulegen. Ich wünsche, ich verlange, meine Frau zu sprechen! Oder, falls die sich weigern sollte, meinen Sohn Heinz! Sagen Sie meiner Frau: ich werde jede rechtliche Möglichkeit ausschöpfen, ein Gespräch mit ihr zu erzwingen!«

Er vernahm keine Antwort – doch die Verbindung wurde auch nicht unterbrochen. Ein sanft lauerndes Summen tönte ihm entgegen. Harald Fein fühlte, daß ihm der Schweiß ausbrach.

Kriminalinspektor Feldmann bei Kriminalkommissar Braun:

Feldmann: »Er ist zusammengeschlagen worden! Laut Bericht des zuständigen Polizeireviers: unbekannte Täter. Dritter ähnlicher Fall in dieser Woche – allein in dieser Gegend. Aber – ausgerechnet Fein?«

Braun: »Was mich gar nicht sonderlich verwundert. Dieser Mann ist ein Musterbeispiel für Viktimologie – er zieht Kriminelle an. Aber überlassen wir getrost diesen Vorgang zunächst den Kollegen vom zuständigen Revier – wir registrieren das lediglich, nichts weiter sonst. Folgerungen daraus zu ziehen, haben wir immer noch Zeit.«

»Dich gibt es also noch?« Harald Fein vernahm eine klare, von sanfter Ironie durchsetzte Stimme, ohne jede erkennbare Freundlichkeit – es war die seines Sohnes Heinz. »Was verschafft uns denn die Ehre eines derartig plötzlichen Interesses – das übrigens Mutter, deine liebe Frau, als aufdringliche Belästigung bezeichnet.«

»Was ist mit Helga geschehen?« fragte Harald Fein.

»Wen fragst du das!« sagte der Sohn ablehnend, fast feindlich. »Und warum fragst du erst jetzt danach? Was mit Helga geschehen ist, das hat sich vor drei oder vier Tagen ereignet – es steht nun bereits seit vierundzwanzig Stunden in allen Zeitungen. Du kommst also reichlich spät mit deiner Anteilnahme.«

»Ich konnte mich nicht früher melden, Heinz – ich befinde mich in einem Krankenhaus.«

»In der Abteilung für Alkoholiker?«

»Ich bin vorgestern abend, kurz nachdem ich von Helgas Tod gehört habe, überfallen und zusammengeschlagen worden. Und Anton vermutlich dazu. Erst jetzt bin ich wieder zu mir gekommen.«

»Bist du wirklich sicher«, wollte Heinz, durchaus ernsthaft, wissen, »daß du dir das alles nicht nur einbildest – etwa als Folge von überhöhtem Alkoholgenuß? Jedenfalls meint Mutter, du trinkst wieder.«

»Ich liege im Krankenhaus rechts der Isar, Heinz – Auskünfte über meine Verletzungen erteilt der Stationsarzt. Aber auch das zuständige Polizeirevier. Erkundige dich, bei wem du willst, wenn du mir nicht glaubst.«

»Und wer hat dich überfallen? Und warum? Hat man dir irgend etwas zu entwenden versucht – worauf hatte man es abgesehen? Geld oder Leben – oder Aktentasche?«

»Das ist doch unwichtig, Heinz! Ich will endlich wissen, was mit Helga geschehen ist?«

»Sie ist tot aufgefunden worden«, berichtete der Sohn. »Im Nymphenburger Kanal – sie konnte, wie du weißt, nicht schwimmen. Das hast du ihr niemals beigebracht – mir übrigens auch nicht. Bei Helga wird Selbstmord angenommen.«

»Aber warum, Heinz, warum hat sie das getan?«

»Nach Ansicht von Mutter handelt es sich um eine Art seelischen Kurzschluß – um eine Reaktion auf unerwiderte Liebe, um das Gefül völliger Verlassenheit. Alles das ausgelöst durch dich! Noch wesentlich deutlicher ist dein lieber Schwiegervater – der behauptet: du habest Helga systematisch, durch kalte Lieblosigkeit, sozusagen seelische Grausamkeit, in den Tod getrieben.«

»Nein!« Harald Fein schien nur noch mit letzter Kraft zu atmen. »Das ist doch völlig absurd, Heinz! Es ist infam, verkommen, widerwärtig –«

»Dann mach mal was dagegen!« sagte der Sohn Heinz nahezu rücksichtslos, nahezu aggressiv. Und damit beendete er dieses Gespräch.

Aus einer Aktennotiz des Rechtsanwaltes Dr. Henri Messer – nach seinem ersten Besuch im Klinikum rechts der Isar, bei Harald Fein:

»Es kostet mich erhebliche Mühe, nicht einfach mit diesem Fall Schluß zu machen. Denn Harald Feins verbohrte Verschlossenheit irritiert mich.

So bestätigt er lediglich, überfallen worden zu sein. Auf Überlegungen darüber, wer ihn überfallen haben könnte, und warum, läßt er sich nicht ein. Immerhin gibt er zu, daß ihm dabei seine Aktentasche abhanden gekommen ist.

Frage, von mir: ›Was enthält denn diese Aktentasche?‹

Gegenfrage: ›Wie geht es Anton?‹

So ist das hier. Ich sagte ihm: Anton befinde sich bei Keller. Was ihn ungemein zu erleichtern schien. Als nächstes wollte er wissen: Ist auch Anton verletzt worden? Was ich verneinte, ohne genau darüber im Bilde zu sein; Keller hatte mich lediglich wissen lassen: er betreue nun Anton. ›Es geht ihm gut.‹

›Wie schön‹, sagte Fein hierauf, geradezu glücklich.

›Ich habe mir erlaubt, Sie zu fragen, was diese Aktentasche enthalten hat?‹

Antwort: ›Baupläne für Einzelhäuser – im ganzen drei. Genauer: Entwürfe dafür, mit ersten Kalkulationen.‹

Frage: ›Und warum hat man Ihnen so was entwendet?‹

Antwort: ›Durchaus möglich, daß man in dieser Aktentasche etwas ganz anderes zu finden gehofft hatte – etwa ein rotes Aktenstück. Das ich nicht habe – was mir aber nicht geglaubt wird.‹

Frage: ›Herr Fein – was verschweigen Sie mir alles?‹

›Vermutlich eine ganze Menge‹, sagte er, ganz selbstverständlich. ›Wann kann ich Anton wiedersehen?‹

Ich war ziemlich sprachlos und nahe daran, den Fall aufzugeben.

Doch ich beschloß, eine endgültige Entscheidung erst dann zu treffen, wenn ich mit Keller gesprochen hatte.«

»Wen haben Sie denn da mitgebracht?« wollte der Kriminalrat Dürrenmaier von Keller wissen, wobei er Anton verwundert betrachtete. »Gehört der neuerdings zum Polizeipräsidium?«

»Dieser Hund«, erklärte Keller höflich, »hört auf den Namen Anton. Er ist mein Gast. Ich betreue ihn – leider nur vorübergehend. Wogegen hoffentlich nichts einzuwenden ist – zumal keine Vorschrift existiert, die den Aufenthalt von Hunden in diesem Hause verbietet.«

»Schon gut, lieber Herr Kollege!« Der Kriminalrat schien an Anton Gefallen zu finden, was der sogleich merkte – er begann zu wedeln. »Was kann dieser Hund denn? Ist er spurensicher, auf Rauschgift abgerichtet – oder was?«

»Er ist ein Menschenbegleiter«, sagte Keller.

Dürrenmaier, höflich wie immer, bot seinem bewährten Todesermittlungsbeamten plus Hund einen bevorzugten Platz an: neben seinem Schreibtisch. »Lieber Herr Kollege«, sagte er dann, »Sie wissen doch, wie sehr ich Sie schätze!«

»Ich weiß«, entgegnete der Kriminalbeamte lächelnd. »Sie haben mich davor bewahrt, mich als Leiter einer Mordkommission vorschnell zu verbrauchen – statt dessen darf ich mich in aller Ruhe mit Leichen beschäftigen.«

»Lieber Herr Kollege Keller, Sie waren kurz davor, einen Minister zu verhaften.«

»Und seinen Staatssekretär dazu.«

»Es war äußerst verwegen, nicht wahr? Wenn auch sicher nicht ganz unberechtigt – doch lassen wir das. Außerdem können Sie ja, falls Sie das wünschen, wieder eine Mordkommission übernehmen – die derzeit wichtigste.«

»Ja, die von Braun, nicht wahr?«

Kriminalrat Dürrenmaier nickte bedeutsam. »Braun«, erklärte er offen, »ist bekanntlich ein hervorragender Praktiker. Aber er hat auch seine schwachen Stellen, seine Vorurteile, seine Fehlerquellen.«

»Heißt das etwa«, fragte Keller hellwach, »Sie erwarten von mir, daß ich die Praktiken des Kriminalkommissars Braun überprüfe?«

Dürrenmaier verlor nichts von seiner Verbindlichkeit. »Ich könnte mir denken: ein Mann mit Ihren Erfahrungen wäre durchaus in der Lage, eventuelle Fehlentwicklungen frühzeitig zu erkennen! Und diese dann, gemeinsam mit mir, rechtzeitig auszuschalten.«

Der Kriminalrat blickte erst Keller an, dann Anton. Der Hund lag zu Füßen des Kriminalbeamten. Alles mutete geradezu idyllisch an.

»Und wie, bitte, stellen Sie sich das praktisch vor?«

»Verhältnismäßig einfach, lieber Herr Kollege – Sie selbst haben bereits eine Möglichkeit dafür angebahnt.«

Der Kriminalrat öffnete das vor ihm liegende Aktenstück. »Hier Ihr Todesermittlungsbericht – betreffend Helga Fein.«

»Es ist, wenn ich mich nicht täusche, der siebenhundertsechzehnte in diesem Jahr. Und bisher haben Sie jeden davon anstandslos gegengezeichnet. Diesmal nicht?«

»Ich stutzte – als ich den Namen Fein las. Und dann beschäftigte ich mich intensiver als gewöhnlich mit Ihrem Bericht. Wobei mich einige Details – die Sie offenbar herauszustellen wünschten – ein wenig beunruhigten. Zufällig, Herr Keller?«

»Ich weiß – Sie können lesen.«

»Also war nichts davon zufällig!« stellte der Kriminalrat fest. »Ihrem Bericht nach könnte durchaus ein Selbstmord vorliegen. Aber Sie verzeichnen auch, unter anderen Verletzungen, eine Schlagstelle am Hinterkopf.«

»Möglicherweise durch den Aufprall eines stumpfen Gegenstandes, als sie sich in den Kanal stürzte – eines Steins oder eines Balkens.«

»Es kann aber wohl auch nicht mit völliger Sicherheit ausgeschlossen werden, daß die Tote vor ihrem Fall in den Kanal durch einen Schlag betäubt worden sein könnte.«

Keller betrachtete seinen Vorgesetzten mit steigender Anerkennung. »Was ist denn schon in unserem Metier völlig ausgeschlossen?«

»Und eben deshalb, Herr Keller, werden Sie sich noch intensiver als bisher mit dieser Angelegenheit beschäftigen müssen – was Sie ja offenbar auch wollen.« Dürrenmaier blickte nunmehr streng dienstlich. »Ich ermächtige Sie dazu! Mit der Anordnung, daß Sie in diesem Fall völlig freie Hand haben, aber mir täglich direkt Bericht zu erstatten haben.«

»Und Sie rechnen damit, daß sich möglicherweise meine Ermittlungen mit denen des Kriminalkommissars Braun überschneiden könnten?«

»Das erhoffe ich sogar – um ganz aufrichtig zu sein.«

»Vielleicht wäre es besser, Sie beurlauben mich – möglichst gleich bis zu meiner Pension?«

»Darüber reden wir später. Zunächst werden Sie hier dringend gebraucht. Und denken Sie daran: es könnte um das Ansehen unserer Kriminalpolizei gehen.«

Dieses München war immer wieder Schauplatz extremer Gegensätze: grundsolider Bürgersinn und heftige Zerstörungswut; milde Biergartengemütlichkeit und wilde Rauflust. Alte Heimat und revolutionäres Neuland.

Radikalität – und oft um jeden Preis! Gefördert durch massierte spätkapitalistische Größenordnungen. Mit schreiender Aufdringlichkeit traten überall dort die gleichen Firmennamen in Erscheinung, wo sich angebliche neue Errungenschaften zeigten: in Schwabing, unter dem Stachus, auf dem Olympiagelände.

Hier wie dort: Kaufhof – Neckermann – Wienerwald – Hertie – Oberpollinger – Woolworth. Hacker, Löwen, Pschorr und sonstige Brauereiimperien. An den wichtigsten Großbaustellen: Duhr – Plattner – Moll. Alles das mit Zustimmung der Stadtverwaltung – die ihre Vorschriften hatte und der kaum etwas anderes übrig blieb, als zuzustimmen. Die Sozialrevolutionäre protestierten lautstark dagegen. Sie forderten Nulltarife für Verkehrsmittel, Strom, Wasser, Gas – dazu Landenteignungen und eine Art Stadtteil-, Straßen- und Hauskommunen.

Der OB meinte: das ließe sich praktisch nicht verwirklichen, das würde das Vielfache von dem kosten, was dieser Stadt an Einnahmen zur Verfügung stehe. Worauf gegnerische Parteifreunde meinten: wenn er so gar keinen Sinn für einen konsequenten Sozialismus entwickeln könne – dann müsse er eben abtreten!

Diese Forderungen stellten ein knappes Dutzend Unterbezirksvertreter. Sie waren von zweihundert Delegierten der zwölftausend Münchner Sozialdemokraten bestimmt worden. Während nahezu achtzig Prozent der Einwohner den OB direkt gewählt hatten.

Seine Feinde, diesseits und jenseits seiner Partei, ersehnten einen Skandal – einen, der an ihn heranreichte. Sie waren kurz davor, ihn zu bekommen.

»Mein Gott, Harald – wie siehst du aus!« rief Melanie Weber besorgt, auf sein Krankenbett zueilend. »Du machst aber auch Sachen!«

»Mache ich die – oder werden sie mit mir gemacht?«

»Sie haben dich eingewickelt wie eine Mumie. Ich werde dafür sorgen, daß du doch wenigstens einigermaßen ansehnlich hergerichtet wirst.«

»Wenn dich mein Anblick stört, Melanie, dann brauchst du nur wegzuschauen – oder wegzugehen.«

»Mein Lieber«, sagte sie nachsichtig, »laß doch diese Scherze. Ich habe das Gefühl: du bist verändert – nicht allein durch deine Verbände, auch in deinem Wesen.«

»Tut mir leid, Melanie, wenn ich dich enttäusche.«

»Mich enttäuschen – du?« Ihre ganze kosmetische Schönheit strahlte ihn an. »Jetzt, mein Lieber, sollst du mich erst richtig kennenlernen.«

...sagte – ein wenig später – Melanie Weber zu ihrer Freundin Hilde Fein:

»...wirst du dir kaum vorstellen können, wie der sich verändert hat. In jeder Hinsicht! Schon rein körperlich: sein Gesicht ist geschwollen; eine Platzwunde mitten auf der Stirn; die Augen blutunterlaufen. Außerdem soll er zahlreiche Prellungen haben...

...trinkt er offenbar wieder; seine Hände sind unruhig. Vermutlich hat er sich – nach Verlassen irgendeiner Kneipe – an einer Schlägerei beteiligt. Dabei ist er zusammengeschlagen und beraubt worden – man weiß doch, wie so was vor sich geht...

...aber dann diese Veränderungen in seinem Wesen... wirklich bedrückend, Hilde... hatte er früher doch immer so etwas wie Humor, so klingt jetzt vieles von dem, was er sagt, eher zynisch und reichlich aggressiv...

Ob er nach Helga gefragt hat? Mit keinem Wort! Nicht einmal nach seinem Hund! Nach dir natürlich auch nicht.«

»Was ist mit Helga geschehen?« fragte Harald Fein.

»Das weiß ich nicht – nicht genau«, versicherte Melanie.

»Sag mir alles, was du davon gehört hast!«

»Ich weiß nur das, was in den Zeitungen steht.«

»Und was weiß Hilde? Was hat sie dir gesagt?«

»Nichts, mein Lieber. Denn unsere Verbindung ist so gut wie abgerissen. Deinetwegen!«

Die letzte Bemerkung schien Harald Fein zu überhören. Er sagte: »Bitte, versuche zu erfahren, was tatsächlich mit Helga geschehen ist – wenn du wirklich etwas für mich tun willst. Frage Hilde nach allen Einzelheiten.«

»Soll ich mich vielleicht auch um deinen Hund kümmern?«

»Nicht nötig – der ist offenbar in guten Händen.«

»Na, wie schön«, sagte sie.

Auskunft des Oberarztes Dr. Huber, Chirurgische Abteilung; etliche Wochen später:

»Harald Fein war der typische Fall eines zusammengeschlagenen Menschen. Ich untersuchte und behandelte ihn – ein operativer Eingriff war nicht notwendig. Doch waren seine Verletzungen relativ schwer. Er schien keine rechte Widerstandskraft zu haben.

Er war einer von jenen Patienten, die alsbald meine persönliche Anteilnahme erregten. Er war unendlich geduldig, in sein Schicksal ergeben und von großer Traurigkeit. Er äußerte keinen Wunsch, beschäftigte keine Schwester, befolgte alle unsere Weisungen – fast ohne irgendeine Frage.

Um so bemerkenswerter, daß sich ihm eine Reihe Menschen geradezu rücksichtslos aufdrängten. Einer davon der Rechtsanwalt Messer. Dann eine Dame namens Weber, die reichlich exzentrisch war und mir beizubringen versuchte, was kosmetische Chirurgie ist.

Und dann war da noch der Mann mit dem Hund!

Ich ließ Harald Fein wissen, daß ich ihm – wenn er es wünsche – jeden Besucher ersparen würde. Worauf er entgegnete: es gebe nun mal Menschen, denen man früher oder später doch nicht ausweichen könne.«

»Du mußt hier heraus!« sagte Melanie Weber in liebevoll besorgtem Ton. »Du versäumst sonst zuviel.«

»Was denn – zum Beispiel?«

»Nun – du mußt deine Arbeit wieder aufnehmen. An deiner Verteidigung arbeiten. Mehr als bisher mit mir zusammensein. In deinem Appartement könnte ich dich ganz anders betreuen...«

»Ach, Melanie, ich brauche nichts als Ruhe, meint der Arzt. Und mich interessiert allein noch, was mit Helga geschehen ist – und wie es Anton geht. Ja, auch Heinz möchte ich gerne sprechen. Aber sonst: ich bin unendlich müde. Ich will schlafen.«

»Darüber wirst du hinwegkommen – mit meiner Hilfe. Ich werde eine private Krankenschwester für dich engagieren. Ich werde versuchen, deinen Sohn aufzutreiben. Und wenn du in deinem Appartement bist, kann dich Anton besuchen – hier im Krankenhaus darf er das ja nicht.«

»Das allerdings«, sagte Harald Fein, sich aufrichtend, »ist ein Argument.«

»Du mußt wieder aktiv werden! Hier habe ich dir zwei Briefe mitgebracht, die möglicherweise wichtig sein könnten.«

Brief eins – an Harald Fein, Dipl.-Ing. und Architekt.

Absender: Konsul Max Emanuel Wagner – Inhaber einer Großbrauerei, Besitzer zweier Hotels, Vorstandsmitglied der Narhalla, Präsident des Altbürgervereins, Mitglied des Olympia-Fremdenverkehrs-Komitees:

»... bedaure ich, Sie darauf aufmerksam machen zu müssen, daß ich Ihnen keinesfalls einen verbindlichen Auftrag erteilt habe, irgendwelche Pläne für ein für mich persönlich gedachtes Haus zu erstellen... haben lediglich rein informatorische Vorbesprechungen... als solche ohne die geringste Bindung... zumal ich auch nicht in absehbarer Zeit beabsichtige... was ich Sie zur Kenntnis zu nehmen bitte...«

Anmerkung hierzu von Harald Fein:

»Konsul Wagner, ein stadtbekannter, allseits geschätzter Ehrenmann, ist ein enger Geschäftsfreund der Firma Plattner.«

Brief zwei – Absender: Mehlinger und Kolbe – Steuersachbearbeiter:

»...müssen wir Sie leider darauf aufmerksam machen, daß sich – auf Grund einer Mitteilung der Firma Plattner, auch für die zuständige Finanzbehörde bestimmt – Ihre anfallende Steuerschuld erheblich vergrößert.

...haben Sie im vergangenen Jahr nicht nur zusätzliche dreißigtausend, sondern insgesamt sechzigtausend Mark der Firma entnommen... woraus sich für Sie nicht nur eine alsbaldige Rückzahlung der vollen überforderten Summe an die Firma Plattner ergibt, sondern auch eine weitere Steuerschuld in Höhe von DM 18520,33, die innerhalb von vierzehn Tagen einzuzahlen wäre...«

Anmerkung hierzu von Harald Fein:

»Die hochangesehenen Steuersachbearbeiter Mehlinger und Kolbe sind seit nahezu zwanzig Jahren im Geschäfts- und Familienbereich Plattner tätig. Von der Firma pauschal honoriert. Mein finanzieller Ruin ist damit komplett.«

»So was, Herr Messer, ist keinesfalls üblich«, stellte der Kriminalbeamte Keller abweisend fest. »Dieses direkte Eindringen in meinen persönlichen Bereich geht zu weit.«

»Ich weiß sehr wohl, Herr Keller«, sagte Messer mit großer Höflichkeit, »daß die Privatwohnung eines Kriminalbeamten tabu zu sein hat – natürlich auch für Rechtsanwälte.«

»Und warum sind Sie trotzdem hier?«

»Nun, sagen wir – um mich zu erkundigen, wie es Anton geht.«

»Gut – den Umständen entsprechend.« Keller wies auf sein Sofa, wo sich der Hund lang ausgestreckt hatte. Er schien von Messer nicht die geringste Notiz zu nehmen – was bei Anton fast schon einer indirekten Sympathieerklärung gleichkam.

»Und warum sind Sie wirklich gekommen?« fragte Keller.

»Um Ihre Hilfe zu erbitten!«

Keller lächelte. Er hatte Messer im Hauptraum seiner Wohnung empfangen: überfüllte Bücherregale – zumeist Fachliteratur.

»Sie kommen also wegen Harald Fein.«

»Genau, Herr Keller! Denn bei diesem Fall komme ich einfach nicht weiter! Nicht einen Schritt!«

»Wer hindert Sie daran?«

»Eine Menge Leute! Und unter diesen auch Kriminalkommissar Braun.«

»Verständlich, Herr Messer. Sie denken völlig anders als er. Sie sind ein exzellenter Strafverteidiger – aber was wissen Sie, beispielsweise, vom kriminalistischen Alltag?«

»Ich lerne ständig zu. Sogar das Lehrbuch für Kriminalistik habe ich durchgeackert, das vom Bundeskriminalamt herausgegeben wurde und an dem Sie mitgearbeitet haben.«

»Es ist nicht schlecht, aber auch nicht gerade vollkommen. Doch nun arbeite ich an einem Buch über Todesermittlungen – das wird ein Standardwerk werden.«

»Sicherlich. Doch im Augenblick beschäftigt mich vor allem eins: mein Mandant Fein verweigert praktisch jede Mitarbeit.«

»Ja, er ist kompliziert.«

»Er ist von geradezu selbstzerstörerischer Unzugänglichkeit! Und nun sagen Sie mir, bitte, wie ich am besten damit fertig werde! Wenn einer das kann – dann Sie!«

Grundlagen für ein »Gutachten« – erstellt von Prof. Dr. Geisenberger – hier von ihm selbst interpretiert; auf Wunsch möglichst allgemeinverständlich:

»... hatte ich mehrmals Gelegenheit, ausführliche Gespräche mit Harald Fein zu führen ... nach beschwerlichen Anfängen spürbar wachsendes Vertrauen ... bis zur fast völligen Aufrichtigkeit ...

... schien sich dabei zu ergeben, daß Harald Fein, wohl nach einer Reihe schwerer menschlicher Enttäuschungen, zu großer Verschlossenheit neigte, zumindest was sein privates Leben anbetraf ...

... hatte er früher, fast bedenkenlos, allen Menschen seiner Umgebung vertraut, dabei auch ebenso bedenkenloses Vertrauen ihm gegenüber erwartet... um auf diese Weise möglichst ungestört und ungefährdet seine Art Eigenleben führen zu können...

...ist er keinesfalls der Typ eines Gemeinschaftsmenschen... sehr sensibel, scheu, äußerst zurückhaltend in allen Äußerungen, ob nun positiver oder negativer Art... leicht verletzbar, in gewisser Weise lebensfremd... wobei Enttäuschungen nicht ausbleiben konnten...«

»So ziemlich das einzige, was ich wirklich von Fein kenne, ist sein Verhältnis zu seinem Hund«, sagte Keller, »und das spricht entschieden für ihn.«

»Dieser Harald Fein reagiert wie ein Seismograph; auf jede noch so kleine Erschütterung. Wie ist dem zu helfen? Ich weiß es nicht.«

»Ach, mein Lieber! Tun Sie doch nicht so, als wären Sie bereits mit Ihrem Latein am Ende. Sie sind mitten in diesem Fall, und was Sie im Augenblick wahrscheinlich benötigen, ist ein Kriminalpraktiker. Nicht wahr – Sie versuchen mich für Ihre Zwecke einzuspannen?«

»Sagen wir: für den Herrn jenes Hundes, der Ihnen offenbar ans Herz gewachsen ist.«

Anton war auf Kellers Schoß gesprungen. Versonnen sagte der Kriminalbeamte: »Wenn Sie bei einem Mann wie Braun weiterkommen wollen, müssen Sie sich auf ihn einstellen und sich seiner Methoden bedienen.«

»Aber wie?«

»Versuchen Sie«, sagte Keller, »mit Braun eine Art Lokaltermin mit Penatsch in der V-Straße 33 zu vereinbaren. Wobei Sie Fein überreden müssen, daß er sich zur Verfügung stellt. Ich bin sicher, daß Braun darauf eingehen wird.«

»Und ob der darauf eingehen wird!« sagte Messer. »Denn dabei sind doch alle Vorteile auf seiner Seite! Sein Kronzeuge Penatsch kennt sich in diesem Haus genau aus – Fein aber hat es nie vorher betreten; Braun wird das natürlich ausnutzen.«

Keller lächelte vor sich hin, wobei er Anton hinter den Ohren kraulte, und sagte: »Das ist doch nicht der springende Punkt! Worauf es hierbei ankommt, ist dies: Sie erhalten damit Gelegenheit, diesen Penatsch näher kennenzulernen – ihn zu beurteilen – und vielleicht, geschickt wie

Sie sind, zu beeinflussen. Zumindest: Sie können ihn verunsichern. Und dann, womöglich, manipulieren. Durch das, was Sie von ihm wissen.«

»Und was, bitte, weiß ich von ihm?«

»Eine Menge – darunter einiges, das sogar Braun wahrscheinlich nicht weiß, weil der offenbar keinen sonderlichen Wert darauf gelegt hat, sich entsprechende Unterlagen zu beschaffen.« Keller genoß Messers Überraschung. »Sie brauchen nur nachzulesen.«

Henri Messer nahm einen eng beschriebenen Bogen Papier entgegen, der vor Keller bereitgelegen hatte. Dieses halbamtliche Dokument verzeichnete unter dem Sammelbegriff »Penatsch« Daten und Details; Messer bestaunte diese Sammlung gründlicher kriminalpolizeilicher Ermittlungen – es war für ihn eine höchst angenehme Lektüre.

»Großartig!« rief er. »Und ich kann darüber verfügen?«

»Sie können, Herr Messer. Das heißt: Sie prägen sich alle Details ein, die Sie für brauchbar halten. Sie dürfen sich sogar Notizen machen. Aber irgendwelche schriftlichen Unterlagen haben Sie niemals von mir erhalten. Klar?«

»Ich besitze also sozusagen amtliches Material; ich darf aber niemals sagen, von wem ich es habe! Akzeptiert. Und dieses Material ist tatsächlich einwandfrei?«

»Es handelt sich um Auszüge aus Polizeiakten. Ermittlungen von Spezialbeamten und Angaben verläßlicher Vertrauensleute. Aber, bitte, achten Sie darauf: dies ist lediglich eine Materialsammlung – so gut wie nichts davon besitzt rein juristische Beweiskraft.«

»Habe völlig begriffen!« bestätigte Messer entzückt. »Eine Art Spielmaterial – es kommt ganz darauf an, wie man es ausspielt.«

Keller lächelte. »Sie lernen schnell!«

»Kunststück – bei einem Lehrmeister wie Sie!«

Auszüge aus einem Telefongespräch – auf Tonband aufgenommen – zwischen Staatsanwalt Dr. Barthel und Kriminalkommissar Braun:

Barthel: Ich frage lediglich an, um mich allgemein zu informieren. Wie weit sind Sie mit dem Fall V-Straße 33?«

Braun: »Nicht viel weiter, Herr Staatsanwalt. Harald Fein ist und bleibt für uns der Hauptverdächtige Nummer eins!«

Barthel: »Sonst niemand?«

Braun: »Niemand sonst bietet sich zwingend an.«

Barthel: »Das, Herr Kriminalkommissar, registriere ich mit einer gewissen Beruhigung. Falls Sie sich aber gezwungen sehen sollten, dabei noch Namen von Persönlichkeiten der Öffentlichkeit, zum Beispiel Politikern, ins Spiel zu bringen, bitte ich Sie dringend, mich unverzüglich zu benachrichtigen.«

»Du hast dich mehrmals geweigert, mich zu empfangen«, stellte Abendroth, der Stadtplaner, ohne den geringsten Vorwurf fest. »Und das hast du, wie ich dich kenne, allein aus Rücksicht auf mich getan.«

»Du kennst mich«, sagte Harald Fein in seinem Krankenbett. »Aber ich fürchte, du kennst mich noch nicht gut genug!«

Abendroth, der sich auf den Besucherstuhl setzte, hatte ein schmales, hageres, von hundert Falten durchfurchtes Gesicht. Seine hohe Stirn wirkte abweisend glatt. Er war fast auf den Tag genauso alt wie Harald; sechsundvierzig Jahre.

»Als du, vor zwei bis drei Jahren«, sagte Abendroth behutsam, »unsere Freundschaft – nun, sagen wir: einfrieren ließest, habe ich mir denken können, weshalb. Aber ich konnte dich nicht daraufhin ansprechen.«

»Willst du das jetzt nachholen?«

»Reichlich spät, wie? Aber ich hoffe, noch nicht zu spät.«

Harald Fein schloß die Augen. »Du kennst also die Wahrheit«, sagte er.

Abendroth nickte. »Deinen Teil der Wahrheit – während du offenbar meinen Anteil daran nicht kennst.«

Nachrichten des Rundfunks:

»... verkündete der Parteivorsitzende der CSU auf einer Wahlversammlung, daß der Abgeordnete Geldner, FDP, den Wunsch geäußert habe, seine Partei zu verlassen, und um Aufnahme in die CSU ersuche...«

»... erklärte der Vorsitzende der Bundestagsfraktion der FDP, daß der Abgeordnete Geldner keinesfalls die Absicht habe, seine Partei zu verlassen. Er sei lediglich zum Schein auf Angebote der CSU eingegangen, um deren Abwerbemethoden zu entlarven.«

»Daß du gekommen bist – dafür danke ich dir! Du willst mir helfen, aber das kann ich nicht annehmen. Denn ich muß dir nun wohl endlich erklären, warum sich damals unsere Wege getrennt haben. Sich trennen mußten.«

»Laß mich das sagen«, verlangte Abendroth, »es wird mir vermutlich leichter fallen als dir.«

»Nein, Hermann, das ist meine Angelegenheit!« Und mit großer Anstrengung sagte er: »Plattner hatte mich immer wieder auf dich angesetzt – speziell auf deine Vorausplanungen für die U-Bahnbauten und die Zufahrtswege zum Olympiagelände. Ich weigerte mich zunächst. Dann kapitulierte ich – um endlich meine Ruhe zu haben, vor den Pressionen Plattners, dem Drängen meiner Frau, den Forderungen von Leuten wie Jonass.

Bei meinem letzten Besuch in deinem Amt hast du mir Einblick in deine Entwürfe gegeben – ganz freundschaftlich – vertrauensvoll. Und du weißt, ich besitze das, was man ein fotografisches Gedächtnis nennt; wie viele Architekten.«

»Ja, Harald – das wurde mir bald klar.«

»Aber du hast mir niemals zugetraut, was tatsächlich geschehen ist! Ich habe deine Entwürfe, aus dem Gedächtnis, rekonstruiert und sie dann Plattner zugänglich gemacht. Der sie auf seine Weise auswertete. Das ist die Wahrheit. Und danach konnte ich dir nicht mehr in die Augen sehen. Denn so handelt kein Freund!«

Weitere Rundfunknachrichten:

»...erklärte der Fraktionsvorsitzende der CSU, im Bundestag, es sei versucht worden, ihn auf äußerst hinterhältige Weise zu täuschen...«

»...erklärte der angeblich übertrittswillige Abgeordnete Geldner, lediglich um die Klärung fragwürdiger politischer Manipulationen bemüht gewesen zu sein, zwecks Entlarvung von hinterhältigen Täuschungsmanövern...«

»Ach, Harald, alter Freund«, sagte Hermann Abendroth. »So, wie du das siehst, ist es nicht gewesen!«

»Du hast mir vertraut, und ich habe dich betrogen.«

»Nein – das stimmt nicht.«

»Plattner hat, durch mich, frühzeitig deine Entwürfe kennengelernt – und damit Millionen verdient. Das ist eine Tatsache – und die ist nicht auszulöschen!«

Kommentare, im Anschluß an die Rundfunknachrichten, von zwei Sendern – dem bayerischen und dem hessischen:

Erstens: »...ist dies ein Vorgang, der kriminelle Züge trägt... die Rolle des ›agent provocateur‹, der keinerlei Sympathie verdient... gipfelnd in einem von Geldner unterschriebenen Brief an den zweithöchsten Repräsentanten unseres Staates, der als glatte Lüge bezeichnet werden muß...«

Zweitens: »...ist dies ein Vorgang, der unsere Demokratie in Frage zu stellen droht... ein schäbiger Kuhhandel mit Mandaten, der die Nominierung der angeblich von den Wählern zu bestimmenden Volksvertreter als interne parteipolitische Manipulationen entlarvt... nur noch energische, wirksame Distanzierung von derartigen Elementen...«

»Deine Wahrheit, Harald, ist nicht die ganze Wahrheit. Denn: die Pläne, die du an Plattner weitergeleitet hast – waren nicht meine endgültigen Pläne. Ich habe sie umgearbeitet.«

»Nach meinem Besuch bei dir?«

»Bald danach. Ich änderte sie – und zwar gründlich –, weil sie mir nicht mehr gefielen. Du hast also Plattner Unterlagen geliefert, die nicht mehr mit meinen Entwürfen übereinstimmten.«

»Aber sie stimmten doch!«

»Das ist ein Zufall. Wenn tatsächlich deine an Plattner gelieferten Details weitgehend dem später offiziell verkündeten Bauvorhaben entsprachen – so stammten die Entwürfe dazu nicht mehr von mir, sondern von einem der zwei weiteren hinzugezogenen Stadtplaner aus Frankfurt und Berlin.«

»Jetzt erst«, sagte Harald Fein, »wird mir klar, was ich angerichtet habe – wie groß meine Schuld ist.«

»Du solltest nicht weiter darüber nachdenken. Belaste dich nicht auch noch damit – du hast es schwer genug.«

»Seit Jahren, Hermann, verfolgt mich diese Angelegenheit – dieser Verrat an einem Freund. Der Gedanke, daß ich dich nicht nur betrogen hatte, sondern dich darüber hinaus auch noch gefährdete, machte mich krank. Ich konnte nicht mehr konzentriert arbeiten, ich begann zu trinken. Ich verachtete mich.«

»Mein Gott – ein klärendes Wort unter Freunden hätte genügt.«

»Nein – so einfach ist das nicht! Du übersiehst dabei Plattner. Die gelieferten Rekonstruktionen deiner Unterlagen über die Zufahrtsstraßen zum Olympiagelände wurden zu seinem größten Druckmittel gegen mich. Denn er drohte mir: wenn ich ihm Schwierigkeiten machte, würde er dich auffliegen lassen.«

»Das kann er nicht!«

»Aber er könnte den Versuch machen – und allein das würde viel Staub aufwirbeln, ganz gleich mit welchem Endergebnis.«

»Laß es darauf ankommen, Harald!«

»Nein! Ich muß das allein auf mich nehmen. Und nun auch noch dies: ich habe dich damals gezwungen, auf die Verwertung deiner ursprünglichen Arbeit zu verzichten. Und die war gut! Es war die beste, die überzeugendste Lösung – und du hast sie anderen überlassen müssen.«

Abermalige Erklärungen – über Presse, Rundfunk und Fernsehen – von den Vorsitzenden der betroffenen Parteien zum Fall Geldner:

Der eine:

»... sind hier Methoden angewendet worden, daß man sich versucht fühlt, von Ganoven und Gangstern zu sprechen ...«

Der andere:

»... hat ein aufrechter Demokrat seinen guten Namen aufs Spiel gesetzt, um dann von Gangstern und Ganoven ...«

»Du siehst alles zu kompliziert«, sagte Hermann Abendroth.

»Was ändert das an dem, was ich getan habe«, sagte Harald Fein. »Einem Freund gegenüber!« Und dann, leise: »Dem einzigen, den ich jemals hatte.«

»Und der dein Freund geblieben ist. Darum bin ich gekommen. Bitte – was kann ich für dich tun?«

»Ich weiß nur, Hermann, was ich für dich tun kann!« Fein erklärte das mit nahezu feierlicher Entschiedenheit. »Nämlich dies: deine Kreise nicht stören! Die Arbeit deiner letzten Jahre nicht gefährden! Und deshalb bitte ich dich, mich zu verlassen.«

»Schalte den Radioapparat lauter«, empfahl Abendroth lächelnd. »Und laß uns das Geheul der Schakale genießen.«

Empfang beim Landtagspräsidenten, einem honorigen, großzügig und gemütlich wirkenden Mann, veranstaltet für »Persönlichkeiten aus dem Wirtschaftsleben«.

Udo Argus von der »Morgenzeitung« schrieb darüber:

»... hatten sich im großen, von Kristallüstern blendend erhellten Saal, unter dem beherrschenden Wappen des Landes, eingefunden, rings um ein erlesenes Büfett der bewährten Firma Käfer gruppiert, an Einzeltischen angeregt plaudernd, zahlreiche Persönlichkeiten ...«

Worauf die übliche Aufzählung folgte – volle Namensnennung, mit Titel und Rang. So etwa, außer dem Landtagspräsidenten: zwei Minister, vier Staatssekretäre, vierundzwanzig Landtagsabgeordnete, fünf Senatoren, einer der beiden Stellvertreter des OB, ferner Repräsentanten von Banken, Versicherungen, einem Motorenwerk, einer elektronisch-waffentechnischen Entwicklungsgruppe, zwei Ölraffinerien, drei Transportgesellschaften, fünf Großbauunternehmen – und so fort. An die zweihundertfünfzig Personen.

... führte der Herr Landtagspräsident aus:

»... habe ich vor einigen Wochen die Ehre und Freude gehabt, bedeutende Vertreter von Kultur und Wissenschaft, Theater und Film in diesen Räumen zu empfangen ... werde in einigen Wochen Repräsentanten von Landwirtschaft und Forsten, sowie Schlössern und Seen, Heimat und Brauchtum ... habe ich heute die Freude und Ehre, maßgebliche Persönlichkeiten ... die zum Wohle unseres Landes und seiner Menschen ...«

Der nahezu erblindete Nestor des sozialdemokratischen Volkes des Freistaates Bayern wurde von einer Landtagsabgeordneten seiner Partei sorgsam betreut. Er lächelte vor sich hin. Einstmals war er der populäre Ministerpräsident dieses Landes gewesen.

Sein Lieblingsschüler, der OB dieser Stadt, besorgte ihm noch schnell den »großen Kulturpreis«. Gegen alle christlich-sozialen Widerstände. Ehrenbürger von München war er bereits.

Niemand sprach ihn mehr an. Völlig vereinsamt saß er inmitten der Menschen. Sein Lächeln erstarrte.

Zwei der fünf eingeladenen Großbauunternehmer saßen am gleichen Tisch: Plattner und Duhr – von Duhr-Beton, Duhr-Transport, Duhr-Hoch und Tief, Duhr-Straßen, Duhr-Kräne und -Bagger. Sie schienen diesen Abend zu genießen.

Plattner: »Das Projekt Ausfallstraße Ost plus Zubringer West ist mir so gut wie sicher. Das ganz vertraulich. Ich besitze in diesen Gebieten erhebliche Geländeanteile.«

Duhr: »Wozu ich dir nur gratulieren kann!«

Plattner: »Nicht nur mir – du kannst auch dir dazu gratulieren! Denn auf eine weitgehend abgestimmte Aktion mit einer Firma deiner Größenordnung würde ich Wert legen.«

Duhr: »Haben wir nicht schon immer – zum beiderseitigen Vorteil – erfreulich zusammengearbeitet?«

Plattner: »Haben wir! Was natürlich stets auf Gegenseitigkeit beruhen muß. Und eben deshalb, mein Lieber, betrübt es mich zu vernehmen, daß du beabsichtigst, für die Einrichtung eines Privathauses – Wert: drei Millionen Mark – Herrn Fein in Anspruch zu nehmen.«

Duhr: »Weil der – ich bitte dich – dein Schwiegersohn ist! Weshalb denn wohl sonst?«

Plattner: »Der ist mein Schwiegersohn gewesen! Er hat mein Vertrauen mißbraucht; und er ist sogar in kriminelle Angelegenheiten verwickelt... So was kannst du mir doch nicht antun.«

Duhr: »Wenn das so ist, kannst du versichert sein – so was würde ich dir niemals antun!«

Das Treppenhaus in der V-Straße 33 war am hellen Tage voll beleuchtet – der Hausmeister Penatsch hatte dafür gesorgt.

Henri Messer wirkte ungemein heiter. Doch Harald Fein, der – für zwei Stunden – sein Krankenzimmer hatte verlassen dürfen, stand verloren herum. Penatsch war Mittelpunkt. Und Kriminalkommissar Braun, von Kriminalinspektor Feldmann begleitet, schien große Hoffnungen auf seinen Kronzeugen zu setzen.

»Von wo aus also, Herr Penatsch«, fragte Braun, »haben Sie Herrn Fein gesehen?«

»Vom fünften Treppenabsatz aus – als er vor der Tür zum Appartement der Ermordeten stand, gegen dieselbe klopfte und dabei laute Rufe ausstieß.«

»Stellen Sie sich, bitte, genau dorthin, Herr Fein«, forderte Braun.

Fein hatte sich, weisungsgemäß, in seinen braunen Mantel gehüllt und dazu einen Hut aufgesetzt, ebenfalls von brauner Farbe. Nun stand er in unmittelbarer Nähe der Tür – dagegen zu klopfen, weigerte er sich.

»Klarer Fall!« rief Henri Messer, der Rechtsanwalt, aus. »Das Licht der Treppenhausbeleuchtung fällt der Person an der Tür in den Rücken – deren Gesicht kann also nicht erkennbar gewesen sein!«

»Ich habe es aber gesehen – denn er drehte sich plötzlich herum, vielleicht weil er mich kommen hörte«, erklärte Penatsch ruhig. »Ich bin sicher, daß es der Herr Fein gewesen ist!«

»Langsam«, meinte Messer, »nur langsam! Achten Sie doch mal, Herr Penatsch, auf folgendes: erst kommt die Treppe, dann die Tür, dann erst die Lichtquelle.«

»Na – und?« wollte der wissen.

»Lassen Sie sich nur nicht für dumm verkaufen!« sagte Braun zu seinem Zeugen. »Womit man Sie hier in die Pfanne hauen will, ist ganz einfach dies: wenn Herr Fein an der Tür gestanden hat, konnten Sie dort sein Gesicht kaum erkennen – wenn er dann durch von Ihnen erzeugte Annäherungsgeräusche abgelenkt wurde, hat er treppabwärts geblickt. Aber immer noch nicht in die Lichtquelle hinein! Kapiert?«

»Dann«, meinte Penatsch, »habe ich mich wohl etwas falsch ausgedrückt. Fest steht jedenfalls: er hat sich umgeblickt – nach allen Seiten! Und dabei wurde sein Gesicht voll beleuchtet.«

Braun nickte energisch. Dann wollte er von Messer wissen: »Sonst noch eine Frage?«

»Eine zumindest noch. Herr Penatsch – sind Sie wirklich absolut sicher, sich nicht zu täuschen?«

»Absolut! Ich habe das doch schon mehrmals versichert – es ist sogar schriftlich niedergelegt.«

»Es kann aber schließlich vorkommen, daß man dennoch einem Irrtum unterliegt.« Er ging näher auf Penatsch zu und lächelte ihn an, worauf der aufs freundlichste zurücklächelte. »Sie haben«, sagte Messer, »doch sicher schon mal den schönen Ausspruch gehört: Irren ist menschlich?«

»So nicht ganz«, leistete es sich Penatsch, höflich vorgeneigt dastehend, zu scherzen. »Bei uns hieß es: seid menschlich zu den Irren!«

»Wo – bei uns?« wollte Messer sanft wissen. »Im Gefängnis?«

»Stop!« rief der Kriminalkommissar Braun. »Keine derartigen Andeutungen, bitte, Herr Rechtsanwalt! Denn falls Sie das nicht wissen sollten, bin ich gerne bereit, Sie aufzuklären: eine Vorstrafe kann den Wert einer Zeugenaussage keineswegs herabmindern. Vermeiden Sie also derartige Pressionsversuche.«

Henri Messer lächelte unbeirrt: »Ob nun, Herr Penatsch«, sagte er, »irrende Menschen oder Menschlichkeit gegenüber Irren – meinen Sie nicht auch, daß nicht unbedingt alles zutreffen muß, was man glaubt gesehen zu haben? Wie ja auch nicht in jedem Fall das feststehen muß, von dem man sicher ist, es gehört zu haben.«

»Mann«, meinte Braun in überlegenem Ton, »nun übersetzen Sie dem das mal in normales Deutsch.«

»Gerne«, sagte Messer. »Da habe ich – sagen wir: um ein Beispiel zu nennen – von einem Fall gehört, der etwas über drei Jahre zurückliegt. Damals behauptete ein Häftling in einer Strafanstalt von einem anderen in der gleichen Zelle, der habe ihm gegenüber das Geständnis abgelegt, an einem Mord beteiligt gewesen zu sein.«

Diesbezügliche Notiz des Kriminalbeamten Keller – in die Henri Messer hatte Einblick nehmen dürfen –, verzeichnet als Nummer 5:

»Penatsch, Peter Paul – Oktober-November 1968 einsitzend in Stadelheim; wegen Beteiligung an Pelzdiebstahl und Hehlerei. Dabei vermutlich als V-Mann angesetzt, auf seinen Mitgefangenen Bleichert. Dieser verdächtigt wegen Beihilfe beim Mord an einem Zahnarzt, was er stets ableugnete.

Bleichert legte dann angeblich in Gegenwart von Penatsch ein Geständnis ab; und zwar dahingehend: seine Hörigkeit, einer Frau namens Gruhner gegenüber, wäre von dieser ausgenützt worden. Erklärung an Eides Statt wurde abgegeben.«

»Eine Behauptung«, erklärte Rechtsanwalt Messer geduldig, »die sich dann später eindeutig als falsch erwies. Denn der angeblich Geständige war völlig unbeteiligt – er kam für die Tat überhaupt nicht in Frage. Der Belastungszeuge aus der Gefängniszelle gab denn auch schließlich zu, sich möglicherweise verhört zu haben. Nicht wahr – so kann man sich irren?«

Der Hausmeister Penatsch war zurückgewichen. Er blickte, leicht verstört, um sich – jedoch nicht zu Braun hinüber. Der Kriminalkommissar hatte sich aufgerichtet – stand wie sprungbereit da. Auf den oberen Treppenstufen hatte Harald Fein sich hingesetzt. Feldmann bemühte sich um ihn.

»Worauf, Herr Messer, wollen Sie damit hinaus?« fragte Braun.

»Auf nichts Besonderes – vorläufig noch nicht.« Der Rechtsanwalt blickte dabei Penatsch durchdringend an. »Mir geht es zunächst nur um einige Hinweise, für die der Herr Zeuge, wie ich hoffe, Verständnis entwickeln sollte. Ist das so?«

»Na ja – wenn Sie mich so direkt fragen: so gut wie hundertprozentig ist natürlich gar nichts garantiert.« Penatsch sah niemand dabei an. »Ich kann jedenfalls nur versichern, daß ich stets im guten Glauben gehandelt habe – immer! Wobei ich natürlich auch nicht völlig sicher sein konnte...«

»Halten Sie gefälligst Ihre Schnauze!« rief Braun. »So kommen wir nicht weiter! Ich erkläre diese Veranstaltung zunächst einmal für beendet!«

Kriminalkommissar Braun – unmittelbar nach diesen Vorgängen – bei Kriminalrat Dürrenmaier:

Braun: »So, Herr Kriminalrat, geht das nicht weiter!«

Dürrenmaier: »Alles geht weiter! Was beunruhigt Sie denn diesmal?«

Braun: »Es ist versucht worden, meinen wichtigsten Zeugen im Fall Fein...«

Dürrenmaier: »Erlauben Sie mir, bitte, Sie darauf aufmerksam zu machen – es gibt keinen Fall Fein! Es handelt sich hierbei lediglich um die leider noch immer ungeklärte Ermordung einer weiblichen Person – also, bitte, keine Spekulationen! Und nun erklären Sie mir: was ist denn mit Ihrem angeblich wichtigsten Zeugen los?«

Braun: »Man hat versucht, den zu manipulieren – durch diesen Rechtsanwalt Messer! Gewiß auf legale Art. Was mich dabei empört, ist jedoch die Tatsache, daß dieser Messer mit Kenntnissen aus polizeiinternen Akten operiert.«

Dürrenmaier: »Ach, mein Lieber – diese Akten! Zu Millionen gelagert – im Bundeskriminalamt, in den Landeskriminalämtern, bei uns, in den Polizeipräsidien, und wer weiß, wo nicht noch alles! Akten kann sich schließlich jeder zulegen, jede Immobilienfirma, jedes Baubüro; warum nicht auch ein Rechtsanwalt?«

Braun: »Aber die Fakten, mit denen Messer operiert, die kann er eigentlich nur aus internen Polizeiunterlagen haben.«

Dürrenmaier: »Haben Sie einwandfreie Beweise dafür?«

Braun (mühsam): »Nein.«

Dürrenmaier: »Dann halten Sie sich zurück! Seien Sie, um Gottes willen, äußerst vorsichtig!«

Der Tag, an dem Helga Fein begraben wurde, war von strahlender, frühherbstlicher Schönheit. München leuchtete – wieder einmal. Den Friedhof erfüllte Sonne.

Die Friedhöfe von München lagen einstmals – und das war erst wenige Jahrzehnte her – am Rande der Stadt, an den Ausfallstraßen, wo die Häuser immer niedriger wurden und kleine Gärten hatten.

Jetzt hatte sich die Stadt nicht nur bis an die Friedhöfe herangeschoben, sondern sich um sie herum ausgedehnt – sie umarmend, sie langsam erstickend, mit immer höher werdenden Betonklötzen. So wurden Gräberfelder zu neuen Stadtzentren.

Sie waren gepflegt, gut verwaltet und muteten völlig überfüllt an. Der Tod in dieser Stadt beanspruchte immer mehr Raum. Wo Gräber lagen, hätten Bauplätze sein können: Hochhäuser, Reihenhäuser, Einzelhäuser... Volkswirtschaftlich arteten Begräbnisse hier in Luxus aus.

Grablegungen, in diesem München, allein an einem einzigen Tag: Waldfriedhof, alter Teil: vier. Waldfriedhof, neuer Teil, Feuerbestattungen: sechs. Weitere Erdbestattungen, abermals Waldfriedhof, neuer Teil, Lorettoplatz: sechs. Westfriedhof: acht. Feuerbestattungen, Aussegnungshalle, Nordfriedhof: vier; plus vier.

Ostfriedhof, Friedhof am Perlacher Forst, Friedhof Untermenzing,

Friedhof Pasing, Friedhof Alt-Perlach, Haidhausen, Sendling, Grünwald, Oberhaching: insgesamt achtzehn.

Großbetrieb – an diesem Tag – im Krematorium Ostfriedhof. Von 8.30 bis 16.00 Uhr wurden dort zwölf Tote bestattet. Die Namen: Rusch, Schulze, Brunner, Fromberger, Siebler, Bella, Lichtinger...

Noch waren in dieser Stadt allen Bürgern Gräber garantiert. Und eins davon sollte Helga Fein gehören.

Aus den Aufzeichnungen des Kriminalbeamten Keller:

»Diesem Begräbnis von Helga Fein waren einige behördliche, verwaltungstechnische und auch kirchenrechtliche Papierspielereien vorausgegangen – die dann auf meinem Schreibtisch landeten.

Dabei ging es um folgendes: in meinem Ermittlungsbericht, den der Totenschein des Amtsarztes bestätigte, befand sich die Formulierung ›Selbstmord‹. Was zu bestattungstechnischen Komplikationen und dann zu behutsamen Schwierigkeiten von kirchlicher Seite aus führte – war doch ein würdiges, wenn auch keinesfalls prunkvolles katholisches Begräbnis geplant. Und dieser Hinweis auf Selbstmord störte dabei.

Deshalb wurde der ganze Vorgang, offenbar ausgelöst von einem übereifrigen Aktenhengst, über städtische Behörden, Ärztekammer und erzbischöfliches Ordinariat noch einmal dem Polizeipräsidium zugeleitet, also mir als dem zuständigen Sachbearbeiter. Und ich schrieb, zusätzlich zu meinem Befund, ohne zu zögern: ›Die Möglichkeit eines Unfalls ist nicht ausgeschlossen.‹ Unterschrieben: Keller, Kriminalkommissar.

Es war übrigens – was ich natürlich nicht wissen konnte – meine letzte Unterschrift als Kriminalbeamter.«

Die Aufbahrung von Helga Fein – in einem mit Silber beschlagenen Eichensarg – war in einer Aussegnungshalle des zuständigen Friedhofes erfolgt. Sie war für sogenannte »kleine Beerdigungen« berechnet: lediglich drei Bänke für die Angehörigen.

Herr Plattner, als Familienoberhaupt, hatte angeordnet: »Nur allerengster Familienkreis. Anteilnahme der Öffentlichkeit dankend verbeten. Anzeigen und Trauermitteilungen erst nach erfolgter Beerdigung.«

Herr Plattner ließ sich um 13.45 Uhr – der Beginn der Beisetzungsfeierlichkeiten war auf 14.00 Uhr festgesetzt – mit seinen nächsten Angehörigen, Tochter Hilde und deren Sohn Heinz, in seinem Mercedes 600 vorfahren. Sonstiger Teilnehmer war allein Herr Jonass – der jedoch seinen eigenen Wagen benutzte, einen roten Porsche.

Jonass war einige Minuten vor Plattner eingetroffen. Er erwartete ihn am Hauptportal. Worauf Plattner wissen wollte: »Haben Sie Vorsorge getroffen, daß diese Veranstaltung – diese Feier – völlig ungestört vor sich gehen kann?«

»Ich habe alles getan«, versicherte Jonass, »was im Bereich meiner Möglichkeit liegt.«

Amtmann Palmbrecher – zuständig für die Verwaltung dieses Friedhofs – um nähere Angaben gebeten:

»Es hat sich um kein alltägliches Begräbnis gehandelt – ich erinnere mich noch ziemlich genau an verschiedene Einzelheiten. Da war zunächst einmal dieser umfangreiche Schreibkram – von wegen Selbstmord oder Unfall! Sonderplatz Plattner – oder Reihengrab. Hat mich eine Menge Zeit gekostet.

Dieser Vorgang hatte die Registriernummer 71/364.

Am Vortage des Begräbnisses wurde mir ein recht bemerkenswertes Ansinnen zugemutet. Von einem Herrn Jonass, der sich als Bevollmächtigter von Herrn Plattner auswies und wissen wollte, ob Absperrmaßnahmen geplant wären. Und wer dafür zuständig wäre – die Friedhofsverwaltung, Wachleute der Schließgesellschaft, oder etwa die Polizei!

Ich war, gelinde gesagt, verwundert. Ich sagte ihm: dies ist ein Ort des Friedens – und er ist als solcher bisher immer respektiert worden. Was er denn befürchte?

Worauf der sagte: das möglicherweise gewaltsame Eindringen unerwünschter Elemente. Denn die unmittelbaren Leidtragenden – eine der ersten und einflußreichsten Familien unserer Stadt – legten Wert darauf, daß jede Provokation vermieden werde.

Worauf sich herausstellte: der meinte damit ›den nominellen Vater‹, wie er sich ausdrückte, der Toten. Dessen Anwesenheit sei unerwünscht – mithin müsse ihm, einem gewissen Harald Fein, der Zutritt zum Friedhof untersagt werden. Was ich ablehnte.

Woraus sich dann einige Komplikationen ergeben sollten. Zumal da noch ein Mann mit einem Hund aufkreuzte!«

Plattner bedeutete seiner Tochter und deren Sohn, vorauszugehen – er komme gleich nach. Dabei sah er blinzelnd in das frühherbstliche, farbige Leuchten; schien es aber gar nicht wahrzunehmen. In diesem Augenblick sah er nur Jonass.

»Sie haben also vorgesorgt«, sagte Plattner. »Denn ich könnte jetzt – in einer solchen Stunde – den Anblick dieses Menschen nicht ertragen!«

»Ich habe«, berichtete Jonass, »unmittelbar vor dem Haupttor zwei unserer verläßlichsten Leute postiert – den Portier des Materiallagers Süd und einen äußerst ergebenen Vorarbeiter. Diese beiden werden alles tun, was in ihren Kräften steht – und das ist nicht wenig. Falls Fein tatsächlich versuchen sollte, sich uns aufzudrängen.«

»Ich will nichts«, glaubte Plattner bemerken zu müssen, »als schlichte Würde und andächtige Stille!«

Damit schritt er, seiner Tochter und dem Enkel folgend, auf die Aussegnungshalle eins zu. Dort nahm er seinen Hut ab – und es war, als habe er ihn nur aufgesetzt, um ihn hier abnehmen zu können.

Vor dem Haupttor des Friedhofes war inzwischen, wie auf einem Spaziergang, ein Mann eingetroffen – mit einem Hund, der dicht neben ihm hertrottete: Keller mit Anton.

Keller blieb stehen und blickte um sich; Anton setzte sich, den Kopf dicht an Kellers Beinen. Beide wirkten erwartungsvoll.

Keller betrachtete den Friedhof, die Leichenhalle, das Plattnergrabgelände; vom Tor aus gut zu übersehen. Alles schien begräbnismäßig – bis auf eine Kleinigkeit, die Keller als ungewöhnlich registrierte: beim Eingang standen zwei Männer – wie Wachposten. Als Anton sie witterte, begann er zu knurren.

Und diese Männer sah sich Keller, von Anton angeregt, näher an. Sie waren stämmig und wirkten entschlossen. Keller hatte das Gefühl, sie schon irgendwann einmal, wenn auch nur höchst flüchtig, gesehen zu haben.

Ein Taxi fuhr vor; ihm entstieg Harald Fein. Anton stürzte ihm entgegen, sprang an ihm hoch, jaulte, miefte, wand sich, heulte auf. Er sprach.

Harald Fein kniete nieder – ohne Rücksicht auf den lehmigen Schmutz vor dem Friedhofstor. Er umarmte seinen Anton – etwas mühsam, da er Schmerzen hatte. Nur ungern hatte ihn sein Arzt, wiederum für zwei Stunden, beurlaubt.

Keller betrachtete diese heftige Freude zwischen Mensch und Tier. Die meisten Hunde, die ihm über den Weg gelaufen waren, litten, in seinen Augen, an unerwiderter Zuneigung.

»Anton liebt Sie«, stellte er fest.

Während er das sagte, löste sich Anton von Fein, eilte auf Keller zu, blieb vor dem stehen, setzte sich dann, sah zu ihm hoch.

Fein lächelte verständnisvoll, reichte Keller die Hand und sagte: »Aber Sie liebt er auch! Sie können sich gar nicht vorstellen, wie glücklich ich bin, daß Anton von Ihnen betreut wird.«

»Er macht mir Freude«, sagte Keller. »Aber nun gehen Sie – es ist höchste Zeit! Ich werde hier mit Anton auf Sie warten.«

»Danke«, sagte Harald Fein und setzte sich in Bewegung – auf das Eingangstor des Friedhofes zu.

Hier stellten sich ihm die beiden Männer entgegen. Und einer von ihnen, der Vorarbeiter, erklärte, nahezu gemütlich: »Unbefugten ist der Zutritt verboten!«

»Was, bitte – sagen Sie da?« fragte Harald Fein ungläubig.

»Sie sind hier unerwünscht!« bestätigte der Vorarbeiter. »Anordnung von Herrn Plattner! Das genügt Ihnen doch wohl.«

Harald Fein schüttelte den Kopf. Er blickte zurück zu Keller – und sah den bereits auf sich zukommen. Während Anton, abermals knurrend, die Zähne zu fletschen begann und vorwärts drängte.

Keller verkürzte Antons Leine und näherte sich interessiert den beiden Leuten am Tor. Er betrachtete sie genau, während der geduldige, sanfte Anton Anstalten machte, sie wütend anzuspringen. »Nur immer mit der Ruhe, mein Lieber«, sagte Keller zu ihm. Und zu den beiden Männern: »Lassen Sie den Unsinn. Geben Sie den Weg frei.«

»Mischen Sie sich hier nicht ein!« sagte, plötzlich sehr laut, der Vorarbeiter. »So was haben wir aber gar nicht gerne, wenn einer seine Nase in

Dinge steckt, die ihn nichts angehen!«

»Herr Fein, kennen Sie etwa«, fragte Keller, der Anton nur mühsam bändigen konnte, »diese beiden Knalltypen?«

Harald Fein nickte. »Der eine ist Vorarbeiter in der Firma Plattner – Spezialist für Stahlbeton, mit Namen Rogalski. Der andere, Pollock, ist Pförtner in einem Materiallager.«

»Stimmt«, sagte Rogalski breit. »Na – und? Wir arbeiten für Herrn Plattner – auch jetzt!«

»Und ich«, erklärte Keller, nun schon fast knurrend wie Anton, »arbeite für die sogenannte Gerechtigkeit!« Er zog einen Ausweis hervor, streckte ihn den beiden entgegen. Nach drei Sekunden klappte er ihn wieder zu und steckte ihn ein. »Mein Name ist Keller. Ich bin Kriminalkommissar.«

Beide zeigten sich beeindruckt. »Das konnten wir natürlich nicht wissen.«

»Jetzt wissen Sie es! Und nehmen Sie gefälligst folgendes zur Kenntnis: der Versuch, irgend jemand am Betreten eines öffentlichen Geländes, etwa eines Friedhofes, zu behindern, ohne dazu befugt zu sein, ist eine Bedrohung, die Sie mindestens sechs Monate Freiheitsentzug kosten kann.«

»Ich weiß nicht, was Sie von uns wollen«, meinte Rogalski, der Vorarbeiter, sich gemeinsam mit Pollock zurückziehend: sie gaben den Eingang frei. »Wir wollten doch nur Herrn Fein gut zureden, keine Dummheiten zu machen – im Sinne von Herrn Plattner. Das ist uns aufgetragen worden! Und weiter gar nichts!«

»Sie übersehen dabei«, meinte Keller, auf Anton blickend, »daß Sie unserem Hund mißfallen! Und ich frage mich – warum?«

Nebunzahl, Sylvester – katholischer Seelsorger:

»Warum gerade ich zu diesem Begräbnis eingeteilt wurde, weiß ich nicht genau. Mir wurde aber versichert, es handle sich um einen ehrenvollen Auftrag; Herr Plattner sei ein hochangesehener, praktizierender Katholik. Meine Aufgabe: ein Gebet am offenen Sarg, das Geleit zur Grabstelle und dort ein weiteres, diesmal stilles Gebet, mit anschließendem Segen.

Nach dem Gebet im Aufbahrungsraum und nach einer Aufforderung, nunmehr der Verstorbenen das letzte Geleit zu geben, wurden die beiden Flügel der großen Tür geöffnet, und der Zug setzte sich in Bewegung. Wobei es zum ersten Zwischenfall kam. Herr Plattner rief: ›Halt!‹ Und blickte streng eine der anwesenden Trauerpersonen an.

Diese – ein Herr Jonass, wie ich später erfuhr – setzte sich sogleich in Bewegung, während wir alle wie erstarrt dastanden. Herr Jonass eilte auf einen Mann zu, der mitten auf unserem Weg stand; er hatte große Verbandstreifen im Gesicht und auch an den Armen. Herr Jonass redete heftig auf ihn ein. Schließlich wich dieser Mann zurück – gab sozusagen den Weg frei. ›Weiter!‹ rief sodann Herr Plattner.

Das war der erste unangenehme Zwischenfall bei dieser Beerdigung. Und weitere sollten folgen. Etwa, als einer der Leidtragenden – ein junger Mann – den Familienkreis verließ; bereits während der Grablegung.«

Heinz Fein drehte sich, fast schroff, zur Seite, als Helgas Sarg auf dem Boden der Grube abgesetzt wurde. Er entzog sich dem aufmerksam besorgten Zugriff seiner Mutter und ging davon – auf Harald Fein zu.

Der, seitwärts, abseits zwischen Gräbern stehend, blickte seinem Sohn mit traurigen Augen entgegen. Er sagte zunächst kein Wort, nickte Heinz nur zu. Der blieb vor ihm stehen – betrachtete seinen Vater lange, gleichfalls wortlos. Stellte sich dann neben ihn. Blieb hier wie fordernd, ihn bedrängend, wartend.

»Ich mußte kommen«, sagte Harald Fein leise, für sich, zum Grab seiner Tochter hinüberblickend.

»Das«, sagte Heinz, seinen Vater vorsichtig musternd, »scheint mir immerhin schon eine Art Fortschritt zu sein. Du bist nicht eingeladen worden, du hast dich nicht hindern lassen – du bist hier. Doch nicht nahe genug bei Helga.«

»Ich habe sie geliebt – und du weißt das.«

»Ich will dir gerne glauben, Vater. Aber – du hast zu wenig von ihr gewußt.«

»Ich wollte mich nicht aufdrängen – sie sollte ihr eigenes Leben führen.«

»Das dann hier enden mußte.«

»Versuche nicht immer wieder, mich anzuklagen, Heinz – das besorge ich selber, seit Jahren schon; und bestimmt gründlicher, als du das kannst.« Harald Fein ließ das Grab seiner Tochter nicht aus den Augen – geradezu verlangend blickte er dorthin. »Ich bin voller Unruhe! Mich beherrscht, seit Tagen, nur die eine Frage: wie konnte es soweit kommen? Bei aller möglichen Schuld meinerseits – dieses Ende ist zu grausam.«

»Aber«, sagte der Sohn fest und fordernd, »es ist eine Realität. Dort drüben wird Helga begraben – dort hättest du jetzt stehen müssen, anstelle der anderen. Vielleicht – mit mir. Doch du stehst abseits – abwartend – wie immer.«

»Heinz«, sagte Harald Fein, wobei seine Stimme überraschend hart wurde – jedoch nur kurz, »mich hatte ein irres Verlangen gepackt, alle diese Menschen fortzuwischen – mich an ihren Platz zu stellen, dicht am Rand des Grabes. Wo ich ja wohl vor allen anderen hingehöre!«

»Genau das, Vater, hättest du tun sollen! Und ich wäre an deiner Seite gewesen. Warum geschah es nicht?«

»An Helgas Grab – in dieser Stunde?« Harald Fein blickte seinen Sohn entsetzt an. »Das hier, ich bitte dich, ist ein Friedhof! Kein Ort für eine Auseinandersetzung.«

»Die ist aber überfällig – ganz gleich wo, wann und wie: glaubst du der noch ausweichen zu können?«

»Das«, sagte Harald Fein, kaum vernehmbar, »werde ich nicht – aber es soll nicht an Helgas Grab geschehen.«

Aus den Aufzeichnungen des Kriminalbeamten Keller:

»Leichen sind nicht immer endgültig tot. Zumindest werden manchmal erst durch sie gestaute Leidenschaften entfacht. So auch bei Helga Fein.

Für das Schauspiel dieser Beerdigung besaß ich sozusagen einen Logenplatz. Ich stand gegen den Hauptpfosten des Eingangstores gelehnt; Anton hockte vor mir. Ich sah, wie Heinz Fein auf seinen Vater zuging und mit ihm sprach. Harald Fein, noch immer durch seine Verletzungen geschwächt, schien in sich zusammenzusinken. Er brauchte offenbar dringend einen Krankenwagen.

Doch der Höhepunkt kam unmittelbar danach.«

Plattner hatte dreimal Sand in die Grube geworfen – dann erlaubte er, durch kurzes Nicken, Jonass die gleiche Handlung.

Schließlich bot er der trauernden Mutter, seiner Tochter, den Arm, um sie nach Hause zu geleiten – also zunächst zum wartenden Mercedes 600, in dem Heinz bereits saß, der rebellische Enkel. Jonass hatte sich jetzt neben Hilde begeben, als wolle er sie beschützen.

Denn Harald Fein stellte sich ihnen mitten in den Weg.

Jonass wollte ihm entgegentreten – doch Hilde griff, wie schutzsuchend, nach seinem Arm. Plattner aber blieb stehen – und ins Leere blikkend sagte er sehr deutlich: »Daß dieser Mensch sich nicht schämt!«

Harald Fein registrierte, sichtlich erregt, aber ganz minuziös, was er vor sich sah: seine Frau, die es vermied, ihn anzusehen, seinen sogenannten Freund Jonass, der warnende Gesten andeutete – und dann Plattner, für den er nur mehr ein störender Gegenstand zu sein schien.

»Was mutet man mir alles zu?« hörte sich Harald Fein fragen – wobei er sich ein, zwei Schritte vorwärts bewegte – auf die hier offiziell Trauernden zu. »Ist denn noch nicht genug geschehen – mußte auch das noch sein?«

»Dieser Mensch«, stieß nun Plattner hervor, nur mühsam beherrscht, »hat ein Menschenleben auf dem Gewissen...«

»Sage so was nicht!« rief Harald Fein ihm zu.

Doch Plattner schien nach wie vor durch ihn hindurchzusehen und sagte, Fein dabei demonstrativ übersehend, unbeirrbar: »Zumindest ein Menchenleben!«

»Ich warne dich.« Harald Fein erklärte das mit mühsam unterdrückter Heftigkeit. »Auch meine sündenbockartige Duldsamkeit hat ihre Grenzen.«

»Was will denn dieser Mensch von mir!« Plattners ausbrechende Heftigkeit wirkte wie ein plötzliches Gewitter. Auch jetzt noch glaubte er keinen Blick an seinen Schwiegersohn verschwenden zu müssen; was er zu sagen hatte, schien allein seinen Begleitern, Hilde und Jonass, zu gelten. »Der schämt sich nicht – noch immer nicht!«

Und nach einer kurzen, von ihm für wirkungsvoll gehaltenen Pause, fügte er massiv hinzu: »Wieviel Verkommenheit in dieser Welt!«

»Stimmt«, bestätigte Harald Fein, prompt zuschlagend, »welche Fülle von Verkommenheit – aber: bei wem! In diesem Fall.«

»Gehe mir aus dem Weg!« rief Plattner, fortschreitend, seinem Schwiegersohn zu.

Und Harald Fein wich zur Seite.

Zeugen dieser Szene waren – außer den direkt daran Beteiligten:

Der Priester Nebunzahl, der noch an der Grube weilte – zwei Friedhofspfleger – drei Friedhofsbesucher. Und dann der Mann mit dem Hund am Tor.

»Mein Gott«, sagte der Priester vor sich hin, »die Menschen ändern sich nie – was auch geschehen mag.«

Harald Fein sah, am Tor des Friedhofes angekommen, vor sich: Keller mit Anton. Beide betrachteten ihn aufmerksam. Erwartungsvoll. Auch sehr geduldig – der Hund wie der Mann.

»Ich glaube«, gestand Harald Fein erschöpft, »ich habe mich übernommen – aber das mußte ja sein –, ich habe mich da in etwas hineingestürzt, das ich noch nicht absehen kann. Ist das schlimm?«

»Sehr schlimm«, sagte Keller. »Sie haben sich völlig Ihren Gefühlen überlassen.«

»Ich konnte nicht anders.«

»Was Ihren Sohn sehr zu freuen schien.«

»Dann war es gut!«

»Aber für diesen Sohn offenbar noch nicht gut genug! Ich bitte Sie, welcher Vater weiß denn schon, was in den Köpfen dieser jungen Leute vor sich geht? Rechnen Sie getrost mit doppelt soviel Komplikationen, wie Sie für möglich halten.«

»Kann stimmen«, gestand Harald Fein, dabei Anton streichelnd, der sich das gerne gefallen ließ. »Doch ich will jetzt die ganze Wahrheit wissen ohne Umschweife. Irritiert Sie das?«

Keller lächelte versonnen. »Nichts«, sagte er, »was mich noch irritieren könnte – doch Sie sollten dabei auf Ihren Sohn achten.«

»Ich weiß – der mag mich nicht!«

»Ein Irrtum mehr«, korrigierte Keller nachsichtig. »Ich fürchte – der liebt Sie sogar sehr, was zu schweren Komplikationen führen kann. Machen Sie sich auf einiges gefaßt. So was bleibt keinem Vater erspart – und schon wohl gar nicht dem Vater eines derartigen Sohnes.«

Die »Morgenzeitung« veröffentlichte auf Seite 3, werbewirksam auf Seite 1 angekündigt: Bericht – Dokument – Kommentar unter der Überschrift:

»Wie man Millionen macht!«

Einleitung: Die »Morgenzeitung«, die sich bekanntlich schon immer vorurteilslos und auch konsequent für freiheitlich-demokratische Belange eingesetzt habe, sei in den Besitz der Kopie eines Dokumentes von möglicherweise erheblicher Tragweite gelangt, dessen Echtheit – wie erste Überprüfungen ergeben hätten – so gut wie sicher sei. Wenn man dennoch zunächst gezögert habe, diese Unterlagen zu veröffentlichen, so in verantwortungsbewußter Abwägung, inwieweit hier das Interesse der Öffentlichkeit...

Folgte: der halbseitengroße Nachdruck der Kopie des angekündigten Dokumentes: Aufstellung offenbar planmäßiger Aufkäufe von Grundstücken im Raum des sogenannten »Fuchsschwanzes«, auch als »Rentnersiedlung« bekannt – im erkennbaren Hinblick auf die Olympia-Großbauten, speziell des Hauptanfahrtsweges. Getätigt von der Immobiliengesellschaft Huber, Huber und Leitmann – im Auftrag der Firma Plattner.

Kommentar hierzu: »Noch halten wir nicht alle Details für einwandfrei erwiesen. Dennoch haben die ersten Nachprüfungen durch unsere Redaktion die Glaubwürdigkeit erhärtet. Wie das ja auch besorgte Mitbürger bereits seit längerer Zeit vermutet haben – entsprechende Zuschriften liegen vor –; sie konnten aber bislang keine überzeugenden Beweise vorlegen. Nunmehr scheint jedoch dieses vielleicht heikelste Kapitel unserer jüngeren Stadtgeschichte spruchreif zu werden.

Wir fragen daher den Herrn Oberbürgermeister...«

»Herr Kriminalrat«, sagte Keller, »darf ich um Urlaub bitten?«

»Der steht Ihnen zu«, versicherte Dürrenmaier entgegenkommend – wie immer in letzter Zeit diesem Beamten gegenüber. »Sie haben – wenn ich richtig informiert bin – schon seit Jahren keinen Urlaub mehr genommen. Seit drei Jahren.«

»Seit fünf, Herr Kriminalrat. Ich wußte nichts Rechtes damit anzufangen.«

»Aber jetzt«, fragte Dürrenmaier aufmerksam, »wissen Sie das?«

»Ich habe endlich jemanden gefunden, mit dem ich meinen Urlaub verbringen kann.«

»Darf man fragen – wer das ist?«

»Sie kennen ihn – es ist der Hund Anton.«

Dürrenmaier legte seine Hand über die Augen, als habe er Kopfschmerzen. Dennoch bemüht, Gelassenheit zu bekunden, sagte er: »Und wo gedenken Sie den Urlaub mit dem Hund Anton zu verbringen?«

»Hier – in unserer Stadt.«

Dürrenmaier atmete hörbar auf. »Ich kann also – nach wie vor – mit Ihnen rechnen? Auch in jenem speziellen Fall?«

»Was denn sonst«, sagte Keller.

»Wenn dem so ist – dann sind Sie beurlaubt. Und zwar solange Sie wollen – vier Wochen, acht Wochen...«

»Fünf Tage werden vermutlich genügen.«

»Und wenn ich in dieser Zeit irgend etwas für Sie tun kann, mein lieber Kollege Keller: Anruf genügt!«

8

»Ich fühle mich völlig überfordert!« erklärte Henri Messer, der Rechtsanwalt, seinen drei Besuchern gegenüber: Fein, Keller und Anton. »Diese Angelegenheit wird von Tag zu Tag komplizierter.«

»Ersparen Sie sich dieses Staatstheater, Herr Messer«, meinte Keller belustigt. »Sie genießen doch die Situation! Denn jetzt wittern Sie endlich den großen Skandal – er wird Sie populär machen, hoffen Sie.«

Messer lächelte, nickte Keller zu und meinte: »Das ist durchaus im Rohr – ich gebe es offen zu. Ebenso offen muß ich bekennen, daß ich nicht alle Zusammenhänge vollkommen durchschaue – doch glücklicherweise sind Sie hier!«

»Ich bin nur hier«, behauptete Keller, »um Anton zu begleiten.«

Er blickte auf den Hund, der genau zwischen ihnen lag – mit seinen Vorderpfoten beschäftigt, die er sorgfältig sauberleckte. Fein und Keller lächelten sich an – über Anton hinweg.

»Jedenfalls sind Sie hier!« sagte Henri Messer. »Und ich möchte Ihre Anwesenheit gern ausnützen. Denn ich könnte Ihre Mitarbeit, als Kriminalist, gut gebrauchen.«

»Wir arbeiten nirgendwo mit, Herr Rechtsanwalt, aber wir sind dazu verpflichtet, Aufklärungsarbeit zu leisten.«

»Nennen wir das so – dann bitte ich Sie also, mich aufzuklären: was mir zunächst am wichtigsten erscheinen will, ist diese irritierende Veröffentlichung in der Morgenzeitung. Ich frage mich: was hat dieser Vorgang wirklich zu bedeuten? Wer hat ihn ausgelöst? Was könnte er für Folgen haben?«

Peter Wardeiner, Redakteur der »Morgenzeitung«, bei einer späteren kriminalpolizeilichen Befragung:

»Die Kopie des ersten Dokuments – wie auch die zwei weiteren – erreichte uns über die Post. Nach der Abstempelung sind alle im Hauptbahnhof eingeworfen worden. Ein Absender war nicht angegeben.

Die Briefumschläge waren Dutzendware, wie es sie in jedem Kaufhaus gibt; die Kopien waren auf neuerdings in vielen Büros vorzufindenden Vervielfältigungsapparaten hergestellt; die Begleitschreiben, mit normaler Maschinenschrift, auf Papier von irgendeinem Briefblock – glatt, weiß, Mittelklasse, ohne Wasserzeichen.

Im ersten Begleitbrief stand – in kleinen Buchstaben, ohne Zeichensetzung und ohne jede Zäsur:

›dies ist die kopie eines schriftstückes dessen einzelheiten sich leicht nachprüfen lassen wobei nicht versäumt werden sollte auf die dort verzeichneten daten zu achten denn diese liegen vor dem zeitpunkt der unterrichtung der öffentlichkeit über die offiziellen olympiaplanungen‹

Wir – die zuständige Redaktion für Lokales – bildeten unverzüglich, als die Bedeutung dieser Unterlagen feststand, im Einvernehmen mit der Chefredaktion, eine Art Sonderausschuß.

Es begann eine gründliche Durchleuchtung aller verzeichneten Einzelheiten, was sich ohne weitere Schwierigkeiten, bei vorbildlicher Zusammenarbeit mit verschiedenen Behörden, ermöglichen ließ. Schließlich stellte sich dann heraus, daß die überprüfbaren Details – wie Grundbucheintragungen, Verkaufsdaten, Kaufsummen – exakt stimmten.

Dem ersten Begleitschreiben lag – wie sich später herausstellte – ein weiteres bei, in welchem stand:

›*falls sie die wichtigkeit dieser unterlagen verkennen sollten wird der gleiche vorgang vierundzwanzig stunden später einer anderen zeitung zur verfügung gestellt falls sie jedoch dieses material in angemessener weise auswerten können ähnliche kopien mit ebenfalls wichtigen hinweisen zugeleitet werden*‹ «

»Ich muß herausfinden«, sagte Henri Messer, »wer hinter dieser Aktion steht – wer sie ermöglicht, wer sie durchgeführt hat.«

»Dreimal dürfen Sie raten«, meinte Keller, sichtlich belustigt.

Der Rechtsanwalt überhörte diesen unangebrachten Scherz – er blickte seinen Mandanten an. »Entschuldigen Sie bitte, Herr Fein, aber ich sehe mich leider zu einer Frage gezwungen, die ich Sie mit aller Offenheit zu beantworten bitte: Haben Sie irgend etwas damit zu tun?«

»Nein. Leider nein.«

»Beantworten Sie in Zukunft derartige Fragen niemandem«, sagte Keller, »zumindest nicht so eindeutig. Sie mögen wohl im guten Glauben sein, Herr Fein, nichts damit zu tun zu haben – aber wirklich wissen können Sie das ja nicht.«

»Was ist denn das!« rief Messer alarmiert. »Worauf wollen Sie hinaus – oder genauer: in welche Richtung wollen Sie Herrn Fein dirigieren? Sein Anwalt bin noch immer ich! Sie sind der Fachmann für Kriminalistik.«

»Und als solcher, Herr Messer, rate ich dringend von jeglicher Schwarzweiß-Technik ab. Sie sperren sich damit gegen feinere Zwischentöne und interessantere Aus- und Umdeutungsmöglichkeiten.«

»Ich«, sagte Harald Fein beharrlich, »will nur wissen, wer am Tod von Helga schuldig ist! Im übrigen verstehe ich kein Wort!«

»Ich auch nicht«, erklärte der Rechtsanwalt, wobei seine Augen erregt funkelten. »Ihre Andeutungen, Herr Keller, sind ziemlich vieldeutig. Und sie verführen mich zu der Vermutung: *Sie* könnten dahinterstecken! Ist das der Fall?«

Keller lachte amüsiert auf. »Für eine derartige Manipulation kommt so mancher in Frage. Theoretisch auch Herr Fein. Ferner, zum Beispiel, auch dieser Jonass – der könnte damit, intrigant wie er ist, seine Position zu festigen versuchen. Dann sogar Plattner selbst – um den Stadtplaner Abendroth, und damit natürlich auch Fein, zu belasten; denn nach der Szene auf dem Friedhof halte ich seinen Haß für grenzenlos. Sodann weiter: zahlreiche Konkurrenten – wenn Plattners Stern sinkt, steigen ihre Verdienstmöglichkeiten. Schließlich aber, und nicht zuletzt: Sie selbst – Herr Messer; jeder kräftige Skandal bringt hier nur Wasser auf Ihre Mühlen!«

»Und was ist mit Ihnen?«

»Ich bin in diesem Kreis wohl der einzige, der nicht für diese Öffentlichkeitsbelustigung einer Tageszeitung in Frage kommt.«

»Und warum nicht?«

»Weil ich ein Fachmann bin. Ich wäre wesentlich raffinierter vorgegangen. Hier jedoch war – bei aller zugestandenen Begabung – ein Amateur am Werk. Und ich weiß auch, wer.«

»Sie wissen es?« rief Messer.

Keller nickte. »Das herauszufinden war nicht allzu schwer – man muß nur über eine gewisse Kombinationsgabe verfügen; und über ein wenig Phantasie.«

»Also – wer?« forderte Messer.

Worauf Keller erklärte: »Ich verbringe hier lediglich meinen Urlaub, der zum großen Teil darin besteht, daß ich den Hund des Herrn Fein betreue – solange der sich noch in Krankenhausbehandlung befindet.«

Messer betrachtete seine zwei Besucher, plus Hund, mit steigender Beunruhigung. »Mein Gott«, rief er aus, »Sie machen sich den Spaß, hier listig und verwirrend herumzureden – weil Sie etwas wissen, was wir nicht wissen. Sehen Sie denn nicht die Gefahr, die durch diesen Zeitungszauber heraufbeschworen wird?«

»Was«, fragte Keller, »soll daran so gefährlich sein? Außer für Plattner, wenn der jetzt nicht richtig reagiert – oder für Sie, Herr Messer, wenn Sie jetzt nicht haarscharf aufpassen.«

Die »Morgenzeitung« des nächsten Tages verzeichnete, wieder auf Seite 3, unter anderem zwei »Stellungnahmen« zu der von ihr aufgegriffenen »Affäre«:

»Erstens: Jonass, Geschäftsführer der Firma Plattner, erklärte: ›Das von mir vertretene Bauunternehmen hat nicht das geringste mit den Be-

hauptungen in der stattgefundenen Veröffentlichung dieser Zeitung zu tun. Wir behalten uns gerichtliche Schritte vor.‹

Zweitens: das Büro des Oberbürgermeisters, vertreten durch den Pressereferenten: ›Dieser Vorgang fällt nicht in den Bereich der Stadtverwaltung und damit auch nicht in die Verantwortung des Herrn Oberbürgermeisters; er berührt nicht die Belange irgendeiner städtischen Behörde oder eines ihrer Beamten. Eine Stellungnahme von unserer Seite erübrigt sich somit.‹«

Am gleichen Tage erschien in der Zeitung »München am Mittag«, »MAM« genannt, ein Leitartikel unter der Überschrift: »Sie säen Wind!«

»Es scheint in gewissen Kreisen geradezu ein Modesport geworden zu sein, Mücken als Elefanten auszugeben. Sie wägen nicht ab, sie machen aus Seifenblasen Luftballons, und sie wittern in normalen Grundstücksveräußerungen geheime Staats-, zumindest jedoch Stadtaktionen.

...leben wir aber in einem freiheitlichen Land, in dem es das gute Recht jedes Bürgers ist, mit seinem Eigentum zu machen, was er will. Er kann es verschenken, vertrinken, stiften, aufteilen, verschleudern – oder eben verkaufen. Gleichgültig, zu welchen Bedingungen, gleichgültig, an wen. Dabei aber dubiose Quizspiele mit irrelevanten Daten und reichlich kühnen Kombinationen veranstalten zu wollen, also publizistischen Wind zu säen, vermutlich in der Hoffnung, damit einen Lesersturm zu ernten...«

Hierzu – später in den Akten Dr. Messer – Auszüge aus einer gutachterlichen Stellungnahme des Wirtschaftssachverständigen Dr. Bannholtzer:

»...gehörte die Zeitung ›München am Mittag‹ zum Unternehmen ›Münchner Druck und Papier‹; Inhaber Sack und Feder; enge Zusammenarbeit mit dem Bankenkonsortium ›Specht, Merker und Co.‹; Jahresumsatz: sechzig Millionen – da auch Staatsaufträge durchführend, wie Personalbogen, Formulare, Verwaltungsdruckschriften; auch für Bundeswehr, Rotes Kreuz, Automobilclub; ferner eine Reihe ›Firmen- und Hauszeitschriften‹, plus kirchliche Veröffentlichungen et cetera.«

Zusatznotiz von Messer:

»Im Aufsichtsrat des Bankenkonsortiums: Plattner. Mit Verlagsinhaber Feder persönlich befreundet: Plattner. Mit dem zweiten Vorsitzenden des Finanzausschusses, Simmerer, zusammenwirkend: Plattner.

Druck- und Anzeigenaufträge – der Firma Plattner für die ›Münchner Druck und Papier‹ – in einer jährlichen Größenordnung von etwa vierhunderttausend Mark.«

»Herr Keller«, sagte Messer, »ich darf doch wohl annehmen, daß Sie bereit sind, uns zu unterstützen! Sie haben sich für meinen Mandanten, für Herrn Fein, entschieden – nicht wahr?«

»Sagen wir: für dessen Hund.«

»Herr Keller«, sagte Messer kühl, »was verlangen Sie?«

»Wofür?«

»Für alle notwendigen Recherchen – für den vollen Einsatz Ihrer kriminalistischen Kenntnisse und Beziehungen. Was ist Ihnen das wert? Fünftausend Mark? Zehntausend? Melden Sie Ihre Forderung an.«

»Stop!« rief Harald Fein. »Ich kann das nie bezahlen.«

»Ein Irrtum neben anderen«, sagte Henri Messer. »Wir können uns weit mehr leisten, als Sie vermuten.«

»Wer bezahlt das?« wollte Keller wissen. »Doch nicht etwa Herr Abendroth?«

»Abgelehnt!« rief Harald Fein.

»Auch von mir«, versicherte Keller. »Sie operieren hier mit hohen Beträgen – ohne wirklich über sie zu verfügen. Ist das nicht ziemlich leichtfertig?«

»Nein!« verteidigte sich Messer. »Nicht bei einem solchen Objekt! Mindestens eine halbe Million kann dabei herausspringen, wenn wir auch nur halbwegs geschickt vorgehen.«

»Und mich«, meinte Keller heiter, »schätzen Sie in diesem Zusammenhang auf fünf- bis zehntausend Mark?«

»Meinetwegen auch auf ein Vielfaches – falls Sie ganze Arbeit leisten!«

»Das«, meinte Keller unentwegt amüsiert, »hört sich schon wesentlich besser an. Womit ich nicht sagen will, daß ich käuflich wäre. Doch wenn überhaupt ein Honorar für mich in Frage kommt, dann muß es wahrhaft königlich sein.«

»In welcher Größenordnung?«
»Ein Hund!«

Aus den Akten des Rechtsanwalts Henri Messer:
»...erschien bei mir, um eine Aussprache ersucht, der bereitwillig Folge geleistet wurde, Herr P. Palitschek, Verlobter der Maria Trübner, welche im Hause Fein als Dienstmädchen angestellt gewesen war. Er versicherte, daß er einem Irrtum, oder gar mehreren, erlegen sei, was er sehr bedauere...

...er wäre nunmehr bereit, diese Irrtümer zu korrigieren, und zwar dahingehend: offensichtlich habe er Maria mißverstanden, die über eine ungewöhnlich lebhafte Phantasie verfüge, und sich hinreißen lassen, voreilige Schlußfolgerungen aus ihren Worten zu ziehen. Wobei dann noch das Drängen der vernehmenden Polizeibeamten hinzugekommen sei, die ihn wohl zu vorbereiteten Formulierungen überredet hätten...

Folgte: Unterschrift, Peter Palitschek, Versicherungsagent.

Folgte: Bestätigung von Maria Trübner, gleichfalls mit Unterschrift, welche etwa besagte: ein geschlechtlicher Mißbrauch im Hause Fein sei nicht erfolgt. Sie sei bereit, sich einer erneuten polizeilichen Vernehmung, zwecks Klarstellungen, auszusetzen.

Weiter in diesen Akten:

Eine Quittung über eine Summe in Höhe von DM 5000,–. Ausgestellt von P. Palitschek, gegengezeichnet von M. Trübner.

Hierzu dann noch von Messer vermerkt: die abschließende Erklärung des Peter Palitschek. Sie lautet: ›Die Wahrheit ist mir das wert!‹«

Wamsler, Gottfried Heinrich, Bürobote der Firma Plattner; in einem weiteren privat geführten Gespräch mit einem auf ihn angesetzten Kriminalbeamten:

»Dabei muß ich Sie gleich auf eins aufmerksam machen – von wegen Bürobote! Bin ich gar nicht! Sondern: Angestellter – mit speziellen Aufgaben, direkt dem Chef unterstellt. Vertrauensposition, Sie verstehen?

Natürlich mache ich auch mal Botendienste und so was. Doch sonst bin ich für das Büro von Herrn Plattner persönlich verantwortlich. Für Schreibgeräte, Tempotaschentücher, Toilettenpapier – und so was.

Besonderes Augenmerk: Papierkorb. Darf nur von mir persönlich geleert werden. Inhalt wird dann, ebenfalls von mir persönlich, verbrannt. Und jeden Abend Kontrolle, ob Fenster verriegelt, Schreibtischschubladen abgeschlossen, Panzerschrank versperrt.

Bringe auch die Post ins Chefbüro. Das war auch an jenem Tag, an dem die Zeitung kam, wo so ein Schmierfink uns ansaute – die ganze Firma sprach schon davon.

Und was soll ich Ihnen sagen – der Alte hat, beim Anblick dieses Käseblättchens, mächtig getobt! Ich dachte, der bekommt einen Schlaganfall. Und dann brüllte er nach Jonass!«

»München leuchtete« unentwegt – wie die wohl begehrteste Auszeichnung dieser Stadt, eine Goldmedaille, besagte – vom Oberbürgermeister meist persönlich an verdienstvolle Bürger seiner auch als »Millionendorf« bezeichneten Metropole überreicht.

Innerhalb von nur wenigen Jahren war diese »heimliche Hauptstadt Deutschlands« um nahezu vierhunderttausend Einwohner angewachsen. Sie kamen vom Balkan, aus der Türkei, aus Italien und Spanien. Von der sogenannten »Ausländerkriminalität« war viel die Rede, doch alles in allem hatte der Anteil der aus dem Ausland Zugereisten an der Kriminalität dieser Stadt wohl seine Schwerpunkte, entsprach aber, im Durchschnitt, fast genau der Zahl der durch Einheimische verübten Verbrechen oder Vergehen.

Ähnlich war es auch im Bereich der großen Geschäftemacher. Italienische Firmen, Zentralbüro Lugano, amerikanische und kanadische Firmen, Zentralbüro Locarno, waren bereit, Hunderte von Millionen zu investieren. Aus Zürich meldeten sich Schweizer Banken; von niederländischen Firmen wurden mittlere Industrieunternehmen aufgekauft; französische Flugzeugwerke und Autofirmen versuchten Fusionen. Und amerikanische Großfirmen – einschließlich der »First National Bank« – besaßen ihre Büros in dieser Stadt.

München war zu einem internationalen Spekulationsobjekt allerersten Ranges geworden. Olympia warf seine Schatten weit voraus. Was ganz natürlich die finanzgewaltigen Einheimischen alarmierte. Sie wollten sich ganz einfach nicht die Butter von ihrem Brot nehmen lassen.

Als Joachim Jonass im Hauptbüro seines Firmenchefs erschien, sah er ihn statuenhaft hinter dem Schreibtisch hocken. Plattners Gesicht war nahezu kalkweiß – er hatte die »Morgenzeitung« aufgeschlagen und seine Hände darauf gelegt. Scharf blickte er seinen nächsten Mitarbeiter an.

»Sauerei«, rief Jonass vorsorglich, an der Tür stehen bleibend. »Ein ganz gemeines hinterhältiges Ganovenstück, eine skrupellose Gangstertour – wenn Sie mich fragen!«

»Allerdings – ich frage Sie!« erklärte Plattner im Friedhofstonfall. »Sind Sie immer noch der Ansicht, daß dafür ausschließlich Fein verantwortlich zu machen ist?«

»Wer denn sonst!« rief Jonass. »Eine Art Revanche für diesen Zwischenfall beim Begräbnis. Der wohl besser vermieden worden wäre.«

»Danach habe ich Sie nicht gefragt! Zur Sache: soweit ich informiert bin, ist Feins derzeitige Wohnung nach dem roten Aktenstück durchsucht worden...«

»Zweimal sogar. Erst gestern wieder – und diesmal in aller Ruhe. Doch wieder ohne jedes Resultat. Wie ja auch die Übernahme seiner Aktentasche durch meine Leute lediglich Entwürfe für Einzelhäuser zum Vorschein brachte...«

»Das weiß ich doch!« rief Plattner. Er zog ein dünnes, diesmal grünes Aktenstück zum Mittelpunkt seines Schreibtisches, schlug es auf und sagte: »Sie haben, auf meine Anregung, ein Detektivbüro auf Fein angesetzt. Nach dessen Berichten hat Fein sein Krankenhaus in den letzten Tagen nur dreimal verlassen, jeweils für kaum mehr als zwei Stunden. Einmal zu einer Art Lokaltermin in der V-Straße, dann zum Begräbnis und schließlich zu einer Besprechung bei Rechtsanwalt Messer.«

»Und was hat er zwischendurch gemacht?«

»Na – was denn wohl? Etwa Unterlagen kopiert – Briefe geschrieben – sie zur Post gebracht? Klingt das nicht reichlich verwegen – im Hinblick auf einen schwerkranken Mann?«

Weitere Äußerungen des Büroboten Gottfried Heinrich Wamsler, in einem vertraulichen Gespräch – abermals einem Kriminalbeamten gegenüber:

»Kommen Sie mir nur nicht mit dieser Wagnersberger, der Chefsekretärin, dieser Kuh! Der habe ich schließlich fast zwanzig Jahre lang auf die Finger gesehen – beziehungsweise auf den Hintern.

War eine prima Chefsekretärin – das muß man ihr lassen! Im übrigen scheute sie vor keinem Einsatz zurück. Einmal sah ich sie, unten ohne, auf dem Schreibtisch von Herrn Plattner liegen – und er heftig bewegt über ihr. Die bemerkten mich nicht einmal!

Plattner ist mehrmals mit ihr verreist – angeblich immer zu Tagungen, in Geschäften, doch in Wirklichkeit in sein Landhaus am Tegernsee oder auf seine Jagdhütte im Schwarzwald oder in ein gemietetes Appartement in Rom oder Paris.

Woher ich das weiß? Nun, mir wurde immer, und zwar als einzigem in der Firma, seine jeweilige Adresse anvertraut; mit Telefonnummer.

Nicht so glatt konnte die Wagnersberger bei Harald Fein landen. Der war damals gerade intensiv mit der Plattnertochter verheiratet. Kann auch sein, daß die Wagnersberger nicht gerade sein Typ war. Einmal sah ich sie in seinem Büro stehen; mit aufgeknöpfter Bluse. Und ihre Brüste sind eine Wucht! Doch Fein meinte: ›Sie werden sich erkälten!‹

Jedenfalls dauerte es nicht lange, und sie steckte, wie man so schön sagt, mit diesem Jonass unter einer Decke. Oft fuhr er mit ihr zu menschenleeren Baustellen. Oder auch in ein Landgasthaus am Pilzsee, das Appartement eines verreisten Geschäftsfreundes in der Herzogstraße, eine Skihütte bei Garmisch.

So gut wie nichts, was diese Dame nicht für die Firma zu tun bereit war! Neuerdings machte sie sich sogar an diesen Heinz Fein heran, den Sohn von Herrn Fein! Auch der hat ihr zielstrebig unter den Rock gegriffen – da bin ich ganz sicher!«

»Wie immer und von welcher Seite aus man diese ganze Angelegenheit betrachtet«, versicherte Jonass suggestiv, »es kann nur Harald Fein gewesen sein.«

»Möglich«, sagte Plattner. »Es kann so gewesen sein – aber das ist keineswegs sicher. Wir sollten dabei auf den zweiten Schlüssel zu unserem Panzerschrank achten. Den ersten besitze immer noch ich. Über den zweiten verfügte zunächst Fein – dann aber Sie, Jonass!«

»Aber dieser Schlüssel kann auch vorübergehend gestohlen und dann nachgemacht worden sein.«

»Unsinn!« rief Plattner. »Entweder ich – oder er – oder Sie! Um das endlich zu klären, lassen Sie sich mal was einfallen! Möglichst noch vor der nächsten Zeitungsveröffentlichung!«

... sagte Hilde Fein, in der Nacht darauf, zu Joachim Jonass, erschöpft in einer Pause:

»... du wirst dir etwas einfallen lassen müssen! Was dir ja nicht schwerfallen sollte! Du darfst meinen Vater nicht enttäuschen – er würde dir das nie verzeihen. Ich kenne ihn wie niemand sonst.«

... sagte Joachim Jonass, in der Frühe des nächsten Morgens, zu Paul Plattner:

»... fehlten, nach der Übergabe von Feins zweitem Tresorschlüssel an mich, von den dort gelagerten Barbeständen fünfzigtausend Mark.«

Plattner: »So – fehlten die? Haben Sie darüber eine schriftliche Bestandsaufnahme erstellt?«

Jonass: »Noch nicht. Aber die kann in einer halben Stunde vorliegen.«

Plattner: »Wenn die vorliegt, hat ein Schreiben an Harald Fein zu erfolgen – von Ihnen verfaßt, von Ihnen unterschrieben. Etwa dahingehend: wir haben gehofft, daß eine interne Bereinigung erfolgen könnte ... sind auch nach wie vor, im Interesse unserer Firma, dazu bereit, müssen aber nunmehr eine kurzbemessene Frist stellen ... und so fort!

Dabei eine vorsichtige Anspielung auf das rote Aktenstück. Keinesfalls drohend; eher: an sein Verständnis appellierend. Allein damit kommen wir weiter!«

Keller saß mit Fein in dessen Mercedes – Fein am Steuer, Keller auf dem rechten Vordersitz. Hinter ihnen hockte Anton – er hatte seine Schnauze zwischen sie gelegt und schien zu schlafen.

»Ist das hier ungefähr die Stelle«, wollte Keller wissen, »an der Sie damals geparkt haben – an den Abenden vor der Tat und am Abend der Ermordung jener Dame?«

»Ziemlich genau«, bestätigte Harald Fein. »Hier zu parken hat niemals Schwierigkeiten gemacht. Der Straßenrand war fast immer leer;

der Privatparkplatz vor dem Appartementhaus war gleichfalls stets nur mäßig besetzt.«

»Gut«, sagte Keller, sich in die Polster zurücklehnend, »tun Sie nun weiter nichts, als sich umzusehen – langsam und gründlich. Versuchen Sie zu registrieren – was jetzt zu sehen ist. Und dann bemühen Sie sich, sich zu erinnern – an das, was zu sehen war. Versuchen Sie irgendwelche Veränderungen, Unterschiede festzustellen.«

»Worauf«, fragte Fein, »wollen Sie hinaus?«

»Auf eine recht simple, aber immer wieder bewährte Methode. Ein menschliches Gehirn registriert, wenn auch zunächst nur unbewußt, alles, was ihm die Augen zuleiten. Man kann in der Tat, mit nur ein wenig Glück, eine Stecknadel in einem Heuhaufen aufspüren.«

Aus den Aufzeichnungen des Kriminalbeamten Keller:

»In unserem Metier existiert so etwas wie die Magie des Tatortes – für Kriminelle wie für Kriminalisten. Am Ort der Tat und in seiner Umgebung nimmt sich alles klarer, deutlicher, zwingender aus. Auch ich gehöre zu den Praktikern, die behaupten, daß niemand einen Fall wirklich beurteilen kann, wenn er nicht auch den Tatort kennt.

Jede Zeugenaussage sollte nach Möglichkeit an Ort und Stelle nachgeprüft werden. Unter Berücksichtigung aller erdenklichen Faktoren: Sicht, Beleuchtung, Wetter, Verkehr, akustischer Hintergrund, Farben, Wahrnehmungsfähigkeit und so fort. Primitivregeln der Kriminaltechnik, die ein Braun exakt beherrschte. Seine Methoden waren nicht immer gerade sehr wählerisch – aber meist exakt gezielt. Seine systematiche Konsequenz in der Angelegenheit Harald Fein begann mich langsam zu beunruhigen.

Und was ich als weitere Beunruhigung empfand, war Fein selbst – der wollte beharrlich von mir wissen, wie es zu Helgas Tod gekommen war. Und alles andere schien für ihn nebensächlich.«

»Ich sehe keinen Unterschied – nichts Besonderes«, versicherte Harald Fein beim Tatort. »Ist das denn alles noch wichtig?«

»Lassen Sie sich Zeit«, empfahl Keller. »Lassen Sie nur in Ruhe alles auf sich einwirken.«

»Ich sehe sie noch deutlich vor mir«, sagte Fein nachdenklich. »Sie verließ die Bar an der Ecke, wo sie zu essen und zu trinken pflegte, zwischen zwei Arbeitsschichten vermutlich, zumeist kurz nach 20.00 Uhr.«

»Sie hat Sie also nicht nur interessiert«, stellte Keller fest. »Sie haben ihr auch nachgespürt. Warum?«

»Das weiß ich nicht. Das ergab sich so. Irgendwie fühlte ich mich von ihr angezogen. Vielleicht von ihrer spürbaren Vitalität, ihrer starken Ausstrahlung. Der ganze Typus war für mich neu. Ja, sie machte mich neugierig, sie wirkte sehr verlockend – verstehen Sie?«

»Ich beginne zu verstehen. Aber Sie haben sie niemals persönlich kennengelernt?«

»Nein.«

»Auch nicht den Versuch gemacht?«

»Nein. Nicht direkt.«

»Sie haben sie also lediglich beobachtet. Und zwar intensiv. Nur sie? Oder auch ihre Besucher? Vielleicht einen ganz bestimmten?«

Hierzu, später Keller von Feldmann zur Verfügung gestellt: Äußerungen des Besitzers und zugleich Barkeepers des »El Dorado«, dem verschiedene Fotografien vorgelegt wurden:

»Diese Gesichter kommen mir flüchtig bekannt vor – fast alle. Mein Einmannbetrieb, müssen Sie wissen, hat in den Abendstunden ziemlich lebhaften Verkehr. Da geht es bei mir zu wie in einem Taubenschlag.

Die Ermordete kannte ich recht gut – sie war häufig mein Gast. Eine prächtige Person – in jeder Hinsicht. Alles andere als kleinlich – nicht nur was Trinkgelder anbelangt. Und dazu gut gebaut, vorne wie hinten, das haute hin.

Ihretwegen gab es dann auch bei mir zahlreiche Nachfragen. Sie hatte mir die Erlaubnis erteilt, ihre Telefonnummer weiterzugeben – jedoch nur an möglichst seriöse Herren.«

Weiter dann der »El Dorado«-Mann, nunmehr nach Vorlage eines Fotos von Harald Fein:

»Bekannt! Aber nicht, weil ich mir seine Visage einprägte. Bei dem fiel mir in erster Linie auf: er trank – in einer Bar! – keinen Tropfen Alkohol. Bestellte stets Mineralwasser. Zahlte aber dafür, als wäre es Champagner gewesen.

Redete nur so herum; es war mir aber klar, worauf auch der hinauswollte. Ich gab ihm ein paar Auskünfte und händigte ihm dann die Telefonnummer aus.«

Aus den Aufzeichnungen des Kriminalbeamten Keller:

»Harald Fein wirkte bei dieser Ortsbesichtigung reichlich teilnahmslos. Oftmals wie abwesend. Und ich ließ ihm viel Zeit.

Was auch mich dabei vor allem beschäftigte, war der Tod von Helga Fein. Zweifelsfrei Selbstmord. Eine Formulierung, die immer noch auf den in solchen Fällen verwendeten Standardformularen gebräuchlich ist, die ich aber juristisch und kriminologisch für falsch halte. Ich bevorzuge dafür die Bezeichnung: Freitod.

Ein Vorgang, der leider im Todesermittlungsbereich keine geringe Rolle spielt. Schon gar nicht in dieser Stadt der krassen Gegensätze – Luxus und Armut, urbane Bürgergemütlichkeit und betriebsame Lasterhektik.

Besonders sehr junge oder ziemlich alte Leute gehen freiwillig in den Tod. Mehr Männer als Frauen. Am häufigsten im Frühling und im Dezember. Verspätete Wochenenden werden bevorzugt. Reihenfolge: Erhängen zuerst; dann Vergiften; Ertrinken an fünfter Stelle.

Diese Form des Freitodes gibt es nicht selten bei jungen Menschen ›aus Liebeskummer‹; bei älteren: ›wegen Vereinsamung‹. Wobei nicht wenige, zumal wenn sie, wie Helga Fein, Tagebücher geführt haben, einen Abschiedsbrief mit einer Erklärung ihrer Beweggründe hinterlassen.

Doch ein derartiges Schreiben Helga Feins war bisher nicht aufgetaucht. Und was mich fast noch mehr beschäftigte: niemand schien danach zu fragen! Auch Harald Fein nicht?

Helgas Abschiedsbrief konnte ein wichtiges Glied der Kette sein. Sie mußte ihn geschrieben haben!

Wie aber war an ihn – falls er noch existierte – heranzukommen?«

»Nichts«, sagte Harald Fein, sich in die Polster seines Autositzes zurücklehnend. »Nicht das geringste fällt mir auf. Alles scheint wie immer zu sein.«

»Strengen Sie sich keineswegs an«, empfahl Keller geduldig. »Warten

Sie nur einfach eine Weile ab.«

Längere Zeit saßen sie schweigend nebeneinander. Keller betrachtete das Bild, das die nun leicht beschlagene Windschutzscheibe widerspiegelte: Harald Feins Gesicht – in seinen Konturen bis ins Groteske verzerrt, verschwimmend, sich auflösend. Dabei vor sich hinlächelnd.

Keller blickte seitwärts auf die Straße: freundliche Sauberkeit. Dann an den Häusern hoch: glatte, kaltglitzernde lächelnde Fassaden. Hierauf himmelwärts: *strahlende* Klarheit – wie meist in dieser Jahreszeit.

»Welch eine Stadt«, sagte er wie im Selbstgespräch. »Ich bin hier nicht geboren, aber ich habe immer gerne hier gelebt. Doch jetzt frage ich mich manchmal, ob ich hier auch sterben will?«

Anton miefte und begann unruhig zu werden.

»Unser Hund muß mal«, sagte Keller und öffnete die Wagentür neben sich.

Anton sprang über die Polster ins Freie und lief gleichsam einem festen Ziel zu, der hinteren, rechten Ecke des zum Appartementhaus gehörenden Parkplatzes. Dort blieb er plötzlich stehen – als vermisse er etwas für ihn Wichtiges.

»Auf diesen Platz dort«, meinte Fein, »hat er sich immer gestürzt. Aber diesmal scheint ihm etwas zu fehlen.«

»Und was könnte das sein?«

»Vermutlich vermißt Anton den Wagen, der manchmal dort stand – und den er mit großer Vorliebe bepinkelte – erst die Vorderräder, dann die Hinterräder.«

»Und Sie haben Anton dabei beobachtet – während Sie hier im Mercedes saßen? Mehrmals?«

Harald Fein nickte. »Anton war immer ziemlich verrückt nach diesem Jaguar!«

»Sind Sie sicher, daß es ein Jaguar war?«

»Ganz sicher! Ich wollte mir auch schon immer so ein Auto kaufen – ähnlich wie dieses – kobaltblau. Oder bläulich-silbern. Oder graublau.«

»Haben Sie sich die Kennzeichen dieses Wagens gemerkt?«

»Es war eine Münchner Nummer. Nach dem M kamen, wenn ich mich recht erinnere, C und D. Hierauf eine zweistellige Zahl – eine niedrige, glaube ich. Ist das wichtig?«

»Es scheint so«, sagte Keller, »zumindest für Anton.«

Ort: Hauptgeschäftsbüro der Firma Plattner. Zeit: am nächsten Morgen, unmittelbar nach Arbeitsbeginn. Anwesend: Geschäftsführer Jonass, Chefsekretärin Wagnersberger:

Jonass: »Du siehst heute wieder mal blendend aus, Eva! Ich stelle das nicht ohne Betrübnis fest, weil ich bei dir, in den letzten Tagen, leider einiges versäumen mußte. Bitte – ein Original und zwei Durchschläge.

Adressat: Harald Fein. Also: Sehr geehrter Herr! Bedauern wir, Sie darauf aufmerksam machen zu müssen, daß nach Rückgabe des von Ihnen in Verwahrung gehaltenen Panzerschrankschlüssels an unsere Firma von den dort eingelagerten Barbeständen ein Betrag von DM 50000,– fehlte.

Schau mich nicht so fragend an, Mädchen – das geht schon in Ordnung! Und ist einfach unvermeidlich, wenn wir, wir beide, hier richtig Fuß fassen wollen. Da müssen wir dafür sorgen, daß hinter diesem Fein alle Brücken abgebrochen werden. Der Alte will es so; und uns kann es nur recht sein.

Also weiter im Text: Wenn wir diesen fehlenden Betrag von DM 50000,– bisher bei Ihnen lediglich mündlich, wenn auch vor Zeugen, angemahnt haben, so geschah das auf Grund noch bestehender verwandtschaftlicher Verbindungen zwischen Ihnen und dem Inhaber unserer Firma und seiner Familie. –

Du weißt doch, Mädchen, daß stets im Panzerschrank höhere Barbeträge... du erinnerst dich daran? Das genügt! Um welche Summe es sich dabei jeweils gehandelt hat, war dir, natürlich, nicht bekannt – immerhin: Zehntausende! Klar? Klar!

Dann schreib also weiter: Wir hoffen aufrichtig, daß Sie erkennen, in welchem Maße hier beiderseitige Interessen auf dem Spiel stehen – wobei Sie mit unserem großzügigen Entgegenkommen rechnen könnten, falls bei dieser Gelegenheit, durch Ihre Mithilfe, die Retournierung eines roten Aktenstückes...«

In diesen Tagen – in diesem München:

Ein Rechtsanwalt, namens Toni Schloßer, präsentierte der von ihm alarmierten Presse, in seinem Büro, einen entführten Knaben, den ihm die Kidnapper übergeben hatten – nach Aushändigung eines Lösegeldes von DM 200000,–; abzüglich einer stattlichen Summe für »humanitäre Zwecke«, die der Rechtsanwalt abzweigte.

Der Knabe wurde anschließend seiner Mutter zugeführt, die im Polizeipräsidium wartete.

Kommentar hierzu von Braun:

»Eine Sauerei sondergleichen! Eine Art Teamwork zwischen einem eitlen Rechtsverdreher und Ganoven der übelsten Sorte! Wäre mir dieser Fall in die Hände geraten, ich hätte diesem geltungssüchtigen Schweinstreiber garantiert das Handwerk gelegt!«

Rechtsanwalt Schloßer verübte, nur wenige Tage später, Selbstmord.

Kommentar hierzu von Keller:

»Vergiftung durch Auspuffgase – also Tod durch Kohlenmonoxyd – wahrscheinlich. Einnahme von Tabletten zusätzlich möglich. Leiche wurde im Schlafzimmer vorgefunden.

Verfallenes, zerquältes, hilflos wirkendes Gesicht.«

Kommentar vom derzeitigen Präsidenten der örtlichen Anwaltskammer:

»Krokodilstränen weinen wir Herrn Schloßer nicht nach.«

Abschließend dazu Dürrenmaier:

»Von ihm wird gesagt, er habe an die Gerechtigkeit geglaubt. Jedoch – an welche? An seine Auffassung davon? Fast jeder scheint eine andere zu haben. Kriminalisten jedoch haben sich allein an die bestehenden Gesetze zu halten. Wo kämen wir denn sonst hin?«

»Ich habe mich inzwischen«, berichtete Keller im Büro des Rechtsanwaltes Messer, »damit beschäftigt, alte Schulden bei lieben Kollegen einzutreiben, also praktisch: interne Amtshilfe erbeten. Selbstverständlich nicht vergebens.«

»Und mit welchen Ergebnissen?«

»Zunächst«, sagte Keller, »habe ich mich ein wenig mit diesem Herrn Jonass beschäftigt. Was, Herr Fein, halten Sie von ihm?«

»Nichts.«

»Eine ebenso erschöpfende wie zutreffende Auskunft«, bemerkte Keller. »Und es handelt sich dabei wohl um eine erst neuerdings erworbene Ansicht? Eine unter anderen.«

Messer fiel ein: »Was ist dem zuzutrauen – besser noch: was ist ihm nachzuweisen?«

»Zuzutrauen ist dem so gut wie alles – nachzuweisen aber nahezu nichts. Denn von Jonass existiert weder eine Polizeiakte noch ein Vorstrafenregister. Er gehört zu den Kriminellen, die nicht so leicht zu registrieren sind. Er ist einer von den gar nicht wenigen, die andere für sich arbeiten lassen. Wobei Anton einige dieser anderen herausgefunden hat.«

»Der Hund?« fragte Messer verblüfft.

Keller nickte. »Wenn der, außer seinem sicheren Instinkt, auch noch Verstand hätte und dann sprechen könnte, wäre er ein ausgezeichneter Kriminalist.«

Aktennotiz, intern, bestimmt für den Kriminalbeamten Keller – ausgefertigt von Kriminaloberinspektor Salzmann, vom Erkennungsdienst:

»Die beiden von Ihnen benannten Verdächtigen – Vorarbeiter Rogalski und Portier Pollock – sind, anhand der uns übermittelten Hinweise, überprüft worden. Wobei sich ergab:

Erstens: beide können am Überfall auf Harald Fein, in der Nebenstraße zum Promenadenplatz, beteiligt gewesen sein. Sie besitzen für diese Zeit kein ausreichendes Alibi.

Zweitens: ihre Einteilung als Torwache am Friedhof geschah auf Weisung der Geschäftsleitung Plattner durch Jonass. Dies nach Angaben des einen Verdächtigen, Rogalski, die jedoch von Pollock nicht bestätigt werden. Offenbar wurden diesbezügliche Anweisungen von Jonass lediglich an Rogalski erteilt, ohne Zeugen.

Drittens: Überprüfung des Appartements im Marbellahaus, während Fein im Krankenhaus lag. Fingerabdrücke konnten sichergestellt werden. Einmal ein rechter Daumen – von Vorarbeiter Rogalski. Dann ein linker Mittelfinger – als der des Portiers Pollock identifiziert.«

»Das heißt also«, stellte Messer fest, »daß wir wohl ohne weiteres an zwei kleinere Ganoven herankommen können – nicht aber auch gleich an deren Boss?«

»Das ist in der Kriminalpraxis meistens so«, meinte Keller. »Jede Beweisführung ist eine mühsame Sache. Eine Vermutung ist nichts – selbst eine Gewißheit reicht noch nicht aus. Was irgendwer zu irgendwem gesagt hat, was er ihm unter vier Augen einredet, ja, was er ihm befiehlt – das kann jeder der Beteiligten leugnen.«

»Heißt das, Herr Keller, daß Sie – in diesem Punkt – keine Angriffsmöglichkeit sehen? Geben Sie auf?«

»Noch lange nicht«, sagte der Kriminalbeamte. »Kriminalistik ist eine geduldige Mosaikarbeit. Man muß mühsam Stein an Stein fügen – bis endlich ein klares Bild entsteht.«

»Können wir denn noch länger warten?« fragte Messer ungeduldig. »Kann uns nicht jeder Tag, jede Stunde neue Überraschungen bringen – weitere Zeitungsartikel?«

»Fühlen Sie sich davon angesprochen, Herr Fein?« wollte Keller wissen.

»Nein«, sagte der ruhig. »Was geht mich das an? Mich interessiert allein, was mit Helga geschehen ist. Wer – will ich wissen – ist für ihren Tod verantwortlich? Alles andere ist für mich Schnee vom vergangenen Jahr.«

Aktennotiz – gleichfalls für den Kriminalbeamten Keller. Angefertigt von Dr. Trübner-Marbach, Sachbearbeiter für Urkunden und Handschriften im Amt; ihm unterstellt das Referat Schreibgeräte:

»Die Redaktion der ›Morgenzeitung‹ wurde von mir um Mithilfe gebeten. Wir erhielten gegen Quittung ausgehändigt: Fotokopie des Dokumentes sowie dessen Begleitschreiben. Der dazugehörende Briefumschlag war ›nicht aufbewahrt‹.

Ergebnisse: 1. Fotokopie – angefertigt von einer Serienmaschine. Fabrikat Rotaprint rapid oder Rotaprint original. Dazugehöriges Papier wird von der Herstellerfirma geliefert. Anzahl dieser Apparate in München und näherer Umgebung: etwa sechzig. Die tatsächlich benutzte Kopiermaschine ließe sich jedoch – falls aufzufinden – mit einiger Sicherheit identifizieren, da sie seitliche Schmierstellen von charakteristischer Prägung verursacht.

2. Begleitschreiben dazu – Normalpapier, ohne spezielle Kennzeichnungen. Ein Serienartikel, in vielen Geschäften, Kaufhäusern und bei diversen Bürobedarfslieferanten erhältlich. Herstellung vermutlich Villingen, Fabrikat 69 – Frühjahrsproduktion.

3. Schreibmaschinenschrift – erzeugt durch ein Fabrikat der italienischen Firma Bernasconi – jedoch in Holland, mit britischer Lizenz, hergestellt. Bezeichnung: Construkta Original 70. Schrifttypenvergleich positiv. Schrift selbst: ungleichmäßig stark ohne besondere Gewandtheit hergestellt – was aber Absicht sein kann. Dabei zwei mit bloßem Auge nicht erkennbare Typenfehler festgestellt: leicht schräges ›l‹ und ein im oberen Teil minimal verdicktes ›a‹.«

»Das hört sich ziemlich kompliziert an!« fand Messer. »Was läßt sich praktisch damit anfangen?«

»Eine ganze Menge, wenn man weiß, wo eine solche Construkta steht. Befindet sich in Ihrem Büro etwa eine derartige Schreibmaschine?«

»Mein Büro ist, seit Tagen schon, identisch mit meiner Wohnung«, erklärte der Rechtsanwalt mit wachsender Ungeduld. »Meinen Schriftverkehr erledigt im Augenblick eine mir befreundete junge Dame – in ihrer Freizeit, auf einer kleinen Continental-Reiseschreibmaschine.«

»Und Sie, Herr Fein?«

Harald Fein sah Keller lächelnd an: »Ich besitze keine Schreibmaschine, habe niemals eine besessen. Und ich habe in den letzten Tagen niemandem irgend etwas diktiert. Befriedigt Sie diese Erklärung?«

»Durchaus«, sagte Keller. »Aber dann ist da schließlich noch dieser Jaguar.«

Aktennotiz – Nummer drei in dieser Angelegenheit – intern für den Kriminalbeamten Keller.

Erstellt von der Abteilung des Kriminalhauptkommissars Sämisch, Kfz-Kartei: Zulassungsnummern, Motornummern, Fahrgestellnummern. Ferner Täterkartei Kfz: Unfälle, Mißbrauch, Entwendungen; Fälschungen von Zulassungen und Führerscheinen; Verzeichnis von Werkstätten, Tankstellen, Gebrauchtwagenfirmen und Schrotthändlern:

»Zielpunkt: Jaguar, azurblau, stahlblau oder blaugrau, vermutlich neueres Modell. Tabellierband von Flensburg für den Raum München angefordert, erhalten und ausgewertet. Ergebnis: hier lediglich drei in blauer oder ähnlicher Farbe – ohne Berücksichtigung von möglichen

Umspritzungen. Besitzer derselben: ein Hotelier, ein Industriekaufmann, ein Politiker. Adressen anbei. Doch nur einer dieser Wagen besitzt eine niedrige, zweiziffrige Nummer – der des Politikers.«

»Wobei es sich«, sagte Keller, »um den Jaguar eines gewissen Herrn Feininger handelt.«

»Nein!« rief Rechtsanwalt Messer spontan aus. »Irren Sie sich auch nicht?«

»Bei einem Beamten vom Format meines Kollegen Sämisch«, erklärte Keller, »ist ein Irrtum so gut wie ausgeschlossen. Seine Ermittlungen stimmen immer. Der von Herrn Fein beobachtete Jaguar kann nur der des Herrn Feininger gewesen sein.«

»Wenn das tatsächlich stimmt«, erklärte Messer aufgeregt, »ist das ungeheuerlich! Bedenken Sie bitte: allein daß wir eine uns angelastete Schuld ausgerechnet auf einen Mann in dieser enormen Position abzuwälzen versuchen – so wird man es doch interpretieren –, das kann uns teuer zu stehen kommen.«

Keller sagte zu Messer: »Sie können doch gar nicht mehr zurück.«

»Nein«, sagte Messer wieder beherrscht. »Ich kann es nicht, und ich will es nicht.« Und er fügte hinzu: »Sie sind ein gefährlicher Mann...«

»Ich habe gerade erst angefangen«, versicherte Keller nahezu herzlich. »Und wenn ich Ihnen einen guten Rat geben darf: wenden Sie sich mit Ihren neuesten Kenntnissen, von dem Jaguar und seinem Besitzer, direkt an Kriminalrat Dürrenmaier. Wie ich den kenne, wartet der geradezu auf so was.«

»Ich habe den ganzen Abend auf dich gewartet«, versicherte Melanie Weber, Harald anstrahlend. »Endlich bist du da!«

»Nur um mir einen neuen Schlafanzug zu holen«, sagte Fein, der an der Tür seines Appartements stehengeblieben war. »Ich muß gleich wieder zurück – ins Krankenhaus.«

»Nicht ohne dich vorher auszuruhen! Du siehst strapaziert aus – wie von drei Frauen!«

»Schön wär's ja«, meinte Harald Fein, mühsam scherzend. »Aber ein einziger Kriminalbeamter reicht dazu völlig aus.«

Melanie ging auf ihn zu, umarmte ihn sanft, führte ihn zu seinem Bett.

»Leg dich hin – nur ein paar Minuten. Du hast es nötig!«

Ihre Stimme klang zärtlich. Harald ließ sich, behutsam bedrängt, auf sein Bett nieder. Schloß die Augen. Hörte sie mit Gläsern hantieren. Sah aufschäumenden Champagner.

»Das wird dir gut tun«, versicherte sie – sich neben ihn setzend.

... sagte Melanie Weber, wenige Stunden später, zu ihrer Freundin Hilde Fein:

»... wie scheußlich das doch alles ist, was mit diesen hemmungslos egoistischen Männern zusammenhängt... Ich tat, was ich konnte, um die penetrante Unordnung in seinem Zimmer zu beseitigen.

Doch was war der Dank dafür? Er fiel über mich her. So sehr ich mich auch wehrte! Bist du nun sehr schockiert?«

Hilde: »Das glaube ich dir nicht! So ist der nicht – war er nie. Aber wenn du so was bezeugen oder gar beweisen könntest – wäre ich dir dankbar.«

Melanie: »Wie dankbar? Könnte dann alles wieder wie früher werden?«

Hilde: »Vielleicht – ja.«

Harald Fein schob Melanie Weber, die sich an ihn drängte, von sich.

»Harald«, flüsterte sie, »was tust du?«

»Nichts«, sagte er. »Ich bin noch krank – mußt du wissen. Aber sei herzlichst bedankt – für deinen guten Willen. Auch in Hildes Namen.«

... sagte Plattner zu seiner Tochter Hilde:

»... muß ich dich, leider, darauf vorbereiten, mein liebes Kind – daß, wenn dein Jonass es nicht schafft, diesen Fein endgültig aufs Kreuz zu legen...«

Hilde: »Dann schafft das vielleicht Melanie Weber.«

Plattner: »Ausgerechnet diese lesbische Person?«

Hilde: »Melanie ist bisexuell – und schreckt vor nichts zurück. Auch nicht vor Harald – wenn es sich für sie lohnt.«

Plattner: »Was hast du ihr dafür versprochen?«

Hilde: »Mich. Andeutungsweise. Für mich hat sie nun mal eine ganz besondere Schwäche – dafür wird sie schon einiges tun.«

Vorstandssitzung, Unterbezirk München der SPD, intern, also unter Ausschluß der Öffentlichkeit.

Klaus Budenberg, ein Vorstandsmitglied, spricht:

»... haben wir dem OB unsere Hand entgegengestreckt – doch er weigerte sich, unser großzügiges Entgegenkommen zu akzeptieren ... forderte vielmehr unser ›uneingeschränktes Vertrauen‹, was praktisch einem politischen Blankoscheck und damit unserer indirekten Entmündigung gleichgekommen wäre...

... entweder hört er endlich damit auf, die uns zustehenden Positionen im Stadtrat und der Stadtverwaltung uns streitig zu machen, oder wir werden ihm die Möglichkeit nehmen, sich weiterhin derartige Miß- und Übergriffe zu leisten.

... wenn er nicht für uns ist, müssen wir gegen ihn sein! Das mag, im Prinzip, bedauerlich erscheinen, ist aber in der Praxis jetzt unvermeidlich...

Beschäftigen wir uns also mit diesen skandalösen Bodenspekulationen...«

»Du trinkst neuerdings wieder?« sagte Melanie sanft, ihm das Glas reichend.

»Da muß ich dich aber enttäuschen – beziehungsweise deine liebe Hilde und auch den guten Herrn Plattner.« Harald lachte kurz auf. »Mich beherrscht kein unwiderstehliches Verlangen nach Alkohol mehr – aber ich trinke ab und zu ganz gerne; nur zum Vergnügen – ohne mich dabei zu betrinken.«

»Das freut mich für dich!« versicherte sie. »Du hast das also überwunden?«

»Scheint so – man braucht sich also keinerlei Mühe in dieser Hinsicht zu geben. Mich beunruhigen zutiefst ganz andere Dinge – etwa dies: wo ist die Grenze zwischen Mord und Selbstmord? Ich spreche also von Helga. Der Alkohol hilft nicht, damit fertig zu werden.«

Harald Fein – am nächsten Tag – zu seinem Arzt:

»Alkoholsucht – sagten Sie nicht so – ist zumeist eine praktisch unheilbare Krankheit. Bei mir jedoch sei diese Krankheit primär psychisch bedingt gewesen – als ich mich damals fast um meinen Verstand gesoffen habe; nur um zu vergessen.

Dann wurde mir der Alkohol entzogen – mit Ihrer tätigen Hilfe. Nach meinem Sanatoriumsaufenthalt trank ich fast zwei Jahre lang keinen Tropfen Alkohol mehr.

Neuerdings aber trinke ich wieder – in Maßen, ohne das geringste Zeichen von Anfälligkeit. Ich kann mich auf ein Ziel konzentrieren. Ich fühle mich durch den Alkohol nicht mehr gefährdet.«

Am nächsten Tag erschien in der »Morgenzeitung« das Dokument II – unterteilt in IIa und IIb. Beide stellten Ausschnitte des Münchner Stadtplans dar: Olympiagelände und Umgebung.

Plan IIa: eingezeichnet die angekauften Objekte, in und um den Siedlungsbereich des »Fuchsschwanzes« – mit Daten und Preisen.

Plan IIb: die Planung der Olympia-Zufahrtsstraßen. Die angekauften Objekte lagen fast ausnahmslos in der Planungszone der Stadtbaudirektion.

»Sie kennen mich nicht«, sagte Keller freundlich, »aber ich kenne Sie – und Sie kennen den Hund, der mich begleitet.«

»Das ist ja Anton!« rief Heinz Fein überrascht. »Wie kommen Sie zu dem?«

»Er ist mir anvertraut worden – er brauchte jemand, der sich um ihn kümmert.«

Heinz Fein war auf dem Weg zum »White and Black« in der Ungererstraße, einem zeitgemäß gemütlichen Schuppen; noch ohne Schickeria und Nepp. Dort wollte er Freunde treffen, um mit ihnen, fern eventueller Polizeiüberwachung, neue Aktionen zu besprechen. Er hatte es eilig.

Dennoch blieb er bereitwillig stehen, beugte sich zu Anton hinab, beklopfte dessen Kopf und Hinterteil. »Wie geht es dir, du Untier!« Der Hund wedelte freundlich, aber nur kurz.

»Anton mag Sie offenbar nicht sonderlich«, stellte Keller nachdenklich fest. »Wohl, weil Sie ihn nicht besonders mögen! Warum eigentlich nicht?«

»Ich besitze sogar eine anhaltende Schwäche für dieses kuriose Fabeltier«, sagte Heinz. »Ich hätte ihn gerne gehabt! Für mich allein. Aber

Anton entschloß sich für Vater – und für den war er bald so was wie ein zweiter Sohn; wenn nicht sogar sein einziger!«

»Verstehe«, sagte Keller, Heinz so selbstverständlich begleitend, als wären sie alte Bekannte – Anton trabte zwischen ihnen. »Sie lieben Ihren Vater sehr – nicht wahr?«

»Aber wie kommen Sie denn darauf?« Heinz Fein blieb stehen und musterte den kleinen, fast zierlichen Mann, der ihn lächelnd ansah. »Wie kann man denn in unserer Hochleistungsgesellschaft einen Mann lieben, der von vorgestern ist: empfindsam, sentimental, Entscheidungen ausweichend...«

»Was Sie natürlich empört – und worauf Sie dann auf Ihre Weise reagieren. Das weiß ich, weil ich Zeitungen zu lesen verstehe – ich kann auch ein wenig kombinieren. Habe das im Verlauf vieler Jahre lernen müssen!«

»Wer sind Sie?«

Aus den Aufzeichnungen des Kriminalbeamten Keller:

»Ich begegnete damals Heinz Fein zum erstenmal. Und genauso, wie er aussah, hatte ich ihn mir vorgestellt: Harald Fein ähnlich, nur eben etwa zwanzig Jahre jünger! Also auch abzüglich zwanzig Jahre Alltagstrott und Tretmühlendasein, Enttäuschungen und Ermüdungen, Lebenslügen und zunehmender Kompromißbereitschaft. Das alles lag noch vor Heinz.

Ich sagte ihm: ich sei zunächst ein Freund von Anton, dann ein Bekannter seines Vaters, schließlich Kriminalbeamter – aber nicht in dieser Eigenschaft jetzt hier. Ich behauptete, ihn kennenlernen zu wollen. Und das stimmte.

Ich bat ihn, sich meine Ratschläge anzuhören, die rein privater Natur seien. Er brauche sich nicht an sie zu halten – er möge sie aber überdenken. Denn er benötigte dringend fachmännische Rückendeckung.«

»Ich verstehe nicht«, erklärte Heinz Fein, nun heftig beunruhigt, »worauf Sie hinauswollen.«

»Sie müssen mich nicht gleich verstehen«, versicherte Keller behutsam, »lassen Sie sich Zeit.«

Dabei bewegten sie sich durch die spätabendliche Innenstadt, vom

Odeonsplatz – auf der Hofgartenseite – der Leopoldstraße zu. Nur noch wenige Fußgänger waren hier unterwegs – die Lichterketten der Autos jedoch bewegten sich endlos an ihnen vorüber.

Lichter auch über ihnen – Straßenbeleuchtungen von verschwenderischer Helligkeit: sie ließen den Asphalt blaugrau aufschimmern; der Himmel über ihnen war schwarz.

»Na schön«, meinte Heinz Fein, mit einem Seitenblick auf Keller, »das ist, für den Anfang, nicht schlecht: Sie fordern nicht gleich mein Verständnis – und Sie behaupten auch nicht, für die liebe Jugend volles Verständnis zu besitzen. Prima! Was sonst noch?«

»Im Augenblick möchte ich Sie um etwas bitten – sagen wir: um eine Gefälligkeit.«

»Eine Gefälligkeit? Nun sagen Sie nur noch, Herr Keller, im Interesse meines lieben, armen Vaters! Dann weine ich nämlich gleich vor Rührung. Hat der Sie geschickt?«

»Nein. Ich bin mit Anton – Helgas wegen hier.«

Heinz Fein blieb im Schatten des Siegestors stehen. Seine Stimme klang jetzt dunkel, fast rauh. »Helga? Sie ist doch tot – begraben und vergessen?«

»Nicht diese Töne!« sagte Keller, nun ohne jede Freundlichkeit. »Mir gegenüber können Sie sich so was sparen – ich bin nicht im geringsten sentimental, außer allenfalls, was Hunde anbetrifft, speziell Anton. Ich will mich im Augenblick mit Ihnen lediglich über einen möglichen Abschiedsbrief Ihrer Schwester Helga unterhalten.«

»Davon ist mir nichts bekannt.« Heinz Fein wurde nun übergangslos sehr sachlich und aufmerksam. »Was berechtigt Sie zu der Annahme, daß ein derartiges Schreiben existieren könnte?«

»Meine langjährige Erfahrung – wobei Ausnahmen natürlich nicht auszuschließen sind. Doch gewöhnlich will derjenige, der freiwillig in den Tod geht, sich seiner Umwelt mitteilen.«

»Was Helga betrifft, so könnten Sie recht haben – genau das wäre ihr zuzutrauen!«

»Derartige Abschiedsschreiben«, erläuterte Keller fachmännisch, »werden gewöhnlich an gut sichtbarer Stelle hinterlegt. Etwa im Zimmer der Betreffenden, oft unterm Spiegel, auch mitten auf einem Tisch. Oder unmittelbar bei der Garderobe.«

»Wenn das der Fall war – dann muß ihn jemand an sich genommen und mir verschwiegen haben!«

»Durchaus möglich«, stimmte Keller zu. »Aus welchen Gründen auch immer! Aber deshalb muß dieser Abschiedsbrief noch nicht vernichtet sein. So was wird erfahrungsgemäß vielmehr versteckt – also aufbewahrt. Man muß es nur finden!«

»Das mache ich!« versicherte Heinz Fein entschlossen. »Und wenn ich dabei diese ganze Prunkbude umkrempeln muß.«

Henri Messer verbrachte nahezu vierundzwanzig Stunden voller Skrupel, Zweifel und intensiver Überlegungen, bis er sich dazu entschließen konnte, Kriminalrat Dürrenmaier aufzusuchen.

Er wurde unverzüglich empfangen – fast als ob er erwartet würde. »Nun – was haben Sie mir mitzuteilen?« wünschte der Kriminalrat zu wissen.

»Ich fürchte«, meinte Messer, »was ich Ihnen zu sagen habe, ist alles andere als angenehm.«

»Für mich? Für die Kriminalpolizei? Ich bitte Sie – für die ist jede Sorte Unannehmlichkeiten grauer Alltag!«

»In diesem Fall«, sagte Messer, »handelt es sich lediglich um einen Punkt, den Ihr Herr Braun vermutlich übersehen hat. Darf ich Sie an die umstrittene Eintragung im Verkehrskalender der Ermordeten erinnern – wo der Name Fein auftauchte, aber mit einem Punkt dahinter? Was natürlich ohne weiteres Feininger bedeuten könnte?«

Der Kriminalrat Dürrenmaier lehnte sich langsam in seinen Schreibtischsessel zurück. Nichts sonst an ihm veränderte sich – außer seiner Stimme; die klang nun ein wenig mühsam. »Ein – bestimmter Feininger?«

»Ja – leider.«

Ausschnitt aus der unmittelbar anschließenden Unterredung zwischen Kriminalrat Dürrenmaier und Kriminalkommissar Braun:

Dürrenmaier: »Ein graublau getönter Jaguar – wiederholt in Tatortnähe gesichtet – auch zur Tatzeit. Besitzer: Herr Feininger.«

Braun: »Verflucht noch mal – wer hat denn das ausbaldowert! Pardon. Wer versucht mir denn da in mein Handwerk zu pfuschen!«

Dürrenmaier: »Unwichtig – wer! Stimmt das oder nicht? Bitte, prüfen Sie das nach! Ergebnis schnellstens an mich.«

Telefongespräch zwischen Kriminalkommissar Braun und Staatsanwalt Dr. Barthel:

Braun: »Ich wollte Sie nur, wie das ja meine Pflicht ist, auf eine sich neu anbahnende Entwicklung im Fall V-Straße 33 aufmerksam machen. Nach dem nun vorliegenden Material sehe ich mich gezwungen, auch Herrn Feininger in meine Ermittlungen einzubeziehen.«

Barthel: »Belastendes Material?«

Braun: »Das weiß ich noch nicht. Aber ich muß das nachprüfen.«

Barthel: »Selbstverständlich! Jedoch mit der gebotenen Vorsicht! Denn Herr Feininger ist schließlich nicht irgendwer! Und nun unterrichten Sie mich über alle wesentlichen Einzelheiten.«

Telefongespräch zwischen Staatsanwalt Dr. Barthel und Herrn Feininger:

Barthel: »... halte ich es für ratsam, dich vorsorglich zu orientieren – ein Kriminalbeamter namens Braun wird dich aufsuchen. Trotz deiner Arbeitsbelastung solltest du ihn empfangen.«

Feininger: »Er kann kommen – wenn du das für richtig hältst. Und worum handelt es sich dabei?«

Barthel: »Ganz grob um folgendes: ein blauer Jaguar wurde oftmals beim Appartementhaus V-Straße 33 geparkt. Als Besitzer des Wagens will man dich ermittelt haben. Ich darf aber dabei auf folgendes aufmerksam machen: Besitzer muß nicht auch der Benützer sein. Auch behauptet niemand, soweit ich informiert bin, daß du persönlich gesehen worden seiest. Ich sage das nur, um dir Zeit zu ersparen.«

Feininger: »Ich danke dir; ich bin tatsächlich sehr eingespannt. Übrigens sucht unser Justizminister – spätestens für die nächste Legislaturperiode – einen neuen Staatssekretär. Ich werde ihm einen bewährten, verantwortungsbewußten Juristen empfehlen. Also – auf bald!«

In der »Morgenzeitung« schrieb der »Kriminalsachverständige Fokus« unter anderem folgendes:

»... wird das System, nach dem derartige Bodenaufkäufe vor sich gingen, langsam durchschaubar... erfolgte zunächst, im erkannten Gebiet, die eine oder andere erste Erwerbung – anfänglich um jeden geforderten Preis; nur um sich dort zunächst einmal festzusetzen... worauf dann eine sorgsam geplante Entwertung rücksichtslos durchgeführt wurde...«

Hierzu bekundet der ehemals im »Fuchsschwanz«, volkstümlich auch »Fuchsschwanzerl« genannt, wohnhafte »Augenzeuge« Josef Donnersberg – mit Bild:

»Das auf dem aufgekauften Nachbargrundstück stehende alte, typisch münchnerische Haus, mit Jugendstilornamenten, wie man mir gesagt hat, wurde dem Erdboden gleichgemacht. Dorthin wurde dann, provisorisch, wie versichert wurde, eine Baracke gestellt und in dieser Kreissägen montiert, welche täglich bis zu zehn Stunden in Betrieb waren; für Bauhölzer. War das ein Lärm! Nicht zum Aushalten!

Ähnliches geschah etwa einhundert Meter weiter. Dort zunächst nur Umbauten, dann Errichtung einer Massenunterkunft für Gastarbeiter. Für etwa zweihundert, auf engstem Raum. Und nachts hockten die dann in unseren Kneipen, randalierten und stiegen unseren Mädchen nach; auch meiner Tochter. Ich habe ja nichts gegen Gastarbeiter, wenn die sich gesittet benehmen, aber...

Ähnliches dann auch bald in wieder anderer Richtung. Dort entstand eine Art Treibstofflager. Fässer wurden gelagert. Die aber stanken meilenweit!«

Ebenfalls hierzu:

Josepha Elisabeth Grundlinger – gleichfalls Hausbesitzerin im Gelände, das sie »Fuschsschwoaferl« nannte. Ihr frühverstorbener Mann, Kioskbesitzer beim Hauptbahnhof, hatte sich hier noch angesiedelt. Dreihundert Quadratmeter – klein, aber mein. Vor knapp dreißig Jahren, mit eintausendfünfhundert Mark erworben. Nun wurden ihr dreißigtausend dafür geboten. Bald fünfzigtausend. Abschließend achtzigtausend.

Josepha Elisabeth Grundlinger erklärte:

»Hat nun mal jeder Mensch seine Heimat – und die muß einem heilig sein... Grund und Boden... Erde, an der man hängt, ich bitte Sie... so was hat schon seinen Wert! Also seinen Preis.

Von wegen Lärm – etwa durch Kreissägen: Ich bin schwerhörig. Und was ist denn schon Gestank – ich kann niemand mehr riechen – nicht einmal mich selbst. Und diese Italiener – ich bitte Sie, lieber Herr – lassen Sie sich da nur nichts einreden. Alles halb so wild – eher schon enttäuschend!

Also – warum sollte ich nicht verkaufen?«

Ebenfalls hierzu: Josef Adolf Hofberger – Jungsozialist; mit den Verhältnissen in der Siedlung »Fuchsschwanz« angeblich sehr vertraut:

»Der soignierte, sozialistisch getönte Konservativismus dieses Oberbürgermeisters – dazu die beklagenswert ahnungslose Kompromißbereitschaft dieser vielfach manipulierten Kleinbürger – dazu die geradezu peinliche Hörigkeit ergebener Beamten, geistig strammstehender Stadträte, konjunkturlüsterner Ja- und Amensager ... Kein revolutionärer Funken erkennbar ...

Dieses München leuchtet nicht – es schläft! Es mieft vor sich hin! Und wenn erst einmal die Kacke dampft – wer wagt da noch von inneren Reformen zu sprechen?«

Schließlich noch: ein weiterer ehemaliger Anwohner der Siedlung »Fuchsschwanz«, Thomas Ludwig Eder, ehemals städtische Gaswerke. Er erklärte in der »MZ«:

»Also Tag für Tag ohrenbetäubender Lärm! Hundert Kreissägen! Aber stets ganz legal – nur während der gesetzlich erlaubten Arbeitszeit. Und dann diese Lastwagen und Omnibusse, bis tief in die Nachtstunden hinein. Zubringerverkehr nennt sich das. Und dann dieser penetrante Gestank – Tag und Nacht, ein einziger Müllplatz, unser einst so geliebtes Fuchsschwanzerl.

Schließlich dann diese Invasion! Balkanesen, Italiener, massenweise; die sind die schlimmsten, was die Weiber anbelangt. Da muß man ja nationale Gefühle bekommen, ob man will oder nicht.

Jedenfalls unter diesen Umständen gab's nur eins: Verkaufen! Um jeden Preis.«

Sodann »Bild«:

Wachsam, ehrlich besorgt! Wie immer. Und wie immer warnend. Auf der ersten Seite – in Buchstabenbalken: »Gerechtigkeit – für wen?«

Hierzu abschließend »Fokus«, in der »Morgenzeitung«:

»Das also ist die Masche, mit der man Millionen macht!«

Als Kriminalkommissar Braun im Parteihauptbüro beim Königsplatz erschien, wurde er bereits erwartet. Eine sogenannte Hostesse nahm sich liebenswürdig seiner an.

»Herr Feininger hat sich für Sie frei gemacht – darf ich Sie zu ihm führen?«

Das durfte sie – eine scherzhafte Bemerkung, die Braun zu der Formulierung »freigemacht« einfiel, unterdrückte er. Er folgte dem Mädchen: zunächst die breite Treppe hoch, dann durch einen Korridor, durch ein Vorzimmer, durch ein zweites in das Hauptbüro. Dort saß Feininger.

Aber Feininger, die »graue Eminenz« seiner Partei, blieb dort nicht sitzen. Er erhob sich und schritt auf Braun zu, streckte ihm die knochige, ein wenig feuchte Rechte entgegen – während er die Hostesse mit kurzem Blick entließ.

»Nehmen Sie Platz, lieber Herr Braun«, sagte Feininger gemütlich. »Machen Sie es sich bequem.«

Feininger lächelte breit und ausdauernd. Er bot Cognac an – »ein Geschenk des französischen Botschafters!« Dann Zigarren – »vom Ministerpräsidenten, zu meinem Geburtstag. Jetzt reserviert für bevorzugte Gäste!«

»Ich bin, Herr Feininger«, sagte Braun, während er sich ungeniert bediente, »als Kriminalbeamter hier. Darf ich Ihnen einige Fragen stellen?«

»So viele Sie wollen – nur zu!«

Aus den Aktennotizen des Kriminalkommissars Braun, die anschließend an diese Unterredungen »nur für den Dienstgebrauch«, also für Kriminalrat Dürrenmaier, angefertigt wurden.

Frage an Feininger: »Stimmt es, daß Sie einen blauen Jaguar besitzen, mit einer niedrigen, zweistelligen Münchner Nummer?«

Antwort von Feininger: »Ja. Aber das dürfte wohl nicht der einzige blaugetönte Jaguar in unserer Landeshauptstadt sein. Zumindest glaube ich, ein oder zwei ganz ähnliche Exemplare gesehen zu haben.«

Frage: »Fahren Sie diesen Wagen selbst?«

Antwort: »Meistens schon – aber nicht immer. Mein Dienstwagen ist ein BMW. Für beide habe ich einen Chauffeur – er heißt Wegleben; ein sehr verläßlicher Mann.«

Frage: »Halten Sie es für möglich, daß sich dieser Jaguar – in den letzten Monaten, und zwar mehrmals, wenn auch zu verschiedenen Zeiten – in Nähe des Hauses V-Straße 33 befunden haben könnte?«

Antwort: »V-Straße – sagten Sie? Lassen Sie mich nachdenken. Aber ja – das könnte durchaus der Fall gewesen sein. Denn mein Chauffeur, eben dieser Wegleben, wohnt, glaube ich, in jener Gegend! Erkundigen Sie sich bei ihm.«

Frage: »Und wo, bitte – falls Sie das noch wissen sollten – haben Sie sich in den Abendstunden des 15. September dieses Jahres aufgehalten?«

Feininger – erneut vom Cognac des französischen Botschafters einschenkend – blinzelte Braun ein wenig verwundert an: »Ich bitte Sie – das ist ein Datum, das etliche Wochen zurückliegt!«

»Sie erinnern sich also nicht?«

»Ich habe«, meinte Feininger versonnen, »ein recht gut funktionierendes Gedächtnis. Was meine zahlreichen Gegner gar nicht schätzen. Aber ein Gedächtniskünstler bin ich nicht! Immerhin existiert bei mir natürlich ein Terminkalender – in dem mein jeweiliges Tagesprogramm verzeichnet ist.«

»Und was war am 15. September?«

»Lassen Sie mich nachsehen«, sagte Feininger, immer noch bereitwillig.

Er griff nach einem Block auf seinem Schreibtisch in unmittelbarer Reichweite. Dieser bestand aus 365 Blatt Papier, aufgeteilt in jeweils vierundzwanzig Stunden. Darin blätterte Feininger – mit sicherem Griff.

»Hier haben wir es! 15. September! Tagsüber in München, Besprechungen in der Landesleitung, beim Finanzminister, mit einem Zeitungsherausgeber. Abends dann: Bonn. Genauer: Bad Godesberg. Dort im Lokal ›Goldenes Lamm‹, Hinterzimmer. Konferenz mit politischen Freunden – die sich bis lange nach Mitternacht ausdehnte.«

»Und dafür existieren – wie ich annehme – Zeugen?«

»Jede Menge! Darunter auch Bundesminister. Und wenn ich mich in Bonn aufgehalten habe, dann kann ich ja wohl nicht zur gleichen Zeit in München gewesen sein.«

Aus den Aufzeichnungen des Kriminalbeamten Keller:

»Es fiel mir nicht leicht, die von mir selbst angeregte Flugreise nach Madrid anzutreten. Antons wegen. Erst als Harald Fein, aus dem Krankenhaus entlassen, wieder sein Appartement im Marbellahaus bezogen hatte, schien mir Antons Versorgung gewährleistet.

Madrid besaß für mich eine ungewöhnliche Anziehungskraft. Einmal wegen der Bilder von Bosch im Prado – dann aber auch wegen Santos; einem spanischen Kollegen, der mir zum Freund geworden war. Wir hatten vor einigen Jahren einen Luxuslustmörder gemeinsam gejagt und gestellt.

Santos empfing mich am Flugplatz, wir verbrachten einen langen Abend mit Fachgesprächen, und am folgenden Vormittag saß ich, wie gewünscht, Kordes gegenüber. Santos wachte vor der Tür. Es war ihm gelungen, mir zwei ungestörte Stunden zu ermöglichen.

Knappe dreißig Minuten genügten!«

Kriminalrat Dürrenmaier – im Gespräch mit dem Autor Jürgen T., Verfasser von international anerkannten Büchern über Kriminalistik.

Aufzeichnung dieser Unterredung in den Arbeitspapieren des Autors Jürgen T.:

Dürrenmaier: »Beamte sind eben auch nur Menschen, mit allen Fehlern, Schwächen, Unzulänglichkeiten; meist um Objektivität bemüht – aber immer wieder ihren Vorurteilen, Wunschträumen, vorgeprägten Ordnungsbegriffen, dem auf sie ausgeübten Druck nachgebend.«

Jürgen T.: »Aber das heißt doch wohl nicht, daß Sie sich mit der Möglichkeit eines Justizirrtums von vorneherein abgefunden haben?«

Dürrenmaier: »Würde ich das tun, säße ich nicht hier. Aber ich gebe mich über das Menschliche und Allzumenschliche in unserem Metier keinen Illusionen hin. Man muß sich das ständig vor Augen halten – allein schon dadurch läßt sich vieles vermeiden. Nicht alles, das gebe ich zu. Aber ich weiß, daß vielleicht unter hundert scheinbaren Routinefällen plötzlich einer den noch so hartgesottenen Kriminalbeamten sehr menschlich engagiert reagieren läßt. Ich kann diese Reaktion zwar nicht völlig ausschalten, auch Vorurteile nicht oder sogar Haß, etwa gegen bestimmte Gesellschaftsschichten. Aber: ich vermag das zu erkennen – um es dann zu überwachen!«

Jürgen T.: »Und Sie nehmen auch in Ihrem Bereich niemanden von solcher Anfälligkeit aus?«

Dürrenmaier: »Selbst mich nicht – auch Braun nicht, auf den Sie wohl anspielen. Vielleicht nur einen einzigen: Keller!«

»Sie haben sich wohl in der Tür geirrt, Herr Keller!« rief der in Madrid inhaftierte Zuhälter Kordes. »Sie sind doch nicht extra meinetwegen hier – oder?«

»Nur Ihretwegen«, versicherte Keller freundlich.

Er begann sich in der Zelle zu bewegen, als wäre er hier zu Hause. Er öffnete den Wasserhahn über dem Waschbecken, trank ein wenig aus der hohlen Hand, nickte dann zufrieden. Hierauf prüfte er die Federung des Bettes sachverständig und setzte sich darauf. Bei all dem ließ er Kordes, der immer unruhiger wurde, nicht aus den Augen.

»Sie«, stieß er heftig hervor. »Mit Ihnen will ich nichts zu tun haben! Wenn es sich um Leichen handeln sollte, schalte ich ab – das ist nicht mein Metier.«

»Wenn Sie so was auch nur wittern, dann wandern Sie lieber aus – nicht wahr?«

»Genau!« bestätigte Kordes. »Sie kennen mich.«

»Wir kennen uns«, korrigierte ihn Keller sanft.

Sie waren einander bereits mehrmals begegnet: anläßlich einiger sogenannter »Zechanschlußraube«, also nach Überfällen auf Volltrunkene mit größeren Bargeldbeträgen; dann bei einem Totschlag im Affekt; schließlich bei der Mißhandlung einer Prostituierten mit einem Rasiermesser. Hierzu war Kordes jedoch nur als Zeuge gehört worden.

Keller hatte Kordes stets entsprechend behandelt. Der fühlte sich sogar verstanden. Und das macht dankbar.

»Aber das eine, Herr Keller, sage ich Ihnen gleich: wenn Sie etwa den Versuch machen sollten, mich hier loszueisen, dann schweige ich wie eine Auster – sogar Ihnen gegenüber. Was mir hier angelastet wird, sitze ich auf einer Arschbacke ab. Ich habe kein Verlangen nach München, verehrter Herr! Dort stinkt es mir zu sehr.«

»Ihren feinen Geruchssinn in Ehren, aber Sie dürfen versichert sein, daß ich gar nicht die Absicht habe, Sie für die deutsche Justiz zu kassieren. Ich möchte nur, aus fast persönlichem Interesse, von Ihnen aufgeklärt werden.«

»Über den Mord in der V-Straße – was? Damit habe ich aber nichts zu tun! Da war ich, wie Sie wissen, verreist; gerade noch rechtzeitig.«

Kordes scherzte schon wieder. Wenn Keller sagte: kein Inkassoversuch – dann war das auch keiner. Kordes setzte sich, vertraulich, neben dem Kriminalbeamten auf das Bett und nickte ihm ermunternd zu – was eindeutig besagte: also, schießen Sie mal los – worüber soll ich Sie aufklären?

»Über diese Adressensammlung Ihrer ehemaligen Freundin möchte ich mehr wissen. Sie haben Braun, wie ich Sie kenne, nur das Notwendigste gesagt – ich aber will alles wissen. Also – dieses Adressenverzeichnis ist Ihre Idee gewesen – vermute ich. Eine Art Dokumentation – mit Tag, Uhrzeit und Preis. Und dann natürlich die Namen der Betreuten – alles zwecks späterer, möglicher Kapitalsbildung.«

»Sie sind ein nobler Mann, Herr Keller«, erkannte Kordes erfreut an. »Sie vermeiden Worte wie Erpressung, wenn es sich lediglich um garantierte Verschwiegenheit handelt, die immer ihren Preis wert ist. Aber ganz unter uns – so weit ist es praktisch nicht gekommen. Leider. Denn irgendein Amateur funkte dazwischen – der versaute mir die ganze Tour!«

»Harald Fein – etwa?«

»Dieser saublöde Hund!« rief Kordes ehrlich entrüstet. »Versuchte der doch mitzumischen! Womöglich muß ich mich noch, dieses Dilettanten wegen, nach München abschleppen lassen! Während ich hier lediglich wegen Devisenvergehen eingebuchtet worden bin – ein Kavaliersdelikt.«

»Und wenn ich Ihnen garantiere, daß Sie zunächst hier in Madrid bleiben können, also – sagen wir: für etwa ein Jahr in Sicherheit sind – was dann?«

»Dann, Herr Keller, können Sie von mir erwarten, was immer Sie verlangen! Ihnen vertraue ich.«

Aus den Aufzeichnungen des Kriminalbeamten Keller:

»Das Vertrauen ist in unserem Metier eine todernste Sache. Es wird – zwischen Kriminalisten und Kriminellen – immer nur einmal mißbraucht; dann nie wieder. Danach sind alle Brücken endgültig abgebrochen.

Ein Wortbruch spricht sich in der Branche schnell herum. Ein Kordes wußte das – und ich wußte das auch. In dieser Situation wurden wir sozusagen zu Geschäftspartnern.

Der diesbezügliche Vertrag ließ sich innerhalb von nur fünf Minuten – mit Hilfe meines spanischen Kollegen Santos – zur allgemeinen Zufriedenheit erstellen: Kordes versprach Santos einige Hinweise im Hinblick auf Falschgeld, Paßfälschungen und so weiter. Santos versicherte darauf: so was brauche natürlich seine Zeit; ermögliche aber eine vorübergehende Freilassung; bedinge zugleich den ständigen Aufenthalt des Kordes im Raume Madrid – auf mindestens ein Jahr.

Nachdem das geschehen war, beantwortete Kordes jede von mir gestellte Frage, präzise und korrekt.

1. Die Eintragung Fein im Gäste- und Einnahmebuch seiner Freundin bedeutete nicht Harald Fein. Hinter dem Namen Fein befand sich ein Punkt, Abkürzung für Feininger – für jenen Feininger, der im übrigen große, bundesdeutsche Politik mache. Auf den sollte sie sich, auf Kordes' Rat hin, konzentrieren – was doch wohl recht vielversprechend gewesen wäre?

Zwischenkommentar von Kordes:

›Wir hatten uns dabei – offen gestanden – nicht wenig verkalkuliert. Denn dieser Feininger war gar nicht so leicht zu vereinnahmen. Der drohte gleich mit Gott und der Polizei! Als ich merkte, daß er das ernst meinte, machte ich mich schleunigst auf die Socken – zunächst in die Schweiz, dann nach Spanien. Wer kann es sich schon leisten, in das Schußfeld der ganz Mächtigen zu geraten? So was kann nicht einmal ein Kriminalbeamter – oder doch?‹

2. Eintragungen mit dem Namen Paul kamen vielfach vor: So W. Paul – was Wolfgang Paul heißt; ein im Werbefernsehen beschäftigter Schauspieler; dann auch als Paul W. – Paul Wohlfahrt: Industriekaufmann in leitender Stellung in einer Waschmaschinenfabrik. Schließlich nur mehrmals: Paul.«

»Und was«, wollte Keller wissen, »bedeutet das?«

»Paul ist Paul«, klärte ihn Kordes auf. »Hier gleichbedeutend mit Plattner.«

»Das ist es also«, sagte Keller.

Am gleichen Tag fand Heinz Fein bei einer Durchsuchung seines Elternhauses Helgas Abschiedsbrief.

Ohne sonderliche Mühe – und schneller, als er erwartet hatte, entdeckte er dieses Schreiben im Toilettentisch seiner Mutter; im untersten rechten Fach.

Helga hatte geschrieben:

»Ich kann nicht mehr. Ich will nicht mehr. Alles ist so unsagbar schmutzig und gemein!

Ich bin verkannt und mißbraucht worden. Niemand liebt mich wirklich! Jeder nützt mich nur aus.

Meine Mutter liebte mich nicht, mein Vater nicht, auch mein Bruder nicht.

Es war, als hätten sie mich ausgeliefert. Einer letzten, unvorstellbaren Gemeinheit. Wenn dies unser Leben sein soll, dann sterbe ich gerne.

Verzeiht mir, vor allem Du, mein lieber Vater – aber ich kann nicht anders.«

9

»Willkommen in unserer Weltstadt mit Herz!« rief Heinz Fein dem Kriminalbeamten Keller im Flughafengebäude zu – über die Absperrseile der Zollabfertigung hinweg.

»Ich weiß – Sie sind unvermeidlich. Glücklicherweise.« Keller lächelte Heinz zu.

»Geben Sie mir Ihr Gepäck«, sagte der munter. »Ich bin das Empfangskomitee für Sie. Ich weiß – Sie hätten gewiß lieber Anton an meiner Stelle gesehen. Aber ich habe zumindest etwas, das Anton nicht hat – einen Wagen.«

Keller überließ Franz Fein bereitwillig seinen Koffer. Dann schritten sie durch die Halle, dem Ausgang zu. »Sie haben ihn also«, stellte der Kriminalbeamte dabei fest.

Heinz Fein nickte – er wußte, wovon die Rede war. Und er hatte es schnell gelernt, ähnlich wie Keller zu reagieren. »Sie können Helgas Abschiedsbrief auf der Fahrt in die Stadt lesen.«

Heinz Fein – später – zu diesen Vorgängen, einem Freund gegenüber:

»Wenn ich jemals einem ausgekochten Pokerspieler begegnet bin, dann ist das dieser Keller gewesen. Da konnte geschehen, was auch immer – er verriet nicht die geringste Regung.

So auch, als er im Auto neben mir während der Fahrt Helgas Brief las. Langsam, sehr gründlich; vermutlich mehrmals. Ich versuchte, ihn dabei zu beobachten, was er prompt merkte. ›Achten Sie auf den Verkehr‹, empfahl er mir sehr sachlich.«

Kriminalkommissar Braun – ebenfalls später – zu diesen Vorgängen, einem Kollegen gegenüber:

»...habe ich diesen Keller schon immer für einen ganz durchtriebenen Hund gehalten; mit allem Respekt, versteht sich.

...war er dennoch höchst unbequem, uns allen, auch Dürrenmaier; da bin ich sicher. Versuchte der doch stets sein eigenes Spiel zu spielen. Na schön, so was habe ich auch immer mal wieder versucht.

...doch Keller, der ›Leichenkeller‹, war dabei viel konsequenter – oder eben unbedenklicher, rücksichtsloser. Das hat er dann mit seinem Amt bezahlt – er ging danach in Pension. Freiwillig. Um nicht gegangen zu werden – Sie verstehen? Allerdings nicht, ohne zuvor noch schnell zum Hauptkommissar befördert zu werden. So geht es zu.«

»Nun, Herr Keller – was sagen Sie dazu!« verlangte Heinz Fein zu wissen, auf Helgas Abschiedsbrief deutend. »Da muß doch irgend etwas ganz Schmutziges passiert sein! Etwas so Schockierendes, daß es Helga in den Tod getrieben hat! Vater will unbedingt wissen, was das war – ich auch. Werden Sie irgend etwas unternehmen, um das herauszufinden?«

Keller schien eine Antwort für überflüssig zu halten. Er wollte lediglich wissen: »Haben Sie diesen Brief Ihrem Vater gezeigt?«

»Das werden Sie vermutlich tun wollen.«

»Aber nicht gleich – falls Sie damit einverstanden sind. Erst, wenn ich es für richtig halte. Ja vielleicht niemals. Sind Sie einverstanden?«

Heinz Fein bremste seinen Volkswagen ab, fuhr rechts heran, schaltete den Motor aus und drehte sich Keller zu. Und er sah: einen in sich zusammengesunkenen kleinen Mann, der vor sich hinblinzelte, auf Helgas Brief sehend.

»Was war das eben?« wollte Heinz Fein wissen. »Ein Vorschlag, eine Anregung, oder so etwas wie ein Befehl?«

»So was wie ein Stillhalteabkommen – zwischen uns«, sagte Keller geduldig. »Zumindest für ein paar Tage.«

»Ein Angebot also«, stellte Heinz Fein fest. »Was bieten Sie dagegen?«

»Eine ganze Menge – glaube ich.« Keller faltete Helgas Abschiedsbrief sorgsam und steckte ihn in seine Brusttasche. »Solange Sie schweigen, schweige ich auch.«

»Worüber denn?«

»Sie wissen das genau! Aber mein Schweigen erfolgt nur unter einer ganz bestimmten Voraussetzung!«

»Und welche wäre das?«

»Darf ich Sie zunächst um eine weitere Gefälligkeit bitten?«

»Worauf wollen Sie denn diesmal hinaus?«

»Auf den Bereich der Chefsekretärin Ihres Großvaters – also auf das Vorzimmer des Inhabers der Plattner-Unternehmungen. Dort kennen Sie sich doch einigermaßen aus – auch was Vervielfältigungsapparate und Schreibmaschinen anbetrifft.«

»Woher – wissen Sie das?«

»Ich weiß es«, sagte Keller einfach. »Und Sie sollten sich damit abfinden, daß ich es weiß.«

Interner Bericht – speziell für Keller erstellt – von Kriminalinspektor Hohmann, Einbruchsdezernat, Spezialist für Baumaterialien; unter Verwendung eines V-Mannes, der bei der Firma Plattner als Lagerverwalter arbeitete:

»9. Oktober – 14.10 Uhr bis 14.40 Uhr – Heinz Fein im Direktionsbüro, bei E. M. Wagnersberger, der Chefsekretärin.«

»11. Oktober – 16.05 Uhr bis 17.00 Uhr – Heinz Fein abermals dortselbst.«

»13. Oktober – 19.40 Uhr bis 21.50 Uhr – Abendessen mit der Wagnersberger in der ›Bonne Auberge‹.

Danach diese zu ihrer Wohnung, Hohenzollernstraße, gefahren, mit hinaufgegangen, sich dortselbst aufgehalten von 22.20 Uhr bis 00.10 Uhr.«

»15. Oktober – 18.45 Uhr bis 19.35 Uhr. Heinz Fein im Direktionsbüro. Dort allein. Offenbar arbeitend. Schreibmaschinengeräusche.«

Eva Maria Wagnersberger, Chefsekretärin der Firma Plattner, über ihr Verhältnis zu Heinz Fein befragt:

»Ich bitte Sie – dieser gute, nette Junge! Aber immerhin: der Enkel des Herrn Plattner und vermutlich einmal dessen einziger Erbe. Er begann sich für die Firma zu interessieren – nicht etwa für mich persönlich.

Ich habe ihn – im Interesse unserer Firma – betreut; was sich ja wohl von selbst versteht. Des Einverständnisses von Herrn Plattner war ich sicher.«

Wamsler, Angestellter im Direktionsbüro, für Botendienste und die persönliche Betreuung von Herrn Plattner zuständig, erklärt:

»Also – wenn Sie mich fragen – diese Sache war ganz einfach so: diese Wagnersberger ließ sich nicht umgehen, wenn man im Bereich Plattner weiterkommen wollte. Das erkannte auch Heinz Fein, das ist ein ganz cleverer Junge, meine ich – wenn der auch nicht so aussieht.

Ich bin sicher: auch der hat die Chefsekretärin gepudert! Das war schließlich so eine Art Firmen- und Familientradition. Hätte mich geradezu gewundert, wenn nicht…«

»Sie verlangen also von mir«, rekapitulierte Heinz Fein, »daß ich Ihnen eine Schriftprobe von der im Hauptbüro existierenden Schreibmaschine – einer Construkta – besorge?«

»Ich verlange nichts – ich bitte darum.«

»Wird erledigt!«

»Und wann? Heute noch?«

Heinz Fein nickte zustimmend. »Und was sonst noch?«

»Sodann eine Kopie dieser Schriftprobe – hergestellt auf dem im gleichen Büro installierten Vervielfältigungsapparat. Läßt sich das machen?«

Abermals nickte Heinz Fein. »Sie erhalten die gewünschten Unterlagen – spätestens morgen früh. Sonst noch was?«

»Das genügt zunächst durchaus.«

»Und was ist mit Helgas Abschiedsbrief?«

»Auf den komme ich noch zurück – ich muß nur einige Ermittlungen anlaufen lassen; und ich kenne jetzt den Ansatzpunkt. Zunächst jedoch – fahren Sie weiter und setzen Sie mich vor der Wohnung Ihres Vaters ab.«

»Haben Sie etwa Sehnsucht nach ihm?«

»Ich will Anton sehen.«

Braun zu Feldmann – außerdienstlicher Monolog; gehalten im Bürgerbräukeller:

»Was sagen Sie da, mein Lieber? Von wegen Fest der Völker! Nichts als ein Showgeschäft in dieser Businesswelt! Ein weltweites Spektakel – in der Größenordnung von Mondlandungen.

Gewiß – dieser raffinierte Oberbürgermeister pumpt auf diese Weise etliche hundert Millionen in seine Stadt. Behauptet zunächst: etwa sechshundert würden reichen. Bald ist es dann eine Milliarde. Und noch mindestens fünfhundert Millionen dazu werden es vermutlich werden; wenn nicht achthundert.

Die Stadt kassiert dabei praktisch alles, zahlt aber nur ein Drittel dafür – das zweite das Land Bayern, der Bund das dritte; der übernimmt neuerdings sogar die Hälfte. Doch der OB hat sein U-Bahnnetz, S-Bahnausbauten, neue Straßen, repräsentative Plätze und Sportstätten von zeitgerechtem Ausmaß, die wohl bis zum Jahre 2000 ausreichen.

So schön, so gut! Aber nun wittern die Hyänen dieser Stadt die tausend und mehr Millionen. Sie wollen ihren Anteil an diesem Riesenkuchen: sie bauen, organisieren, publizieren, koordinieren und investieren.

Sieben vollbeschäftigte Juristen des Olympia-Organisationskomitees handeln an die zweihundert Spezialverträge aus – betreffend: Senf, Kartoffelchips, Zahnpasta, Toilettenpapier, Aschenbecher, Würstchen, Honig, Fruchtsäfte, Käse, Unterbekleidung! Wer kann, geht ran!

Schnellrestaurants entstehen, der Olympiaturm verkündet, neonröhrend in alle vier Himmelsrichtungen: Wienerwald; über eintausend Hostessen werden eingestellt; an die dreißigtausend Olympiakräfte werden 1972 in Aktion treten. 4,5 Millionen Eintrittskarten werden verkauft – sie dürften etwa 30 Millionen Mark einbringen; also nicht einmal den fünfzigsten Teil der investierten Summe!«

Feldmann: »Ich meine, man sollte einem derartigen Unternehmen auch durchaus eine gewisse idealistische Zielsetzung zugestehen.«

Braun: »Warum nicht! Für Idioten hat angeblicher Idealismus immer schon wundersam betäubend gewirkt! Wir aber, mein Lieber, sind Kriminalisten – unser Feld sind die kriminellen Vorgänge.«

Feldmann: »Auch im Hinblick auf diese Olympischen Spiele?«

Braun: »Kombinieren Sie doch! Hinter Fein steckt Plattner! Also ein Bauunternehmen der allerersten Größenordnung. Und hinter Feininger stauen sich diverse Interessengruppen: Banken, Versicherungsgesellschaften, Transportunternehmen, Großbrauereien, Hotelketten! Ist Ihnen denn noch nie aufgefallen, daß hier immer, überall, die gleichen Firmennamen auftauchen: in der Fußgängerzone der Innenstadt, unter dem Stachus, auf dem Olympiagelände? Und in Schwabing –«

Feldmann: »Mag ja sein! Aber rechtswidrig oder gar kriminell ist das doch nicht. Oder?«

Braun: »Es kommt darauf an – auf das, was wir herausfinden.«

Keller hörte Anton freudig aufjaulen, als er sich dem Appartement von Harald Fein näherte. Er klingelte.

Anton stürzte sich, als Harald Fein die Tür öffnete, Keller entgegen. Keller ergriff den Hund, preßte ihn an sich, ließ sich das Gesicht lecken. War glücklich.

»Er hat auf Sie gewartet«, sagte Harald herzlich. »Wie auch ich! Ist Ihre Reise nach Madrid erfolgreich gewesen?«

»Kann sein – kann auch nicht sein. Es kommt auf den jeweiligen Standpunkt an«, sagte Keller, sich zärtlich mit Anton beschäftigend.

»Soll das heißen«, fragte Harald Fein, sichtlich besorgt, »daß Sie in Madrid so gut wie nichts erreicht haben?«

»Einiges durchaus«, versicherte Keller und kraulte Anton hinter den Ohren. »So etwa: Fein plus Punkt bedeutet eindeutig Feininger. Und es ist tatsächlich der gleiche Feininger, wie wir vermutet haben. Das können Sie Ihrem Rechtsanwalt Messer verbindlich mitteilen. Ich jedenfalls muß dringend mit Anton spazieren gehen – wenn Sie erlauben!«

Aus dem Gutachten eines Dr. Rehlinger, eines der zwei Experten im Amt für Schreibmaschinen und Vervielfältigungsgeräte – erstellt anhand der ihm von Keller übergebenen Unterlagen, die dieser wiederum von Heinz Fein erhalten hatte:

»Völlige Übereinstimmung der Schrifttypen. Zweifelsfrei entspricht das Schreiben an die ›Morgenzeitung‹ den vorgelegten Proben. Sie müssen von der gleichen Maschine hergestellt worden sein.«

Worauf eine dreiseitige, intensive Analyse erfolgte. Diese basierend auf den Buchstaben »a« und »e«, ferner »t« und »f«. Sie alle wiesen übereinstimmende Merkmale auf – verdickte Oberschleifen etwa, einen mageren Ausdruck unterer Teile, eine Zentralverschmierung bei abgerundeten Gebilden; etwa bei einer extrem verdickten Punktierung.

»Weiterhin – die Kopie betreffend: charakteristische Verschmierungen in sich wiederholenden rhythmischen Zeichen – am rechten Rand dieser Vervielfältigungen. Auch dies: absolut übereinstimmend. In beiden Fällen also: ›Morgenzeitungs‹-Material ebenso wie Unterlagen der Firma Plattner; zweifelsfrei exakt einander entsprechend.«

In diesen Tagen – in diesem München:

»Aufgefunden wurden, in einem in Brand gesetzten Haus: ein Mann, Arzt, 46 – mit durchschnittener Kehle; seine Frau, 30 – mit einem Hammer erschlagen; deren Tochter, 1½ – erwürgt.

Als Täter konnte alsbald von der Kriminalpolizei der vermutliche Vater des ermordeten Kindes ermittelt werden, der ständige Geliebte der

Arztfrau, der langjährige in Untermiete geduldete Freund des Hauses – ein Mann aus Biafra.«

Kommentar hierzu von Braun:

»Das scheußliche, aber gar nicht überraschende Ende einer Ehe zu dritt! Ein Signal für die derzeitig vorherrschende Sexualverwilderung in vielen Gesellschaftsschichten.«

Kommentar hierzu von Keller:

»Das Kind, ein Mädchen, war bis zur Brust hin fast völlig verbrannt – ihr Hals aber wies deutliche Würgemerkmale auf. Der Kopf der Frau, durch Hammerschläge zertrümmert – sie konnte von ihrem Zahnarzt anhand des rekonstruierten Gebisses identifiziert werden. Der Mann lag auf seinem Bett – seine Kehle war, mit einem einzigen Schnitt, vermutlich mit einem Skalpell, aufgespalten worden.«

Hierzu Kriminalrat Dürrenmaier:

»Wie wenig wissen wir doch von den Möglichkeiten, die mitten unter uns denkbar sind!«

»Wer sind Sie?« wollte Paul Plattner von seinem Besucher wissen. »Ein Kriminalpolizeibeamter?«

»Mein Name ist Neumann«, sagte der. Er sah aus wie ein gemütvoll-biederer Bürger. »Ich arbeite im Polizeipräsidium – und dort bei der Gruppe Kriminaltechnik. Dienstgrad: Kriminaloberinspektor.«

»Na – und? Was wollen Sie?«

»Ich bin hier, um Sie zu unterrichten.«

»Worüber?«

»Über einen Vorgang, Herr Plattner, der Sie, Ihre Firma, unmittelbar betrifft – an dem Sie aber, nach Lage der Dinge, kaum persönlich beteiligt sein dürften. Die Kriminalpolizei, stets um Aufklärung bemüht, hofft auf Ihre Mitarbeit.«

Aus den Aufzeichnungen des Kriminalbeamten Keller:

»Ich habe nunmehr fast vierzig Dienstjahre in diesem Beruf verbracht. Ich bin dabei in Tausenden von Fällen tätig gewesen, habe mit Hunderten von Kollegen zusammengearbeitet. Die waren mir stets behilflich, wenn ich sie darum bat.

Doch als es darum ging, nochmals direkten Einfluß auf Paul Plattner zu nehmen, zögerte ich sehr lange, damit einen meiner Kollegen zu beauftragen. Denn ich spürte ein fast zwingendes Verlangen, diesem Mann abermals persönlich zu begegnen. Doch es schien mir verfrüht. Denn noch hatte ich ihn nicht mit dem zu konfrontieren, was er wirklich verdiente.

Ich schickte schließlich Neumann zu ihm. Dieser Kriminaloberinspektor war ein auf den ersten Blick unscheinbarer Mann – ich orientierte ihn besonders gründlich und setzte ihn auf Plattner an.«

»Was«, wollte Plattner von Neumann wissen, »verstehen Sie unter Mitarbeit?«

»In diesem Fall, Herr Plattner, sollten Sie zunächst einige Tatsachen zur Kenntnis nehmen – um dann daraus die wohl zwangsläufigen Schlußfolgerungen zu ziehen.«

»Worum handelt es sich?«

»Um die Schreiben und Dokumente, die der ›Morgenzeitung‹ zur Verfügung gestellt worden sind.«

»Eine Schweinerei sondergleichen!« stellte Paul Plattner fest.

»Scheint tatsächlich so!« stimmte Neumann zu. »Zumal nach unseren kriminaltechnischen Untersuchungen ganz einwandfrei feststeht: alle diese Unterlagen sind hier, in Ihrer Hauptverwaltung, angefertigt worden! Und zwar auf der Schreibmaschine im Büro Ihrer Chefsekretärin, mit dem Vervielfältigungsapparat im gleichen Raum.«

»Nein! Das ist doch nicht möglich!«

»Ein Irrtum ist völlig ausgeschlossen«, sagte Neumann unerschütterlich sachlich. »Alle diesbezüglichen Untersuchungsergebnisse schließen jeden Zweifel aus. Jedes Gericht würde sie anerkennen.«

»Jonass zu mir!« brüllte Paul Plattner.

Auszüge aus dem Bericht des Kriminaldirektors im Polizeipräsidium; für die Presse:

»...waren von den ermittelten Verdächtigen 80,7 Prozent Männer, 19,3 Prozent Frauen... Jugendkriminalität steigt rapide an... die Zunahme von Rauschgiftdelikten hat sich, innerhalb eines einzigen Jahres, verdreifacht...

...entsprechend dem ›internationalen Trend‹ nehmen Brutalität,

Raub und räuberische Erpressung, Einbrüche, Notzucht und Mord in allen Kreisen und Gesellschaftsschichten zu. Die Achtung vor dem Menschenleben schwindet.

Sämtliche 44 in unserem Bereich in den letzten Monaten bekannt gewordenen Fälle von versuchtem Mord oder Totschlag konnten aufgeklärt werden. Aufklärungsquote bei Notzucht über 70 Prozent – bei Raub fast 80 Prozent. Ergebnisse, die über dem allgemeinen Durchschnitt liegen.

Die üblichen Mängel: zu wenig Mittel, zu wenig Material, zu wenig Raum. Und zu wenig Personal. Allein in München fehlen über 700 eingeplante Beamte.«

Zusatzbemerkung des Kriminaldirektors:

»Erlauben Sie mir, auf eine Hypothese aufmerksam zu machen, die einer unserer Beamten – Herr Kriminalkommissar Keller – in der Fachzeitschrift für Kriminalistik vorgetragen hat; eine Kopie steht auf Wunsch jedem zur Verfügung.

Darin wird die These aufgestellt, daß praktisch jedes schwere Verbrechen rechtswirksam gelöst werden könnte – wenn alle Mittel, zeitlich unbegrenzt, voll eingesetzt würden und auch gut geschulte und erfahrene Kriminaltaktiker und Kriminaltechniker zur Verfügung stünden.

Diese Feststellung ist zwar Theorie, ihr wird jedoch in Fachkreisen weitgehend zugestimmt. Auch von mir.«

Kommentar hierzu von »Fokus«:

»Die Polizei unserer Stadt München, unter Präsident Schreiber, ist eine der besten im ganzen Bundesgebiet. Natürlich auch sie nicht ohne gelegentliches Versagen, wie die bedauerliche Erschießung eines Gangsters und seiner Geisel, in Verfolgung eines besonders brutalen Banküberfalls. Doch nicht wenige der hier eingesetzten Kriminalbeamten dürfen – wie etwa Hähring, Dürrenmaier, Fischer, Keller und Schmidt – zur Spitzenklasse ihres Metiers gezählt werden.

Allein die Aufklärung des Falles ›Weibliche Leiche in Kiesgrube bei Starnberg‹, in diesem Frühjahr, war eine kriminalpolizeiliche Meisterleistung.«

In diesem München:

»Ein Mann, 50, bat telefonisch ein Mädchen, 16 – das einst mit seinem Sohn befreundet war –, um eine Unterredung. Um 12.45 Uhr. Zwei Stunden später war dieses Mädchen tot. Erschossen.

Der Mörder versuchte sich danach als Erpresser. Doch die Eltern des Mädchens hatten sich über dessen Ausbleiben wenig Gedanken gemacht – sie unternahmen eine Osterspazierfahrt, nach Lugano.

Nach Auffindung der Leiche und Vorlage des Erpresserbriefes benötigte eine Sonderkommission des Polizeipräsidiums nur wenige Tage, um den Erpresser und Mörder aufzuspüren und durch exakte Sachbeweise zu überführen.«

Hierzu Kommentar von Kriminalkommissar Braun:

»Ein Musterbeispiel der Begünstigung krimineller Vorgänge durch zeitgemäße Entartungen! Eine Sechzehnjährige mit Hang zu Rockertypen; ein Fünfzigjähriger mit Sucht nach dem schnellen, großen Geld; dazu Eltern von sträflicher Unbekümmertheit – so was muß ja das Verbrechen anziehen!«

Der Kriminalbeamte Keller:

»Die ausgegrabene Leiche, in der Kiesgrube bei Starnberg, wirkte klein und verkrümmt wie fast alle Leichen. Und fast erschrak ich, als ich dann ein nur wenige Tage vor dem Mord aufgenommenes Foto dieser Sechzehnjährigen vorgelegt bekam: ein lebhaft und neugierig wirkendes Mädchen – mit lose fallendem Haar und klug blickenden Augen, von dunkler Schönheit.«

Der Kriminalrat Dürrenmaier, auch für diese Sonderkommission zuständig:

»Eine exakte Arbeit unserer Kriminalbeamten – wie hundert andere in jedem Jahr, von denen jedoch niemand spricht.

Doch allmächtig sind auch wir nicht.«

»Ich bin von Verrat umgeben!« stellte Plattner fest, als Jonass endlich vor ihm stand. »Verantworten Sie sich!«

Joachim Jonass starrte Plattner fassungslos an. »Erlauben Sie, bitte – ich weiß nicht, wovon Sie reden!«

»Nur Sie können es gewesen sein – niemand sonst kommt dafür in Frage!«

»Wofür – in Frage?«

»Herrgott noch mal – tun Sie doch nicht so!« Plattner schlug mit geballter Faust auf die Platte seines Schreibtischs – sein Gesicht war hochrot, seine Stimme schrill. »Sie wissen doch genau, worum es sich handelt – um diese Sauereien in diesem Skandalblatt!«

Jonass schüttelte den Kopf – Plattner schien kurz vor einer Herzattacke zu stehen – na dann ab mit ihm ins Krankenhaus! Dann war er hier der Chef. »Warum regt Sie dieses Käseblatt so auf – und warum plötzlich jetzt?«

»Weil ich jetzt den einwandfreien Beweis habe, daß dieser ganze Schmutz hier in meiner allerengsten Umgebung, und zwar in meinem Chefbüro, angerührt worden ist.«

»Nein!« rief Jonass, nun heftig erschreckt. »Sie müssen sich irren!«

»Es gibt da keinen Irrtum! Die Untersuchungsergebnisse der Kriminalpolizei sind eindeutig: unsere Schreibmaschine, unser Vervielfältigungsapparat, unser Material – also Sie!«

Nun war Jonass an der Reihe, seine Beherrschung zu verlieren. Er ließ sich in den nächsten Stuhl fallen, faßte sich an seinen weißen, halbsteifen Kragen und blickte Plattner verstört an. »Das – darf, das kann einfach nicht wahr sein!«

»Es ist Tatsache! Und nur Sie können es gewesen sein! Sie kennen alle Unterlagen, Sie besitzen den zweiten Panzerschrankschlüssel – den Sie mir aushändigen werden, und zwar unverzüglich. Sie verfügen, als einziger neben mir, über unser Chefbüro.«

»Nein, nein!« stieß Jonass hervor in heftiger Abwehr. »Sie mögen mir eine ganze Menge zutrauen, Herr Plattner – aber das, bitte, nicht. Ich bin kein Idiot! Ich werde doch nicht den Ast absägen, auf dem ich sitze. Und – ich würde so was niemals Ihrer verehrten Tochter antun!«

Paul Plattner war in sich zusammengesunken. Er starrte vor sich hin – und fragte schließlich: »Wer denn? Doch nicht die Wagnersberger?«

»Kann man wissen«, meinte Jonass ungeniert.

Eva Maria Wagnersberger, langjährige Chefsekretärin der Firma Plattner:

»Es hat in unserer Firma – die gut florierte – selbstverständlich auch einige, seltene Rückschläge gegeben:

Ein Brückeneinsturz mit dreifacher Todesfolge, 1959; eine Anzeige wegen angeblich überhöhter Abrechnungen, von der Konkurrenz gesteuert, 1963; eine Art Revolte von Gastarbeitern, die dem Fernsehen gegenüber behaupteten, sich ausgebeutet zu fühlen, 1968.

Aber Herrn Plattner war es stets gelungen, diese Situationen zu meistern. Sobald er sich angegriffen fühlte, schlug er zurück. Seine Konkurrenten lernten ihn fürchten.

In diesem Fall jedoch drohte sogar Plattner die Nerven zu verlieren. Und Jonass auch. Sie saßen sich gegenüber wie Raubtiere, die jederzeit zum Sprung aufeinander bereit sind. Ich stand zwischen ihnen.

Plattner erklärte mir die Situation. Und Jonass leistete es sich, meine Stellungnahme dazu, eindeutig für ihn, in Gegenwart des Chefs, zu verlangen – was ich als glatte Herausforderung empfinden mußte. Ich erklärte daher: ›Ich arbeite nunmehr hier seit fast zwanzig Jahren mit absoluter Verläßlichkeit, was Herr Plattner bezeugen kann. Meine Vertrauenswürdigkeit sollte über jeden Zweifel erhaben sein!‹

Paul Plattner nickte und sagte dann: ›Herr Jonass – betrachten Sie sich ab sofort als beurlaubt. Bitte – ersparen Sie sich jede Bemerkung hierzu! Ich akzeptiere nur noch beweiskräftige, die Situation klärende Fakten. Sonst nichts!‹

Womit Jonass entlassen war.«

Joachim Jonass – in den frühen Vormittagsstunden des nächsten Tages. In einem Gespräch mit Honorarkonsul Duhr, Clemens Duhr – dem einzigen gefährlichen Konkurrenten der Baufirma Plattner im Münchner Raum:

»... habe ich keinesfalls die Absicht, irgend jemand zu belasten oder auch nur zu verdächtigen. Vielmehr lege ich lediglich Wert darauf, meine Position klarzustellen. Was möglicherweise sich mit Ihren Interessen, Herr Duhr, treffen könnte.

... haben Sie mir schließlich mehrmals, wenn auch stets sehr diskret, das Angebot gemacht, für Sie zu arbeiten; also meine langjährigen und vielseitigen Erfahrungen in Ihre Firma zu investieren. Meine Bereitschaft hierzu wäre nunmehr gegeben – falls auch Sie jetzt noch Wert darauf legen und mir ein konkretes Angebot machen, was Ihnen das wert wäre ...«

Abschließend hierzu Duhr, nachdem sich Jonass entfernt hatte: »...sehe ich mich gezwungen, darüber Plattner intern Mitteilung zu machen. Die Grenze einer gewissen Loyalität darf niemals überschritten werden – schon gar nicht unter so engen Geschäftsfreunden. Und wenn damit Jonass für alle Zeiten in der Baubranche erledigt ist – das ist allein seine Schuld.«

»Welch ein Unsinn!« rief Feininger, auflachend, Braun zu. »So was – ich bitte Sie! – kann man doch gar nicht ernst nehmen. Das ist eine glatte Verleumdung!«

»Schon möglich«, meinte der Kriminalkommissar vorsichtig. »Zunächst jedoch handelt es sich ja nur um eine Vermutung – aber jede Vermutung, mag sie auch noch so absurd erscheinen, muß überprüft werden.«

Feininger musterte den Kriminalkommissar aufmerksam. Und diesmal bot er ihm weder eine Ministerpräsidentenzigarre noch einen Botschaftercognac an. Denn er vermißte die gewohnte Ergebenheit – oder auch: Bereitschaft zur Mitarbeit. Dieser Braun wirkte sehr unzugänglich, nicht zu greifen, nicht zu packen!

»Darf ich also fragen, Herr Feininger, ob Sie sich gelegentlich im Hause V-Straße 33 aufgehalten haben?«

»So was ist doch wohl nicht strafbar – oder?«

»Natürlich nicht! Und es wird, wenn es zutreffen sollte, mit gebotener Diskretion behandelt werden.«

»Das kenne ich! Sie fertigen, falls ich nun ja sagen sollte, sozusagen ganz diskret, eine Notiz an; und die kommt dann zu Ihren Akten. Und in diese Akten haben alle Einblick, die für befugt erklärt werden. Und dem soll ich mich aussetzen? Mann – für wie blöd halten Sie mich eigentlich?«

»Dann werde ich also schreiben: Auskunft verweigert.«

Feininger, ein in zahlreichen Rededuellen erfahrener, fernsehbekannter Taktiker, reagierte prompt ausweichend: »Ich verweigere nicht die Auskunft! Ich lege mich auch nicht fest. Praktisch habe ich also weder ja noch nein gesagt. Ich berufe mich auf ein durch das Grundgesetz verbrieftes Recht – auf das des Schutzes der Privatsphäre.«

»Verstehe«, gab der Kriminalkommissar unverzüglich nach. »Ihr Privatleben hat uns nichts anzugehen – geht uns auch nichts an. Es sei denn, daß es sich dabei möglicherweise um einen Zusammenhang mit einer Straftat handeln könnte. Dann müssen wir, leider, nachforschen.«

»Aber mein lieber Herr Braun, falls Sie etwa schon wieder auf diesen 15. September anspielen wollen, so habe ich Ihnen doch bereits gesagt, daß ich die Abendstunden dieses Tages in Bad Godesberg verbracht habe – mit Parteifreunden. Von diesem Treffen existiert sogar eine Anwesenheitsliste.«

»Kann ich Einblick nehmen?«

»Ich werde Ihnen ein vervielfältigtes Exemplar davon zur Verfügung stellen – mit parteiinternen Beschlüssen, die dazu gehören, die ich aber als vertraulich zu behandeln bitte.« Feininger zog ein bereitgelegtes Schriftstück hervor und überreichte es Braun. »Das dürfte doch wohl genügen.«

Im Hintergrund dieses Raumes war ein Fernsehgerät eingeschaltet – mit Farbe, doch mit abgedrehtem Ton. Dort flimmerten Bilder über die Mattscheibe, Werbefernsehen:

»Bananen nur mit Kennzeichen – Körpergeruch gebannt – Zahnausfall gestoppt – Fußböden glänzen dauerhaft – geballte Waschkraft – Rauchgenuß der harten Männer – weicher Weinbrand alter Tradition – sahniger Käse von blühender Alm – und Haarspray, und Obstsaft, und Seife!

Duft der großen, weiten Welt – Botschafter des guten Geschmacks – Weltmeister der Friseure – Konsulat des Kaffeereiches – nach Gutsherrenart! Und: hast du was, dann bist du was!

Bausparkasse – Vergünstigungen – Versicherungen – Altersversorgung – Beratungen – Verzinsungen – sicheres Alter, ruhige Jugend. Dieses Leben lohnt sich – fragt sich nur, für wen?«

»Schöne Volksverblödung – was?« Feininger wies ablenkend auf den Fernsehapparat. »Geradezu kriminell, nicht wahr?«

Braun, der das etwa zehn Seiten umfassende parteiinterne Schriftstück durchblätterte, meinte lediglich: »Was kriminell ist, bestimmen allein die jeweils gültigen Gesetze – gegen Volksverblödung, wie Sie so was treffend nennen, existieren keine.«

»Und darüber, wie ich mein Privatleben führe, glücklicherweise auch nicht!«

»Ich werde das nachprüfen«, sagte Braun lapidar, während er das ihm übergebene Schriftstück in seine Aktentasche schob.

»Sie sind nicht gerade sehr kooperativ veranlagt!«

»Ich habe lediglich einen Fall aufzuklären.«

»Herr Braun«, rief nun Feininger, mit plötzlich hervorbrechendem Unwillen, »das gefällt mir nicht; ich möchte wissen: wollen Sie mir etwa irgendwelche Schwierigkeiten bereiten?«

»Vielleicht werden Sie jetzt lachen, Herr Feininger – aber ich versuche ausschließlich meine Pflicht zu tun!«

»Warum sollte ich darüber lachen, Herr Braun? Zumal ich immerhin einiges, und zwar bisher wohl offiziell noch nicht Bekanntgewordenes, aus Ihrer Vergangenheit weiß.«

Der Polizeipräsident – Aktennotiz anläßlich einer Unterredung mit Kriminalrat Dürrenmaier:

»1. Kriminalkommissar Braun erstattete Selbstanzeige – die dritte innerhalb von zwanzig Jahren. Kriminalrat Dürrenmaier hat die inzwischen bereits bekannten Unterlagen beigefügt. Daraus geht hervor:

a: Braun hat – seit 1945 – erst als Oberinspektor, dann als Kommissar, äußerst exakte und gute kriminalistische Arbeit geleistet.

b: Braun hatte – vor 1945 – noch als Inspektor, vorher als Polizeimeister, dem damaligen Regime seine nicht unwesentlichen Fähigkeiten zur Verfügung gestellt.

2. Die Tätigkeit des Kriminalbeamten Braun vor dem Jahre 1945 ist – wie vorliegende Akten ausweisen – bereits mehrfach nachgeprüft worden. Und zwar erstmals, 1946, durch einen Entnazifizierungsausschuß; mit dem Spruch: Braun ist nichts Belastendes nachzuweisen. Sodann, 1953, durch einen Personalprüfungsausschuß des Präsidiums. Mit dem gleichen Ergebnis.«

»Das«, sagte Feininger bedächtig, »muß schließlich noch nicht alles gewesen sein. Es könnten ja noch ganz andere Unterlagen existieren – etwa über Ihre Tätigkeit, 1939 bis 1940, in Mlawa, einem Vorort von Warschau. Sie erinnern sich?«

»Ganz genau«, sagte Braun, nicht im geringsten beeindruckt.

»Damals wurden Menschen verhaftet – von Ihnen, beziehungsweise von Ihrer Dienststelle; danach verurteilt und hingerichtet.«

»In zwei Fällen, die ich damals mit bearbeitet habe, hat es sich einwandfrei um kriminelle Elemente gehandelt – um cinen Raubmörder und um einen rückfälligen Sittlichkeitsverbrecher.«

»Das sagen Sie!« gab Feininger zu bedenken. »Aber andere sind bereit zu bezeugen, daß es sich dabei um polnische Widerstandskämpfer gehandelt hat – die in den Gestapoakten fälschlich als Kriminelle ausgegeben worden sind.«

»Selbst wenn es so gewesen wäre«, sagte Braun mit unbeirrbarer Beharrlichkeit, »was ändert das an dem, was hier und jetzt geschehen ist?«

»Denken Sie mal darüber nach!« empfahl Feininger, nun hart. »Möglichst schnell und gründlich!«

Bekundungen, Mutmaßungen und Erkenntnisse des Penatsch, ehemals Hausmeister V-Straße 33, einem späteren Zellengenossen gegenüber, der ein auf ihn angesetzter Spitzel war:

»Ach, diese scheußliche Hinterhältigkeit! Wer hätte das von einem Braun gedacht! Für diesen Herrn war ich zunächst eine hochwillkommene Vertrauensperson, eine Art Kronzeuge. Wir arbeiteten geradezu Hand in Hand. Aber plötzlich – über Nacht – war alles anders. Ganz anders!

Sagte doch dieser vordem von mir hochgeschätzte Herr Braun: ›Sie haben beharrlich versucht, den Herrn Fein bei uns in die Pfanne zu hauen! Sie haben, allzu bereitwillig, massive Zeugenaussagen gegen ihn vorgebracht – die sich schließlich als warmer Wind erwiesen haben!‹

Und dann fügte er hinzu: ›Und warum – mußte ich mich dann fragen – haben Sie sich diese hinterhältige Anscheißerei geleistet? Sie heimtükkischer Saukerl haben versucht, mich übers Ohr zu hauen – um mich abzulenken! Um mich von Ihrer Person abzulenken. Und jetzt weiß ich auch, warum!«

Kriminalrat Dürrenmaier empfing in seinem Amtszimmer zu einem »Informationsgespräch«: Rechtsanwalt Messer und Kriminalkommissar Braun:

»Meine Herren«, sagte der Kriminalrat höflich, nachdem sie in der schäbigen Sitzecke seines Zimmers Platz genommen hatten – Dürrenmaier mit dem Rücken zum Fenster, »ich habe diese Besprechung auf Anregung von Herrn Messer angesetzt. Herr Braun hat keinen Augenblick gezögert, dem zuzustimmen.«

»Weil für mich alles klar ist«, behauptete der Kriminalkommissar überzeugt.

Worauf Messer streitbar entgegnete: »Weil Sie nicht gründlich genug nachgeprüft haben!«

Nach einem warnenden Blick auf seinen Beamten erklärte der Kriminalrat: »Bitte, Herr Messer – keine unbewiesenen Behauptungen!«

»Jedenfalls habe ich«, versicherte Messer, angriffslustig, »mit nur wenigen Hilfskräften eine ganze Menge mehr herausgefunden als Herr Braun mit seinem gesamten Polizeiapparat!«

»Was denn?« wollte Braun provozierend wissen.

»Zumindest so viel, daß dadurch mein Mandant völlig entlastet worden ist. Ich erwarte eine verbindliche, auch für die Öffentlichkeit bestimmte Erklärung, die Herrn Fein rehabilitiert.«

»Das«, provozierte Braun weiter, »könnte Ihnen so passen! Für mich ist – und bleibt, bis zur Vorlage eindeutiger Gegenbeweise – Harald Fein der Verdächtige Nummer eins!«

»Und was führen Sie, Herr Messer, dagegen ins Feld?« fragte Kriminalrat Dürrenmaier, wie immer sehr höflich.

»Ich bin gerne bei Ihnen«, versicherte Keller, Kriminalbeamter im Urlaub. Er hatte sich im Appartement Fein in einem Sessel niedergelassen – in dem bequemsten, auch Anton hatte darin Platz.

»Sie sind uns jederzeit willkommen«, versicherte Harald Fein herzlich. Wobei er das Idyll vor sich nicht ganz frei von resignierender Melancholie betrachtete: der Hund hatte sich lang neben Keller ausgestreckt und seinen Kopf in dessen Schoß gelegt; er schien zu schlafen. »Welch schöner Anblick! Aber Sie bestehen darauf, daß wir uns immer nur über ein einziges Thema unterhalten?«

»Wir müssen das«, stellte Keller lächelnd fest, »bis es endgültig geklärt ist! Erst dann können wir uns schrittweise weiterbewegen – bis zu Helgas Tod hin, der Sie allein noch zu beherrschen scheint. Zunächst jedoch frage ich mich immer wieder eins – und das ist wohl die gleiche Frage, die sich auch Braun beharrlich stellt: Was haben Sie tatsächlich an jenem Abend des 15. September in der V-Straße gesehen? Sie wollen offensichtlich einen Namen nicht nennen. Auch jetzt noch nicht? Auch mir gegenüber nicht?«

»Lassen wir das«, sagte Harald Fein ablehnend.

»Ich glaube Sie zu verstehen«, sagte Keller, der dabei Anton automatisch über Kopf und Nacken streichelte. »Es ist Ihnen immer noch nicht möglich, die gleichen Methoden anzuwenden, die Ihnen gegenüber angewendet worden sind.«

»Ich kann nun mal nicht anders!«

»Sie machen es sich nicht leicht. Sie versuchen zunächst einmal, Ihren einzigen Freund vor möglichen Schwierigkeiten zu bewahren; Abendroth – nicht wahr? Aber Ihre ganze Selbstlosigkeit muß doch in der Welt eines Plattner völlig sinnlos werden.«

»Es genügt, wenn ich weiß: ich habe alles versucht, einem Freund ein Freund zu sein. Und ich frage mich«, gestand Harald Fein leise, »immer wieder, was geschah mit meiner Tochter Helga?«

»Nur noch ein wenig Geduld – noch habe ich die kriminalistische Kette nicht vollständig geschlossen.«

»Galaabend im ›Zirkus Krone‹: Rivel, der Clown! Anwesend nahezu alles, was in dieser Stadt Rang und Namen hatte – oder zumindest bestrebt war, in den Gesellschaftsberichten von ›Hunter‹, ›Argus‹, ›Susanne‹, ›Anatol‹ oder ›Manfred‹ genannt zu werden: Leinwandgrößen, viele von vorgestern, zahlreiche Fernsehstars, Rateonkel und Ansagetanten; zeitgemäße Spaßmacher – dazu einer der Stellvertreter des OB; ferner ein Schriftsteller und fünf Sportler; unter den letzteren drei Fußballer: Franz, Gerd und Radi.

Anwesend auch – neben Prinzessin Birgitta, Erzherzogin Maria, Baronin Irina, Frau Hilde Fein und Frau Melanie Weber, begleitet von Herrn Joachim Jonass. Von ›Argus‹ befragt, wie ihnen Charlie Rivel, der König der Clowns, gefallen habe, erklärten sie:

Hilde Fein: ›Er ist immer noch großartig! Aber er stimmte mich doch sehr traurig. Das mag aber ein sicheres Zeichen für seine besonderen Qualitäten sein.‹

Joachim Jonass: ›Dieser Mann ist wie aus dem vorigen Jahrhundert und vermutlich gerade deshalb ein großer Erfolg. Er verkörpert die Sehnsucht nach dem Kindlichen, das Verlangen nach überlieferten Werten, dem schönen Traum.‹

Melanie Weber: ›Ein gesellschaftliches Ereignis mehr in unserer geliebten, weit offenen, fröhlich-freiheitsbewußten Weltstadt.‹«

»Die angebliche Belastung meines Mandanten Fein«, erklärte Rechtsanwalt Messer Kriminalrat Dürrenmaier, »scheint sich ausschließlich auf die Vermutungen, die Überzeugung und die Ermittlungsergebnisse des Herrn Braun zu stützen, der kühn behauptet: niemand sonst biete sich an!«

»Wer denn sonst?« wollte der Kriminalkommissar wissen. »Sie spielen doch nicht etwa auf Feininger an?«

»Nach meinen Unterlagen«, schaltete sich der Kriminalrat Dürrenmaier vorsichtig ein, »hat sich Herr Feininger am fraglichen Abend in Bad Godesberg aufgehalten.«

»Ich habe mir erlaubt, Herr Kriminalrat«, sagte Messer, »das Alibi des Herrn Feininger durch einen meiner Mitarbeiter überprüfen zu lassen.«

»Was gibt es denn da noch groß zu überprüfen!« meinte Braun gelassen. »Der Mord geschah gegen zweiundzwanzig Uhr – und am gleichen späten Abend ist Herr Feininger in Bad Godesberg gesehen und dort sogar in eine Anwesenheitsliste eingetragen worden.«

»Wenn ich Sie berichtigen darf, Herr Kriminalkommissar – er selbst hat seinen Namen in diese Anwesenheitsliste geschrieben.«

»Na – also!« Braun zeigte sich keine Sekunde lang überrascht. »Wenn er dort war – wie sollte er, fast zur gleichen Zeit, hier gewesen sein? Ich weiß: man kann fliegen. Von München nach Bonn in vierzig Minuten. Doch so spät verkehrt kein Flugzeug mehr.«

»Kein Flugzeug im normalen Linienverkehr«, gab Messer bereitwillig zu. »Es ist auch zu diesem Zeitpunkt kein Privatflugzeug gestartet – ich habe das überprüfen lassen; wie Sie wohl auch.« Dann aber holte Messer tief Atem und erklärte: »Es ist aber ein Flugzeug der Bundeswehr von Fürstenfeldbruck aus gestartet.«

»Was soll denn das!« meinte Braun, zunächst noch unbeirrt. »Wollen

Sie etwa auch noch das Verteidigungsministerium in diesen Fall verwikkeln?«

»Die Luftwaffe«, erläuterte Messer, den Anblick des immer unruhiger werdenden Kriminalrates genießend, »pflegt der jeweiligen Bundesregierung, auf deren Anforderung, Flugzeuge zur Verfügung zu stellen. Und diese bietet wiederum gerne Mitgliedern von Ministerien, Bundestagsabgeordneten, auch Journalisten, die noch freien Plätze an. Ein solches Flugzeug verließ, am 15. September, kurz vor dreiundzwanzig Uhr, Fürstenfeldbruck. Mit Herrn Feininger an Bord.«

»Haben Sie eine entsprechende Passagierliste?« wollte Braun wissen. »Existieren Zeugen?«

»Die existieren«, versicherte Messer. »Und außerdem kann ich nachweisen, daß die Anwesenheitsliste in Bad Godesberg erst nach Mitternacht abgeschlossen wurde. Der letzte Name darauf Feininger.«

»Ich muß mal kurz telefonieren«, sagte der Kriminalrat Dürrenmaier. Er entfernte sich eilig.

Zurück blieben: Rechtsanwalt Messer und Kriminalkommissar Braun. Sie lächelten sich an – und fast schien es, als wollten sie sich verständnisvoll zublinzeln.

»Na – und was sagen Sie dazu?« wollte schließlich Messer wissen.

»Machen wir«, schlug Braun vor, »das denkbar Beste daraus.«

»Und was wäre das – Ihrer Ansicht nach?«

»Ach, mein Lieber – Sie ahnen offenbar gar nicht, wie unsere kriminaltaktischen Arbeiten in der Praxis wirklich aussehen«, meinte Braun, verblüffend bieder. »Wir haben es früh lernen müssen, mit allen erdenklichen Schwierigkeiten fertig zu werden. Aber eben deshalb haben wir immer mehrere Eisen gleichzeitig im Feuer.«

»Und welches gedenken Sie nunmehr anzupacken?«

Braun lehnte sich behaglich zurück. »Ich habe doch wohl recht mit der Annahme, Herr Messer, daß es Ihnen allein – nun, sagen wir: in erster Linie – darum geht, Ihren Klienten Fein aus der Schußlinie zu bringen, ihn abzusichern, möglichst reinzuwaschen. Nun ja – warum eigentlich nicht!«

Messer merkte auf wie ein Jagdhund, der Witterung nimmt. In diesen Augenblicken hatte er entfernte Ähnlichkeit mit Anton. »Wen haben

Sie denn außer Feininger noch anzubieten?«

»Nun, Penatsch – den Hausmeister«, erklärte Braun freundlich. »Den haben Sie ja auch nicht übersehen – und mit dem läßt sich einiges anfangen.«

»Mit ausreichenden Beweisen?«

»Lesen Sie, bitte, diese Aktennotiz.«

Aktennotiz. »Nur für den internen Dienstgebrauch« – auf blaßgrünem Papier. Erstellt von Kriminalkommissar Braun:

»...wendete ich mich an den mit mir im gleichen Raum sitzenden Kollegen Keller; derzeit als Todesermittlungsbeamter tätig. Da mir dessen Verbindungen zur spanischen Kriminalpolizei bekannt waren, ersuchte ich ihn um Amtshilfe. Beizubringen durch Vernehmung des in Madrid einsitzenden Kordes.

Zum Vorschein kam dabei – wieder in einem Bankfach gelagert, abermals bei der Deutschen Bank, doch diesmal in einer anderen Zweigstelle, und zwar Lenbachplatz 2 – eine Art Tagebuch. Besser wohl: der Entwurf zu einem Schlüsselroman; pure Pornographie. Aber darin auch mehrere, ganz eindeutige Hinweise auf Penatsch, den Hausmeister. Wie etwa diese:

›...schnüffelte wie ein Trüffelschwein um mich herum... besaß einen Nachschlüssel für alle Wohnungen im Hause... er drang bei mir ein, während ich im Bett lag... nicht allein...

...rief der mir zischend zu: ›Sie Sau! Können wohl niemals genug davon bekommen – was?‹ Und ähnliches in dieser Preislage...

...dann, als er mir die Post brachte: ›Wenn Sie so was nicht auch mal mit mir tun, Sie Saustück, und das möglichst bald, dann mache ich Sie fertig. Fix und fertig! Da kenne ich nichts!‹«

»Ist das nicht recht eindeutig?« wollte Braun munter wissen.

»Durchaus vielversprechend – aber doch wohl nicht unbedingt voll ausreichend«, meinte Messer vorsichtig. »Vielleicht ein brauchbares Fundament, auf dem sich einiges aufbauen ließe.«

»An sich könnte dieses Tagebuchgeschwätz durchaus als Prostituiertenpoesie ausgelegt werden«, stimmte Braun unverzüglich zu, »denn so was liefert heute jedes Schwabinger Freudengirl. Doch um diesen Penatsch wirklich fassen zu können, müssen wir zunächst alle anderen Verdächtigen kennen – wenn auch nur, um sie auszuschalten. Ich bin absolut sicher: dieser Fein hat noch irgend jemanden gesehen, bei seinen Aufenthalten in Nähe V-Straße 33 – den er aber nicht nennen will. Aus welchen Gründen auch immer. Aber ich bestehe darauf, daß er endlich Farbe bekennt!«

Nunmehr war es Henri Messer, der sich eilig erhob, genau wie eine Viertelstunde vorher der Kriminalrat, mit dem Satz: »Ich muß mal kurz telefonieren.«

Die »Morgenzeitung« veröffentlichte – auf Seite 1 – wieder unter der wirksamen Überschrift »Wie man Millionen macht!« – eine Stellungnahme des Bauunternehmers Paul Plattner. Der erklärte:

»...kann es sich bei dieser ganzen Attacke nur um eine von langer Hand vorbereitete, eindeutig gegen meine angesehene Firma gezielte, vermutlich von irgendeinem fragwürdigen Konkurrenzunternehmen ausgebrütete Manipulation handeln.

...sind die hier bedauerlicherweise und zu Unrecht ins Zwielicht geratenen Aufkäufe von Grundstücken, speziell im Bereich der Siedlung ›Fuchsschwanz‹, weder von mir persönlich geplant oder initiiert worden... hat vielmehr mein damaliger Geschäftsführer, Herr Fein, völlig selbständig, während ich verreist war, die entscheidende Initiative ergriffen...

...wobei ich jedoch keineswegs behaupten will, dieser Vorgang könnte in irgendeinem Zusammenhang mit der langjährigen Freundschaft stehen, die meinen damaligen Geschäftsführer, Herrn Fein, mit einem der verantwortlichen und maßgeblichen Stadtplaner, Herrn Abendroth, verband,... zumal ich auch jede Andeutung vermeiden möchte, daß mit derartigen undurchsichtigen Vorgängen eventuell sogar der Herr Oberbürgermeister...«

»Und auch das«, sagte der Kriminalbeamte Keller, Anton an sich ziehend, »genügt Ihnen immer noch nicht?«

»Er irrt sich.« Harald Fein betrachtete die Plattnererklärung in der »Morgenzeitung« mit nahezu zufriedenem Lächeln. »Und er ahnt nicht einmal, wie sehr er sich irrt.«

»Gehört das mit dazu?« fragte Keller lauernd. »Zu Ihrem Plan?«

»Ich habe keinen.« Harald Fein blickte Keller offen an. »Ich lasse lediglich alles auf mich zukommen – und das scheint schon zu genügen. Mich beschäftigt nur eins wirklich – der Tod von Helga. Und auch der wird sich klären.«

Keller betrachtete Fein abschätzend. »Ihre geradezu hiobartige Duldsamkeit basiert vermutlich darauf, daß Sie etwas wissen – etwas, das niemand von uns weiß. Jedenfalls glauben Sie das.«

»Wissen Sie es auch?«

Keller nickte.

»Ich danke Gott«, gestand Harald Fein aufrichtig, »daß nicht auch noch Sie zu meinen Gegnern zählen.«

»Danken Sie zunächst Anton.«

Telefongespräch: Messer – Fein; dann Messer – Keller:

Messer: »Herr Fein – eine gute Botschaft! Falls jetzt keine Fehler mehr gemacht werden, sind Sie aus dem größten Dreck heraus!«

Fein: »Fehler – welcher Art?«

Messer: »Ist Herr Keller bei Ihnen? Wenn ja – was ich hoffe – muß ich ihn dringend sprechen!«

Keller meldete sich unverzüglich. Seine Stimme klang vergnügt und erwartungsvoll: »Nun – ist das Tauschgeschäft einigermaßen perfekt?«

Messer: »Woher wissen Sie...«

Keller: »Ich kenne schließlich meinen Kollegen Braun und seine Methoden – wenn er Fein aufgibt, aufgeben muß, dann wird er zumindest versuchen, eine Gegenleistung herauszuschlagen. Was erwartet er also von Harald Fein?«

Messer: »Nur einen Hinweis! Auf eine Person, die Fein bei seinen Beobachtungen in der Umgebung V-Straße 33 gesehen und erkannt hat – und identifizieren kann. Braun ist absolut sicher: das trifft zu!«

Keller: »Das kann durchaus sein. Aber erwarten Sie nicht, daß sich Ihr Mandant zu heiklen Geständnissen überreden läßt – und ich weiß auch noch nicht, ob ich ihm dazu raten soll.«

Messer: »Herr Keller – ich bitte Sie dringend: torpedieren Sie diese äußerst günstige Gelegenheit nicht! Geben Sie Fein keine falschen Ratschläge!«

Keller: »Der weiß offenbar viel genauer als wir, was hier wirklich gespielt wird. Ich rufe in einigen Minuten zurück. Das kann aber auch ein wenig länger dauern. Üben Sie sich in Geduld – das kann nie schaden.«

Inzwischen hatte Heinz Fein das Appartement seines Vaters betreten – ohne anzuklopfen, ohne irgend jemanden zu begrüßen; außer Anton. Dem klopfte er, freundschaftlich, auf das Hinterteil.

Heinz Fein ließ sich im nächsten Sessel nieder, warf einige Zeitungen auf den Tisch, schob sie seinem Vater zu. Dann wartete er, bis Keller sein Telefongespräch beendet hatte und sich, geradezu vergnügt, zu ihnen setzte.

»Nun«, fragte Heinz seinen Vater, auf die Zeitungen deutend, »hast du dich schon an diesem schönen Blödsinn erbaut?«

»Das interessiert mich nicht«, wehrte Harald Fein ab.

»Es interessiert ihn nicht!« rief Heinz belustigt – wobei er Keller erwartungsvoll anblickte. »Mein lieber Vater wird schon wieder einmal angesaut. Und diesmal gleich gemeinsam mit seinem vermutlich einzigen Freund Abendroth, meinem und Helgas Paten. Und was geschieht? Der Herr Vater ist desinteressiert!«

»Heinz«, sagte Harald Fein fast streng, »du störst hier!«

»Das«, meinte Keller gelassen, »ist derzeit seine Lieblingsbeschäftigung. Und Sie ahnen gar nicht, in welchem Ausmaß.«

»Bereits die ›Morgenzeitung‹ gelesen?« Heinz Fein sah Keller nicken – sein Vater jedoch blickte ungerührt vor sich hin. »Und kennen Sie auch schon das, was in der ›MAM‹ steht?«

Leitartikel in der Zeitung »München am Mittag«, vom derzeitigen Chefredakteur Horst Fahne verfaßt:

»... verpflichtet der Öffentlichkeit gegenüber ... besorgt um unsere demokratische Ordnung ... können wir nicht umhin, nunmehr äußerste Klarheit zu fordern ...

... wir fragen daher den Herrn Oberbürgermeister:

1. Trifft es zu, daß zwischen Herrn Fein, dem Geschäftsführer einer Großbaufirma, und Herrn Abendroth, von der Stadtplanung, enge freundschaftliche Beziehungen bestanden haben?

2. Besteht die Möglichkeit, daß Herr Fein vorzeitig Einblick in nicht

für die Öffentlichkeit bestimmte Planungen unserer Stadt genommen hat; und zwar insbesondere in die Pläne der verkehrstechnischen Erschließung des Olympiageländes?

3. Hat der Herr Oberbürgermeister von diesen Vorgängen Kenntnis erhalten und sie dann schweigend geduldet? Oder hat er sie ganz einfach nicht zur Kenntnis nehmen wollen? Zumindest besteht hier die Möglichkeit einer Verletzung der Aufsichtspflicht...«

»Und so was«, wollte Heinz Fein von seinem Vater wissen, »nimmst du einfach hin!«

»Das verstehst du nicht«, wehrte Harald Fein ab. »Du übersiehst nicht die Zusammenhänge.«

»Dann kläre mich auf!«

»Es wäre besser, Heinz – für dich und für mich –, wenn du dich hier nicht weiter einmischtest. Das könnte dir schaden – und das will ich nicht.«

»Ist das auch Ihre Ansicht, Herr Keller?«

»Nein«, sagte der Kriminalbeamte entschieden, eine Hand auf Antons Kopf. »Denn Ihr Sohn, Herr Fein, gehört mit dazu. Ich weiß – das haben Sie gewiß nicht gewollt, und ich habe ihn mir nicht ausgesucht; aber er hat sich gewissermaßen freiwillig dazu entschieden.«

»Entschieden – für was?« wollte Harald Fein ungläubig wissen.

»Für – Sie!«

»Ach, werden Sie doch nicht gleich wieder sentimental!« rief Heinz prompt. »Bleiben wir doch auf dem Teppich! Ich witterte Gestank! Und dagegen mußte ich was tun! Ich konnte gar nicht anders!«

»Heinz, was hast du getan?«

»Das«, mischte sich Keller sofort ein, »erkläre ich Ihnen später. Zunächst jedoch muß dringend etwas anderes besprochen werden. Dies: Herr Messer läßt Ihnen sagen, daß Sie bereits praktisch so gut wie außerhalb jedes Verdachtes stehen. Herr Braun ist bereit, Sie endgültig von seiner Liste zu streichen. Unter gewissen Voraussetzungen.«

»Was soll denn das schon wieder bedeuten!« rief Heinz streitbar und wachsam. »Was heißt: so gut wie? Und was heißt: Herr Braun ist bereit? Das riecht doch wieder meilenweit nach Kuhhandel – oder?«

»Von Herrn Fein«, erklärte Keller bedächtig, »wird jetzt nur noch erwartet, er soll mithelfen, einen Schuldigen zu finden. Einen Namen zu nennen – vielleicht den von Penatsch.«

»Na prima!« rief Heinz Fein aufspringend. Er durchschritt den Raum, voller Unruhe, intensiv nachdenkend. Plötzlich blieb er vor seinem Vater stehen. »Du brauchst also offenbar nur einen Hausmeister zu belasten, irgendein kleines, armes Schwein – und fortan kannst du ungestört deine prächtige originelle Architektur entwerfen, für Großkapitalisten, die ihre Millionen in der Tasche haben. Tu was für sie! Belaste irgendeinen Proleten – und du bist frei! Frei für was, für wen, wovon?«

An Stelle von Harald Fein, der in sich zusammengesunken dasaß, antwortete Keller: »Ein höchst merkwürdiges Schauspiel! Hier unterschätzt einer den anderen.«

»Wen unterschätze ich denn?« rief Heinz Fein. »Etwa einen Mann, der zufällig mein Vater ist? Und der nun überlegt, ob er nicht irgend jemanden ausliefern soll – irgendeinen Hausmeister, einen Kapitalistenkuli, der anderer Leute Dreck beseitigt.«

»Das«, meinte Keller bedächtig, »muß ja nicht sein – wenn Ihr Vater nicht will. Sein Problem liegt ganz woanders.«

»Lassen wir das!« sagte Harald Fein fest. »Belasten wir nicht auch noch Heinz damit.«

»Von wegen belasten!« sagte Keller amüsiert. »Wissen Sie denn immer noch nicht, daß man dem allerhand zumuten kann – und auch zutrauen muß.«

»Ich«, bekannte Heinz, »habe eine Menge Staub aufgewirbelt. Das war aber auch schon alles.«

»Und ich«, sagte Keller, »habe inzwischen diverse Ermittlungen gesammelt – Helga betreffend. Und die, muß ich gestehen, sind allerdings furchtbar.«

»Wer hat Helga auf dem Gewissen?« fragte Heinz drängend. »Haben Sie dies endlich herausgefunden?«

»Wollen Sie das tatsächlich wissen?« fragte Keller, sehr leise – wobei er Harald Fein anblickte. »Was auch dabei zum Vorschein kommen könnte?«

»Mein Vater und ich«, versicherte Heinz, »denken ähnlich – wenn auch nicht ganz gleich. Ist das nicht so?«

»Jetzt ist es so«, bestätigte Harald Fein.

»Vermögen Sie zu erkennen, Herr Fein, worauf ich hinauswill?« Keller sagte das wie eine letzte Warnung. »Sind Sie auf einiges gefaßt – das möglicherweise noch scheußlicher sein könnte als das, was Sie bisher vermutet haben?«

»Ja«, sagte Harald Fein entschieden, »was auch immer – ich will es wissen!«

Aus den vom Kriminalbeamten Keller mit seinen Kollegen erstellten Ermittlungsergebnissen; Paul Plattner sowie Helga Fein betreffend.

Hier zunächst einleitende Bemerkungen von Keller – Harald Fein und seinem Sohn Heinz gegenüber:

»Sie dürfen mir glauben, daß ich sehr lange gezögert habe, Ihnen das zu sagen, was ich nun nicht länger verschweigen darf. Wobei ich gleich darauf aufmerksam mache, daß nicht allzu viel davon exakt juristisch zu verwerten ist. Es handelt sich zum großen Teil um naheliegende Kombinationen, Verdachtsmomente, Indizien.

Sie brauchen nichts davon zu akzeptieren – doch für eine sehr persönliche Entscheidung, die Sie dann treffen müssen, können unsere Ergebnisse von großer Wichtigkeit sein.

Von Anfang an habe ich – wie übrigens auch Braun – das sichere Gefühl gehabt: Sie versuchten irgend jemanden zu schützen! Zu decken. Nach Lage der Dinge konnten das eigentlich nur drei Menschen sein: Ihr Sohn, Ihre Tochter, Ihr Freund. An diesen drei Menschen nahm, wenn auch aus völlig anderen Beweggründen, auch Plattner sehr regen Anteil.

Helga ist tot. Der Versuch, Abendroth öffentlich bloßzustellen, ist erfolgt; scheint Sie aber nicht sonderlich zu beeindrucken. Bleibt übrig: Ihr Sohn Heinz.

Vermutlich soll der einmal die Firma übernehmen – und eben das, Herr Fein, wollten Sie wohl nicht hintertreiben. Aus Vaterliebe.«

»Worauf ich scheiße!« erklärte Heinz robust. »Nicht auf die sogenannte Vaterliebe – aber auf derartige Firmenspekulationen!«

»Bitte, bedenke, was du da sagst«, empfahl Harald Fein.

»Sie stellen damit – will Ihr Vater sagen – eine Millionenerbschaft in Frage.« Der Kriminalbeamte Keller blickte den Sohn prüfend an. »Und das – will Ihr Vater weiter sagen – mag Ihnen vielleicht heute noch sehr leichtfallen. Wie aber wird das in einigen Jahren sein?«

»Genau das«, bestätigte Harald Fein, »habe ich gemeint.«

»Heißt das, Vater – du warst bereit, sogar den Alten zu decken? Allein meinetwegen?«

»Dazu, Heinz, war ich bereit.«

»Du wolltest mir, wenn ich dich richtig verstehe, eine Art Erbe sichern? Und das um jeden Preis.«

»Ja«, bekannte der Vater, seinen Sohn offen ansehend. »Denn du mußt wissen, ich habe in meinem Leben auf vieles verzichten müssen. Ich bin ausgenutzt, mißbraucht, der Verachtung ausgesetzt worden. Ich habe dies hingenommen – letztlich deinetwegen.«

»Geschenkt!« rief Heinz aus. »Denn hier ist offenbar die äußerste Toleranzgrenze weit überschritten worden, wenn ich die Andeutungen von Herrn Keller richtig deute – und an Helga denke.«

»Das ist auch meine Ansicht«, bekannte Harald Fein, seinem Sohn zunickend. Und dann sagte er zu Keller: »Ich bitte um letzte Offenheit – ich bestehe darauf.«

Kriminalinspektor Feldmann hob den Hörer des Telefonapparates auf dem Schreibtisch des Kriminalkommissars Braun ab und meldete sich deutlich mit Namen und Dienstgrad.

Er vernahm die sonst befehlsgewohnte Stimme des Staatsanwaltes Dr. Barthel – die aber jetzt geradezu höflich klang. Barthel wollte Braun sprechen – Feldmann erklärte: der wäre, leider, zur Zeit nicht erreichbar.

Worauf Barthel sagte: »Nach den mir vorliegenden Unterlagen, Herr Feldmann, sind Sie der Sachbearbeiter Nummer eins im Fall V-Straße 33.«

»Stimmt«, bestätigte der.

»Wäre es Ihnen möglich, mich aufzusuchen – und zwar sofort? Bei mir befindet sich Herr Feininger. Ich habe Grund zu der Annahme, daß er einige nicht unwichtige Hinweise geben könnte.«

»Ich komme sofort.«

Ermittlungsergebnisse – auszugsweise – zunächst über Paul Plattner. Von Kollegen des Kriminalbeamten Keller erstellt – und dann von diesem Harald Fein und seinem Sohn Heinz vorgetragen:

»*Erstens:* Tod der Frau Plattner – 1932 – Hilde war gerade geboren – in St. Paul de Vence; im Hinterland der französischen Riviera. Angeblich: Unfall – Absturz von einem Felsen. Der Kriminalbeamte Robert Grandier, stationiert in Nizza, hielt Selbstmord ebenso wie Mord für möglich – letzteres eventuell dem Ehemann, Paul Plattner, anzulasten. Der, hatte Grandier vermutet, wäre nicht der Vater des Kindes seiner Frau gewesen – Grandier nahm an, daß Plattner zeugungsunfähig sei. Jedoch: keine eindeutigen Beweise beizubringen.

Zweitens: Nach verschleiernden und unklaren – juristisch nicht auswertbaren – Bekundungen ehemaliger Angestellter im Tegernseer Landhaus bestand zu verschiedenen Zeiten ein intimes Verhältnis zwischen Paul Plattner und Hilde, der Tochter seiner Frau. Diese Beobachtungen konzentrierten sich auf die Jahre 1945 – dann 1950/51 – und schließlich 1964.

Drittens: Diverse sexuelle Verhältnisse unterhielt Plattner inner- wie außerhalb der Firma. 1950 bis 1965, vereinzelt auch noch 1969 mit der Chefsekretärin Wagnersberger. Aber auch: mit einer technischen Zeichnerin, einer Innenarchitektin, zwei Aushilfskräften im Schreibmaschinenraum. Sodann: einer Stewardess der Lufthansa; einer Hostesse der von Plattner finanziell unterstützten Partei; einer Hotelsekretärin unter vielen anderen.

Viertens: Etwa vom fünfzigsten Lebensjahr an besuchte er Prostituierte aller Schichten – zufällige Streunerinnen; Callgirls aller Preisklassen. Nachweisbar: Ina, Sendlinger Straße; Petra, Promenadeplatz; Erika, Sonnenstraße. Dazu verschiedenartige Gelegenheitsbekanntschaften – etwa anläßlich von Starkbier- und Oktoberfesten. Adressen anbei. Mehrfach: Ungererstraße, Gabelsbergerplatz, V-Straße 33.

Fünftens: Helga Fein – Tochter von Harald und Hilde Fein.«

Als der Kriminalinspektor Feldmann das Büro des Staatsanwaltes betrat, traf er dort Dr. Barthel. Und neben ihm Feininger.

»Lieber Herr Feldmann«, sagte der Staatsanwalt, »Herr Feininger hat sich mir anvertraut!« Worauf dieser nickte.

»Was – anvertraut?« wollte der Kriminalinspektor wissen.

Staatsanwalt Dr. Barthel lächelte. »Herr Feininger ist ein Mann der Öffentlichkeit. Als solcher hat er gewisse Rücksichten zu nehmen, gebotene Vorsicht walten zu lassen.«

»Auch im Hinblick auf den Fall V-Straße?« fragte Feldmann höflich.

Nunmehr sagte Feininger, während Staatsanwalt Barthel ihm zunickte: »Ich habe, nach abermaligem intensiven Nachprüfen meiner Unterlagen, die Möglichkeit nicht ausschließen können, daß ich mich tatsächlich, am fraglichen Tag und sogar zur fraglichen Zeit, im besagten Hause aufgehalten habe – jedoch nur ganz kurz.«

»Im sechsten Stock?« fragte der Kriminalinspektor ohne die geringste Überraschung. »In jenem Appartement?«

»Herr Feininger hat es«, erklärte nunmehr Barthel, »da die Tür offenstand, betreten; jedoch nur kurz, wie gesagt. Er stieß dort auf eine gewisse Unordnung, die ihn alarmierte.«

»Sie haben also«, fragte Feldmann Feininger direkt, »eine bereits tote Person vorgefunden – wenn ich Sie richtig verstanden habe?«

»Sie verstehen mich schon richtig«, sagte Feininger erregt. »Ich habe aber lediglich diese Dame auf ihrem Bett liegen sehen – ich dachte, sie sei völlig betrunken. Worauf ich mich sofort wieder entfernte. Das war alles.«

»Das wäre noch nicht ausreichend – für eine einwandfreie Entlastung«, sagte Feldmann, geduldig wartend. »War sonst noch was, das uns weiterführt?«

Keller, Harald und Heinz Fein gegenüber, weitere Einzelheiten zu Punkt fünf der durchgeführten Ermittlungen, Helga Fein betreffend:

»Zunächst: Helga scheint nur ihren Vater geliebt zu haben. Wenn eine echte Leidenschaft in ihrem kurzen Leben sie erfüllt hat, dann diese.

Alle Ermittlungen – durchgeführt in verschiedenen Lokalen, unter Freunden, auch Zufallsbekanntschaften – ergaben übereinstimmend: Helga blieb in entscheidenden Situationen eindeutig ablehnend, galt als ›Spielverderberin‹. Die Untersuchungen nach ihrem Tod ergaben, daß sie noch Jungfrau war!

Sie erlitt einen plötzlichen Schock, als sie glaubte, ihr Vater habe sich mit Frau Weber eingelassen. Sie sah in dieser Person – laut Tagebucheintragungen – ein ›verderbtes, zerstörerisches Wesen‹. Sie fuhr, sichtlich erregt, mit dem Sportwagen einer Freundin davon. Ihr Ziel war der Tegernsee.«

»Das«, sagte Harald Fein sehr leise, »darf nicht wahr sein!«

»Nur weil Sie das nicht wahrhaben wollen?« fragte Keller erbarmungslos.

Auch Heinz sagte: »Was ist denn in dieser Scheißwelt noch unmöglich? Muß man denn nicht jedem alles zutrauen!«

»Was ich sonst noch zu sagen habe?« meinte Feininger vorsichtig. »Vielleicht ein mir heute merkwürdig erscheinendes Gespräch.«

»Mit wem, bitte – und mit welchem Inhalt?« wollte Feldmann wissen. »Und wann – möglichst mit genauer Zeitangabe.«

Feininger erklärte: »Ich verließ – gegen 22 Uhr, vielleicht kurz danach – das Appartement, kaum daß ich es betreten hatte – und im Korridor stieß ich auf Penatsch, der, wie aus dem Erdboden geschossen, vor mir stand. Und der sagte – wortwörtlich: ›Sie haben mich nicht gesehen – und ich habe Sie nicht gesehen!‹«

»Das also«, stellte Feldmann fest, »sagte er – und Sie haben sich weiter keine Gedanken darüber gemacht?«

»Zunächst nicht«, versicherte Feininger. »Ich dachte lediglich: dieser Kerl spinnt! Denn so sieht der ja auch aus!«

Weiter der Kriminalbeamte Keller – über Ermittlungen im Todesfall Helga Fein, im Hinblick auf Paul Plattner:

»Fest steht, daß Helga am Samstagnachmittag, gegen fünfzehn Uhr, im Plattner-Landhaus am Tegernsee eintraf. Das Rendezvous mit Abendessen zwischen Frau Weber und Herrn Fein hatte am Freitagabend stattgefunden. Die Nacht zum Samstag verbrachte Helga in verschiedenen Schwabinger Lokalen – schlief dann, so gut wie volltrunken, in einem drittklassigen Hotel; allein.

Sie aß, ebenfalls allein, in einem Bierlokal in der Occamstraße, bevor sie zum Tegernsee hinausfuhr – und wurde dort von Plattner herzlich empfangen. Hier blieb sie bis etwa kurz nach zweiundzwanzig Uhr. Danach verließ sie diesen Ort fluchtartig; laut weinend und unvollständig bekleidet. Hierzu gibt es drei übereinstimmende Zeugenaussagen.

Ihr Selbstmord scheint noch am gleichen Tag, gegen Mitternacht, erfolgt zu sein. Sie stellte den Wagen ihrer Freundin vor deren Haus ab und ließ sich, um dreiundzwanzig Uhr, von einem Taxi zum Schloß Nymphenburg hinausfahren. Wohl nicht ganz zufällig – denn in ihren Tagebüchern, die Heinz mir zugänglich gemacht hat, sind mehrmals Spaziergänge mit ihrem Vater im dortigen Park und am Kanal verzeichnet – offenbar ihre glücklichsten Stunden.

Ihre Leiche wurde am Mittwoch, also fast drei Tage später, aufgefunden, meiner Dienststelle gemeldet und von mir identifiziert. Ich führte eine äußerst intensive Untersuchung durch und zog sogar den anerkannt besten Mikrospurenspezialisten der westlichen Welt, Herrn Frisch-Galatis, Zürich, hinzu, der sich zufällig in München aufhielt.

Frisch-Galatis entdeckte einige Fasern aus grauem Wollstoff auf der Oberbekleidung wie auch auf der Unterwäsche der Toten. Diese Fasern aus Wollstoff konnten dann exakt als ein Fabrikat der exklusiven schottischen Firma McDonald, Edinburgh, bestimmt werden – in Süddeutschland nur von Schneidermeister Wichtl, ›exklusiv‹, geführt. Und bei dem ließ Paul Plattner arbeiten.«

Heinz Fein stellte fest: »Damit also haben wir dieses Schwein!«

»Darf ich Sie darauf aufmerksam machen«, warf Keller ein, Anton dabei den Rücken kraulend, »daß Sie von Ihrem Großvater sprechen.«

»Ein Schwein bleibt ein Schwein.«

»Vielleicht aber«, meinte Keller bedächtig, »im Grunde nur ein armes hilfloses Schwein – ein Leben lang seinen Trieben ausgeliefert.«

»Ist das auch deine Ansicht?« fragte der Sohn den Vater.

»Nein«, sagte der. »Wenn er auch noch Helga auf dem Gewissen hat, kenne ich keinerlei Hemmungen mehr, keine Rücksicht! Dann will ich den erledigt sehen. Oder denkst du da anders, Heinz?«

»Nein, Vater!« sagte der entschieden.

»Versprechen Sie sich nicht allzu viel«, empfahl Keller warnend. »Etwas zu wissen bedeutet noch keinesfalls, es auch beweisen zu können. Jedoch scheinen Sie jetzt vor keiner Komplikation mehr zurückzuschrecken – nun, zumindest das wird Braun erfreuen.«

Anschließendes Telefongespräch – zwischen dem Kriminalbeamten Keller und Rechtsanwalt Messer, der sich immer noch im Polizeipräsidium aufhielt:

Messer: »Na endlich! Ich sitze hier auf Kohlen. Die Geduld der zuständigen Herren scheint sichtlich strapaziert. Besonders die von Braun. Also – was haben Sie zu bieten?«

Keller: »Harald Fein hat, am Abend des Mordes, ungefähr zur kritischen Zeit beim Hause V-Straße 33 eine Person gesehen, die er kannte – er hat sie hineingehen und herauskommen sehen. Harald Fein hat diese Person zweifelsfrei erkannt, aber er hat mir deren Namen nicht genannt. Es handelt sich also, und ich bitte das zu beachten, hierbei zunächst um das Ergebnis unserer kriminalpolizeilichen Nachforschungen.«

Messer: »Nun sagen Sie doch endlich, wer dabei zum Vorschein gekommen ist.«

Keller: »Paul Plattner.«

»Paul Plattner«, sagte, Minuten später, Rechtsanwalt Messer zu Kriminalkommissar Braun; die beiden waren allein.

»Na – also! Endlich!« rief der aus, ohne den geringsten Versuch, sein Triumphgefühl zu verbergen. »Mein lieber Herr Messer – genau das habe ich erwartet! Mein Instinkt hat mich also nicht getäuscht. Warum denn nicht gleich so! Aber noch ist es nicht zu spät. Jetzt habe ich sie endlich im Netz!«

»Wen denn?« wollte der Rechtsanwalt wissen.

»Nicht Ihren Harald Fein – falls Sie das hören wollen! Den schenke ich Ihnen. Mit Feininger und Plattner komme ich wesentlich weiter – wenn ich diesen Schweinestall öffentlich säubere. Und das, mein Lieber, ist mir ein Herzensbedürfnis. Wenn mein Instinkt mich nicht täuscht, kann sich das zu einer wahren Volksbelustigung auswachsen!«

»Na – dann viel Vergnügen!« meinte Messer, sichtlich erleichtert.

Braun, in sein Amtszimmer zurückgekehrt, fand auf seinem Schreibtisch die Notiz von Feldmann vor: Besprechung bei Barthel, mit Feininger.

Darauf begab er sich unverzüglich ins Büro des Staatsanwaltes, ließ sich unterrichten und riß dann energisch die Verhandlungsführung an sich – mit sichtlichem Genuß.

»Ihre Bereitschaft zur Mitarbeit wird anerkannt«, sagte er ungeniert zu Feininger. »Was praktisch heißt: Sie werden als Zeuge vernommen – und bei einem möglichen Prozeß gegen Penatsch wird Ihre Aussage unvermeidlich sein.« Paul genoß den geradezu flehenden Blick, den Feininger dem Staatsanwalt zuwarf. »Das wird natürlich so diskret wie nur möglich erledigt werden – aber auch mit der unvermeidlichen Genauigkeit.«

»In ständiger Fühlungnahme mit mir, Herr Braun«, forderte der Staatsanwalt.

»Selbstverständlich«, versicherte der Kriminalkommissar genüßlich. »Fangen wir gleich damit an.« Worauf er Feldmann befahl, diesen Penatsch unverzüglich herbeizuschaffen.

Die Konfrontation fand eine knappe Stunde später statt.

Feininger erklärte dabei, auf Penatsch deutend: »Das ist der Mann! Er hat mir den Vorschlag gemacht zu schweigen – und zwar gegenseitig.«

Worauf Penatsch behauptete: »Ich kenne diesen Herrn lediglich als eifrigen Besucher unserer Ermordeten – mit ihm gesprochen habe ich niemals.«

»Na prächtig!« meinte Braun, offensichtlich erfreut – die warnenden Blicke des Staatsanwaltes übersah er ebenso geflissentlich wie Feiningers bedrohlich wirkendes Gesicht, Feldmanns wachsende Besorgnis. »Also wieder einmal steht Aussage gegen Aussage! Mal sehen, wie wir damit am besten fertig werden.«

Aktennotiz des Kriminalrates Dürrenmaier – für den Polizeipräsidenten bestimmt:

»Keine Verdachtsmomente mehr gegen Harald Fein. Weitere Untersuchungen gegen Penatsch, Feininger und Plattner laufen. Der verantwortliche Beamte, Kriminalkommissar Braun, ist erneut ersucht worden, mit der gebotenen Diskretion vorzugehen und täglich über seine Ermittlungen zu berichten.«

Aktennotiz des Polizeipräsidenten – angeheftet der Aktennotiz des Kriminalrates:

»Dieser Vorgang ist als Punkt eins für die wöchentliche Generalbesprechung am kommenden Montag, mit den leitenden Beamten des Präsidiums, vorgesehen. Die Dezernate sind im voraus zu verständigen, mit dem Ersuchen, eventuell anfallendes Material zu diesem Vorgang einzubringen. Wobei vordringliche Unterlagen unverzüglich an Kriminalrat Dürrenmaier weiterzuleiten sind.

Benachrichtigung über diese Entwicklung: Erstens – auf dem Dienstweg, jedoch schnellstens – an die zuständige Staatsanwaltschaft. Zweitens, durch mich persönlich, gleichfalls unverzüglich, an den Oberbürgermeister.

Ferner wird die Pressestelle des Präsidiums ersucht, die fünf im Stadtbereich täglich erscheinenden Zeitungen über diese Vorgänge zu informieren. Mit dem Tenor: nur zum internen Gebrauch! Um konstruktive Mitarbeit werde gebeten.

Weitere Auskünfte über diesen Fall werden zunächst ausschließlich durch Kriminalrat Dürrenmaier, im direkten Einvernehmen mit mir, erteilt.«

»Meine Herren – nun ist es wohl soweit!« erklärte Dr. Henri Messer stolz. »Denn wir haben jetzt eine ganze Menge erreicht, wenn nicht alles!«

Das erklärte er im Appartement des Harald Fein, diesem, seinem Sohn Heinz, dem Kriminalbeamten in Urlaub Keller und dem Hund Anton. Sie alle sahen ihn höchst skeptisch an – besonders Anton.

»Ja – was wollen Sie denn noch!« rief er suggestiv, als er erkennen mußte, daß es ihm nicht gelang, helle Begeisterung auszulösen. »Haben wir denn nicht alles Erdenkliche erreicht? Herr Fein ist außer Obligo! Es ist mir gelungen, ihn aus dem Mordfall in der V-Straße herauszupauken. Ich habe die Klage gegen ihn auf Ehebruch als haltlos entlarvt. Auch Jonass ist ausgeschaltet – und damit der Zeuge angeblicher finanzieller Veruntreuungen und vorgetäuschter Steuerhinterziehungen. Schließlich hat der Vorarbeiter ausgepackt und der Portier dazu – eine Anklage wegen Anstiftung zum Einbruch und Raubüberfall ist damit sicher. Auch scheinen Plattner und Tochter Hilde diesen Jonass jetzt privat fallen gelassen zu haben, wie eine heiße Kartoffel. Ist das etwa nichts?«

»Was ist das denn schon, dieses ›etwa nichts‹, Herr Rechtsanwalt?« rief Heinz Fein, von Keller lächelnd betrachtet. »Es bedeutet: eine zerstörte Familie, eine Firma am Rand des Ruins, meine Schwester in den Tod getrieben und eine der wenigen echten Freundschaften mißbraucht – eine grandiose Bilanz. Und ein Hund weiß nicht mehr, zu wem er gehört!«

»Das alles«, erklärte Messer unbeirrt, »mag ja menschlich beklagenswert sein – doch juristisch sieht das alles anders aus. Ich weiß, ich weiß – körperliche Verletzungen können oft harmloser sein als seelische Traumata. Doch ich muß mich an juristische Tatbestände halten – und da haben wir gesiegt.«

Keller meinte darauf: »Was hier sichtbar geworden ist, scheint lediglich die Spitze eines Eisberges zu sein – mindestens vier Fünftel davon sind verdeckt unter der Oberfläche.«

»Aber dort dürfen sie nicht bleiben!« sagte Heinz Fein fast hart. »Mein Vater und ich wollen das nicht.«

Harald Fein nickte heftig, um dann schnell wieder in eine lähmende Nachdenklichkeit zu versinken.

»Aber ich bitte Sie!« rief der Rechtsanwalt besorgt. »Was wollen Sie denn noch? Einen Mordprozeß gegen Plattner anstrengen? So was ist doch ein Kampf gegen Windmühlenflügel!«

»Leider haben Sie recht«, sagte Keller. »Denn eine Gewißheit und eine einwandfreie Beweisführung – das sind oft zwei völlig verschiedene Dinge. Es wäre schon viel, wenn es gelänge, Herrn Abendroth vor dem dicksten Schmutz zu bewahren – wenn das einer schafft, dann dieser Oberbürgermeister.«

Pressekonferenz – am gleichen Tag – im Rathaus, Zimmer 208. In der dafür ausgegebenen Einladung hieß es: der Oberbürgermeister der Landeshauptstadt wünsche eine Erklärung abzugeben; und er sei bereit, im Anschluß daran, alle an ihn gestellten Fragen zu beantworten.

Der Oberbürgermeister:

»Ich beziehe mich auf direkte Fragen, die mir von einer hiesigen Tageszeitung gestellt worden sind. Sie zu beantworten halte ich für selbstverständlich.

Sie finden den Wortlaut aller diesbezüglichen Unterlagen, auch den vollständigen Text meiner Erklärungen, in den Mappen auf den Tischen vor sich – dazu Vervielfältigungen des gesamten, bisher zur Verfügung stehenden Materials, soweit es der Stadtverwaltung bekannt geworden ist.

Doch nun zur Sache selbst:

Freundschaften, zwischen wem auch immer, sind natürlich und selbstverständlich – ob nun etwa zwischen Herrn Fein und Herrn Abendroth, zwischen Herrn Abendroth und mir, zwischen dem Herrn Ministerpräsidenten und seinem Parteivorsitzenden, zwischen dem Herrn Kardinal und seinem Generalvikar, zwischen Jungsozialisten und Journalisten.

Derartige Verbindungen kann man weder beanstanden noch gar als unerwünscht bezeichnen. Dabei kommt es stets allein darauf an, daß man das Amt und sein Privatleben voneinander zu trennen vermag.

Weiter: Mit den entscheidenden internen Planungen unserer Stadt für das Olympiagelände, speziell mit den Entwürfen für die Zufahrtsstraßen, wurde Anfang 1967 begonnen. Die in den Mittelpunkt der Kritik geratenen Aufkäufe von Bauland und Siedlungsgrundstücken, besonders im Raume ›Fuchsschwanz‹, durch die Firma Plattner, beziehungsweise durch ein dieser Firma nahestehendes Maklerbüro, fanden im selben und im darauffolgenden Jahr statt.

Zwischen den Entwürfen der Stadtplanung und den geschäftlichen Unternehmungen besagter Firma existiert kein Zusammenhang – kann keiner existieren.

Denn: der von Herrn Abendroth zunächst erstellte und dann auch offiziell vorgelegte Plan – Mitte 1967 – sah ringstraßenähnliche, auf dem Sternprinzip basierende Zufahrtswege vor, aber keineswegs jene direkte, breite, unmittelbare Zufahrtsstraße, auf welche angeblich die Firma Plattner spekuliert hat.

Diese erste sternartige Planung des Herrn Abendroth wurde – nach längeren Debatten – von dem dafür zuständigen Ausschuß des Stadtrates, von Verkehrsexperten und dann auch von mir persönlich als nicht voll befriedigend erklärt.

Wir forderten nunmehr zwei weitere Stadtplaner auf, einen in Frankfurt, einen anderen in Berlin, eigene Entwürfe vorzulegen. Das geschah Ende 1967.

Und erst Anfang 1968 – als die Aufkäufe besagter Firma im Bereich des ›Fuchsschwanz‹ so gut wie abgeschlossen waren – gingen diese Entwürfe ein. Darunter auch jener aus Berlin, der dann mit Mehrheitsbeschluß angenommen wurde. Er entsprach, in wesentlichen Punkten, den in Angriff genommenen und teilweise bereits realisierten Straßenbauten.

Woraus sich – weiter – zwangsläufig folgendes ergibt: Was erst Ende 1968 feststand, kann praktisch 1967 noch nicht gewußt worden sein! Die Behauptung, unsere städtischen Planungen seien durch Indiskretionen einem privaten Unternehmen vorzeitig zugänglich gemacht worden, sind infolgedessen absurd.

Dies meine Erklärung – und nun, bitte, Ihre Fragen.«

Fragen wurden nicht gestellt.

»Herrschaften!« rief Henri Messer beschwingt. »Liebe Freunde! Alles löst sich doch geradezu glänzend auf!«

»Im Bereich dieses OB immer«, meinte Keller anerkennend.

»Der ist ein Schlitzohr allerersten Ranges«, versicherte Messer. »Von dem können wir alle noch was lernen – sogar Sie, Herr Keller!«

»Zugegeben«, versicherte der bereitwillig. »Und Ihre Ansicht, Herr Fein?«

Der gestand, aus seiner Nachdenklichkeit aufwachend: »Eins ist mir immer noch nicht ganz klar – die Funktion des roten Aktenstückes! Denn ich habe es nicht. Nur Plattner oder Jonass können es haben.«

»Sie übersehen dabei«, meinte Keller geduldig, »etwas sehr Wesentliches – Ihren Sohn Heinz.«

»Was hat denn der damit zu tun?«

Worauf Heinz nahezu gemütlich erklärte: »Irgendeiner, meine ich, mußte das wohl erledigen! Mir wurde von meinem lieben Vater der Panzerschrankschlüssel für den lieben Großvater Plattner ausgehändigt. Doch bevor ich den weitergab, habe ich in den Firmentresor hineingeschaut. Dabei ist mir dieses rote Aktenstück aufgefallen. Ich nahm es an mich.«

»Ausgezeichnet!« rief Henri Messer, blitzschnell reagierend. »Sie haben sich also gedacht: dieses Aktenstück gehört meinem Vater – und haben es an sich genommen, um es ihm zu übergeben, was sich jedoch verzögert hat. So was aber ist weder Diebstahl noch eine Art Veruntreuung – es handelt sich vielmehr dabei um eine interne Familienangelegenheit. Also um einen keinesfalls strafbaren Vorgang.«

»Das eine verspreche ich Ihnen«, versicherte Keller erheitert Rechtsanwalt Messer, »wenn ich einmal, etwa beim Klauen von silbernen Löffeln, erwischt werden sollte, nehme ich Sie als Verteidiger.«

»Heinz«, sagte Fein, sichtlich betroffen, »hast du denn niemals an die Möglichkeit gedacht, daß du damit unseren Freund Abendroth, deinen Paten, auf das schwerste belastet hast – und mich dazu?«

»Nein! Hättet ihr beide damals tatsächlich gemeinsame Sache gemacht – vielleicht hätte ich dann mein Material nicht der Öffentlichkeit übergeben. Vielleicht. Aber ich habe Abendroth vorher ganz direkt gefragt – er hat absolut eindeutig reagiert. Das genügte mir.«

»Soviel Vertrauen«, sagte Harald leise, »hat Hermann verdient – ich aber nicht.«

»Dich habe ich auch nicht danach befragt.«

»Ich bitte Sie, meine Herren!« rief Messer freudig. »Nicht die Absicht zählt – allein das Ergebnis entscheidet! Und das sieht so aus: Plattner ist moralisch, wenn auch noch nicht geschäftlich, so gut wie ruiniert – er hat sich entschieden zu weit vorgewagt.«

»Haben Sie sich«, fragte Keller, »auch Gedanken darüber gemacht, warum Plattner das alles getan hat?«

»Warum auch immer!« meinte der Rechtsanwalt unbekümmert. »Nunmehr ist er jedenfalls auf dem Tiefstpunkt angelangt. So bald wird niemand mehr Geschäfte mit ihm machen wollen. Aber eben das – und nun passen Sie bitte auf, meine Herren – bietet uns eine einmalige Gelegenheit! Für Sie, Herr Fein – und auch für Heinz. Denn jetzt könnten Sie sicherlich unter überaus günstigen Vorbedingungen die Firma Plattner übernehmen! Zunächst der Vater; später der Sohn! Soll ich entsprechende Verhandlungen einleiten?«

»Soll er das?« fragte Heinz seinen Vater.

Doch der erklärte schroff: »Er kann mich am Arsch lecken! Und diese ganze profitentschlossene Scheißwelt dazu! Was mich allein bewegt – ist

Helga. Ihr Tod darf nicht ungesühnt bleiben.«

»Jetzt fühle ich mich ganz als dein Sohn!«

»Bin ich denn hier von lauter Irren umgeben!« rief Messer.

»Das, Herr Messer«, meinte Keller lächelnd, »glauben vermutlich viele, die sich in dieser angefaulten Welt auch nur für halbwegs normal halten. Aber, ich bitte Sie – wer ist das schon? Wir leben in einer Zeit, wo fast jeder jeden – und nicht zuletzt sich selbst – ständig belügt und betrügt. Um Geld zu machen! Das ist die Stunde der Hyänen – die Stunde jener, die zum Erfolg verdammt sind.«

»Zu denen will ich nicht gehören«, erklärte Harald Fein – erhob sich abrupt und entfernte sich.

Und das Bestürzendste: Anton folgte ihm nicht.

Informationsgespräch – zwischen Kriminalkommissar Braun und Kriminalinspektor Feldmann:

Braun: »Sie sind ja recht tüchtig – aber Ihnen scheint etwas ganz Wesentliches zu fehlen: das Gespür eines Jagdhundes. So was gehört mit zu unserem Metier.«

Feldmann: »Ich versuche, mich an die erkennbaren Realitäten zu halten. Und die sehen, in diesem Fall, für mich so aus: weder Plattner noch Feininger kommen direkt als Täter in Frage – ihre Blutgruppen entsprechen nicht dem vielfach vorgefundenen Spurenmaterial. Allein Penatsch ...«

Braun: »Sie haben noch eine ganze Menge zu lernen, mein lieber Feldmann. Der wirkliche Täter muß nicht jener sein, der das Messer schwingt, die Pistole abdrückt oder seine Hände im Würgegriff verkrampft. Solche Leute sind oft nur armselige Werkzeuge – von verantwortungslosen Saukerlen verwirrt, irritiert oder angestiftet. Sie hören vom leichten Geld, vom süßen Leben und von den tollsten Verführungen. Sie träumen –«

Feldmann: »Abschaum also – meinen Sie?«

Braun: »Produkte dieser aufgeweichten Gesellschaft! Aus Verdienst wurde Verdienen. Der ehrliche, selbstlose Mensch – wurde zur komischen Figur. Eine Kloakenwelt! Noch einige dieser Kreaturen aufs Kreuz zu legen, kann geradezu zum Hobby werden.«

»Ich bin besorgt«, bekannte Heinz Fein, nachdem er Keller in dessen Wohnung längere Zeit wortlos gegenübergesessen hatte – mit Anton spielend. »Das Verhalten meines Vaters gefällt mir nicht.«

»Immer noch nicht?« fragte Keller aufmerksam.

»Wir haben uns zuerst nicht verstanden – aber jetzt, wo das anders geworden ist, weicht er mir aus. Mir – wie allen anderen. Er hat sich auch geweigert, mit Melanie Weber zu sprechen – ich mußte ihr am Telefon ausrichten: sie hätten einander nichts mehr zu sagen! Er sitzt zumeist da – als denke er tief nach.«

»Was ja nie schaden kann.«

»Aber ich bin sicher: er denkt nicht über das nach, was geschehen ist – sondern darüber, was er tun muß – Helgas wegen.«

»Möglichst nichts«, meinte Keller besorgt – dabei Anton an sich ziehend. »Er soll das anderen überlassen, die mehr davon verstehen.«

»Wem denn?« fragte Heinz beunruhigt. »Sollten Sie damit etwa diesen Braun meinen – oder sich selbst?«

»Was mich anbelangt – ich sammele immer noch weiteres Material. Das braucht nun mal seine Zeit.«

»Die Vater nicht hat – die er sich wohl nicht mehr zugestehen will. Er drängt offenbar auf eine Entscheidung. Und ich fürchte: er will sie selbst herbeiführen. Ich glaube, ich habe ihn völlig falsch eingeschätzt.«

»Ich kann da nur hoffen, daß Sie sich irren! Für uns Kriminalisten heißt es immer, Ausdauer plus Energie. Und etliches davon hat Braun.«

Weisungen Brauns an Feldmann:

»Penatsch wird – auf mein Ersuchen – von Kriminalhauptkommissar Bahr vom Landeskriminalamt übernommen; er ist der beste Spurenspezialist südlich des Mains, wenn nicht der ganzen Bundesrepublik; der arbeitet zwar langsam, aber auch entsprechend gründlich. Um Feininger kümmere ich mich persönlich; mit Wonne. Sie konzentrieren sich auf Plattner und seine Firma – also auch auf Jonass, Rogalski, Pollock, die Wagnersberger, den Wamsler; und was sich dort sonst noch anbietet.

Versuchen Sie dabei alles zu erfassen, was irgendwie zu unserem Komplex gehört. Setzen Sie Buchprüfer an, Baumaterialsachverständige, V-Leute – alles wird bewilligt. Schauen Sie mich nicht so zweifelnd an – es geht auch um Geld; Kriminelle wollen bezahlt werden. Achten Sie auf jede Kleinigkeit – auf Sonderkonten, Spesenabrechnungen, Extravergütungen. Und so weiter.

Lassen Sie sich nicht entmutigen, wenn Sie dabei auf den Mist vom Kleinvieh stoßen. Dabei werden wohl einige höhere oder mittlere Angestellte daran glauben müssen – Plattner wird ihnen, unter vier Augen, Befehle erteilt haben; und seine Kulis haben sie befolgt. Vielleicht packt davon jemand aus – beweiskräftig.

Entscheidend aber ist: wir graben Plattners Fundament so gründlich um – daß er den zwingenden Eindruck gewinnt, nicht mehr auf sicheren Füßen zu stehen. Erst dann, mein Lieber, sehen wir ihn wanken – und stoßen nach.«

»Ich weiß«, bekannte Heinz Fein, Keller gegenüber, »was Vater bedrückt – und auch mich: das quälende Gefühl – daß nichts geschehen wird! Nichts, was auch nur halbwegs dem Geschehenen gerecht würde.«

»Ihr Vater und Sie meinen also: Plattner ist nichts nachzuweisen – juristisch bleibt er nicht faßbar! Man wird lediglich sagen: er hat sich nicht gerade nobel benommen – aber wer tut das denn schon?«

»Genau so! Gesetze werden hierzulande von Kapitalisten und ihren Helfershelfern gegen die Armen gemacht: Zuträger, Dienstboten, Gesinnungshandlanger gibt es überall!«

»Aber auch Kriminalbeamte – die nichts anderes sind. Die sollte man nicht ganz übersehen – meine ich.«

Telefongespräch:

Harald Fein: »Entschuldige bitte, wenn ich dich stören sollte...«

Hermann Abendroth: »Ich freue mich, deine Stimme zu hören – wie geht es dir, alter Freund?«

Fein: »Ich muß dich sehr um Entschuldigung bitten – für alle Unannehmlichkeiten, für all den Ärger, den du meinetwegen hattest. Aber ich darf dir versichern, Hermann – ich habe mit diesen Dingen nichts zu tun gehabt.«

Abendroth: »Darüber ist kein Wort weiter zu verlieren. Vergessen wir das! Wann sehen wir uns?«

Fein: »Ich rufe an, um mich von dir zu verabschieden. Und um dir noch einmal zu danken – für alles. Du bist ein guter Freund gewesen. Sei das auch weiter – meinem Sohn Heinz. Lebe wohl.«

»Nein!« sagte Hilde Fein schroff zu Jonass, der mitten im Salon der Fein-Villa stand. »Ich will nichts mehr mit dir zu tun haben! Du hast ebenso versagt – wie Harald.«

»Ich bitte dich, Hilde, wie kannst du mich mit dem vergleichen?«

»Im Grunde seid ihr beide gleich – bei allen Verschiedenheiten! Er ist gleichgültig – du bist unfähig! Außerdem hast du mich betrogen – mit dieser Wagnersberger!«

»Zweckmäßigkeiten, notwendige Absicherungen – nichts sonst! Ich bitte dich! Ich will dich heiraten, Hilde. Wir könnten gemeinsam...«

»Nichts!« stellte Hilde unnachsichtig fest. »Was willst du mit mir anfangen? Vater hat dich entlassen – und Konsul Duhr, dem du dich aufgedrängt hast, wie der prompt Vater mitgeteilt hat, wird dich nicht nehmen. Auch niemand sonst in München. Auch anderswo nicht – dafür wird mein Vater sorgen.«

»Wenn dem so ist«, erklärte Jonass robust, »ersparen wir uns weitere Diskussionen.« Worauf er ging.

Hilde Fein sah ihm nicht nach – sie griff zum Telefon und wählte eine Nummer, die sie auswendig wußte. Es war die von Melanie Weber.

Keller ließ Anton zu seinen Füßen niedergleiten – dort streckte der sich aus, vor sich hinblinzelnd. Während der Kriminalbeamte alarmiert ausrief: »Heinz – was befürchten Sie?«

»Mein Vater scheint entschlossen, eine Entscheidung herbeizuführen.«

»Was für eine Entscheidung – ich bitte Sie! Das hört sich ja nach Abrechnung an.«

»Er hat einige Papiere in seine Aktentasche gepackt – dazu seine Pistole –, dann ließ er den Wagen volltanken und vorfahren. Er fuhr davon – wahrscheinlich in Richtung Tegernsee.«

»Haben Sie ein Fahrzeug?«

»Einen schnellen Flitzer – ausgeborgt. Er steht vor Ihrer Haustür.«

»Komm mit, Anton«, sagte Keller, sich eilig erhebend.

Bericht des Kriminalinspektors Feldmann – intern erstellt für seinen Lehrmeister, Kriminalkommissar Keller, als Arbeitsnotiz:

»1. Braun bei Feininger – nahezu ein voller Erfolg. Der wehrte sich – mit Hilfe von Staatsanwalt Barthel, mit Unterstützung durch Kriminalrat Dürrenmaier – praktisch vergeblich. Eine Illustrierte, mit Millionenauflagen, droht einzugreifen – sendet ihre besten Leute zwecks Recherchen aus. Die krempeln Feiningers Vorleben um: wurden Dokumente beseitigt? Wurden aus Rüstungsaufträgen Sondergewinne gezogen? Wie wurden die Wohnblocks finanziert? Braun war geradezu entzückt.

2. Bahr, Landeskriminalamt, angesetzt auf Penatsch. Mindestens sieben Indizienbeweise: Speichel, Sperma, Urin – sogar Fingerabdrücke. Dazu übereinstimmend: Motiv und Gelegenheit – anhand von Aufzeichnungen der Ermordeten, diversen Aussagen, verschiedenen Vergleichsanalysen. Hierzu jedoch Bahr: ›Um Unterlagen von letzter Beweiskraft beizubringen, bedarf es gründlicher, mehrfacher Überprüfungen – was Tage, wenn nicht Wochen dauern kann.‹ Auch diese Auskunft erfreute Braun – so konnte er ziemlich ungestört seine Untersuchungen ausdehnen.

3. Ich selbst habe, angesetzt auf Plattner plus Firma, herausgefunden: fragwürdige Vorgänge von Spesenabrechnungen bis zu Bilanzaufstellungen. Sonderhonorare für diverse Angestellte. Unklare Buchungen in mehreren Fällen. Mindestens vier Leute der Firma in rechtlich bedenkliche Manipulationen verwickelt – Beweismöglichkeiten wahrscheinlich zu beschaffen. Jedoch war Plattner selbst nicht direkt faßbar – immer noch nicht!

Hierzu Braun: ›Ziehen Sie rücksichtslos alles heran, Feldmann, was sich irgendwie anbietet! Den Rest erledige ich dann.‹«

»Jetzt«, erklärte Harald Fein entschlossen, »werden wir abrechnen!«

Im Tegernseer Landhaus trat er Paul Plattner gegenüber, der am Kopfende eines großen Tafeltisches in der Halle saß. Eine halbvolle Flasche roten Südtiroler Weins stand vor ihm – das Glas daneben war leer.

»Hast du denn immer noch nicht genug angerichtet?« sagte Paul Plattner. »Was, mein Gott, willst du denn noch?«

»Ich will alles wissen!« Harald Fein warf die Aktentasche auf den

Tisch, auf der die Konturen der Pistole sich deutlich abhoben. »Was ist wirklich geschehen?«

Paul Plattner lehnte sich zurück – wie erschöpft, mit halbgeschlossenen Augen. »Weißt du denn noch immer nicht, was tatsächlich geschehen ist?«

Und hart fügte er hinzu: »Du hast die einst so schöne Harmonie in meiner Familie zerstört – die zwischen mir und meiner Tochter. Du hast dich in meine Firma hineingedrängt – und ich habe dir großzügig vertraut. Dieses Vertrauen hast du bedenkenlos mißbraucht – mit der einen Ausnahme: Olympiagelände – Zufahrtsstraßen. Im übrigen führte deine negative Einstellung bald zu gefährlichen Geschäftsschädigungen. Man kann sagen: du hast mir Millionen eingebracht – mich aber auch Millionen gekostet. Und Nerven!«

»Und wie hoch veranschlagst du ein Menschenleben?«

»Komme mir doch nicht damit, das sind doch Hirngespinste. Nichts davon reicht an mich heran – nichts geht mir davon unter die Haut. Mit einer Ausnahme: Heinz! Der sollte mein Erbe werden – aber auch den hast du mir entfremdet, ihn gegen mich mobilisiert. Das – ich gebe es zu – ging mir nahe.«

»Das ist nicht mein Verdienst – vielmehr das des Kriminalbeamten Keller.«

»Wie der auch heißen mag – du hast jedenfalls gegen mich mobilisiert, wen du irgendwie erreichen konntest. Und das sind nicht wenige gewesen – ich gebe es zu. Mit einem Messer wäre ich fertig geworden – mit dir natürlich allemal –, aber diese hinterhältigen kriminalistischen Machenschaften haben etwas geradezu Gemeingefährliches. Ich werde jedoch ausweichen – aber: ich werde wiederkommen! In Monaten, in Jahren. Was du auch zerstört haben magst – mit Hilfe dieses Keller –, das alles muß nicht endgültig sein. Schließlich leben wir in einer Welt, in der das Kapital sehr viel vermag.«

»Du redest von Geld – aber ich spreche von einem Menschen. Von Helga!«

»Helga«, sagte Paul Plattner, nun die Augen völlig schließend, wobei er lächelte. »Was, ich bitte dich, weiß man denn schon wirklich von mir? Ich habe mich schon in früher Jugend für Schönheit und Harmonie begeistert – bei Menschen wie bei Bauten. Ich weiß – kaum jemand sucht das hinter mir. Ich war letztlich immer einsam.«

»Was war mit Helga?« wollte Harald Fein wissen, vorgebeugt, die rechte Hand auf der Mappe. »Was hast du ihr angetan?«

Plattners Lächeln schien maskenhaft zu erstarren – seine Lippen bewegten sich kaum, als er tonlos sagte: »Ich bin ein liebender Mensch – und ich bin das schon immer gewesen. Ich habe geliebt – einst meine Frau, die dann starb, dann die strahlende Daseinsfreude meiner Tochter, die du zerstört hast, auch Heinz, seine schöpferische Unruhe, seine Energie!«

»Helga!« stieß Harald Fein heftig aus. »Du hast sie mißbraucht! Du hast sie in den Selbstmord getrieben.«

Paul Plattner wehrte müde, mit hocherhobenen Händen, ab. »Du und deine fürchterliche Phantasie – sie war mir schon immer zuwider. Man wird nicht zufällig zum Alkoholiker. Und ausgerechnet du forderst Rechenschaft? Nicht ich habe Helga mißbraucht, wie du es nennst – das hast du getan! Du hast sie vernachlässigt, enttäuscht, ihr zärtliches Vertrauen zurückgestoßen. Ich habe versucht, ihr Liebe zu geben – Liebe! Und nun versuche du – endlich einmal – deine schmutzigen Gedanken zu zügeln.«

»Du allein bist schuld an ihrem Tod!« stellte Harald Fein unbeirrt fest, die Mappe öffnend – in der die Pistole sichtbar wurde.

»Nimm Vernunft an – wer, ich bitte dich, könnte je so was beweisen?«

»Ich«, sagte eine ruhige, sachlich klingende Stimme im Hintergrund. Es war die des Kriminalbeamten Keller.

»Komm mit mir«, sagte Joachim Jonass drängend, sich optimistisch gebend. »Und nimm alle irgendwie erreichbaren Unterlagen mit – alle, mit denen sich möglicherweise einiges anfangen läßt.«

Er sagte das zu Eva Maria Wagnersberger, der Chefsekretärin der Firma Plattner. Die betrachtete ihn abschätzend. »Was kannst du mir dafür bieten?«

»Meine Liebe!« erklärte Jonass schwungvoll. »Heirat eingeschlossen – kann sogar fest fixiert werden, falls du Wert darauf legst. Ist das etwa nichts?«

»So gut wie nichts«, stellte die Wagnersberger fest, »verglichen mit dem, was mir Plattner angeboten hat.«

Und der hatte ihr angeboten: einen zeitlich unbefristeten, unkündbaren Vertrag – garantiertes Einkommen dabei 36000 DM jährlich, basierend auf dem Lebenskostenindex. Sie hatte mitgeholfen, ihm Millionengewinne einzubringen – was zwar bis an ihr Lebensende nur geringfügig abgegolten werden würde; jedoch: mit ziemlicher Sicherheit.

»Und unsere Liebe, Eva?«

»Was ist die schon wert – genaugenommen.«

Keller mit Anton, von Heinz Fein mit ausgeborgtem »Flitzer« transportiert, war im Tegernseer Landhaus des Paul Plattner angekommen.

Sie achteten nicht auf die vollkommene landschaftliche Schönheit: bewaldete Berge, den dunklen See, die leuchtend grünen Täler.

Keller hatte sich, bereits während der Fahrt, die Lage des Landhauses genau beschreiben lassen, auch das Gebäude selbst, dessen nächste Umgebung. Um dann zu entscheiden: »Sie, Heinz, gehen um das Haus herum – betreten es von der Terrasse her. Achten Sie dabei auf die Aktenmappe Ihres Vaters. Ich nehme, wenn notwendig mit einem meiner Universalschlüssel, Leihgabe unseres Einbruchdezernates, den normalen Weg – gemeinsam mit Anton. Hoffentlich kommen wir nicht zu spät.«

Sie kamen nicht zu spät.

Heinz stand in der Terrassentür. Keller betrat, mit Anton, die Halle. Sie bewegten sich auf Plattner zu. Langsam – mit großer Vorsicht. Fast schien es, als finde hier ein Schachspiel mit überdimensionalen Figuren statt. Plattner erhob sich und starrte Keller an.

»Sie sind es«, sagte er, es klang resigniert. »Sie – und immer wieder Sie! Und dazu auch noch dieser Hund!« Er blickte kurz auf Anton, der höchst aufmerksam dahockte. »Offenbar bleibt mir aber auch nichts erspart.«

Monolog des Kriminalkommissars Braun – bei seinem Stammtisch »Polizeischarfschützengruppe Mitte«, Bürgerbräukeller, in Anwesenheit von Kriminalinspektor Feldmann, von diesem aufgezeichnet: für Keller:

»Braun: Also, bei aller kollegialen Großzügigkeit, Freunde – die Leistungen unserer Scharfschützen beim Banküberfall mit Geiselnahme in

der Prinzregentenstraße waren nicht gerade überzeugend. Zu langes Zögern beweist hier mangelnde Entschlußkraft – was mir nicht passiert wäre.

Ich hätte mich neben den Hauptschützen mit einem Fernglas postiert, den Eingang beobachtet und so früh wie möglich ›Feuer frei‹ gegeben. Mit dem Ziel: Kampfunfähigkeit herbeizuführen – also dem Ganoven genau auf die Flosse gezielt, in der er die Maschinenpistole hielt. Wären dabei Bauch oder Brust getroffen worden, so war das sein Risiko.

Treffer landen, schnell und genau gezielt, darauf kommt es bei uns an! Derartige Kriminelle kann man nicht wie verhinderte Ehrenmänner behandeln, das käme einer Beihilfe zum Mord ziemlich nahe. Und wenn dem Eingreifen ein unschuldiger Mensch zum Opfer fiel – nicht den Schüssen der Polizei –, so ist das höchst bedauerlich und nicht einfach als operatives Versagen abzutun.

Aber so was kommt immer wieder vor, in nächtlichen Nebenstraßen, hinter zugezogenen Gardinen, mitten im Verkehrsgewühl – aber ohne tausend Zuschauer, nicht im grellen Scheinwerferlicht, nicht vor versammelter Presse. Ohne Imbiß, geliefert von unserer hochbewährten Firma Käfer, und ohne Partystimmung.

Kein Wunder, wenn da nach ›Sicherheit‹ geschrien wird – aber die können sie nur durch die Polizei bekommen. Das sollten auch diejenigen endlich einsehen, für die grundsätzlich die Polizei der Sündenbock und nicht der Mörder, sondern der Ermordete schuld ist.«

»Sie glauben«, sagte Keller, Anton dicht neben sich, »daß es Verbrechen gibt, die sich den Gesetzen und der Strafprozeßordnung entziehen – als wären sie nicht faßbar. Das aber ist ein Irrtum.«

»Wollen Sie mir drohen!«

»Ich versuche lediglich, Sie aufzuklären.«

Keller saß nunmehr, den knurrenden Anton straff an der Leine gehalten zu seinen Füßen, am raumbeherrschenden Tafeltisch – Plattner auf großer Distanz genau gegenüber. Heinz Fein war im Rahmen der Terrassentür stehengeblieben. Harald Fein hatte sich – ohne seine Aktenmappe mit der Pistole an sich zu nehmen – seitwärts gegen einen prächtigen Barockschrank gelehnt.

»Mein Bedarf an kriminalistischer Willkür ist gedeckt!« rief Plattner.

»Ich weiß«, bestätigte ihm Keller. »Ich kenne die Methoden meines Kollegen Braun – er wird Sie in erhebliche Schwierigkeiten bringen.«

»Dem gedenke ich mich nicht auszusetzen!«

»Auch das weiß ich«, sagte Keller bedächtig. »Mir ist bekannt, daß Sie Anstalten machen, Ihre Münchner Firma aufzulösen – also zu verkaufen. Sie verhandeln mit Duhr. Und der scheint bereit, in Ihr Geschäft einzusteigen. Zu welchem Preis? Dreißig Millionen?«

»Vierzig«, sagte Plattner, nicht ohne Stolz – er blickte zu Harald und Heinz hinüber, die ihn aber nicht ansahen.

»Dann haben Sie also, mit Ihrem Privatvermögen, das auf zwanzig Millionen geschätzt wird, alsbald mindestens fünfzig Millionen zur Verfügung«, stellte Keller fest. »Damit kann man leben.«

»Harald«, sagte Plattner plötzlich zu seinem einstigen Schwiegersohn, »du weißt genau, daß meine, unsere Firma ungleich mehr wert ist. Du kannst sie übernehmen, wenn du willst – ich verdoppele dein Gehalt, ich bewillige dir einen stattlichen Anteil!«

»Was ist mit Helga geschehen?« fragte Harald Fein.

Paul Plattner hob wie beschwörend eine Hand, die rechte – was ihm schwerzufallen schien. »Ich bin sogar bereit, die spätere Übernahme der Firma, als Erbe, durch Heinz, notariell festzulegen. Es handelt sich immer noch um eine der führenden Baufirmen im ganzen Lande! Was sagst du dazu, Heinz?«

»Dasselbe wie Vater«, erklärte der. »Auch ich will wissen, was mit Helga geschehen ist.«

»Dazu«, schaltete sich nun wieder Keller ein, »kann ich einiges beitragen.«

»Sie!« schrie ihn Plattner unbeherrscht an. »Mischen Sie sich hier nicht ein! Haben Sie denn nicht bereits mehr als genug zerstört? Soll das endlos so weitergehen?«

»Nicht endlos«, sagte Keller geduldig, den erregt knurrenden Anton streichelnd. »Ihr Ende ist abzusehen.«

»Sie sind ein Beamter!« rief Plattner. »Ein kümmerlicher Routinier, der Verordnungen und Dienstanweisungen ausführt. Ich aber habe mir in dieser Stadt ein Imperium aufgebaut!«

»Alles kommt wohl auf den jeweiligen Standpunkt an«, sagte Keller nachsichtig. »Sie jedenfalls sind, in meinen Augen: der Mann einer Frau, die starb – scheinbar durch Unfall; dann: der Vater einer angeblichen Tochter, die Sie mißbraucht haben; weiter: der Schwiegervater eines Schwiegersohnes, den Sie gehaßt und verfolgt haben. Sie wollten ferner Heinz für sich – vergeblich; Sie konzentrierten sich schließlich auf Helga – mit unabänderlichem Ergebnis.«

»Das ist infam!« stieß Plattner hervor. »Und es ist ebenso infam wie lächerlich! Was haben Sie in meinem Privatleben herumzuschnüffeln?«

»Das«, sagte Keller, »was gemeinhin Privatleben genannt wird, kann eine endlose Kette von Quälereien sein, mit seelischen Verkrüppelungen, mit vielen Toden – und nichts davon ist juristisch faßbar. So auch hier – bis auf Helga.«

»Drohen Sie nicht immer!« rief Plattner erregt. »Ihre Gemeinplatztheorien können Sie sich bei mir schenken.«

»Der Tod von Helga«, sagte Keller bedächtig, »hat mich bewegt – ich habe viele tausend Leichen gesehen – doch diese werde ich nie vergessen – ein Anblick rührender, verstörter und endlich beendeter Hilflosigkeit.«

Harald und Heinz Fein starrten ihn an – als erblickten sie ihn zum erstenmal. Plattner sah vor sich hin – er öffnete den Mund, ohne ein Wort zu sagen. Anton zerrte heftig an seiner Leine.

Der Kriminalbeamte fuhr fort, übergangslos, mit völliger Sachlichkeit: »Ich konnte einen Mikrospurenspezialisten ansetzen – er fand auf der Unterbekleidung der Leiche Wollfasern. Deren Struktur war feststellbar.«

»Und so was, meinen Sie, ist beweiskräftig?« Plattner lebte sichtlich auf. »Stoffe mit dieser Struktur wird es hundertmeterweise geben.«

»Und wenn schon, Herr Plattner – das ist nicht entscheidend. Ausschlaggebend ist vielmehr dies: diesem Mikrospurenspezialisten ist dann auch noch eine Gegenprobe gelungen – übrigens nicht zum erstenmal; sein System funktioniert. Er hat winzige Stoffteilchen von Helgas Unterbekleidung an einer Ihrer Hosen feststellen können.«

»Sie bluffen!« stieß Plattner gepreßt hervor. »Wie wollen Sie an meine Bekleidung herangekommen sein? Haben Sie da etwas gestohlen – stehlen lassen?«

»Trauen Sie mir getrost einiges zu«, meinte Keller gelassen, »auch in dieser Hinsicht. Und lassen Sie sich nicht dadurch beirren, daß Sie mich noch für einen Kriminalbeamten halten – ich bin ein Pensionär, also ein Privatmann. Und als solcher verfüge ich über eine ganze Menge Zeit – ich werde sie Ihnen gerne widmen. Zumal ich immer noch mit zahlreichen Kollegen befreundet bin – die mir gerne auch weiterhin behilflich sein werden. Damit ich mir auch mein Honorar wirklich verdienen kann.«

»Wenn das so ist«, stellte Harald fest, seinen Sohn anblickend, »dann können wir uns wohl von hier getrost entfernen.«

»Nicht nur getrost«, bestätigte Heinz, »sondern auch schleunigst, hier stinkt es nämlich – ich brauche dringend frische Luft. Kommen Sie nach, Herr Keller?«

»Sobald ich hier alles geklärt habe – in wenigen Minuten.«

Interner Bericht – anhand inoffizieller Aufzeichnungen – von Kriminalrat Dürrenmaier an den Polizeipräsidenten:

»1. Firmenverkauf Plattner an Duhr so gut wie perfekt. Getätigt im Landhaus Tegernsee, abschließende Verhandlungen in Marbella – Plattner besitzt dort größere Grundstücke, läßt Pläne für Hotelbauten entwerfen. Finanzielle Abwicklung über Schweizer Bankverein. Lugano, wo Chefsekretärin Wagnersberger ein Zweizimmerappartement, Nähe Plaza, erworben hat.

2. Jonass – von München nach Hamburg gereist, von dort nach Frankfurt. Keine neue Anstellung in der Baubranche – offenbar von Duhr hintertrieben, was mit zu dessen internen Vereinbarungen mit Plattner zu gehören scheint. In Frankfurt Versuch, sich bei einer Immobilienfirma zu betätigen. Entlassung nach sieben Tagen. Weitere Spur zunächst verloren.

3. Hilde Fein – hat gemeinsam mit Melanie Weber eine Weltreise angetreten. Gebucht bei der SAS. Keine Besonderheit.

4. Messer, Rechtsanwalt, zählt neuerdings auch Feininger zu seinen Mandanten; der hat ihn für mögliche Strafprozesse verpflichtet. Messer aber ist offenbar bemüht, auf Feininger auch politisch einzuwirken. Sein plötzlicher spektakulärer Einsatz für benachteiligte Mieter macht Schlagzeilen – selbst der OB scheint über soviel zielstrebige Aktivität beunruhigt.

5. Anweisung an Kriminalkommissar Braun – nach vertraulicher

Rücksprache mit Feldmann –, sich nunmehr ausschließlich auf Penatsch zu konzentrieren. Was dann auch endlich zur lückenlosen Überführung des Täters führte.«

»Wie, Herr Keller, konnte es dazu kommen?« wollte nunmehr Paul Plattner, sich mühsam aufrichtend, wissen. »Was hat man Ihnen dafür bezahlt? Wie hoch war der Preis für mich?«

»Sehr hoch«, versicherte Keller ernsthaft. »Zumindest aus meiner Sicht: der Hund Anton war der Preis.«

»Nein«, sagte Paul Plattner ungläubig. »Ich bitte Sie – das kann doch nicht Ihr Ernst sein! Ausgerechnet diese unglückselige Kreatur! Dabei wollte ich dieses Monstrum, das mich ständig anknurrte, bereits vergiften lassen – ich kam aber nicht dazu. Und nun scheint es fast so, als wäre ich ausgerechnet über dieses Vieh gestolpert. Das darf einfach nicht wahr sein!«

Aussagen über den Hund Anton:

1. Puderma, Tierhändler, München, Malthäserpassage:

»... wurde mir ein reichlich kurioser Hund unbestimmbarer Rasse etwa knapp unter Königspudelgröße angeboten... geboren wohl Mitte 1966... angeliefert von einem alten Mann, aus der Siedlung Fuchsschwanz... der behauptete, dieses Tier nicht durchfüttern zu können... verlangte dreißig Mark, erhielt zehn... stellte ich dann diesen Hund, der wirklich ungemein kurios aussah, in der Passage aus... nannte ihn Anton... er wurde, nur zwei Tage später, verkauft, an einen Herrn Plattner, für zweihundert Mark...«

2. Aus dem Tagebuch der Helga Fein:

»... hat mir Großvater einen Hund geschenkt, ein sehr liebes Tier, als Spielgefährten. Mutter war dagegen; sagte immer: Anton stinkt! Manchmal auch: der hat keine Rasse, man kann sich mit ihm nicht sehen lassen! Mein Bruder nannte Anton ein Monstrum. Und Vater war dieser Hund völlig gleichgültig. Zunächst.«

3. Harald Fein, in einem Gespräch:

»Ich kann nicht sagen, wie oder wann es geschah oder gar, warum das so war – eines Tages jedenfalls, nach einer Operation von Dr. Röcken, Starnberg, sprang Anton auf meinen Schoß, schmiegte sich an mich, blieb dort regungslos liegen. Und fortan wich er nicht mehr von meiner Seite.

Auch dann nicht, als ich in die luxuriöse Trinkerheilanstalt eingewiesen wurde; ich bestand darauf, daß Anton mich begleiten müsse. Was, nach längeren Verhandlungen, denn auch akzeptiert wurde. Dieser Hund jedenfalls war in seinen Sympathieäußerungen eindeutig und ausdauernd. Wenn er nur dasaß und mich anblickte, suggerierte er mir mit seinen dunklen Augen das Gefühl, ihm sehr viel Liebe zu schulden.

In einem Punkt bin ich mir jedenfalls sicher: nicht ich habe mich für ihn entschieden – Anton entschied sich für mich. Aber eben doch nicht für immer.«

»Dieser Hund«, sagte Paul Plattner zu Keller, »den ich damals ahnungslos erworben hatte, erwies sich schließlich geradezu als ein Werkzeug des Teufels. Ich bin sicher, daß dieser fürchterliche Köter erheblichen Anteil daran hatte, daß die Harmonie der Familie Fein gründlich zerstört wurde.«

»Er machte diese Zerstörung wohl nur sichtbar, möchte ich annehmen«, meinte Keller lächelnd. »Auch er hat also seine Funktion – und die erfüllt er mit seltener Konsequenz – ganz instinktiv und höchst wirksam. Auch deshalb liebe ich ihn; und nun bin ich sicher, ihn mir verdient zu haben.«

Im Restaurant des Flughafens München-Riem hatten sich – vor dem Start der täglichen Maschine nach New York – eingefunden: Stadtplaner Abendroth gemeinsam mit Heinz Fein. Dazu der pensionierte Kriminalbeamte Keller mit seinem Hund Anton.

Sie waren gekommen, um Harald Fein zu verabschieden. Man hatte ihn eingeladen, architektonische Studien in Kalifornien zu betreiben und dort Vorträge zu halten; dann sollte er zum gleichen Zweck nach Rio gehen; später wollte er sich dann im Tessin niederlassen. »Ich habe wohl zuviel in meinem Leben versäumt – ich muß noch lernen –, und ich fühle mich nicht zu alt dafür!«

Doch überrascht betrachtete er die Menschen, die sich eingefunden hatten, um ihm Lebewohl zu sagen. »Und ich«, bekannte er glücklich, »habe immer geglaubt, in dieser Welt allein zu stehen.«

»Ein Freund hat Freunde«, sagte Hermann Abendroth.

»Und ich«, sagte Heinz Fein, »habe mir dich nicht ausgesucht – doch immerhin, ich bin dein Sohn. Und das, neuerdings, sogar gerne.«

Harald Fein ging auf Keller zu, ergriff dessen Hand und schüttelte sie wortlos. Dann kniete er sich nieder, um Anton zu erreichen. Den umarmte er innig, und der Hund schmiegte sich wedelnd an ihn.

»Nur weil es Sie gibt, Herr Keller«, bekannte Harald Fein dankbar, »kann ich Anton verlassen. Nur wir beide lieben dieses herrliche Tier so, wie es dies verdient.«

»Weil uns«, sagte Keller lächelnd, »alle menschlichen Möglichkeiten vertraut sind. Hunde spüren so was. Anton hat stets gewußt, was ein Hundeleben sein kann – nämlich die beständige Hoffnung, trotz allem rückhaltlos geliebt zu werden. Viele Menschen haben diese Hoffnung nie kennengelernt – viele sie früh begraben müssen. Doch auch sie leben – aber wie?«